人 世 间

梁晓声 著

中部 ——

人世间

梁晓声 著

中国青年出版社

目录

第 一 章	……001
第 二 章	……040
第 三 章	……049
第 四 章	……059
第 五 章	……079
第 六 章	……122
第 七 章	……159
第 八 章	……193
第 九 章	……215
第 十 章	……246
第 十 一 章	……280
第 十 二 章	……311
第 十 三 章	……331
第 十 四 章	……372
第 十 五 章	……386
第 十 六 章	……406
第 十 七 章	……445
第 十 八 章	……463
第 十 九 章	……475

第一章

与"老三线"建筑工人周志刚相比,儿女们的人生有着较多变数。周志刚的人生只发生过一次决定性的改变,即由农民变成了新中国的第一代建筑工人。他儿女们的人生,则一变再变。这是因为中国已经进入了无法继续故步自封、闭关锁国的时代,时代之变促使人的改变。

在一九七六年到一九八六年这十年间,物质的中国变化有限,而人的变化却近于戏剧。

"改革开放"四个汉字的组合特阳光,特少年,具有精神抖擞、意气风发、继往开来的生动性和形象感。可以说,"改革开放"四个汉字在语言学上体现了很高的智慧和艺术——关键是,它是方方面面都可以接受的。中国的改革开放却不是从"文革"一结束就开始的,也根本不可能那样。首先需要在理论上厘清,原来一批专门从事理论研究的人,几乎都是大大小小的权威,他们坚持所谓的正统理论。改革者首先要与他们争论,那可不是一件容易的事,有时还会被逼得进退两难。改革者之间也有争论:步子快了慢了,胆子小了大了,先改这些方面或那些方面,改到何种程度为宜,都会产生分歧。科技、教育、文化艺术界的人士或被动或主动搅入其中,推波助澜,摇旗呐喊,让局面更加复杂。有一部外国小说《喧嚣与骚动》的书名,基本可以概括二十世纪八十年代初的中国。

然而,A 市十年里并没有太大变化。它在等着更明确的指示和引导。只有两件事可以称之为大动作:一是随着知青们大批返城,曾经的兵团体制寿终正寝，又改回农场体制了；二是为了适应市场经济，曾经赫赫有名的一些军工企业改成了生产民用产品的企业，谓之"军转民"。确切地说，这既不是Ａ市的大动作，也不是省里的大动作，而是中央的大动作，但对许多Ａ市人影响巨大且深远。第一件事让曾是兵团战士的返城知青们特失落，如同出家人还俗后那修行过的庙被拆了，心里不是滋味。第二件事让一些曾经造枪炮坦克的军工企业找不到北，不晓得接下来该造什么。国家限期要求他们自己到市场上去找饭吃，这就影响到了职工们的工资。他们曾是工人阶级中很牛的工人，一下子牛不起来了，于是骂娘。

共乐区十年里没什么变化。有人数过，也就出现了四五幢新楼而已，最高六层，很普通的红砖红瓦一红到底的路边新楼。

光字片更脏更有碍观瞻了。这个区家家户户的返城知青重新回到城市的怀抱时，大抵都已二十七八、三十一二岁了，有的还是拖家带口回来的。原先的家住不下，只得在前门后院见缝插针地接着盖——放眼望去，违章建筑比比皆是。所建所筑很难说得上是房屋，说是"窝"或"巢穴"更恰当，土路街道因而街不像街道不像道了。夏天雨后或春天冰雪融化的季节，泥泞陷掉人的鞋子是司空见惯的事。

一九八六年，周志刚六十六岁了。

他四年前退休，落叶归根，终于回到光字片了。领导们对他这位"大三线"的老建筑工人始终厚爱，有意让他的工龄延长了两年，这样他的工龄就可以达到某一杠杠，每月能多领八九元工资。他对此心存大的感激——尽管受到格外关照，每月也只不过五十二元退休工资。在当年，那是不低的退休金，他是光字片退休工资最高的人，比许多在职人员工资还高，极受羡慕。

在以往二十余年里，他的人生以光字片的家为端点，向中国那些偏远、经济落后、崇山峻岭甚多的省份"发射"，他一直游弋于那些省份之间——A市如同他的地球，光字片是他的发射台。现在，这一颗"老卫星"耗尽了能量，被收藏在光字片，仅有标志意义了。

常常有人问他这个走南闯北过的人，哪个省留给他的印象最好。

他总说都差不多，再好也好不到哪儿去。

他对A市表现出了别人难以理解的深情。退休后的头一个月，整天骑辆旧自行车到处逛，把全市的边边角角以及四周郊区都逛遍了。他逛得特过瘾，体会却只是一句话："哪儿都没变，哪儿都熟悉。"

他对更加脏乱差的光字片一点儿也不嫌弃，因为见过太多比光字片还要脏乱差的情形。同样的情形，是当年许多农村和城市的常态。

四年里，他这位从"大三线"退休的老建筑工人，似乎把光字片当成了"小三线"，把自己家所在那条被违章建筑搞成了锯齿状的小街当成了主要工程。如何让自己的家看上去还有点儿家样，理所当然成了他心目中的重点工程——他似乎要独自承担起改良的神圣使命。

春夏秋三季，人们经常见到他在抹墙，既抹自家的墙，也抹街坊邻居家临街的墙。他抹墙似乎有瘾，四年抹薄了几把抹板。有一年，街道选举先进居民，他毫无争议地当选了，区委副书记亲自奖给他一把系着红绸的抹板。他舍不得用，钉了个钉子挂在墙上。

他依然是个重视荣誉的人。

他的工具不仅是抹板，还有铁锹。人们也常见他修路，铲铲这儿的高，垫垫那儿的低，填填某处的坑，像在平整自家门前的地方。

见到他那么做的人有过意不去的，也有心疼他那么大年纪的，常有人劝他："拉倒吧！一条小破街，弄不弄有什么意思呢？下场雨又和稀泥了!"

他却说:"弄弄总归好点儿,反正闲着也是闲着。"

或说:"我往土里掺了炉灰,再下雨不会那样了。"

龚维则每次见到他都会情不自禁地立正,敬礼。他已经当上了共乐派出所的所长。共乐区有多个派出所,共乐派出所仅是其中之一,它的全称是共乐街派出所,有别于区的较大概念。共乐区委是正处级单位,派出所是正科级。

这一年,中国机关单位的牌子上全部去掉了"革命"二字。市委全称又改成了"市委员会","革委"也都改成了"党委"。龚维则当上所长,算是多年的媳妇熬成了婆。

"文革"结束了,许多人的命运发生了根本性的改变。有些人光荣加身,或曰不同寻常的资本加身了。受过"四人帮"的迫害成了一种广受同情的资本,若还有不屈服的表现,就更拥有了广受尊敬的资本。

龚维则是两种资本都拥有的人。他受过"四人帮"的迫害是一个铁的事实,"文革"中从没停止过上诉,这被认为是不屈服。有一个时期,周秉昆、白笑川和邵敬文与他在同一个地方接受劳改,他们成了莫逆之交。当时,他和一些早期劳改犯对"四五事件"的真相毫无所知,听周秉昆他们三人讲了之后,良久才说出一句话:"太不马克思主义了。"他便不再上诉,那时离粉碎"四人帮"的日子已经不远。

龚维则的"政治问题"获得平反并当上所长后,侄子龚宾的精神病迅速好转,出院回到酱油厂上班了,还在味精车间。因为有时难免说几句病话,所以厂里宁肯让他在家休养,一个月上不了半个月的班。人们看待一些事的思维方式与以前大不相同,厂里多数人认为他也是间接受"四人帮"迫害的一个人。

因为与秉昆是莫逆之交,龚维则对周志刚的敬意便多了一层感情色彩。

　　周志刚对他每次见到自己立正敬礼并不特别受用,甚至不知所措。他多次红着脸说:"龚所长,你这是干什么嘛,让别人看见了多不好!"

　　龚维则却笑道:"有什么不好?我觉得挺好。你们周家出了两个反'四人帮'的英雄,不论冲你还是冲秉昆和他姐,我敬个礼是应该的。"

　　周志刚多次表达了别扭之后,龚维则终于尊重了他的要求,不再立正敬礼,改成敬烟了。

　　周志刚是乐于接受的。

　　四年一晃过去,周志刚更老了。汉字的微妙之处是别国文字没法比的,只有中国才有"一字师"的说法。一晃多少年的"晃"字虽属民间口头语,却将那种如变脸般快的无奈感传达得淋漓尽致。周志刚完全秃顶,脑壳左右稀疏的头发全白了。他渐渐蓄起了一尺来长的胡子,胡子倒有些许灰色,估计继续灰下去的日子肯定不会太多了。他的腿脚已不灵活,有点儿步履蹒跚,浑身经常这里痛那里酸的。当年在"大三线"工地上对体能的不遗余力的透支,开始受到必然性的制裁。别人已经称他老爷子了,而即使别人不那么称他,他也明明白白地意识到自己确实老了。

　　不论对自家房屋的维修,还是对街坊家临街墙面的义务抹平,他都感到心有余而力不足。抹墙需几道工序,先得备下黄泥,还得有足够的麦秸或谷秸往泥里掺。和好一堆抹墙的泥很需要力气,他和不动了。黄泥也稀缺了,可挖到黄泥的地方越来越少,那种地方往往很快便出现了就地取材建起的土坯或干打垒的黄泥小屋。那些小屋住进了人家,如果谁还去周边挖取黄泥,常常引发严重冲突。那些人家会形成一种占山为王的领地意识,攻守同盟,态度凶悍,让企图分享公共资源者望黄泥而却步。

周志刚是洁身自爱的人，当然避免自取其辱。缺少了黄泥，不论他对自家房屋的维修，还是对他们那条脏街所进行的面子工程，都只好停顿下来。毕竟他只是一个老迈的改良者，也只有点儿人生余力做改良者。倘要彻底改革自己家及那条脏街的面貌，需动用推土机和铲车，需有充足的建材，还需有一支建筑队。单枪匹马的他只有一把抹板，街坊们心劲儿又不齐；对他们而言，维修自家房屋是分内之事，至于那条脏街已经那样了，可以怎样改良一下不在自己考虑范围。他们认为那纯属政府的事，如果政府不觉得有失面子，他们则是特能忍受的，住在那么脏乱差的地方的人家还有面子值得在乎吗？还讲得起面子吗？讲面子起码也得有黄泥呀，连黄泥都稀缺了，就只得让面子见鬼去了。墙皮掉得太不成样子了，才趁夜到这里那里去偷黄泥。谁家的男人或大男孩天黑后挑着水桶走往与水站相反的方向，准是到什么地方偷黄泥去了，用水桶往回挑是为了掩人耳目，街坊们对此心照不宣。偷黄泥往往引发人身伤害事件，但由于是刚性需求，也就只能睁一只眼闭一只眼了。

周志刚断不会干那种勾当。他连自家墙上掉下的墙皮也宝贵地留存起来，积少成多，以备用时。不敢放在门外，怕被偷，放在家中一角。

星期日或年节假日，儿女们回来看望他和老伴时，他嘴里常常会忽然蹦出一句话："你们谁知道哪儿有黄泥吗？"

儿女们便都装聋作哑。

他是在儿女面前自尊心极强的父亲，不会问第二次的，总用自言自语缓解自己的担忧："这个家再不修修抹抹，那就不像个家了。"

他们老两口和外孙女冯玥玥住在那个家里。

秉昆妈奇迹般结束了植物人状态。这是郑娟创造的奇迹，或许还有

第一章

什么神明暗中保佑吧，究竟有没有谁知道呢？

郑娟自从承诺替秉昆照料他母亲和他外甥女，可谓无微不至。她还要尽姐姐和母亲的责任，那两年里的含辛茹苦不难想象。然而她无怨无悔，简直是怀着一种感恩般的心理终日操劳，把一个名不正言不顺的小寡妇的坚忍耐劳发挥到了极致。秉昆被捕后，她便住到了周家，俨然主妇，全不顾别人会怎样议论她。她也不能整日不出屋啊！每天必得挑水倒泔水倒垃圾，经常要扫扫小院以及院外的街道，冬天得清雪，也要上厕所，于是不仅那条街上的人，前后街上的许多人都认识她了。

秉昆的所作所为在光字片经久流传，郑娟也成了光字片人家一个时期内常谈常新的新闻人物。这俊俏的小女子有孩子却从没见过她丈夫的影子，那么想必是个小寡妇啰？她是周家的亲戚吗？以前从没见她到周家来过呀，估计不是的。那么她肯定只与周家的小儿子周秉昆有关系啰？他怎么认识她的呢？他俩是何种关系呢？以后她和周家关系又将怎样呢？这些都是人们不可能不产生的疑问。而这些疑问，让光字片不同年龄的男人和女人见到她时，目光也就各种各样。有一点却是相同的，便是都有从她身上看出可提供新谈资的企图。那各种各样大同小异的目光，任何人都会感到如芒在背，对于郑娟也不例外。

每次遇到那种目光，她都能表现出异乎寻常的淡定自若，确切地说是竭力表现得那样。她不是演员，不擅表演，却胜似演员，被如芒在背的目光逼出了表演能力。有时人们的目光还让她感到似针刺脸，比如往家担水时，几条街的人家都在一处供水站接水，那儿总是排着担水的人们，少则五六人，多则十几人。担水是大人的事，起码是小伙子们的事。他们排队时很亲热地聊天，却从没谁与她说一句话。他们竭力不看她，仿佛她是隐身人。那也是种表演，对于他们同样绝非易事。他们并不歧视她，只不过都不知和她说什么好。特别是男人们，似乎谁也不想而且不敢成为与她这个来历不明的俊俏小寡妇说话的第一人，如同那会让自己也引起猜疑似的。可是在水站排队接水时，十几分钟二十来分钟里始终不看她一眼，更是难为自己的事。他们偶尔看她，脸上毫无表情，如同无意间朝她所站的方向看了一眼，而她确乎是隐身的，他们的目光似乎仅仅是朝那个方向看了一眼而已。实际上当然并非那样——他们的目光往往蜻蜓点水般在她脸上停留一两秒钟，之后面无任何表情地迅速把目光移开。那时她的感觉便似针刺脸，他们的目光中太有男人寻思好看女人那种说不清道不明的意味，她只有面无表情地当作一个隐身人。

每次出门担水，她都要鼓足勇气。

春燕妈做得不错，很对得起她与秉昆妈之间的老姊妹关系。她经常到周家去看看，帮着郑娟做这做那。她也总想从郑娟口中套出她的来历，不是基于坏的想法，而是认为自己有责任了解真相，并由自己消除街坊们的种种猜疑。她从不问秉昆的事，严守小人物不问大事情的本分。郑娟虽然感激她的帮助，却很明智地保守着自己与秉昆之间那种"不正当"关系的秘密。

对于秉昆的朋友们，她却公开了那种秘密。既然秉昆说他们是绝对可以信赖的，那么她认为还是坦诚相告为好。

首先了解真相的是春燕和德宝。那小两口也经常在天黑后来周家看看，问郑娟有没有什么事需要帮忙。一天晚上，大小三个孩子都睡了以后，郑娟坐在外屋炕沿独自落泪。恰在那时，春燕和德宝来了。因为对春燕妈心存感激，郑娟对他俩尤其觉得亲。结束了一天的辛劳，卸下了被各种各样的目光所注视的伪装，她当时的心理脆弱得一塌糊涂，没跟春燕说上几句话就掩面哭开了。春燕一劝，长久憋在她内心里难以对任何人道出半句的秘密，便如水库的水满得忽悠忽悠地终于决堤，一泻而不可止。

春燕和德宝两人听得屏息敛气目瞪口呆，继而双双陪着落泪，后来春燕搂着郑娟也哭成了泪人。

郑娟反而劝春燕："姐，别哭别哭，我只不过是一时看不清以后会怎么样，愁得实在没法了，向你们吐吐心中苦水。秉昆说你们是绝对可以信赖的朋友，我心中的苦水不向你们吐一下，又能向谁吐呢？你们都只管放心，我能再撑住一阵的。"

德宝听罢此言，随即就跪下了。他说："你事实上是我们哥儿几个的嫂子。秉昆将来要不娶你，我们哥儿几个都不答应。嫂子在上，就凭你为他们周家的这种付出，请受曹德宝三拜！"

德宝说完，嘭嘭嘭连磕了三个响头。慌得郑娟手忙脚乱，一边往起扶他一边说："你想要我的命啊？你想要我的命啊！"

春燕却从旁说："我家德宝是真心实意的。"

要说春燕也够令人钦佩的，对她妈居然只字未讲。她基本上是一个保守不住什么秘密的人，无论对别人的还是她自己的。她对郑娟与秉昆之间的真相保密得实在不易。

然而，春燕的徒弟于虹很快就从师傅口中得知了那些秘密。于是，赶超也知道了。

秉昆被捕后，A市中心区的地段里，总之是人多的地方，连续多日出现花圈。花圈都不大，最大的半径才一尺多，最小的才中号盘子那么大，出现在一处交警岗亭的外窗沿上。自然，每一出现便会有不少人伫立默哀。

不久破案了，制造那多起"反动"事件的竟是赶超，连于虹也万万料想不到。只不过摆放了些不大的花圈，没有配文字，没有相关言论，没造成多大"不良"影响，有关方面并没把他怎么样——关了十几天，进了一期教育学习班，也就把他放了。

赶超一回到木材加工厂，便发觉自己在青年工人们中成了"英雄"。领导也没把他怎么样，以前抬木头，还让他抬木头，只不过善意地嘱咐他往后安分点儿，别拿鸡蛋往石头上碰。

国庆问他为什么要那么做。

他说想要证明一下。

国庆又问他想要证明什么。

他反问："别人不了解秉昆，咱们还不了解他吗？他明明是好人一个，对不对？他的所作所为是出于正义，对不对？"

国庆想了想，点头说对。

赶超说："那我就想证明一下——我孙赶超，一个小老百姓，在自己的哥们儿出于正义而做了什么事，自己也遭到过不正义的对待后，我究竟敢不敢表现一下自己的不满。"

国庆拍着他的肩表扬说："真是秉昆的好哥们儿！"

赶超得意地说彼此彼此。

不料国庆扇了他一耳光，怒道："现在还彼此个屁！哎，你小子决定那么做的时候为什么不告诉我？为什么不咱俩一起证明？你还当我是你的好哥们儿吗？还当我也是秉昆的好哥们儿吗？"

国庆真的很生气。

赶超却没为挨了一耳光而光火，笑道："你也犯不着真生气嘛！没必要一块儿做吧？如果连你也赔上了，谁替秉昆关照他家那一老一小，谁又替我关照于虹呢？"

他这么一说，国庆消气了。

此后，他俩更是哥们儿了。

赶超听于虹讲了郑娟与秉昆的关系真相，不敢拖延，第二天就在班上告诉了国庆，唯恐国庆知道得晚了又埋怨他不够哥们儿。

国庆听后，愣了良久才问："你刚才说，郑娟起初是涂志强的女人？"

赶超说："是她自己对春燕承认的。"

国庆又愣了良久，自语道："怎么会这样，叫我不知说什么好了……"

赶超就请教他，"那咱们该如何对待郑娟呢？"

"这我是知道的。"国庆的手指朝赶超心窝一点，"除了从内心里尊敬她，咱们也没有别的态度可以选择啊！"

几天后，赶超两口子和国庆两口子也在晚上来到了周家。四人已来过几次了，他们曾对郑娟经人介绍才受雇照看秉昆家人的说法深信不疑。此次一见郑娟，四人齐声喊起"嫂子"来。郑娟立刻明白，肯定是春燕两口子把秘密泄露给他们了。她极度不安，红着脸说："求你们千万别这么叫我，让别人听到了可了不得。"

吴倩问："有什么了不得的呢？"

郑娟说："我和秉昆将来的结果还不知咋样呢，我不愿成了他的拖累。"

国庆说："我看他是当成了幸福。你俩的事，在我们这儿全票通过了。"

赶超也说："你俩的关系似乎是上天的安排。你放心吧，上天不会把两个好人的缘分往坏里搞。"

听了他们四人的话，郑娟心理上大获安慰。

于虹自从成了春燕的徒弟，牢记着一句话——"师傅领进门，修行在个人"。她暗生志气，一定要"青出于蓝胜于蓝"，不但虚心向春燕学修脚，还自学了足底按摩和全身保健按摩。

正是从那天晚上起，于虹当起了郑娟的按摩师傅。此后，于虹到周家的次数最多，把秉昆妈当作授业活体教具，手把手地教郑娟一套套从头到脚的按摩技法。郑娟进步极快，于虹自己的水平也大获提高。

郑娟是聪明伶俐的人儿，虽然文化程度不高，领悟力却超强。她爱学，她弟光明也爱学，渐渐地把光明也带出来了。最享受的当然是秉昆妈，每天被从头到脚按摩两三遍。姐姐手累了，弟弟接替。玥玥也开始从心理上接受"郑娟阿姨"了，家中就那么一个大人做饭给她吃，为她洗头洗脚，晚上睡不着了还讲故事给她听。除了偶尔想爸妈，她基本上是快乐的。并且，她还能替郑娟阿姨哄小弟楠楠在炕上玩一会儿。

一个小寡妇，一个成了植物人的老妪，一个和姐姐一样寄人篱下的瞎眼弟弟，一个上不了户口的"黑"孩子，还有一个不知父母身在何处的小女孩——她虽然被寄养在姥姥家，姥姥却整天熟睡不醒地躺在炕上，知道有舅舅却见不到舅舅——这样的大小几口临时组成了大家庭。

郑娟也不像起初那么辛劳了。

光字片的人们再见到她时，发现她脸上竟焕发着一种无法解释的光彩。她神情自若，对投注在她身上的目光做出不卑不亢的反应。别人对她微笑，或她仅仅以为别人对她微笑了，她也会报以矜持的微微一笑。若别人的目光仍是猜疑的，那么她的表情便也包含着请勿犯我、我不可犯的告诫意味。

一九七六年十月底，A市的天气已经很凉——确切地说已经开始冷了。树上挂着零星的摇摇欲坠的枯叶，再刮一场大风，人们只能在地上看到落叶了。

一天早上，郑娟出门倒垃圾时，见一个穿件公安大衣却没戴警帽、一脸络腮胡子的男人站在小院外，她大吃一惊。

那人冲她痴笑。

她问:"您找谁?"

那人说:"我回来了。"

她定睛细看,认出是秉昆。

二人进屋后,孩子们还都没醒。

郑娟奇怪地问:"你从哪儿搞来这么一件大衣穿?"

秉昆说:"一个公安的朋友借给我的。"

郑娟说:"吓得我这颗心咚咚乱跳,还以为是来找麻烦的呢,你没事了?"

秉昆说:"应该没事了吧。"他脱了大衣往炕上一甩,随即把郑娟拉入怀中,紧紧抱住,深吻不止。

秉昆搂着郑娟的肩,进到里屋炕沿前看着他妈,他妈脸色红红润润。

他奇怪地问:"我妈脸色怎么会这么好?"

郑娟小声说:"也许是按摩起作用了吧。"

她把于虹教自己按摩、自己也教会了弟弟按摩的事讲了一遍,秉昆很高兴,又把她搂在怀里亲吻了一阵,吻得郑娟飘飘欲仙,脸颊桃红,双眸晶亮,整个人如同干枯的海草一下子又浸入水中。

她找出存折交给他。他翻开一看,居然分文未少。

郑娟说,其实她妈也留下了一个存折,上边有两百来元钱。她妈究竟怎么还能攒下一笔钱来,连她也想不明白。

秉昆掰着指头说:"都半年了,你就靠那两百来元养活这一大家子?"

郑娟自豪地说:"养活得挺好啊。你爸不是每月也往家寄钱嘛,我倒没怎么为钱犯过愁,只怕你被严判,不知发配到哪儿去了,害得我十年二十年地见不着你,那我可怎么办呢?"

她说得难过起来,流泪了。

"别哭别哭，那种事肯定不会发生了。"秉昆捧住她的脸，把她脸上的泪水吮了个干净。

郑娟又找出个手绢包，里边包的是周志刚寄给家里的钱，她没花完。她嘱咐秉昆要特别谢谢春燕妈，每次取汇款都是用春燕家的户口代取的，还得派出所开证明，否则取不出来就退回去了。一退回去，秉昆爸心里还不急呀！秉昆爸直到那时还不知道秉昆妈成了植物人，郑娟每次收到汇款都必模仿秉昆的字回一封信报平安，每月也给秉昆哥哥秉义写一封同样的信。所以，不论秉昆他爸还是他哥，都只知道秉昆他姐和姐夫出事了，对秉昆妈的不幸情况却一无所知。

"我模仿你的字模仿得可像呢！我也没想到，能为你把那么多事做得有条有理。现在，我觉得不欠你多少恩了。"

秉昆说："现在是我欠你的大恩大德，郑娟，我以后可怎么才能报答你啊！"

那日白天，周家笑声不断，洋溢着半年以来不曾有过的欢乐。周秉昆一会儿表演快板，一会儿表演快书，一会儿说数来宝绕口令，外甥女和郑娟的儿子对他很着迷，而郑娟和她弟光明则几乎对他无限崇拜了。看来，公安部门关押了半年非但没对他的心理构成什么负面影响，反而让他的性格变得乐观开朗了。像每一个与他有同样遭遇的人一样，他深信自己行为的正义性必定获得广泛承认，这令他和他们感到光荣。那是一种只有为数不多的中国人才会真正觉得自己配享受的光荣，绝大多数人只不过是在分享"人民胜利了"的喜悦。周秉昆甚至庆幸自己曾是参与者，而不仅仅是无动于衷的旁观者，参与了并且最终站在了正义和胜利的一方。

郑娟分享他的开心和快乐，却无法深入理解他的光荣感。她从收音机里知道北京发生了粉碎"四人帮"的大事件，但这与她以及每天都需要关爱的周家炕上的老老小小有什么关系,或能带来什么福祉却是她不明白的,她也没有想搞清楚的愿望。对于她,那胜利千好万好都莫如她的秉昆终于回家了好,有这一好她便拥护那胜利,自己的坚持与苦苦等待也值得了。

白天,她沉浸在自己胜利的喜悦之中。晚上,当周家安静了,大小三个孩子熟睡了。洗碗时,秉昆从背后搂住了她的腰,幸福地把脸贴在她背上。

她叹道:"如果你妈不那样,多好啊。"

他没接话。

他想,如果他妈没那样,这会儿她不可能在他家洗碗,他不可能如此幸福亲昵地搂着她。他羞耻于自己的想法,不知道说什么才好。

她又小声说:"告诉你,我在安全期里呢。"

这是他正要问而羞于启齿的事,他高兴得心花怒放,吻着她的耳垂说:"不管你在不在安全期,今晚我都要定了你,因为现在全中国都在安全期里了。"

她听不大明白他的话,却不由得扭回头与他耳鬓厮磨。接下来自然是她也洗不成碗了,反身用水淋淋的手搂住他的脖子,与他好一阵亲吻。再接下来,他把她横抱向炕边了。

他们的身体在被子底下贪婪地互相受用,他们的口唇如同两条鱼"相呴以湿,相濡以沫"。

他说:"我一定娶你。"

在周家外屋被炊烟熏得温热适度的小火炕上,在"人民胜利了"以后,在许多人认为国家脱离了危险期、开始了安全期的夜晚,相互爱得又苦又累且十分纠结的一对年轻男女,用他们的身体合演着"欢乐颂"——身体舞蹈,心灵奏乐,理性休眠,每一章每一节乃至每一个音符都欢乐得酣畅无比……

那是他俩一直以来最好的一次。

周家的二小子秉昆回来了——春燕妈把这一新闻传遍了光字片。

几乎每天都有人到周家来看望周秉昆。虽然官方并没宣传他是英雄人物,但来看望他的人(全都年长于他)不分男女,似乎全都在看望曾为正义而斗争过的可敬人物。胜负已见分晓,一些家庭妇女都高兴站在胜利了的正义一边,她们口中说"四人帮"三字时,如同早年诉苦大会上说"万恶的旧社会"。

不分男女,每一个来看望秉昆的人,全都当着他的面称赞郑娟为周家付出的辛劳,说她把诸事打理得多么多么得体。

他们的千言万语汇成了两句话——

第一句是:周家特别是周秉昆,今后一定要对得起人家郑娟,否则他们都不答应。

第二句是:秉昆有眼光,为周家在困难时刻选对了一个值得托付的帮手。

他们的话,秉昆和郑娟听了心里都特欢喜。当然,他俩也都尽量在外人面前伪装出少东家和女仆的那么一种关系。当然,街坊们全都不傻,对他俩之间是种什么关系一个个心知肚明。

随着人民的胜利,光字片的百姓也变了。他们似乎对郑娟的来历已不再有太大的兴趣,对周秉昆与郑娟关系的真相也不再议论不休。他们的兴趣发生了逆转。如果秉昆与郑娟有那种"不正当"的男女关系,并且居然能有好结果的话,那么他们反倒乐观其成了。否则,他们认为对人家郑娟太不公平了,秉昆作为一个男人也太不正常。之所以会如此,一方面因为郑娟为周家付出的辛劳有目共睹，她已经靠实际行动获得了普遍的尊敬，另一方面因为大家都只不过是"人民胜利了"的分享者，内心里多少有点失落，要以民间正义主持者的姿态稀释自己作为国家正义旁观者的惭愧。

然而，局面毕竟对秉昆与郑娟大为有利了。

德宝和春燕、国庆和赶超也一起来过了。吴倩和于虹脚跟脚成为母亲，国庆得了个女儿，赶超得了个儿子，都有点儿被儿女拴住了。

朋友相见的欢乐情形非同寻常。郑娟为他们弄了几样凉菜热菜，五个人干掉了一箱啤酒。郑娟滴酒不沾，听着秉昆的朋友们口口声声叫她"嫂子"，羞红着脸侍候左右。

他们是要大谈政治的，都有那么点儿"国家兴亡，匹夫有责"的意味了。特别是赶超，分明已在进入资深政治人士的角色。

郑娟插不上话，也没兴趣听。他们高谈阔论时，她做这做那。郑娟就是好，一向把周家里里外外收拾得干干净净。相对于她自己的家，周家才算得上是个家，她爱当成自己的家来收拾。

德宝走前，把秉昆扯到外屋，给了他用报纸包着的一包东西，小声说："不必节省，用光了吱一声，以后包我身上了。"

秉昆问是什么东西。

德宝说："我们走了自己看。"

朋友们走后，秉昆把郑娟叫到外屋，怀着极大的好奇打开了纸包，原来是整整一盒避孕套。

秉昆如获至宝，激动地说："这是雪中送炭啊！"

郑娟也羞红了脸说："德宝太贴心了。"

德宝留下了"不必节省"的话，但郑娟是个惜物之人，每次都由她亲手洗了晾起来，留待下次再用。为防止那东西黏住撑不开，她不知从哪儿搞到块滑石，每次都刮下一些滑石粉里外两面抹个遍。秉昆那外甥女玥玥像只半大猫似的对家中角角落落怀有莫名的好奇，只要秉昆和郑娟不在家，便四处搜寻探秘，结果那盒东西就被她发现了，以为是一盒白气球，磨着光明哥哥吹给她和小弟弟玩。瞎眼的光明也以为是气球，接连吹圆了五六个用线扎上了。待秉昆与郑娟从煤球厂买了一手推车煤球回到家里，只见炕上地上都有"白气球"，而两个孩子炕上一个地上一个你抛我接玩得正高兴。郑娟心疼得都快哭了，引咎辞去保管之职，从此改由秉昆保管。

贫穷在许许多多中国人身上造成的痕迹，非"惜物"二字所能概括。它像基因代代遗传，即使某物只不过是针头线脑或小半张彩纸，他们往往也会保存多年。

《红齿轮》没有了，周秉昆只能再回酱油厂上班。他出现在厂里那一天，曹德宝让团支部宣传委员在黑板上用彩色粉笔写了几个大字："欢迎秉昆归来！"厂头头们都采取睁一只眼闭一只眼的态度，未予干涉。厂里大多数人欢迎秉昆归来，厂头头们背地里也对他说："小周，你可太令我们意外了。"

"放心，其他方面人怎么看待你我们不管，反正本厂绝不找你任何麻烦。"

"先回出渣房干着，对你的工作安排我们得开会研究研究。"

于是，秉昆又成了酱油厂出渣房的出渣工。

一九七七年春，一纸调令又将秉昆调走了。

老马同志因工作需要被免去了军事工程学院的职务，成为粉碎"四人帮"后省委宣传部的第一任部长。上任伊始，他所做诸项指示中的一项是:"为了繁荣本省群众文艺,应将《红齿轮》杂志复刊,可按原名《大众说唱》发行,继续由《红齿轮》时期从事编辑工作的同志办刊。"

市委宣传部复函请示:"从事办刊工作的三名同志,均参与过'天安门事件',能否再予考虑?"

老马同志在复函上批道:"请立即执行,不必再行讨论。"

于是,邵敬文、白笑川、周秉昆三人又成了《大众说唱》编者,邵敬文仍是编辑组组长,编辑部还在甲三号。

市委宣传部的一位领导召集他们开会宣布决定,进行例行谈话,还破例给他们看了省委宣传部文件复印件,语重心长地说:"你们办得好坏成败,也关系到马部长的政治形象啊!"

邵敬文等三人默默相望,都觉得压力很大。白笑川首先打破沉默,壮士断腕般地说:"如果办不好《大众说唱》,那咱们三个人不成废物了吗?"

秉昆和邵敬文听了他的话,一起笑了。

《大众说唱》复刊号由于时间仓促,发行情况并不理想,首印三万册还剩了几千册,秉昆他们三人不得不推着自行车沿街叫卖。

曹德宝和国庆、赶超三个被秉昆请来做托儿,常在闹市街头指着他们中的某一个大呼小叫:"我认识这人,以前编《红齿轮》的,悼念周总理那些日子他被抓起来过!"

在当年,参加悼念周总理的活动被抓过的人,完全可以成为小名人。

由于一传十、十传百、百传千的名人效应,也由于三名编者慢慢都能沉下心来,毫不浮躁,更因省市电台和报纸配合宣传,《大众说唱》第二期的发行量一下子增加到了十几万册。

此后的一天,秉昆对郑娟说:"我们刊物正办在要劲儿的时期,好郑娟,你得再帮我。"

郑娟说:"我也不懂你们那行呀,怎么帮你呢?要我替你们卖杂志吗？"

秉昆吞吞吐吐地说："那倒不必。我的意思是，以后你不能再睡在外屋了……"

郑娟愣了愣，低下头说："明白了，那你希望我哪天走呢？"

秉昆一下子搂住她，亲热地说："我怎么会舍得让你走呢！你走了我还能当成编辑吗？明摆着连班也上不成了呀！我是想让你以后也挤在里屋炕上睡，这外屋，我得一个人经常加夜班……"

郑娟这才抬起头，脉脉含情地说："行。"

秉昆则把她的眼皮儿抚下来，责怪道："今后一段日子里，你也不许像刚才那样看我。"

接下来整整一个月里，二人之间并无性事，彼此连亲热的表情、话语和举动也都极力克制着。

《大众说唱》第三期大获成功，首印三十万册供不应求，加印两次，最后印数突破了五十万册。主管单位向市委宣传部报喜，市委宣传部向省委宣传部报喜，马部长又批示："高兴。作为全国第一份曲艺刊物，能够取得如此骄人的成绩实属不易，也足见广大人民群众喜爱曲艺。要抓住机遇，争取两年内发行量突破百万册。同时也应注意，随着文艺繁荣，刊物会越来越多，其他文艺种类也必如雨后春笋、蒸蒸日上，人民群众的选择面将更广，欣赏要求将更高，曲艺绝不可能长期一枝独秀，因此既要再接再厉办好此刊，又要面向未来，未雨绸缪，早作谋划。"

市委宣传部对马部长的指示高度重视，立刻派人向他们三人当面传达。楼道里忽然一阵骚动，有人说马部长到甲三号来了，正依次探望各屋的同志们，嘱他们三人别离开。

市委宣传部的同志说："那我也不走了，听听有什么重要指示，回去好传达。"

片刻过后，马部长等人来到《大众说唱》编辑部。

市委宣传部领导先做了自我介绍，接着介绍秉昆他们三人。马部长与他们一一握手，与秉昆握手时笑道："老太太让我代她向你问好，她说挺想你们，不太忙的时候会一起见见你们。"

大家落座后，马部长就开始讲话："我主要是来看望大家，临时动议。希望跟大家说的话很多，批示又不能太长，想当面跟大家说说。行前一些好心的同志劝我暂缓，因为中央对你们参与的事还没有正式结论！但我确信，那是时间早晚问题，绝不会拖得太久。你们三个尚未彻底平反，刊物却办得一期比一期好，我个人向你们致敬，当然不代表省委宣传部，这一点要事先声明。希望你们放下思想包袱，把刊物办得更好。借此机会，我想谈谈自己对三种关系的思考：第一是娱乐与欣赏的关系，第二是文字作品与表演作品的关系，第三是长与短的关系。你们是专家，我是外行。今天不是外行指导内行，而是外行向内行提建议，市委宣传部的同志回去不必传达……"

马部长认为，曲艺的基本艺术属性是娱乐。长期以来，曲艺首先要满足观众的娱乐需求，让他们喜闻乐见。创作表演者出于本能，往往在逗乐上挖空心思，使尽浑身解数。另一方面，曲艺也要有艺术魅力，魅力发挥得充分，也就满足了欣赏。大家要处理好娱乐与欣赏的关系，如果处理不好，一味迎合，那就容易流于无聊，滑向媚俗。目前刊物尚无这种现象，但也要防微杜渐。

他说，发表在刊物上的作品，特别是青年曲艺工作者的原创作品，总体上是好的，但感觉太文学化，实际表演效果未必很好。主要问题在于语言，老一代曲艺家们重视向民间学习生动鲜活的比喻、隐喻、谚语、歇后语。丰富多彩的民间语言是曲艺的宝库，曲艺语言不应是阳春白雪，不应是唐诗宋词，而应是元曲话本小说。后者在曲艺语言的雅俗结合方面成就很高，值得借鉴。他以赵朴初批判"四人帮"的两句诗——"夜里演戏叫作'旦'，叫作'净'的恰是满脸大黑花"为例，建议刊物组织一次曲艺创作座谈会，专门研讨语言问题。他还让刊物选载一些老曲艺家们的经典原创作品片段，让青年曲艺工作者学习借鉴。

他认为刊物发表曲艺作品，应注意长短比例搭配。刊物应该以短为主，每期可多发一些，容易被广大群众中的曲艺爱好者表演，让好作品普及。当然，也不能一味排斥长作品，既长又好的作品可以连载，也可向电台推荐，电台连播比刊物连载效果更好。电台每天都可以在固定时间播一段，刊物每月才出一期，双方要扬长避短，电台要甘当伯乐和雷锋……

马部长他们走后，白笑川佩服地说："这老家伙，居然给咱们定出了百万册的发行目标，想把咱们累吐血呀？不过倒也句句讲到了点子上，他这样的宣传部部长我服了。我最讨厌那样一些官，明明是外行，还把外行话说得像绝对真理似的。过后你一寻思，他除了警告你不许这样那样，有参考价值的具体建议半句没有。我先表态，马部长的建议我全都拥护！"

秉昆接着说："我也全都拥护。"

邵敬文吸着烟沉思，不说话。

白笑川走过去推了他一下，板着脸问："你一声不吭什么意思？想和我们师徒俩唱反调？"

邵敬文这才说："我和你俩不同，我是党员，我因为那事被开除党籍，不瞒你俩，我一直是背着沉重的十字架办刊。他希望咱们都放下思想包袱，可我的思想包袱能那么容易放下吗？"

秉昆和白笑川都以同情的眼光看着他，一时沉默。

邵敬文苦笑道："不说那些了，说那些太破坏你俩的好情绪。我当然也佩服他，他一边说，我一边记，一边想——他一个搞军工教学的人，怎么也会对曲艺有那么多真知灼见呢？这有点儿不可思议嘛！"

白笑川道："人家没有那金刚钻，也不会揽下省委宣传部部长这瓷器活，证明你们党内人才济济呗！不过话又说回来，官混子也不少……"

邵敬文指着他大喝一声："打住！"

白笑川便立刻收声，做出噤若寒蝉的样子。

邵敬文指指秉昆，又指指门。

秉昆会意，蹑足走到门前，猛地把门拉开——门外无人偷听。

白笑川不以为然地说："你太神经过敏了吧？我刚才的话，当着任何人的面都敢讲。"

邵敬文说："那我就再宣布一条纪律。以后，在办公室，像你刚才前两句那样的话，你俩想说多少说多少。像后一句那样的话，一句不许说。"

秉昆忍不住反驳道："组长，那咱们刊物还能办下去吗？岂不只许歌功颂德，不许讽刺批判了吗？"

邵敬文说："两码事。好比唱戏的，台上唱什么是一回事，台下唱什么是另一回事。"

那日是周末，邵敬文心情大好，批准秉昆师徒提前两个小时下班了。

秉昆没直接回家，骑自行车绕道前往一家老字号，想买二斤熟饺子带回去。那样，郑娟就不必做晚饭了。他俩多日没怎么亲热了，他也心情大好，希望早点吃罢晚饭，给晚上留出更多的时间来。

在秉昆排队时，周家小院里，三只板凳上坐着光明和两个小孩子。两个小孩子正听光明讲童话故事，他讲的童话全是自己编的。

在周家里屋，郑娟正为秉昆妈按摩。那已经成了她的习惯，只要得空儿必做的事，她的手指也因此起茧变形。她按摩遍了秉昆妈的身体，又开始按摩头部。秉昆妈头朝炕外仰躺着,她坐在炕前的椅子上。

忽然,秉昆妈微微张开嘴,长出了一口气。那是不曾有过的现象,郑娟吃一大惊。

她犹豫片刻,定下心后,继续用双手的指尖捻捏秉昆妈的左右耳轮。

忽然,秉昆妈睁开了眼睛,奇怪地瞪着郑娟的脸。

郑娟骇然,放开双手。

秉昆妈问:"你是谁?"

郑娟说:"我是秉昆雇来服侍你的。"

秉昆妈又问:"我怎么了?"

郑娟说:"你病了,整天昏迷不醒的。"

"好久了?"

"一年又三四个月了。"

"秉昆每月给你多少钱?"

郑娟只得说谎:"十几元吧。"

秉昆妈追问:"究竟十几元呀?"

郑娟也不清楚她的服务值每月多少钱,何况秉昆没给过她钱,想了想,保守地回答:"十二元。"

"管吃管住?"

"是的。"

不料,秉昆妈一翻身坐起来!

郑娟也一下子站起来,倒退一步,心中撞鹿,扑通扑通乱跳。

秉昆妈把腿一盘,大声说:"太多了,你要的太多了。不管吃住还可以,又管吃又管住,那你要的就太多了。"

郑娟低下头嗫嚅道:"不是……不是我非要那么多,你儿子给的。"

秉昆妈话题一转,心安理得地说:"既然是我小儿子雇的你,我渴了，给我倒杯水来。"

郑娟立即转身照做，兑得不凉不热，加了糖，还拿了柄小勺，走回到炕沿前，正预备用小勺喂秉昆妈喝水，秉昆妈生气地说："我不用你喂，我又不是小娃娃！"

她接过杯，咕嘟咕嘟一口气喝光了。

郑娟看得呆若木鸡。

秉昆妈把杯往炕沿一放，仍不高兴，皱眉问："你放糖了？"

郑娟都不敢说话了，点头而已。

秉昆妈瞪着她教训道："我并没叫你放糖，你放糖干什么？以后你要记住，拿了别人家钱，替别人家做事，凡事想怎么做之前得问清楚，不可以自作主张就做了。"

郑娟诺诺连声，更不敢说什么了，拿起杯子转身正欲离开，背后秉昆妈又说："我也饿了。"

郑娟麻利地把小炕桌放到炕上，匆忙去弄吃的。

秉昆妈又在催促："快点儿啊，我饿得心慌劲儿的！"

秉昆妈就着咸菜丝喝了一碗小米粥，吃了半个两掺面馒头后又躺下了。她那是顺势一躺，一年又三四个月里一直头朝外脚朝里躺的，这一次改成头朝里脚朝外了。

她临躺下之前说："你接着揉吧。"

秉昆兴冲冲回到家里，一进门便觉气氛有异——光明等三个孩子乖乖坐在里屋炕上，仿佛都在担心什么，却未见郑娟在家。

秉昆放下饺子，问光明："你姐呢？"

光明说："回我家那边去了。"

秉昆又问："干什么去了？"

光明说："我姐说得先回去收拾收拾，好久没住人了，怕我们突然回去，哪儿哪儿都是灰。"

秉昆不安了，急切地问："你们为什么突然回去呢？发生什么不好的事了？"

光明说："我也不知道，我只听到我姐临走前小声哭来着。"

光明一说到哭字，玥玥和楠楠都齐声哭了。这个哭着说："不让阿姨走嘛！"那个哭着喊："妈妈回来，妈妈回来。"

秉昆被闹得心烦意乱，顾不上说一句哄两个孩子的话，冲出家门，跨上自行车直奔郑家而去。他推门进去，见郑娟像农妇似的头上包一条毛巾正打扫着，弄得浑身满脸都是灰，像流浪的猫狗。

郑娟一见他，眼圈立刻红了。

秉昆问："什么人欺负你了？"

郑娟投入他怀中哭了。

"说话呀！"秉昆急了。

郑娟止住哭，心有余悸地说："你妈活了。"

秉昆一想自己妈明明也没死呀，扳住郑娟双肩，看着她的脸问："宝贝儿，你自己的神经还正常吧？"

郑娟一边点头一边退到炕前坐下去，把秉昆妈怎么忽然睁开了眼睛，居然能够在炕上盘腿坐了，又怎么喝了一杯糖水、一碗小米粥，吃了半个馒头的经过讲了一遍。

秉昆几乎不敢相信自己耳朵，不断地问："真的？真的？"

郑娟则边讲边回答："真的，真的，我怎么会骗你呢？"

秉昆猛地把她抱在怀里，也不嫌她脸脏，好一阵亲好一阵吻。

"把我脸上的灰都弄你嘴里啦！"郑娟轻轻推开了他。

他看着郑娟傻笑道:"真是上天不负有心人啊!你对我们周家的恩德大了去了。咱俩的事,那就一点儿障碍也没有了。今后,我们周家的每一个人都会特别尊敬你的!"又仰面叹道,"天啊,不知何方神圣在成全我俩,我周秉昆太感激了!"

郑娟却忧郁地说:"你别高兴得太早了,我觉得你妈看着我来气。"

秉昆批评道:"她躺在炕上一年多的日子里从没睁开过眼睛,今天总算睁开过一次了,看见的却是个陌生女子,你能指望她说出你句句爱听的话吗?"

郑娟仍很郁闷地说:"反正她那样子我有点儿怕,觉得她像黄世仁的妈。"

秉昆笑出了声,抗议道:"你诬蔑我妈,我强烈不满!我妈可曾经是选出的街道副主任,她极富有同情心,为人特善良,往后你就知道了。"

郑娟心中的委屈忧伤终于释然,也笑了,高高兴兴地由秉昆用自行车驮回去。

秉昆却没往家骑。

郑娟奇怪地问:"你这是要把我驮哪儿去呀?"

秉昆说:"放心,我还能舍得把你卖了?"

他把郑娟驮到了"人民大浴池"。

郑娟嗔道:"你把我驮这儿干什么呀?"

秉昆戏谑地说:"我们的刊物取得了那么大的成就,我也劳苦功高,却没任何人发我们一点儿奖金。你应该洗得清清爽爽、香香喷喷的,全心全意地犒劳犒劳我。"

郑娟顿时脸红了,轻轻打了他一拳,心理有点儿不平衡地说:"我还觉得我对你们周家也劳苦功高呢!谁又犒劳过我呢?"

秉昆嬉皮笑脸地说:"我呗!今晚我也要代表我们周家全心全意地

犒劳你,我对我们周家有这种义务啊!再说,又有什么别的犒劳比咱俩之间的互相犒劳好呢?"

"越说越没羞!"郑娟又打了他一拳,欢乐溢于言表,显然是爱听的。

物资匮乏的年代,文化娱乐生活缺失,百分之九十五以上的中国人家里没有一本书。在千千万万底层青年之间,谈情说爱几乎是唯一浪漫的事,又大抵是一生仅有一次机会的浪漫事。不论婚前还是婚后,打情骂俏带给他们的娱乐满足远远超过相声和喜剧。至于性事,千真万确地在他们之间一向起着从肉体到心理相互犒劳的作用,往往成为他们抵御贫穷、不幸和困难,共同把人生坚持下去的法宝。当然,前提是彼此爱对方。

秉昆走春燕的后门,郑娟没买票没排队,由于虹亲自领了进去。

秉昆还不回家,又赶往自己当推销员时建立了熟人关系的副食商店,没用副食本就买了二斤猪头肉、二斤粉肠和二斤五香豆腐丝。

那天晚上,周家的大人孩子们猛造了一顿年夜饭般的晚饭。郑娟阿姨不走,她的脸又笑盈盈的,玥玥和楠楠的心安定了,便也都高兴地狼吞虎咽。

在饭桌上,光明犹豫地问郑娟:"姐,咱们不走了吗?"

秉昆抢着回答:"走?往哪儿走?以后我在哪儿你姐在哪儿,她在哪儿你和楠楠就在哪儿。我和你们也是'四人帮',打不倒的'四人帮'!"

郑娟听了他的话大为动情,一时间泪汪汪的,居然当着玥玥和楠楠的面亲了他一下。

楠楠拍手欢叫:"妈妈亲叔叔啦!妈妈亲叔叔啦!"

玥玥也起哄:"没看够嘛!没看够嘛!"

秉昆大为开心,轻轻一拍桌子郑重其事地说:"那舅舅得让玥玥看够了!"

他捧住郑娟的脸就亲了起来。

光明也能看见似的笑了。那瞎眼少年从没那么愉快地笑过。

除了秉昆朋友们相聚在他家的大年初三晚上，周家从没有过那么欢乐的时候。

有一类女人似乎是上帝差遣到民间的天使，只要她们与哪一户人家发生了亲密关系，那户人家便蓬荜生辉，大人孩子的心情也会好起来。她们不一定是开心果，但起码是一炷不容易灭的提神香。

对于周秉昆，郑娟便是那样的女子。

饭前，秉昆趴在母亲身旁轻叫了数声"妈"，毫无反应，不知何时由仰躺而侧卧了，呼吸均匀，睡得正酣。他未敢大声叫，唯恐惊着母亲。看看郑娟，也无奈地摇头。

光明和两个小孩子都睡了以后，秉昆在被窝里闻郑娟的头发、身子，还真闻到了芳香。郑娟说她用的不是浴池免费提供的肥皂，而是春燕从家里带去的檀香皂。她说洗罢澡后，于虹还为她按摩了一通，那才叫舒服、享受！

"难怪你妈能睁眼坐起来了，敢情她当了一年多的神仙！"郑娟说罢，把头拱在秉昆怀里吃吃笑。

秉昆说："听你这话的意思，今儿晚上就不用我犒劳了呗！"

郑娟撒娇道："那不行！今儿晚上可以省一件'潜水衣'，所以不能错过。"

她把每次所用的"那东西"叫潜水衣，秉昆明白她又在安全期，心中欢喜。

她还说："我为你妈义务按摩了一年又几个月，却一次也没为你按摩过，今儿晚上让你也享受享受神仙的滋味儿吧！"

于是秉昆就趴着了，郑娟坐在他腰上按摩起来……

他俩刚要入睡,外屋的灯忽然亮了。二人同时欠身一看,见秉昆妈一手握灯绳,一手扶门框站在门口。

郑娟吓得赶紧把头缩入被窝里,大气儿也不敢出一下。

秉昆好生尴尬,强自镇定地问:"妈,你起来干啥?渴了还是饿了?"

秉昆妈说:"秉义,是你和冬梅呀?你俩哪天回来的?"

秉昆不知他妈是没看清还是头脑糊涂了,将错就错,顺水推舟,干脆充当哥哥秉义,说与冬梅就是这一天晚上到家的,见她睡了,没惊动她。

秉昆妈又问:"秉昆呢?"

秉昆说:"我弟借宿去了。"

秉昆妈说:"你跟冬梅讲,就说妈说的,孩子不能生太少,也不能生太多,三个正好。你们里屋炕上那三个孩子,妈一并替你们照看了。千万别再生了,再生大人太受累。"

秉昆说:"谢谢妈,妈你真好,快睡去吧。"

秉昆妈说:"那我去睡了,你们明天不必起太早,睡个长觉哈。"

灯一关,秉昆妈鞋底儿拖地,哧啦哧啦进里屋去了。

秉昆忧虑地说:"我妈老了,她以前走路鞋底儿从不拖地的。"

郑娟这才从被窝里探出头,也忧虑地说:"幸亏你被放回来了,这要我自己在家,吓死我了。"

秉昆安慰道:"你也不必怕她,我看她是变糊涂了。往后她看你是谁,你就当自己是谁。她如果认为你是王母娘娘,那你就充当王母娘娘。"

第二天秉昆上班后,秉昆妈又下炕了,还走到小院里站了一会儿,见着了熟人也认得,主动打招呼。对方们则非惊即惧,无不以为是奇事。一个多小时,半条街的人都知道秉昆妈下炕这个重大新闻了。像昨天夜里一样，她仍把郑娟视为冬梅，仍把光明等三个孩子视为冬梅生的孩子。郑娟确信她变糊涂了，大为怜悯，好生替她难受。一吃罢早饭，郑娟顾不上收拾起碗筷，马上烧了壶热水，自称是冬梅，口口声声尊尊敬敬地叫着"妈"，替她洗头发。之后，帮她里外换了身干净衣服。

秉昆妈头发还没干呢，忽又不把郑娟认作冬梅了，却也并不是把她当成了王母娘娘，而是当成了"九尾狐狸精"。

"你个骚狐狸！你好大的胆，竟敢在我家冒充我儿媳妇冬梅！你以为你一讨好我，给我洗头发，我就会被你骗了吗？呸！我才不上你的当！趁早领上你的三个小狐狸崽子滚出我们周家去！不然我可用擀面杖打了！……"

尽管只不过是语言恐吓，并未实际进行暴力驱逐，郑娟还是谨慎地把三个孩子转移到了外屋炕上。她坐在炕沿听着，流着泪，一早上有不少活得做，却不敢迈出外屋，怕一出现在秉昆妈眼里，更加刺激她骂个不休。

幸而秉昆有预见，上班前到过春燕家，拜托春燕妈经常来自己家看看，倘若遇到郑娟处理不了的棘手情况，请她帮着解决一下。

春燕妈对发生在秉昆妈身上的奇迹持特别迷信的看法，认为秉昆妈肯定是被黄鼠狼附体了。她不好对秉昆说，心里却是这么想的。她以一种"独有英雄驱虎豹，更无豪杰怕熊罴"的大无畏气概，早早来到了周家。秉昆妈一见她，也骂她是老狐狸。

春燕妈对郑娟说："果不其然被我猜中了，黄鼠狼附体的人正是这样。你想啊，她人事不省地躺了一年多，黄鼠狼不往她身上附才怪了呢！我要是只黄鼠狼，那也喜欢往她身上附的。"

郑娟多少有些迷信思想，她困惑地说："听我妈讲，黄鼠狼与狐狸是至亲，狐狸是黄鼠狼的同类。要真是黄鼠狼附了体，并且当我是狐狸精，那就应该对我很亲，不应该骂我呀！"

春燕妈寻思片刻，双手一拍，恍然大悟地说："明白了，你漂亮，附体的可能是只丑黄鼠狼，还是母的，嫉妒你！"

郑娟请教春燕妈："婶儿，那我可该怎么办呢？她这么闹下去，我明摆着没法在周家待了呀！"

春燕妈劝道："你千万别生一走了之的想法。你一走，撇下秉昆外甥女和他这样的一个妈，他那班还能上吗？常言道，帮人帮到底。他好不容易有了那么一个体面又愿意干的工作，目前还是借调，一心盼着转正，你一走秉昆还不抓瞎了呀！"

郑娟说："我也是这么想，才难为自己忍受着。"

春燕妈说民间有种经验，相当灵验，那就是出其不意一个大嘴巴子扇将过去，黄鼠狼一惊，往往就从人体里溜跑了。

她鼓励郑娟试一试。

郑娟说我怎么下得了手呢？任凭春燕妈再怎么鼓励也不相从，反过来央求春燕妈"胆子大一点儿"。

春燕妈被央求不过，叹道："谁叫秉昆妈是我家春燕的媒人，又是春燕干妈呢？我们乔家欠他们周家的大人情，事赶到这儿了，我这就替乔家还了吧！"言罢，她撸胳膊挽袖子，瞪着秉昆妈义无反顾地大步逼近。

秉昆妈仍盘腿坐在炕上，骂不绝口。

春燕妈抡圆胳膊一个大嘴巴子扇将过去，秉昆妈的身子被扇得晃了一下。

此法居然真灵！

秉昆妈眨眨眼，怔半天看着春燕妈说："老姊妹，你为啥扇我呢？"

春燕妈大喜过望，连说："谢天谢地。"也脱鞋上炕，盘腿坐于秉昆妈对面，握着秉昆妈一只手，痛说家史般，把秉昆妈怎么成为植物人，郑娟怎么在秉昆叫天天不应、叫地地不灵的情况之下被雇到周家，又怎么怎么一天几次为她按摩，终于让她不再是个活死人的过程讲了一番。

秉昆妈听得如堕五里雾中。

春燕妈把郑娟们唤入里屋，向秉昆妈一一介绍。

秉昆妈问："我家周蓉怎么了？她女儿在我家多久了？"

春燕妈说："我也不清楚，等秉昆下班了你问他。"

秉昆妈又问："小郑她弟、她儿子，三口人都吃住在我家吗？"

春燕妈说："是啊。人家是有家的，总不能让人家撇下一个瞎眼弟弟和自己的儿子不管，为了照顾你和你外孙女一个人住到你们周家来吧？"

秉昆妈通情达理地说："那倒也是，可我家秉昆那点儿工资还不被她们大小三口吃光了？"

春燕妈有点生气，高声说道："你这是什么话？忘恩负义的人才这么说，你要再说这种话，我可就瞧不起你了！"

她正这么数落着，又来了几位街坊。男人们都去上班，来的全是女人，包括秉昆妈成了植物人后新选出的街道副主任。她们众口一词，都称赞郑娟为周家做出的贡献。秉昆妈便当着大家的面，拉着郑娟一只手说："小郑，现在大娘明白了，你不但为我们周家操心受累，还是我的大恩人。你放心，大娘是知恩图报的，当着这么多好街坊的面，大娘对你表个态，我一定会对得起你！"

听她这么一说，众人都觉高兴，郑娟也不怎么怕她了。

人是奇怪的动物，秉昆妈成了一年多的植物人，许多事都不记得，偏家中有一副镯子这事记得特清楚，连收藏在什么地方都没忘记。趁郑娟帮玥玥和楠楠洗脸梳头之际，她翻箱子找出那盒子。

郑娟听秉昆讲过镯子的事，当然知道镯子已不复存在，见秉昆妈捧着那小空匣子，一颗心提到了嗓子眼。秉昆妈叫她过去，她默默走过去坐在炕边。

秉昆妈说:"刚才听春燕妈讲,你比秉昆大一岁,按年龄我可以叫你孩子的。但你是结过婚的女子,我再叫你孩子显得我倚老卖老,也只得叫你小郑,行吧?"

郑娟点头。

秉昆妈问:"那你跟我说句实话,你和我小儿子,你们之间除了他雇你的关系,再没别的关系吧?……你能明白我指的是什么关系。"

郑娟不得不摇摇头。

秉昆妈又说:"那就好。我呢,现在已经不需要你照顾。你呢,最好尽早离开我家吧。我小儿子单身,你一个年轻寡妇,带着弟弟拖着孩子,在我家住久了,对我小儿子和对你都不好。等哪天别人说出闲话来你再走,那就难堪了,对不?"

郑娟又点头,心中五味杂陈,眼泪在眼眶里打转。

秉昆妈接着说:"说出的话,泼出的水,没法往回收的。我在众人面前说了要对得起你,我这人说到做到。我家没什么值钱东西,就这么一副镯子,现在我把它送给你,作为我和周家对你的报答……"

秉昆妈那时思维清楚,几番话说得从容不迫,有条有理,表现极其正常。实际上,那是母性的自私本能使然。在小儿子的名声与一副镯子之间,她认为小儿子的名声更重要。当时,她头脑中也就仅存着那么一丁点儿正常人的理性了。

她正要打开小匣子让郑娟看时,秉昆迈入了家门。

秉昆上班时右眼皮一直跳个不停。白笑川说左眼跳财,右眼跳灾。本是说的玩笑话,言者无意,听者当真。他心里一直惦着郑娟和母亲在家中的关系会怎样,于是向邵敬文请假早走了一会儿。

邵敬文不悦地说:"请假也得有个理由吧?"

秉昆感觉一言难尽,不愿说。

邵敬文说:"如果没什么非走不可的理由,那我就不能让你走。快到发稿日了,咱们的工作多忙你不是不知道。"

秉昆却二话不说,拔腿就走。

幸亏他提前回到家了,否则,他妈打开匣子一看不见了玉镯,不知会引起多大的纷争。

秉昆大叫一声:"妈,别打开!"

秉昆妈愣住了。

"你把这小匣子翻出来干什么?"秉昆上前一步,夺过了匣子。

秉昆妈说:"我要把镯子给小郑,算是报答她。她是咱家恩人,我不能让她空手走。"

秉昆妈到底还是糊涂了,隔了一夜,已把昨夜所见"秉义和冬梅"的一幕忘了个一干二净。

秉昆大声说:"她不用报答,也不能走。她走了,谁照顾你和玥玥?我还怎么上班?"

秉昆妈急了,也大声说:"我的病好了,不用她照顾!我也能照顾你姐的女儿,从明天起我做饭!你给我!我给她!让她走!"她要从秉昆手中夺回小匣子,秉昆不肯放手。郑娟看着不知如何是好,一转身跑向外屋。

秉昆一分神,小匣子掉地上了。

秉昆妈见匣子空了,抬头瞪着秉昆,继而手指着他恨恨地说:"原来你也是个狐狸精,化成我小儿子的人形来骗我!完了,完了,我们周家完了,成了你们狐狸精的窝了!"说罢,躺倒下去,小声嘀咕起来。

秉昆愣了片刻,双手抱头蹲在炕前哭了。在被关押的半年多里他都没哭过，此时却哭得绝望，像个迷路荒郊野外找不着家的孩子。郑娟闻声走过去把他拉起来，除了抱着他陪着哭，也不知该怎么劝。他俩一哭，光明等大小三个孩子也哭作一团。

此时，周家又来了一个人——不是街坊而是客人，秉昆师父白笑川第一次出现在周家。

秉昆离开编辑部后，邵敬文和白笑川都觉得他的表现反常，不对劲儿，估计他家一定出了什么事。于是，邵敬文让白笑川到周家来看看。

白笑川见状，分外诧异。他与秉昆虽已是师徒，秉昆却从没与他聊过家中之事。家中的情形被师父见到了，秉昆也就觉得没什么可隐瞒的了。

在周家小院里，师徒二人各坐小凳，秉昆把母亲缘何曾是植物人，自己与郑娟关系的来龙去脉和盘托出，连瘸子和"棉猴"的事以及郑娟被"棉猴"强奸才有了孩子的事也讲了。

白笑川快五十岁了，又曾被打成"右派"沦落为人下人，对悲情的民间苦境见闻甚多，竟也陪着徒弟流了几次泪。

秉昆讲罢，白笑川说："事已至此，愁也没用。徒弟，我要为你回家一次，去去就来。"

白笑川不但为秉昆回了次家，还去了趟编辑部，向邵敬文汇报秉昆家的情况。其实，秉昆请假时邵敬文不悦是有原因的。《大众说唱》办出了名声，方方面面许多人都想把三亲六故塞到编辑部来，有些还确实具备当编辑的能力。编辑部却并无进人指标，于是有的人就盯上了"借调编辑"周秉昆，想将他顶走。顶走得有理由，他们的理由一致是，周秉昆参与过"反革命事件"，这样的人没有资格当编辑。

"我们三个都因同样的罪名被关押过，谁有权力就把我们一起罢免了吧，那空缺就不是一个名额而是三个名额，对你们岂不更好吗？"凭借着马部长的信任和赏识，邵敬文让那些关系户自讨没趣，一一碰了钉子。

一些人不达目的誓不罢休，于是一封封攻击性很强的"意见书"寄到了省委。常委们每人收到一封，信中指斥马部长不讲政治原则，用人不当。来信多数匿名，也有实名举报。

"只要我还当宣传部部长，那三个人我就用定了。至于对刊物内容的批评，可以作为读者反馈意见登在《大众说唱》上。"马部长在常委会上如此表态。

然而，马部长终究因此有些不快。

邵敬文知道上述情况，他只向白笑川透露过，对周秉昆只字未提，怕影响工作热情。这次秉昆无故请假，邵敬文以为他居功自傲，开始翘尾巴了。

白笑川回到编辑部，把自己亲眼所见的情形和秉昆告诉他的那些事原原本本讲给邵敬文听。邵敬文听后感慨良多，亦甚为同情。

白笑川建议道："往后他的工作我可以分担一部分，咱俩做主，暗中允许他只上半天班吧。"

邵敬文说："虽非长久之计，目前也只能如此，让他每天上午上班就可以了。"他想想又说，"还是让他下午来吧。午饭后他家大大小小都会睡午觉，他来上班就会安心不少。他再早点儿下班，更有利于照顾家。"

白笑川走出门后，邵敬文叫住他又说："上午来下午来干脆由他自己决定吧。他最近曲艺创作方面又有明显进步，你再告诉他，如果每期能组一篇好稿子，自己再创作一篇好稿子，那么可以享受更多的上下班自由。我说的好，不是最好。仁者见仁，智者见智，本也没什么最好，普遍认为好就可以。稿子不能署他的名，也不评奖，避免争议。对他的难处，我也只能照顾到这种程度。"

白笑川说："敬文，你对我徒弟已爱护到家了，我替他谢了。"

白笑川第二次骑自行车来到周家，衣服后背被汗湿透了。他把邵敬文的话对秉昆一说，秉昆就又感激得流泪了。

当年物资相对匮乏，人与人之间的关系几乎只能由感情与思想维系。这颇似五四运动前后的中国，凡有些思想的人，自然而然以思想作为向心力。所谓"物以类聚，人以群分"，也几乎主要是以思想为基础来聚与分的。若在思想上属同一营垒，彼此间感情之真之深，往往令人感叹。

那时的周秉昆已经是一个有思想的青年了吗？这很不好说。比起从前那个哥哥姐姐都认为头脑简单的周秉昆，他总算有了点儿思想吧，好比孔乙己与茴香豆的关系——多乎哉，不多也。

然而，邵敬文和白笑川却认为他不寻常，是他同龄青年中很有思想的一个。他们认为，周秉昆被关押过，无疑证明他有思想。他受瘸子与"棉猴"那类人的托付，居然在四年多里每月像执行特殊使命似的转交生活费；他明知郑娟有一个瞎弟弟，有一个上不了户口的儿子，仍"死不悔改"地要将他们的爱情进行到底……这些，全都因为他有独立思想。

在有思想的人那儿，一切似乎都能与人的思想联系起来。对于周秉昆来说，却只不过是任性，任心性之性而已。

白笑川回家一次，却并没有为秉昆取回什么排忧解难的法宝。他交给了秉昆一个小小的纸包，包的是十片安眠药。他患有严重的失眠症，常年依赖安眠药。他对秉昆的建议是，每晚给妈妈服一片安眠药，保证她一夜安睡，而且没有长期服药史的人初服后往往会睡到第二天十点以后。

多亏有了安眠药，秉昆妈那夜睡得很踏实，第二天十点以后才醒，醒后的确表现得较为正常。她不再把秉昆认作秉义，更不把郑娟看作狐狸精了。她对郑娟是谁也保留着昨天的记忆，尚可容忍。

趁着母亲上午不折腾，秉昆骑自行车外出组了一次稿。

周家屋顶之下两家六口的合伙日子，就这么今天过去了不知明天会怎么样地往前推着。秉昆和郑娟想做爱了照常做爱，他们从生理到心理都更加需要那一种慰藉——那对于他们如同电器充电。他们二人都尽量不谈以后的事，因为那一话题太无奈太沉重了。

半个月后，秉昆收到了父亲周志刚的电报，告知他要退休回家，预计将乘哪次列车回到A市。列车晚点司空见惯。预计就是自己也说不准，要倒两次车就更难说准了。

秉昆接了一次站没接到，德宝等朋友们替他接了两次，总算把周志刚接回家了。

周志刚只在家中见到了老伴、小儿子和外孙女玥玥。

秉昆提前把郑娟和她弟她儿子送回了她家。他无法预料父亲回来后对郑娟会是种什么态度，认为她们还是暂且回避的好，而她表示充分理解。

说来奇怪，秉昆爸一回到家里，秉昆妈的精神状态正常多了，正常得他爸竟没看出他妈的精神有什么问题。

第二章

周志刚回到家里的第二天晚饭后,秉昆对他说:"爸,我有许多事想和你谈谈。"

周志刚说:"我也有些事想问你。"

秉昆说:"我不想让我妈听到咱俩说什么。"

周志刚说:"那到小院去谈。"

父子俩在小院里谈了一个多小时。

"该说的都说完了?"

"说完了。"

"想想还有什么要说的。"

"没有了。"

"你刚才讲,你哥你嫂子至今都不知道家里发生的事?"

"是的,我觉得让他们知道了,除了让他们和我一样愁,没别的什么意义。"

"这你做得对,镯子赎回来没有?"

"没有。"

"明天把它赎回来,免得你妈见不着总疑神疑鬼。"

"记住了。"

"你没讲你为什么也要搅和到去年清明前后的那件事中去。"

"气不忿。"

第二章

"气不忿?"

"是的,抱打不平。"

"你?因那事,抱打不平?"

"对。"

"老实说,你姐参与了那事我一点儿不奇怪,你哥你嫂子卷进去了,我也能面对现实,可你……我就是像你妈似的精神不正常了,那也想不到……"

"因为我不优秀呗!"

"我并没有贬低你的意思,你就至今不后悔?"

"不。"

"你还敢说不后悔!幸亏我不知道,假如我当时知道了,结果不会比你妈强到哪儿去。"

"对不起了,爸。"

"如果'四人帮'现在还在台上,咱家岂不完了?"

"那不可能。"

"怎么就不可能?"

"他们也该折腾到头了,有点儿思想的人都看清了这一点。"

"你什么时候成了有思想的人了?你刚才还说,你只不过是气不忿!"

"气不忿也要多少有点儿思想。"

"你的意思是说,你爸一点儿思想都没有?"

"爸,我没那种意思。"

"我看你小子心里就是有!"

"爸,我真的没有。"

"到此结束,拉我起来了!"周志刚向儿子伸出了一只手。从事了一辈子重体力劳动，六十二岁，往往意味着风烛残年的开始。没谁拉一把，坐在矮板凳上往往不太容易站起来。这种时候，作为父亲的尊严就开始在儿女面前大打折扣了。

把父亲拉起来后，秉昆不失时机地问："那，你能不能现在给我个态度？"

眉头在周志刚额心拧成了疙瘩，他纠结地瞪着儿子问："给你个态度？什么态度？"

秉昆说："就是，我和郑娟的事。"

"我现在心里烦，没态度。"周志刚说罢，抬脚就往小院外边走。这才是刚回到家里的第二天，像立刻面临着一项有劲儿都不知该怎么使的烂摊子工程似的，儿子把一只破球一脚传给了他，还当即要他表态，这让他心里老不高兴了。你但凡是个懂点儿事的儿子，那就不会在我刚回来的第二天一股脑儿倒给我这么多乱七八糟的事！他心中很生气，却尽量克制着不发作，他毕竟想象得到，小儿子为了让哥哥嫂子和他这个父亲不因家事而牵挂太多，曾经独自承受了多大的压力。就此点而言，他对小儿子有几分刮目相看。

秉昆看着父亲往外走，愣了愣，郁闷地问："爸，你上哪儿去？"

周志刚往外走是由于心乱如麻，他当然哪儿也不想去，就又转身从儿子面前经过往屋里走。他在门口站住，头也不回地问："单位允许你不坐班，是不是？"

秉昆说："是。"

"明天领我去那个郑娟家，我要见见她。"父亲一说完这句话就进屋了。

秉昆呆立小院之中，一时难料明天的见面将会怎样，他禁不住满腔悲情。郑娟，郑娟，我宁可负我们周家所有的人，此生也绝不负你——

第二章

他在心里这么说，也做好了被父亲逐出家门的心理准备。

第二天气温骤降，下午刮起了大风。

秉昆问父亲："还去吗？"

周志刚说："去。"

秉昆又问："非去不可？"

周志刚说："当日事当日毕，非去不可。你把我带回来的腊肉挑一块好的包上，再包上一包茶。"

茶在贵州便宜，北方稀缺，父亲带回了二斤茶。

秉昆一边包腊肉，一边寻思父亲的话，觉得不像祥和之语，有种快刀斩乱麻的意味，心情不免沉重。

他说："爸，茶叶可以不带，她家没人有喝茶的习惯。"

周志刚冷冷地训斥道："你怎么那么多废话？让你带上你就带上！"

秉昆妈插话问："你们父子俩要去谁家？"

周志刚还是冷冷地说："不关你什么事。现在我回来了，家中重大的事就由我来全权做主。跟你商量，你就帮着参谋参谋。不跟你商量，你就省省心，别挑那个理，明白吗？"

秉昆妈心悦诚服地点点头。

颇难解释的是，几年未见的老伴忽一日退休回家，秉昆妈像换了个人似的，各方面状态明显好转。

秉昆拎着装有腊肉和茶叶的布袋站在门口，等待父亲把烟吸完。那布袋是由厂里发的一只戴破了的套袖改成的，颜色都分辨不清了。

那支烟父亲没吸几口，吸一口发一会儿呆，差不多是自燃。

秉昆提醒道："爸，别烫了手指。"

周志刚终于把烟头往烟灰缸里使劲儿一摁,毅然决然地说:"走!"

风很大,仿佛要把全市每一棵树上的黄叶一举扫落。路上行人不多,有的女人扎上了头巾。

那么大的风骑自行车是不明智的,父子俩顶着风往郑娟家走。

周志刚问:"你看出来了吗?"

秉昆反问:"爸指什么?"

周志刚说:"郑娟一家三口不在咱家,你妈的病也没你说的那么严重。"

秉昆侧身站住,试探着说:"爸,要不别去了。"

周志刚也侧身站住,严厉地说:"这么大的风,都走在半路了,是你说不去就不去的事吗?"

秉昆以近乎警告的口吻说:"爸,你要是不怀好意地去,我把丑话搁这儿,那咱俩的父子关系可就完了!"

"你小子敢跟我说这种话?再跟我这么说半句我扇你!你以为你是个小编辑就了不起啦?不管你往后又当了什么,首先得当好我儿子!哎,你怎么就知道我是不怀好意地去?我现在是一家之主,郑娟终究是对咱们周家有恩的人,我不该去看看她吗?"父亲当街嚷嚷起来。

"好好好,别冲我嚷嚷,只要你承认她对咱家有恩就行。"秉昆这才挽着父亲继续往前走。

郑娟没在家——楠楠感冒了,她带着儿子到医院打针去了。

光明在炕上穿糖葫芦,他立刻听出进了家门的不只周秉昆一个人,叫了声"秉昆叔叔"就不知说什么好了,低下头默默地继续着。

秉昆说:"光明,和我一块儿来的是我爸,你该叫大伯。"

周志刚接言道:"要叫周大伯。"

光明就怯怯地叫了声:"周大伯。"

秉昆问:"爸,你的意思是?"

周志刚说:"等,今日事今日毕。"说罢坐在炕边,看这看那的。

秉昆也在炕边坐下,帮光明穿糖葫芦。

十几分钟里屋内寂静无声,周志刚从兜里掏出了烟盒。

秉昆说:"爸,忍忍。屋子这么小,外边风又大,开窗就会刮进一屋土。不开窗你吸得满屋子烟,人家孩子又感冒了,一会儿打针回来多不好。"

周志刚被说得没面子,向秉昆翻白眼,一时无话可说。

光明说:"周大伯想吸就吸吧,我姐回来敲敲门也能把烟放出去。"

周志刚恼火地教训秉昆说:"你怎么知道我掏出烟来一定是想吸?我就不可以掏出烟盒看看吗?"

秉昆只得苦笑。

又过了十几分钟,郑娟背着楠楠回来了。楠楠在郑娟背上睡着了,郑娟没扎头巾,头发被大风吹得凌乱不堪,满头满脸都是土。她把楠楠轻轻放在炕上,转身诧异地看着周志刚。她立刻就猜到了他是谁。

秉昆反应极快地说:"你满身都是土,我帮你拍拍拍拍。"

他从绳上扯下毛巾,把郑娟推出了家门。

郑娟忐忑不安地说:"你怎么敢把你父亲往我家带?"

秉昆说:"他坚持要来当面谢谢你。"

郑娟说:"我不信那是他的真实想法。"

秉昆说:"我也不信。"

郑娟说:"我有点害怕。"

秉昆说:"别怕,有我呢。我爸是有修养的工人,既不会打你也不会骂你,那他就没什么可怕的。再说,他凭什么敢打你骂你啊!"

秉昆把郑娟轻轻推进屋后,接下来的几分钟里,情形有点儿像简短的会晤仪式。秉昆煞有介事地向周志刚介绍郑娟，周志刚表情庄严地点头；郑娟向周志刚深鞠一躬，不知说什么好。接着，秉昆代表周志刚表达了一番谢意，替他赠送腊肉和茶，郑娟诚惶诚恐地双手接过，更加不知说什么好。

于是，秉昆只有看着郑娟不自然地笑，郑娟只有看着周志刚不自然地笑，周志刚只有继续表情庄严地看着穿糖葫芦的光明。

秉昆请求般地说："爸，你说几句话呗。"

周志刚说："我要说的你都替我说了，我没什么好说的了。"

秉昆和郑娟就笑得更不自然了。

郑娟终于红着脸憋出一句话是："大伯喝水不？"

周志刚说："不了。"他这才又把脸转向郑娟，面无表情地说，"孩子，让我看看你的手。"

郑娟以为他会看手相，想要通过看手相来决定她和秉昆的关系，犹豫了一下，手心朝上把双手伸到了周志刚面前。他哪里会看手相呢？他是要亲眼看一看，自己小儿子说郑娟因替他老伴常年按摩、手指都变形了的话是真是假。

他又说："手背朝上让我看。"

郑娟又一犹豫——她没听说从手背看手相，虽然困惑，却还是乖乖地将手背朝上了。

周志刚低头认真看了看，从炕上抓起自己的工人单帽往头上一扣，一心想要及早脱身似的说："那，就算我谢过你了吧，我走了。"说罢往外便走。

事实上，周志刚也的确想要及早脱身。他和郑娟一样，一时无话可说。自己必须亲自来表达一番谢意，这一点他毫不含糊。但一来之后，见了郑家的情况，见着了灰头土脸的郑娟，替小儿子秉昆的人生往前想

第二章

想，他看不到任何光明和希望，心情极为沉重，真的是再也不知说什么好了。

"爸……"

周志刚走到门口，听秉昆叫了他一声，并不转身，在门口站住了。

秉昆说："我要多待会儿。"

"随你便。"周志刚仍没转身，推门而去。

门刚一关上，郑娟对秉昆说："外边那么大的风，你怎么可以不陪着他回家呢？"

秉昆不以为然地说："我获得他同意了嘛！再大的风也不可能把他刮丢了。"

郑娟说："那不行，在我这儿通不过。"她把秉昆推出去，还插上了门。秉昆不再拍门后，她看着桌上那布袋，站着出神，推测布袋里的东西对自己究竟意味着什么。

光明说："姐，秉昆叔叔他爸来当面谢过了，是不是希望你明白什么啊？"

她问："希望我明白什么呢？"

光明说："我不明白，你也许比我更明白。"

郑娟就训了他一句："什么明白不明白的，好好穿你的糖葫芦。"

光明反而不穿了，往炕角缩过去，双手抱膝也发起呆来。

郑娟缓缓坐在炕边，扭头看着他说："过来，坐姐身边。"

光明听话地坐到了她身边。

她搂着他，抚弄了几下他的头发，叹道："你的心思姐明白，但是姐不愿你替姐想不开。"

光明说:"我的心思姐也不是太明白。你连妈留下的钱都替他们周家花进去了,就算雇你的钱咱们不要了,那笔钱他们应该还吧?"

郑娟沉吟了一会儿,半晌才轻声细语地说:"妈不是教育过咱们嘛,人在做,天在看。有些事,不能以钱来论的。总而言之,你有姐,那就不必担心什么,啊!"

周秉昆与周志刚回家走的是顺风路,父子俩想走慢点儿都不可能。秉昆怕父亲失足跌倒,欲挽着他,周志刚推开了。

周志刚边走边说:"你没骗我,她的手指确实有点儿变形了。"

秉昆说:"人家那双手原本很好看的。"

周志刚说:"从前地主和资本家的儿子们找对象才注意女人的手好看不好看,别忘了你是工人阶级的儿子,你这种思想意识就成问题!"

秉昆说:"那你觉得她这个人怎么样?"

周志刚说:"也就是个年轻寡妇……而已,我没看出什么特别来。"

秉昆坚持说:"那你现在得给我个态度了吧?"

周志刚说:"以后谈。"

秉昆强烈不满,带着情绪问:"以后是什么时候?"

周志刚说:"我想说的时候。我不想说,那你就别问,问也没用。"

第三章

几天后，周家的小院里出现了一堆黄泥和草绳。玥玥告诉小舅，黄泥是姥爷用土篮子不知从哪儿一次次挑回来的。那时，"十一"都过去了。

秉昆一有空，父亲就指导他和泥，抹墙，只动嘴，不动手。

秉昆心里装着那么大一坨子心事，却一直没从父亲那儿讨到一种明确的态度，对父亲的不满大了去了，活儿干得很不痛快。

父亲却说："你是瓦工的儿子，和泥抹墙，这活你必须会干。连这活都不会干，太让人笑话了。"

秉昆说："都快到上冻的季节了，抹得再好，明年开春还不往下掉？"

父亲说："明年那就是我的事了，不是你的事。明年的事用不着你管，你现在给我好好学着干就是！"

到了十月底，秉昆断断续续地把屋里屋外该抹新泥的地方抹了个遍。每次都是这样，他抹着，父亲手握根棍，这捅捅，那戳戳，把一处处不捅不戳不至于往下掉的墙皮一片片弄下来。秉昆心里别提多来气，他甚至认为父亲很虚伪，明明对他和郑娟的事极其反对，却又不挑明了说，不但采取拖的策略，还对他进行变相的劳动惩罚。

整个十月里，父子关系不冷不热，起码在秉昆这方面无论如何热不起来，他不软不硬地顶撞父亲的情况时有发生。倒是父亲表现得挺宽容，每次都以沉默让即将发生的父子冲突化解。

秉昆没去过郑家一次。没什么好结果告诉她，他见了她也不知该说什么。他承诺的话说了一次又一次，却毫无实际进展，连自己都觉得太没意思了。

十一月三日是星期四，春燕妈的生日。秉昆组稿回到家里已近中午，母亲应邀带着玥玥到乔家吃生日饭去了。

周家只有周志刚在家，炕上放着大行李捆和装洗漱用具的网兜。

周志刚说："你还果然这时候回来了，回来得正好。"

秉昆昨天说过今天回来吃午饭。

周志刚没容他坐下吃饭，命他扛起行李捆，自己拎起了网兜，说要送他去一个地方。秉昆扛的是自己的被褥枕头，网兜里也全是他的东西。

秉昆光火地说："爸，你抽的什么风？要送我下乡？你别忘了'上山下乡'运动已经过去了！"

周志刚说："你再跟我说话没大没小的，我可真扇你了，走！"

路上，秉昆忍不住又问："送我去劳改？"

周志刚说："差不多就是那么一个地方，有利于改造你的思想，能让你明白要成为一个有责任的男人不是那么容易的事。"

在可以看见太平胡同的地方，秉昆百感交集，又光火起来。他恼怒地说："我不往前走了，我哪儿也不去！"

周志刚说："那你的东西你拎着。"

秉昆生气地从父亲手中接过了网兜。

周志刚又说："我也不往前送了，我差不多是亲自把你送到地方了。从今天起，你住到郑娟家吧。有恩不报，那是不义。别以为我好骗，你和人家郑娟早都把生米煮成熟饭了，我还能想不到？如果你不与人家结婚，那是双重的不义！我们周家不许出不义之人，更别说双重的了。为什么非要你学会和泥、抹墙？就她家那屋子，如果每年不里外好好抹一遍，还能住几年？你勤快点儿，那家还能将就着算个家。你连和泥抹墙都不会的话，两年后它就变成一个窝了。现在你会了，我比较放心了。你妈问起你来，我就说你住单位去了。两个地方离得不远，你要经常回来看看我和你妈。郑娟暂时不要和你一块儿回来，我怕你妈见到她犯病，我拿她毫无办法。今后，你的担子那可就重了，你爸老了，帮不上你。再愁再难的日子，你都要为那边三口把日子给我撑住，而且要让他们觉得有了你就有了希望，不仅仅是多了一口混日子的人！就这话，你记住了？"

秉昆望着父亲那张消瘦的老脸，想说"记住了"，却嗓子发紧说不出话来。他点了一下头。

周志刚张张嘴，分明还想再说句什么，同样没说出话来。他扬起手臂，朝郑家那儿指指，一转身便大步往回走。

秉昆想叫住父亲，再听他说些什么，张了几次嘴才小声叫了一声"爸"。此时他泪如泉涌。

第二天，他就和郑娟把结婚证办了。

屈指算来，他与郑娟认识快五年了。

接下来的一年里，秉昆与郑娟凡事商量着过日子，和和睦睦，从没发生过口角。日子清贫是不消说的，然而郑家那小屋里经常有笑声了。在朋友们的帮助下，郑家的后墙往外扩了一米，光明每晚可以在属于他自己的"抽屉"里睡了。

一九七八年十二月十八日，秉昆下班一进家门，立刻把郑娟紧紧搂住。

郑娟正做饭，笑道："快放开我，一锅贴饼子要干锅了，什么好事让你这么高兴？"

秉昆说："中央表态了，为我参与的那件事平反了！"

郑娟从他怀里挣出身子，掀开锅盖加了一大碗水，在一阵蒸汽中机灵地反问："骗人！就你，还值得中央为你表态？"

婚后的幸福让她更是一个头脑简单的女子了。她的聪明是一种头脑简单的聪明，家中没收音机，也不订报。秉昆一上班，她眼里就只有儿子、弟弟和山楂。北京召开了十一届三中全会，她是不知道的，她生活在没有政治的环境中，并且自得其乐。

秉昆兴奋地说："也不是为我一个人，是为许多人平反了！"

郑娟说："那确实是好事，要不，中国以后没有肯为别人打抱不平的人了，那不就连有点儿血性的人也没了吗？"她踮起脚冲他耳朵又小声说："为了你当年表现的那点儿血性，今晚我好好犒赏你哈！"

又是一夜"欢乐颂"。场地变了，浓情依旧。

这是很有中国特色的现象，由于物质生活与精神生活的极其贫乏单调，一切被底层人家认为值得庆祝一番的事，要么以集体狂欢的方式来呈现，要么以夫妻间的性喜悦来表达。在平时他们连瓶酒都舍不得花钱买来喝的年代，后一种庆祝方式不但不需花钱，而且快乐指数最高。

她在喜悦中智慧地说："小人物不管大事情，咱们以后不参与那些事了！这一次平反了是你们的侥幸，再来一次绝不会这么便宜你们！"

他却不开窍地说："国家兴亡，匹夫……"

她双手捂住了他的嘴，嗔道："别以为我没听说过你想说的话，我听说过！国家兴亡首先是大人物的责任！咱们小老百姓没多大责任。咱们总是抢着担责任，会把他们惯坏的！"

郑娟的话对秉昆竟然也有影响。自那日后，秉昆在甲三号那些人的眼里变得日渐成熟。其实，成熟并非多难的事，努力工作、低调做人、学会发言而已。他本是热爱自己工作的，努力与愿望相符，无须任何人督促。他本是沉默寡言的，但这与低调是两码事。寡言到见了谁都不主动打招呼的程度，那就容易给人以"冷"的感觉，那是不讨人喜欢的。甲三号不再被认为是"臭老九之窝"，连某些领导都改口说那里是"藏龙卧虎之地"。

十一届三中全会后，今儿调走一个，明儿调走一个，调走了就被委以重任，就高升了。一名借调的小编辑，而且还是大众通俗刊物的小编辑，有什么资格"冷"呢？给谁看呢？平反前的秉昆并不思考这些做人原则——说不定哪天又被发落回酱油厂去了，思考那些有什么必要呢？平反后他开始思考了，因为平反意味着为转正排除了障碍，且有了极大可能性。这件事上，兴许甲三号某人的一句好话就能让他心想事成，兴许某人的一句坏话就足以让他的夙愿成为泡影。他与郑娟谈到这些心事时，她给出的建议是，如果对人热情点儿、嘴甜点儿有利于实现自己的愿望，干吗不呢？

他说："我读过的那些书里的可敬人物都是本色的，特立独行的。那些书告诉我做人的道理，为了实现个人愿望而违背性格的言行是可耻的。"

她说："那要看一个人的性格实际上好不好吧？"

他说："性格都是天生的，哪有什么好与不好之分呢？"

她说："我想有的吧。如果你甘心一辈子做酱油厂的工人，那你天生的性格也没什么不好，也没影响你有一些知心朋友，可你要当一名转正的编辑，情况就不同了。你对人不热情点儿、嘴甜点儿，能组到稿子吗？"

他一想，也是的，自己其实早已不知不觉改变了天生的性格啊。

她又说："就说咱俩吧，我一开始给你的印象很冷，对吧？如果我一直那么冷下去，咱们会有今天吗？咱俩那样了以后，你在我面前嘴可甜了，这你得承认吧？如果不是因为你嘴甜，我能心甘情愿为你家做事吗?"

他说:"咱俩是另外一回事。我们那儿有些人架子烘烘的,我根本就不喜欢他们,又怎么能对他们热情点儿,嘴甜点儿呢?"

她说:"你觉得别人架子烘烘的,也可能你的感觉是错的呀!我不像你读过一些书,除了小学和中学的课本,我就再没读过什么书,但我也是懂得一点儿做人道理的呀。我妈经常对我说,性格怎样和人心怎样往往是两回事。性格像皮肤,大太阳下晒久了谁都黑了,关在屋里一年半载的谁都会变得白了点儿。皮肤黑了白了,只要心没变,还是一颗好人心,那就还是先前那个好人。哎,你都读了些什么书啊?那些书里连这么简单的道理都没写进去?再者说了,你们那儿的人都比你年龄大,都有资格当你老师,你如果把他们人人当成老师尊敬着,对人家热情点儿,嘴甜点儿,那还不是完全应该的呀?怎么在你那儿就可耻了呢?"

那晚秉昆与郑娟进行了一次枕边的思想碰撞后,颇有胜读十年书之感。以前他与她不怎么谈单位事,认为不会从她那儿获得有价值的见解,后来则很乐于和她谈,甚至有点儿视她为枕边师了。

甲三号的人们都开始喜欢周秉昆了。特别是中年以上的人,包括架子烘烘的人,见了他都变得和蔼可亲。午休时,到《大众说唱》编辑部聊天的人多了。这让秉昆的组稿联络图又增加了不少新名字,也让邵敬文和白笑川喜在心中。他俩本也像秉昆一样,到了编辑部就如同小姐进了闺房,绝不往别的屋里去,都是自我幽闭式的工作狂,因而也都是给别人印象很冷的人。

邵敬文和白笑川一高兴,就主张开一次邀请甲三号全体人参加的联欢会。三中全会的召开让文艺界如沐春风,闻讯的人都说太应该聚在一

第三章

起高兴高兴了。一个个憋屈了那么多年，他们中不少人渴望有机会释放释放，消除以往猜疑，重结友谊。任务落到秉昆身上，他邀请了《大众说唱》多位作者，均表示愿意参加。市委宣传部认为是好事，又邀请了一些文艺界人士——即将平反复出的人士，给他们一次亮相机会。

一九七九年春节前，联欢会在甲三号会议室举行，百余人到场，可谓名流云集，群星荟萃，气氛隆重。省委市委宣传部派人前来讲话，报社派来了记者，电台有人来录音。当年电视机是稀罕物，电台的实况录音就是最高规格了。

联欢会非常成功，各方面都满意。周秉昆的文艺活动组织能力也获得好评，参加各类座谈会的机会多了。郑娟为此订了一份日报。与晚报相比，日报社论多，精神多，阐释中央新政策、方针、路线的文章多。她把新提法、新词汇抄在小本上，让他睡前看一小会儿。从事曲艺表演的人大多背功了得，秉昆也差不到哪儿去。每晚必背，妻子抄在小本上那些话语便牢记在他头脑之中，逐渐形成条件反射，一轮到自己发言，也能对着话筒开口即说，不打磕巴，无嗯无呀，仿佛句句都是自己深思熟虑一般。尽管是背的报章话语，因为与表演技巧结合，不显山露水地掺杂了民间语言，竟可以说得真诚朴实，如同完全发自肺腑，一点儿也没有套话的痕迹，一点儿也不令人反感。

春节后的一天，邵敬文接到了一个电话。他刚听了两句，捂住话筒，小声对白笑川说："你陪秉昆到外边去待会儿，十分钟后回来。"

师徒二人回到编辑部后，白笑川问："哪儿来的电话？搞得神神秘秘的！"

邵敬文说是有关方面打来的，向他了解秉昆的情况。

白笑川替徒弟问："'有关方面'是哪方面？"

邵敬文很原则地回答："恕难相告，对方要求不能让秉昆知道。"

白笑川又问:"了解些什么呢?"

邵敬文说:"较全面的情况,从政治思想、品德修养到业务能力,基本都问到了。"

白笑川再问:"你是怎么汇报的呢?"

邵敬文说:"我当然往好里评价啊!在我眼里秉昆本来就好嘛!"

秉昆忍不住也问:"你就直说,你估计对我是好事还是坏事吧?"

邵敬文沉吟片刻说:"对方完全是一种履行公务的官腔,还真听不出来……"

三人相互望着,沉默一会儿,白笑川拍着秉昆肩说:"脚正不怕鞋歪,就当没这么回事!"

然而秉昆却做不到,接连多日睡不踏实。他一再扪心自问,觉得自己的人生中无非两个"污点"。第一个已经平反了;第二个与瘸子和"棉猴"有关,他俩已判刑几年,要出卖自己早就交代了,不至于等到如今才有交代。毕竟多了桩心事,他不愿让郑娟不安,就憋在胸中,经常郁闷。

转眼到了五月,宣传部的同志宣布:正式任命邵敬文为《大众说唱》主编,任命白笑川为副主编,二人属于正副处级干部;周秉昆正式调入《大众说唱》,任编辑部代理主任……

甲三号的人纷纷来到《大众说唱》编辑部,表达祝贺。不少人认为,以秉昆的编辑能力和贡献,当编辑部主任完全可以,之所以宣布了一个"代"字,肯定是由于学历太低的原因。秉昆说能转正他已喜出望外了,至于是代主任或主任,根本不在他期望的范围内。

白笑川不高兴了,当着大家面说:"你这是没出息的话!你不在乎我在乎。高考恢复了,你如果有志气,那就替我争份光,用它一年功,把大学之门给我迈进去!在我退休前你把那个'代'字给我去掉!"

邵敬文也说:"你能那样最好,编辑部主任的位置我替你尽量保留着。"

秉昆却说:"我家的情况你俩又不是不知道,就是考上了我也不能去读啊,何况我也未必就能考上。"

一番话说得邵敬文和白笑川默然无语。

有人问:"秉昆家什么情况啊?"

白笑川问秉昆:"可以说不?"

秉昆因为心中高兴,也没多想,脱口便道:"师父觉得有必要说就说,觉得没必要说就别说。"

"那我可就说啦!"白笑川不愧为本省曲艺界的"教头",他从柜格内取出"家把式"——嘟里个嘟,嘟里个嘟,遂以山东快书的形式,即兴表演,把秉昆他姐、他姐夫怎么出的事,他妈怎么成了植物人,他和郑娟怎么相爱的,声情并茂地说了一遍。

白笑川是个智慧的人,他那么做可谓用心良苦。

他的目的达到了。一个形象斯文、身材颀长、年近六旬满头白发的长者大声说:"小周勿虑,只要你将来能够达到毕业考试的分数,省艺校进修班免试招收你了!"

那人姓史名彦中,原是省话剧团的老导演,很有名气的一个人物,刚被任命为省艺校校长。

白笑川的山东快书感动了他,准确地说是秉昆家的那些事让他大为动情。

那确实是一个反"四人帮"的英雄受到普遍尊敬的年代,也是一个中国式的人情味十分浓重的年代。反对"四人帮"的英雄和平反"右派"获得破例优待,不但不会受到谴责,反而会被传为美谈。

于是,众人皆大鼓其掌。

秉昆回到家里,把降临自己身上的两件好事对郑娟一说,她禁不住喜极而泣。

秉昆又说，他得与朋友们在光字片的家里聚一次了，否则他们会挑理。

"可是你不能去，我怕我妈见了你又犯病。"秉昆说这话时，心中满是歉意。

郑娟表示特别理解。

第四章

秉昆和朋友们已经三个春节没聚了。这些底层平民人家的小青年，再见时互不称呼"哥们儿"长"哥们儿"短了。他们都成为丈夫当了爸爸，各自承担起小家庭的责任了，那责任迅速耗掉了他们单身青年自在时的精气神，一个个似乎也都变得成熟了。酒喝得多了，话说得少了。

德宝和春燕还住在春燕家。春燕由于"反击'右倾'翻案风"那阵子在大会上发过几次言，还有白纸黑字的批判文章收在《大批判材料汇编》中，被有些人揪住不放，指斥为"四人帮"余党的马前卒，想让她身败名裂，她做了多次检讨都过不了关。后来，几名老干部联名保了她一下。当年她为他们修过脚，并未把他们视为与人民同池共浴的"阶级异己分子"，而是以"为人民服务"的热忱一视同仁地对待他们，这给他们留下了深刻印象。他们在意见书中认为，清算"四人帮"的罪恶要把握大方向，揪住一名年轻的女修脚师当年违心的错误言行不放很不合适，容易引起群众斗群众，此风不可助长。他们的意见书引起了新任领导的重视，于是春燕的"政治问题"总算解套。德宝说，在一次次检讨都难过关的那些日子，春燕想死的心都有过。

那时，于虹也被要求揭发批判春燕。于虹很瞧不起那些批判春燕的人，她看得分明，那些人是出于对春燕的嫉妒，想趁机把春燕整倒整臭。标兵的荣誉虽然并不如涨一级工资实惠，却还是让许多人眼红。有一次，于虹在那些人围攻春燕时当场翻脸，将他们骂了个狗血喷头。人家于虹那口子赶超也是有过反"四人帮"的实际行动，中央人民广播电台的专题报道中也曾提到过，给全省带来过荣誉。赶超和国庆的姓名，已经与邵敬文、白笑川、周秉昆三位反"四人帮"斗士的姓名连在一起，省报整版报道三人的事迹时，有一段专门写到了他们被捕后孙赶超和肖国庆的行动，强调那些行动对唤起全民政治正义感的重要影响。凭着这些资本，于虹骂他们都是"看风使舵的投机分子"，倒也骂得理直气壮。经她那一骂，准备整春燕的人大为收敛，春燕与她的关系，自然也就上升到了唇亡齿寒、荣辱与共的高境界。

然而，春燕那标兵的荣誉还是没了，也不是她一个人的荣誉被取消，所有"文革"中涌现的省市标兵、模范们的荣誉全要经过重新认定。春燕又恢复为一名普普通通的女修脚师了，这让她对以往经历有南柯一梦之感，她变得更深沉，也似乎更成熟了。春燕两个姐都拖家带口返城了，两个姐夫都是普通知青，勉强有个初中文凭，也都是底层人家的儿子，找工作时家里帮不上任何忙，没任何社会关系可以借力，所以两个姐姐和姐夫分配的工作都很差，全在小集体性质的街道工厂。她二姐带回城一个女儿，二姐夫家也有返城知青，没他们住的地方，只能租房住。比春燕大一岁的二姐，对春燕一家三口长期占据父母家的一间屋子不满，认为爸妈的"光"应该大家均沾，为此与春燕两口子一见面就发生口角,总是不欢而散。

国庆和吴倩一直没有稳定的小窝，婚后哪一年都搬家，越搬离市区越远——大批知青返城后，房租涨得极快，一间十几平方米不起眼的土坯房，房租已由当初的八九元涨到二十几元了。他俩又有了孩子，支出大，被房租压得有些吃不消了。

赶超和于虹两口子虽无租房压力，但他们在赶超家房山旁接出的小偏厦子因与邻家发生了占地多少的矛盾，一直处于日子过不安生的状况。只不过就是一尺来宽面积的争执,最终激化到了仇人相见分外眼红的地步。窗对着窗、门挨着门的两家,哪一方想与对方在每天里少见几次都根本不可能,两家人的日子就都过得特恼火。赶超不想把关系搞得那么糟,多次主动提出要与邻家坐在一起好好谈谈,但邻家挑战的是他们小两口的底线——不拆了一面墙缩进去一尺重盖就免谈。派出所都认为那是无理要求,赶超小两口当然只能"同仇敌忾"。

国庆姐也返城了,姐夫转业,户口随他姐落在了本市,工作分在一家国营大厂任厂办主任,就是蔡晓光曾在拖拉机制造厂担任过的角色。他姐接妈的班,成了肉联厂一名女工,整天戴着橡皮手套洗猪肠子。国庆当舅了,他姐一家三口没住处,挤在国庆家,让国庆家像收容所。国庆的姐夫转业不久查出了肺癌,且是晚期,花光了转业费不说,还让国庆家欠下了许多债。年初,国庆姐夫到底还是病逝了,国庆他姐便成了有一个小学生儿子的寡妇。国庆看上去老了不少,头发也白了许多,脸上很难再出现笑容了,朋友们和吴倩一样地心疼他。

唐向阳也来到了周家——他父亲又当上了重点中学的校长,他也结束"小知青"经历返城了。他没急着找工作,信心满满地非要考上名牌大学不可。他有他的苦恼,父亲再婚了,这让他有了两对爸妈。爸妈还是只有一对的好,"原装"的更好。有两对未免太多,好像每一组都是水货,这让他经常纠结,不知自己究竟该做哪一组爸妈的儿子才好,很难平衡关系。

龚宾没来,他又住院了。精神病很难彻底治愈,他一犯病就四处寄信揭发叔叔龚维则的"反动言论",烦恼的龚所长有时不得不亲自出面请求精神病院多收治他一段时间。

进步还在酱油厂味精车间,各方面表现不错,入了团。他父亲的问题也不再是个问题,重新当上了保卫处长,心情好,老胃病也渐渐好了。

"四人帮"粉碎两年多,有人这样了,有人那样了,有人还是老样子,日子过得也不省心不容易。

政治格局发生了巨大改变,社会格局尚未发生明显变化,但一些迹象意味着,后一种改变即将开始,只不过不敏感的人没有觉察到。

底层的人们对时代即将发生的改变从来是不敏感的。

德宝、国庆、赶超三个都说秉昆瘦了,他们的妻子还发现秉昆眼中有血丝。秉昆已开始恶补文化知识,瘦是必然的。他们都告诫秉昆要劳逸结合,不可太拼命,郑娟大小三口的生存全依赖他呢,他拼倒了他们咋办呢?

朋友们和朋友们妻子说的都是发自肺腑的话,说得都很直白,言语中那份惺惺相惜的情谊表达得实在真切,让秉昆很温暖。

秉昆看出德宝三人也都不同程度地老了。还不到三十岁的人,才一年多没见,忽一下都老了不少,这让秉昆没法不感伤。他们的妻子也都不同程度地憔悴了,好像移过盆的植物没缓过生机似的。

然而,他没把自己的心痛和感伤说出来,一句没说。不是有什么顾虑,而是不忍说。在秉昆看来,此次相聚必须由他来召集,不召集不可以。他有了好事,都不愿让朋友们知道了吗?他们必然会挑理的。他们当面挑理时,他将无言以对。

在他的那些朋友看来,秉昆召集相聚,肯定是因为有重要的事相告,否则,非年非节,各自的日子都过得很不舒坦,聚个什么劲儿呢?所以,为了知道那重要的事,便都一个传一个地来了。不来也是不可以的——怎么,怕朋友遇到了难事求你,人家召集聚一下都不到场了吗?或者朋友有了好事,请你到家里分享一下,请不动了?那真见了面也是不好意思的事。

对于底层青年们而言，友谊是必须认真对待的。他们都本能地明白，有些人的一生，是不断结交新朋友的一生；好事降临得越多，结交新朋友的机会越多。在他们自己的人生中，好事降临的机会本来就不多。在他们那样的单位上班，如果不主动与别人交往，才不会有多少人主动来交往呢！即使自己主动与别人交往，别人也不见得愿意。"有了新朋友，不忘老朋友"这样的话，说的是人生与他们很不一样的"有些人"。而在他们之间，富有人情味的话往往是这么体现的——"咱们这种人一辈子才能有几个朋友啊，失去一个少一个，怎么能不把朋友当回事呢！"

是的，他们都本能地明白此点。无须上一辈人教诲，也无须任何一本书告诉他们。

相对而言，秉昆接近"有些人"了。编辑工作让他结交了不少新朋友，新朋友与老朋友是完全不同的人。比如邵敬文、白笑川，比如甲三号那些喜欢他的人，比如史彦中那样忽一日实权在握的人。他曾对秉昆说："小周，你以后就当我是你的忘年交好了。遇到烦恼的事，想跟我聊聊只管找我。"这让秉昆在自我庆幸的同时，对自己与老朋友们的关系更加珍重。从源头上说，没有老朋友们的助力，他一定还是酱油厂的一名工人，也就和老朋友们一样，根本不可能有那样一些完全不同的新朋友。他很希望老朋友们也各自都有新朋友，特别是能对他们的人生起推动作用的新朋友。他又知道，那基本上不可能。在底层与其他略高于底层的社会阶层之间，仿佛有无形的铜墙铁壁隔离着，底层青年穿而过之，是太偶然的现象。"命好"的他有幸穿过，他才悟到那无形的铜墙铁壁确实存在。也正因为看清了此点，他不但因朋友们一下子都显老了而感伤，还在感伤之上多了一重悲哀。

周志刚对于降临在儿子身上的两件好事吃不大准，既然儿子自己感到幸运，他也就姑且认为是好事。究竟有多好，更是他吃不准的了。实际上，在他心目中，谁由一名工人进步为一名干部了，那无疑是千真万确的好事；参军以后成了军官，自然也是好事；考上大学以后成了科技工作者、工程师、医生、教师、会计师……也都是好事。由工人转成了一名编辑，不是报社编辑，而是编一种教人快板、山东快书、这个弦那个鼓、这个坠子那个梆子，还有相声、二人转之类的杂志编辑，他确实吃不准是否也值得替儿子高兴。

依他想来，工人的社会地位以及在人们心目中的可敬程度，是高于那样一份杂志的编辑的。酱油厂的工人毕竟也是工人，谁也不敢说酱油厂的工人不是工人吧？是工人那就是领导阶级的一员。儿子转正成了那样一份杂志的一员，不就意味着从领导阶级中除名，成了永远需要被改造思想的群体中等级很低的一员了吗？他帮儿子做了几道家常菜后，离开屋子，坐在院外的小凳上吸着烟，思考着以上那些不怎么愿意与小儿子交流的现实问题，同时看着曹德宝他们骑来的自行车。近来光字片的治安大为不好，自行车被盗事件屡屡发生。据说一个原因是返城知青太多了，城市快被就业压力压得喘不过气了。返城知青中不少人是带着戾气回来的，认为当初下乡是被骗去的被逼去的（而那又基本上部分是事实），一去就是十来年，受了不少苦还被要求"脱胎换骨"，有的人甚至曾被视为小劳改犯，总之虽然返城了，心里气不顺。回过去看，他们是有种种理由不满的。城市对他们有朝一日几乎全部返城毫无思想准备，如同被当年的造反小将杀了个回马枪，颇为神经紧张，唯恐他们聚众闹事。出于这些原因，有了工作岗位优先考虑返城知青，这就又让没下过乡的待业小青年感到被歧视，于是带点儿捣乱心理地自谋生路……

屋里的气氛一度冷场，朋友们之间似乎找不到话题可说。互诉生活不易的苦水吗？彼此彼此，有什么可诉的呢？展望将来吧？谁也看不到

第四章

自己一种可能好些的将来啊。纵论国家大事吗？该发生的发生了，该收场的收场了，该开场的也紧锣密鼓地开场了，都不是一般老百姓所能掌握，也不再需要热血青年们慷慨激昂大声疾呼匹夫有责。朋友们原本都是不喜欢往政治里边掺和的青年，何况也不同程度地掺和过了一把，便又对"政治"二字冷淡起来。

朋友们甚至也没对秉昆说什么祝贺的话。

只有国庆淡淡地说："我还以为有什么要紧的情况呢，你愿意干那行，往后就好好干呗，总那么借调着终归不是个常事。"

别人便都点头，仿佛再说什么完全多余，哪怕稍微加点儿祝贺的热情就像做戏了似的。

之后，德宝他们三个就互通起租房子的信息来。再之后各自喝闷酒，偶尔碰一下杯，隔半天才夹一筷子菜吃一口。

春燕她们三个不吃也不喝，呈三角形地坐得很近，一直没完没了地聊当妈养孩子的事，既不理睬她们的丈夫，也不理睬秉昆这个主人。

他们并非是对秉昆的好事缺乏祝贺的意愿，更不是出于嫉妒成心那样。他们和秉昆父亲的看法差不多，也都认为秉昆的好事并不值得特别郑重地祝贺——转正了，无非感觉上好了点儿而已。他们一向认为的好事，是那种忽一日时来运转、人生立马就好起来的事。比如，当初春燕成了标兵其实算不得多么好的好事，但如果真能在市里好地段分到了一间俄式住房，那才是值得祝贺一番的好事。秉昆的工资并没因转正而比他们多几元，秉昆还与郑娟三口住在窝似的小土坯房里。借调时期的秉昆，酱油厂照例每月发给他福利——酱油、醋、味精、毛巾肥皂，一样不少他的。转正了，不再属于酱油厂职工了，福利当然也就从此没有了，简直还可以说是一种损失呢！所以朋友们并不羡慕，更不嫉妒。朋友大抵是一种以同质化的命运为前提所建立的友好关系，原来同质化的命运一旦出现了较大反差,即使是朋友往往也会由羡慕而嫉妒的。如果反差巨大,不论原来多么巩固的朋友关系也会沙化、瓦解。秉昆的好事并没让他与朋友们的人生出现多大反差,他在朋友们心目中便依然是同类。

德宝又一次看手表,秉昆说:"你要是有事,就和春燕先走吧。"

春燕奇怪地说:"我们没事呀。"她瞪着德宝问,"你总看手表干吗?"

德宝神秘地说:"再过五六分钟,将有让你们感到惊喜的事出现。"

赶超说:"醉了吧?有什么事能让咱们这种人惊喜呢?"

他语音刚落,门一开,进来一个人,大家全都不敢相信自己的眼睛——不是别人,正是吕川。

吕川从头到脚一身的确良军服,看上去八成新,像一名还没发领章和帽徽的新兵。他的出现让人感到意外,然而并无一人觉得惊喜。

赶超说得不错,如果不是什么能直接让他们的日子发生好转的事,他们就不会有惊喜,共同好友的意外出现也不能。

吕川七月份就要毕业了,校方即将按照他的意愿把他分配回本市,他说他将来有可能在省委或市委上班。毕业前回来几天是经校方批准的,因为省里有关方面要与他面谈一番,做到预先对他有所了解,而他认为是对他进行初步的面对面考察。

听他这么一说,大家才有点儿惊喜了。一位共同的朋友倘若成为出入省委或市委大楼的人,这对哥儿几个的将来无疑是福音。吕川估计,他起初会为哪一位省里或市里的领导当几年秘书,德宝、国庆和赶超都兴奋地说可算熬出头了!以后咱们的人生终于出现一线曙光了!朋友圈里就算有谁是省委或市委食堂做饭的、车队开车的、收发信件的人,朋友们都会沾光不少。起码,遇到了什么对自己不公平的事,往省里或市里的什么部门呈递一封申诉信不至于泥牛入海吧?而咱们的一个朋友将是某位省市领导的秘书了,这难道还不是共同的福音吗?他们三个这么一说，在场的人也都喜上眉梢笑容满面了。

吕川自己却并不怎么高兴，说他不愿给领导当秘书。尽管他明白，那是从政的最好开始。当来当去的，自己最终也会当上领导。他说入伍才是他的理想，或者成为公安系统的一员也行。即使当秘书，也得是给部队首长和公安干部当秘书。他觉得自己穿军装和警服更有男人味儿，将来也要当部队干部或公安干部。

他最后那句话说的倒也符合事实，大家都点头不已。国庆和赶超立刻表态支持，说那将来就让他俩的孩子沾沾吕川的光参军或当公安。

吴倩说："吕川，你还是争取分到公安部门去吧，如果你侄子侄女参军了，那就有个转业问题。转业时工作分得不好，几年兵白当了。当公安就不同，可以当一辈子，我们做父母的再也不必操心他们的工作问题了。"

于虹也说："那是那是，一门里出一个穿警服的，三亲六戚都有一个照顾和庇护者了，一般人谁也不敢欺负。"

半天没说话的唐向阳说道："不一定吧？龚宾他叔不是穿警服的吗？龚宾也没沾上什么光啊。你们最好都别影响吕川，他的将来，由他自己决定吧。"

春燕说："你说得有道理。咱们中间只有吕川将来可能有大出息。他朝哪个方向出息，出息到什么份儿上，不是也与咱们和下一代的人生挺有关系的吗？咱们现在影响他一下很有必要。小唐，你是还没结婚，没做父母，等你也做父亲了，被一筹莫展的破日子像蛛网一样粘住了，那你就理解我们几个了。"

向阳听了春燕的话，红着脸笑笑，保持沉默，不再说什么了。

秉昆很赞同向阳的话，但也确实挺理解其他几个好友。春燕的话题概括了他们的想法。唯其明白，便心生出大的悲哀来。这些共乐区底层人家的儿女啊，自己家门里挣脱不出一个将来可能有出息的人来，个个满家门尽是些穷愁的破事，所以才把一个可能有出息的朋友的将来当成自己的希望。他不知说什么好，但作为主人，他明白自己是不能像唐向阳似的想说话就说，不想说话就不说。

于是，他问吕川要达成自己的意愿有没有什么门路，如果没有，想不想由他陪着去找一下老太太？到那时为止，老太太仍是他们所能搭上的最硬的社会关系，一种阶层上根本不对等、迫不得已时只能厚着脸皮往上搭的社会关系。

不料，吕川说不必麻烦老太太了。自己毕竟上了四年大学，班里不乏高干儿女，有的与他已是莫逆之交，有他们提供门路足够了。

这就又让大家刮目相看起来。

接着，大家就吕川究竟是进省委、市委机关好，还是入伍或加入公安系统好各抒己见，展开了热烈讨论，争论不休。

秉昆听着，不禁联想到了《红旗谱》中的一段情节。农民严志和的大儿子运涛，从保定师专毕业后，加入了北伐的革命军。与严志和亲如手足的农民朱老忠以及其他要好的农民兄弟们全聚在朱老忠家，也是如此这般兴奋而又热烈地畅想有朝一日运涛出息了，当上了革命的大官以后，他们自己和他们的下一代将会多么扬眉吐气，从此不再过穷愁又卑微的生活了。所不同的是，严志和朱老忠们是农民，他们和儿女们共同的敌人是地主冯老兰和冯老兰的下一代。如今周秉昆和朋友们却是农民们的孙辈人，城里人家的儿女。尽管是城市底层人家的儿女，那也终究是城市人家的儿女。从前之事和眼前这事，小说里的事和现实中的事何其相似，让秉昆有一种时光倒流之感。他觉得自己和朋友们仿佛回到从前，直接变成农民了。只不过，他们共同的敌人已不是一个具体的地主冯老兰，而是无形无状的贫穷——不，那贫穷是有形有状的，对他们造成的压迫,并不比冯老兰们对严志和、朱老忠们造成的压迫轻多少。

周秉昆心里这么想着,更不知说什么好了。

吕川却明显对大家的讨论、争论不感兴趣,他感兴趣的是粉碎"四人帮"前后本市本省有哪些政治事件,涉及了哪些人物。这又是大家不感兴趣的话题,连国庆、赶超和秉昆这样直接卷入过的人都不愿再说。已经过去了,再说还有什么意思呢?又不能当饭吃当钱花。这并未影响吕川自己的兴趣,他滔滔不绝地讲起自己在北京的见闻以及自己参与过的种种事情。他讲得特来劲儿,大家虽然不感兴趣,却也只能一个个装出感兴趣的样子洗耳恭听。装能让他高兴,大家愿意让他这个老朋友高兴。为什么不呢?必须的,还指望着儿女将来沾他这位吕川叔叔的光呢!

大家谁也不插话,静听吕川桩桩件件讲了半天,像传达文件精神似的。终于,他看了一眼手表站起来说:"下次再会,我还要去见一个人,该走了。"

吴倩这时才问了一句大家都想问又都没机会问的话:"哎,你哪来这么一套军服啊?还是八成新的!"

吕川笑道:"我未来的岳父是军人。"

赶超也忍不住问:"哎,你小子这一走,我们以后怎么跟你联系呀?下次又是什么时候呢?"

吕川指着德宝说:"秉昆的工作和生活压力都太大,我的信使现在改由德宝来当了,以后你们谁联系我通过他。"

他说完就匆匆走了。来得突然,去得也突然,大家一时又陷于沉默。

这时,大家才注意到,唐向阳不知何时反坐椅上,胳膊横在椅背上睡着了。

春燕自言自语:"说得热闹劲儿的,都好像将来就会心想事成似的。"

吴倩说:"成事不成事的,现在说说想想也蛮高兴的嘛!"

国庆对德宝嘱咐道："你可勤与川儿联系着点儿，不要让咱们和将来唯一能有出息的朋友断了联系。"

他的话让秉昆的心像被针扎了一下——闹了半天，自己虽然当上正式编辑了，但在朋友们看来，其实并不算有出息。而且，朋友们连自己的将来分明也不看好，自己相聚之前却还在担心朋友们是否会嫉妒呢。

他不禁苦笑了。

他们也都说走就走了。

父亲进屋与秉昆一起收拾时，寻常交谈似的问："那个穿一身军服的小伙子，他上北京的大学了？"

秉昆于是明白，父亲在外边听到了屋里的谈话。两个多钟头里，父亲一直在外边，这让秉昆心生自责。只想着把朋友们陪好，却完全忘了外边的父亲，多不应该呀！

他内疚地说："对，他叫吕川，我们几年没见了。"

"是名牌大学？"

"对。"

"他家也是共乐区的？"

"对。他妈也没工作，和我妈一样，家庭妇女。他爸是鞋厂的，解放牌胶鞋就是他爸那家鞋厂生产的。他爸身体不好，提前退休了。"

"他也和你一样，在酱油厂上班？"

"对。"

"他上学那年，是要群众推荐、领导同意的吧？"

"对。"

父亲不再问什么，反复擦桌子。桌子已经很干净了，仍擦来擦去的实在多余。

秉昆猜测到了父亲心里在怎么想，幽幽地说："爸，吕川当年在厂里确实表现好，但我当年在厂里的表现也很好。不论工人群众还是领导，指责不出我有什么严重缺点来。当年上大学的情况特殊，他父母并非是他的生身父母，他是烈士遗孤……"

父亲终于停止了擦桌子，一边洗抹布一边说："可我是你亲爸，同样是我们这样家庭的子女，你哥考上了北大，你姐也考上了北大，就你这辈子恐怕是进不了大学的门了，当然是因为各有各的具体情况。"

秉昆一下子光火起来，顶撞道："爸，就咱们父子俩的时候，你说话能不能直来直去的？你绕着挺大个弯子说话，我就不明白你到底想说什么了，而且也不像你一名老工人说话的本色。"

他当时正搬起一把椅子往原处放，说完那句话才把椅子放下去。由于光火，发出很大的响声。

父亲那时已洗好抹布，正拧着。听了他的话以及那很大的响声，弯着的腰背一动不动地弯了片刻才缓缓直起，慢腾腾地把抹布搭在绳上。

秉昆又说："屋子收拾完了，我想回去了。"

父亲转过身面带忧伤地说："秉昆，我刚才是在好好地跟你聊。你觉得一句话不爱听了，就可以不顾辈分来训我吗？"

秉昆张张嘴，无话可说了。

父亲接着说："我如今老了，发不动脾气了，只有任凭别人对我发脾气了。即使我的小儿子对我发脾气，我也没辙了。但是秉昆，你要记住你爸今天晚上对你说的话：朋友之间，谁有困难了互相帮助我是赞成的，大家共同帮助一个有困难的朋友也是我竖大拇指支持的事；可如果几个人都把自己和自己的儿女将来过上好日子的希望，押宝似的押在一个朋友身上，那不就太没志气了。那样还不把那个朋友的人生给拖累垮了？"

秉昆又有道理了，他说："爸，我又不爱听了。第一，你不了解我们之间的关系，在门外听到只言片语就想当然地进行批评，这叫自以为是。第二，我没我朋友们的那些想法，一丁点儿都没有。如果你的批评也是针对我的，对我不公平。第三，我的朋友们并不都是没志气的人，恰恰相反，他们都是各方面很要强的人。要强又怎样？你能说光字片人家过现在这种糟心日子都是因为不要强吗？你能说普通老百姓人家的儿女命里注定不配在好工厂好单位上班吗？可我们这一茬老百姓人家的儿女，如果一点儿关系一点儿后门都没有，能进好单位好工厂的会有几个？"

"你给我住口！"父亲也光火了，拍一下桌子严厉地说，"你小子还以为不是命里注定吗？当然是命里注定！但人的命是可以改变的！一代改不了，那就只能靠下一代！下一代还不行，靠下下一代！以前是机会有限，轮来轮去，轮到普通老百姓人家可不就少了。如今不同了，考大学就是比较公平的机会！你告诉你那些朋友，只要有几分希望的都要争取考上……"

"爸，你这叫站着说话不嫌腰疼！他们都当了爸爸妈妈，有家不像个家，工作累，工资低，现在要他们考大学那是成心给他们出难题！比如我，有那么高的心气考吗？考上了能一路顺利地读完吗？"

父亲打断道："那就认了你们这一代的命！咬紧牙关，好歹把下一代供到大学里去！这比把希望依赖在什么吕川叔叔身上靠谱多了！"

由无话可说到有些话非说不可的周秉昆，此刻又无话可说了。他越听越明白，父亲内心里显然对他颇为失望，却又不便直言，于是才抓住朋友们的一些话旁敲侧击地表示对他的不满。如果不是哥哥和姐姐都考上北京大学，嫂子也考上了省里的重点大学，父亲也许对他不会有什么失望。如果吕川这个晚上没出现在自己家里，父亲也许还会对他这个小儿子的转正多少感到点儿欣慰，可哥哥姐姐同时考上了北大，同样是酱油厂工人的吕川即将从北京的名牌大学毕业，而且一下子成了朋友们的指望，便让父亲内心对他这个小儿子生出欲说还休的失望了。

秉昆觉得，父亲口口声声所说的"你们"其实是"你"。秉昆头脑里并没有朋友们那些想法。当然也不是完全没有，不过不是太多。谁不希望自己的一个好朋友将来成为有权力的人物呢？谁不希望好朋友的权力可以对自己的人生起到比个人努力强大许多倍的作用呢？史彦中稍微动用一下自己的权力，不就轻而易举地为他周秉昆的学历打包票吗？学历问题如果水到渠成地解决了，有邵敬文与师父白笑川的举荐，他当上编辑部主任就不见得是件难事，他岂不就是科级干部了吗？他认识的有权力的人越多，有权力的人对他的人生帮助越大，他越是对权力心生一种自相矛盾的看法——好比一个单身汉对一脸麻子的仙女的看法——想膜拜吧，他实在不喜欢麻子，想说根本不爱吧，"她"那几乎助人事事顺遂的广大神通却又不能不令他五体投地。

他替朋友们所做的辩护，其实也是为自己如上的心理进行辩护。

正如父亲对他这个小儿子既觉得有些话非说不可，不说如鲠在喉，他也是那样的。

既然有话都不能直说，他懒得继续与父亲理论下去了。

秉昆一转身往外便走。

"你给我站住！"

父亲的高声大喝让他伫立在门口。

"你给我转过身来！"

"我不转身也听得到！"

秉昆又犯了倔劲儿。

父亲大步走到他背后,他听到父亲因恼怒而变得粗重的呼吸声。

父亲说:"周秉昆,你和那个郑娟的事,我不怪你,事情变成了那样,也是天意。我们周家的人不能做对不起别人的事,何况郑娟她是孤儿寡母!你和她的关系那样了,证明你不愧是我儿子。但是,我们周家不能绝了后!玥玥她是个女孩儿,并且不姓周,她只不过是我的外孙女。你哥曾在信中跟我说,你嫂子有病,生孩子对她有生命危险,何况也未必就能给我生出个孙子来。所以,他们决定不要孩子了。你应该明白我的话是什么意思。你如果是我一个有志气的儿子,就要对你自己的儿子和人家郑娟的儿子一视同仁,一碗水端平,让他们将来都成为大学生。对于咱们老百姓人家,什么叫脱胎换骨?这才叫脱胎换骨!总之,你和郑娟再生个男孩还是女孩那也是天意,但是你们必须为我们周家再生一个孩子!不生不行,万万不行!生了没让孩子上大学也不行,同样万万不行!只让一个上了大学还不行,是哪一个都不行!还是那句话……"

秉昆听着,觉得浑身血液一会儿冷,一会儿热;一会儿流得慢,一会儿流得快。冷和慢是压力造成的,热和快是由于愤怒。

他猛转身冲父亲嚷起来:"哪句话?!"

这时,父子俩差不多是面对面了,父亲瞪着他也大声嚷起来:"我们周家,不能打我这一辈起儿女一代有出息了,孙儿女一代又崴泥了,我不许那样!就这话!"

秉昆强压火气,几乎以一种针锋相对的口吻说:"爸,你也给我听明白了,打小我在各方面就不如我哥我姐,老天就是这么安排的。我认命,你也得认,不认也没法子!但我认命不等于我在混日子。我没混过!我为了活出个人样来努力过了,我能熬到今天这份儿上不容易。你要求我和郑娟为我们周家再生一个孩子,对不起,在我这儿就没那么想过。如果我每月有五十几元工资,可以考虑,但我直到今天还是每月三十几元的工资，再多一个孩子我养不起了。就算我们为周家生了一个儿子，两个孩子将来能不能都考上大学，那也得看他们的造化。如果他们根本不是那块料，我整天逼着他们头悬梁锥刺股有屁用！如果你对我失望到了极点，那么咱俩干脆脱离父子关系，往后我不回这个家就是了！"

父亲举起了手，然而举起的手僵在半空中。

秉昆用后背顶开门，一转身，出去了。

门关上了，周志刚呆立门前，眼中淌下老泪来。

这位老父亲心里委屈到了极点！哪有当父亲的不爱老疙瘩的呢？又哪有身为一家之主的男人不重视传宗接代这等大事的呢？自己的父亲已是单传之子，自己也是，不孝有三，无后为大啊！他也并没要求小儿子非为周家生出个儿子啊！生出个女儿也行啊！难道自己有两个儿子一个女儿，到头来连个是周家种的孙儿女都得不着吗？往后，这世上不就没有了他这一门人家了吗？他作为父亲的这种近忧远虑，小儿子是应该理解的啊！明摆着你秉昆已是唯一能为周家传宗接代的人了，你有这个责任啊！自己已经将话说得很明白了，为什么竟换来你秉昆当面顶撞呢？希望你更有志气，还不是为你好吗？光字片已经不像人生活的地方，太平胡同更不如光字片，你和郑娟四口人生活在那种地方，你父亲有多心疼你不晓得吗？你们想要跳出太平胡同，除了把希望寄托在下一代身上，还能有什么办法？秉昆，你对老父亲太不公平了！

退了休的老建筑工人，光字片最受人尊敬的一家之主，重体力劳动榨干了身体却志气更高的老父亲周志刚，喉咙里发出一声呻吟般的哽咽，双手往脸上一捂，缓缓蹲下来。他无声地哭了……

五月底，夜风已经不冷了，风中有一阵丁香的芬芳，不知从谁家的院子里刮来的。

> 休道那关羽像前曾结义,
> 打今日,
> 各自生路各思谋,
> 只将江湖上交情铭记……

谁家院子里传来悲怆的京胡声和一个老者嗓音苍凉的唱词——也许是一个人自拉自唱,自娱自乐,也许是两个老友一拉一唱,同享其乐,谁知道呢。

六月一到,A市就将迎来它最好的季节了。在树绿花红、蜂悦蝶喜的日子里,连流浪的猫狗和讨饭的都会感觉好点儿,生活在底层的人们自然也不例外。

然而,那阵丁香的芬芳并没让秉昆呼吸舒畅,那老者的唱词却让他听得心里难受,真想蹲在路边哭一通。

他眼中也流泪不止,他心里也充满委屈。

本来是好事降临,与朋友们欢欢乐乐度过一个夜晚,温情脉脉的聚会,因为吕川的出现而以父子之间激烈的言语冲突收场。他毫无心理准备,难受得想找个地方撞墙。他一路中箭受伤般地走着,心里有个声音不停地问——怎么会这样?怎么会这样?仿佛是他自己的声音,又仿佛是一个完全陌生的声音,那男女莫辨的声音似乎流露着嘲讽和不怀好意。

耳边依稀听得到老者的唱腔,却已听不太清楚,只有"瓦岗寨""单雄信""本大爷"等字句断断续续忽高忽低随风而来。

秉昆不由自主地大叫一声:"别唱啦!"

老者的吟唱戛然而止,一时间方圆几里乃至整个城市仿佛都安静了下来。

秉昆回到家,见妻子已经搂着楠楠睡下了。

他伫立炕前俯视她,端详她的睡态,她睡得很香。自从她成了他的妻子,不再是小寡妇,他就觉得她一向睡得很安稳。当她睡熟时,白皙的脸上就会泛出微微的颊红,一种初绽桃花那样的红。她的唇却要红得多,像戏中女子的唇那么红,饱满得没有唇纹。她的腮,还会现出浅浅的梨窝来。

他喜欢端详她的睡态,每当她睡着了而他醒着的时候,端详她的睡态成为他的享受,也是他为自己开的解忧祛烦、消除疲惫的灵丹妙药。他静静地端详一会儿,总觉得世界终归是美好的,人生毕竟值得眷恋。

在这一条如同原始族群穴居遗址的胡同里,在这一间窝似的土坯屋里,在炕沿木油黑发亮的火炕上,睡着一个生命力旺盛,白是白红是红粉是粉黑是黑,仿佛刚用发面蒸出来的年轻妩媚的女人,这情形给他一种超现实的感觉。

楠楠也睡得很香。

伫立炕前的秉昆,又一次想到了"金屋藏娇"一词,不禁幸福地苦笑了。

他之所以会对父亲发那么大的火,不仅因为父亲打击了他的自尊心,也因为父亲破坏了他的幸福感。

他关了灯,上了炕,搂着她时,她醒了,把他的手扯到嘴边吻了一下。

他问:"怎么不插门呢?"

她说:"免得你敲门敲醒孩子呗。"

他又问:"就不怕坏男人进了屋?"

她说:"小偷都不往这条胡同来,坏男人进咱们这个小破土屋干什么呢?"

她依然单纯,无可救药的单纯。

他说:"以后我不在家,你睡觉千万要插门。"

她说:"现在我是你媳妇了,不再是小寡妇了,没人敢欺负我。"

他说:"我才没那么大威慑力,记住我的话。"

她说:"嗯。"

他说:"将来我要让楠楠上大学。"

她说:"好。"

他说:"我爸希望咱们再有个孩子。"

她说:"行。"

他说:"你真愿意啊?"

她说:"你愿意我就愿意。别说了,我正在困劲儿上呢。"

她又吻了他的手一下。

他便不再说什么了。

第五章

一九八六年五月二十五日是星期日,这一天是周志刚六十六岁生日。

他的六十五岁生日没过成,因为流行性感冒住了三天医院。全家对他的生日格外重视,总想弥补一家之主的精神损失。周志刚看样子不在乎,但内心里是遗憾的,所以善解人意的大儿媳妇郝冬梅提议两个生日要一并过。

实际上,周志刚这位一家之主早已徒有虚名。在光字片的老窝里,几年前就只住着他和老伴了,老伴的精神错乱已不可救药。好在她畏惧他的余威,只要他一呵斥,她的胡言乱语便会立即打住,缄口无言一阵子。经过那一阵子沉默,错乱的神经总能恢复到比较正常的状态。周志刚挺享受自己的余威在震慑老伴精神错乱方面的功效,他感到自己的存在仍有无可取代的特殊价值。当然,他对老伴也很关心,必要的震慑之后,该怎么疼她还怎么疼她,从未嫌弃。毕竟是相濡以沫的老伴,对她的感情已成为他的宿命。儿女都不再与他们老两口共同生活,他对儿女们各自生活的影响力已近于无。一家之主纯粹是他一厢情愿的想象,也是儿女们对他的安慰。他很需要那么一种安慰,他们也都特别理解。

下午三点左右,一辆中型卡车开到周家小院旁停住,车上满载着黄泥、沙子,还有一袋水泥和近百块新砖。车上跳下两个男人,一个四十来岁,一个二十来岁,都穿着工作服,他们放下车厢板便开始卸东西。周志刚听到声音,出门看究竟,四十来岁的自称蔡晓光,是周蓉的朋友,奉命送一车东西。蔡晓光实际三十八岁，因为久未理发，头发老长，一圈络腮胡子。周志刚第一次见蔡晓光，不知道他和女儿是什么关系，只当是女儿所求的人。看到那一车自己眼中的宝贝东西，他高兴极了，连连道谢不止。蔡晓光也没和他多说什么，帮小伙子卸完东西匆匆驾车离去。

那车东西确实给周志刚带来了极大惊喜。秋天修房子时，他不愁什么了。水泥和砖绝不能放在外边，隔夜肯定会无影无踪。他用足老劲儿一个人就把一整袋水泥扛进屋里，接着又和老伴把砖搬入小院，归拢好黄泥和沙子。

老两口累得呼哧呼哧坐屋里歇气儿时，老伴儿问："你跟女儿要过？"

他说："她是当老师的，我怎么会给她出这种难题？还是她这个女儿更懂我，在我生日这天，求人给我送来了经常梦想得到的好东西！"

老伴撇嘴道："不如给你买件衣服更实在，难道你要把咱这家拆了重盖不成？她来了我得数落她，没见过自己老父亲过生日女儿送这种东西的。"

他板脸道："坚决不许！咱们这家不好好修一番的话，再过几年还住得成吗？女儿给我送这些东西太对了。"

其实，送那一车东西还真不是周蓉的想法，而是秉昆的主意。比起哥哥姐姐来，秉昆更了解父亲。他只有主意，没有能力弄到那一车东西。当时他和哥哥嫂子都在姐姐家，一起研究给父亲过生日的事。他说出钱可以，说罢看着哥哥。秉义说自己也没能力搞到那些东西。在Ａ市，水泥、砖和沙子仍是一般人花钱买不到的东西。哥哥说完，嫂子也摇头。

周蓉就问秉昆："你能保证那些东西会给咱爸带来惊喜？"

秉昆说："你们哪儿有我了解他？他跟你们发过火吗？没鼻子没脸地训过你们吗？举起巴掌要打过你们吗？没有吧？反正我不记得有过那样的事。他退休后，你们都在上大学，我几乎就成了他的出气筒。比起受青睐的儿女，受气那个往往更清楚父亲的喜怒哀乐。"

他的话把大家都逗笑了。

周蓉说："包我身上了。"

下午四点多钟，秉义和冬梅两口子领着周蓉的女儿玥玥首先回到了父母家。

他们走在光字片时，吸引了不少注视的目光。

一九八六年的光字片，更是Ａ市有碍观瞻的一角。每座城市几乎都有几处那样的地方，在过来人的头脑中留下烙印。一代人有一代人的成长记忆，每一代人只是对自己头脑中的记忆有感觉。

很久不见精神气质好的人出现在光字片了。秉义和冬梅吸引人目光的首先是他们的精神气质，其次是衣着打扮。

玥玥虚岁十五，是初三女生，她的精神气质和衣着打扮也与光字片的少女们大为不同。生活在光字片的男女老少的精神气质很难好起来，这并不等于说他们的生活中就完全没有高兴的事。有还是有的，但总会被居住状况的低劣和周边环境的脏乱差快速彻底地破坏，如同在穷山恶水的乡间，迎娶之喜带来的兴奋注定短暂。

光字片的大人孩子穿补丁衣服的还是少了。的确良和涤卡两种衣料特别受Ａ市人的欢迎，用这两种衣料几乎可以做一切外衣，十年内几乎可以不用打补丁。大人孩子身上穿的成衣或自家缝制的衣服，六七成已是化纤衣料。春秋穿涤卡，夏季穿的确良，冬天棉袄棉裤的外套仍是化纤衣料做成的。

化纤衣料的一大好处是不缩水，洗过之后也不起褶皱。不起褶皱却并非就是有形有样，板板正正，要穿得像样，必须用熨斗熨过。

光字片的人家都没那种好心情。

这一天出现在光字片的秉义两口子和玥玥穿的都是涤卡衣服，还是仔细熨过的。在光字片的人们看来，那肯定不是一般家庭。很长一段时间，国内没有什么名牌衣鞋帽，高等衣料只能在特供商店才能买到，而进入特供商店的只能是高干和他们的家眷。绝大多数人穿基本相同的衣料做成的衣服，颜色也主要限于黑白蓝黄灰五种。

一九八六年，A市多数人的月工资也就五六十元。人们一年到头甚至一生也不怎么会穿熨过的衣服。男女青年若穿一身没有领章帽徽的军装或警服，便会让人对其家庭背景产生无边猜测和遐想，以为是上等人家的子女，这也让爱虚荣的男女青年为此每每干出傻事来。

秉义三人吸引光字片人们的目光很自然。

"是周志刚家大儿子，那女人是他媳妇，听说是一位副省长的女儿。"

"人家现在抖起来了，有靠山了，听说当上省文化厅的处长了。"

"那周志刚老两口还住咱们这破地方图什么呢？也沾儿子的光换个好地方住啊！"

"不是说咱们这破地方迟早会拆迁嘛，老两口守着老窝，等拆迁的好处呗。"

"等到猴年马月呀？也许死了还没等到呢！"

一些认识秉义、多少知道一点儿周家事的人议论起来，很是羡慕。周家毕竟是光字片老住户，口碑不错，议论者们舌尖留情，不至于说出些更不中听的话来。

实际上，他们冤枉周秉义了。周秉义当上文化厅文艺处处长，与冬梅的父亲是不是当过副省长一点儿关系也没有。

一九七七年，高考刚一恢复，秉义就考上大学。没有任何悬念，报名，考试，顺顺当当地考上了，而且是北京大学。

只不过考前面临一些状况。那正是全国知青大返城的年代，是先返城把户口落回到 A 市再参加高考，还是直接从兵团报名参加高考，他犹豫过。师教育处处长开导他说：你不管从哪儿考上大学，户口便成了集体户口，毕业时把你分到哪儿没准，所以你考前户口落在哪儿没什么实际意义。不如安心在师里复习，直接从师里考吧。他觉得人家说得有道理，就没返城。

考前，师长与他谈过一次话。师长说："我将来要回军区，所有的现役军人都将撤回军区。军区有个内部文件，允许各师带走几名优秀知青干部，军队也需要充实新鲜血液嘛，跟我走吧。你岳父的政治问题，肯定不再是问题了。"

周秉义第二次放弃了成为军队干部的选择。

刘少奇的冤案还没平反，妻子郝冬梅的父亲已被证实死在狱中，也尚未有结论，这让他在人生重大抉择面前做不到心无旁骛。何况，上大学始终是他的夙愿。

他如愿以偿地成了北大历史系的一名大龄学子，那一年他三十一岁，系里有些学弟学妹才十八九岁。他成了名副其实的"老大哥"。

不久，同学们都看出他真像老大哥一样照顾大家。第二年，他被推选为系学生会主席。

周秉义依然故我地待人友善，助人为乐，行事低调，在同学中享有很高的声誉。

一九七九年新学期开始不久的一天，妹妹周蓉突然出现在他面前。

一九七八年年底，"天安门事件"得到了彻底平反。周蓉次年也考上了北大。周家两个曾经学习拔尖的儿女，终于先后迎来了他们人生的大好春光。

秉义始终关心妹妹的命运,"天安门事件"一平反,他也料到妹妹和自己一样,肯定要圆大学梦。妹妹也成了北大中文系的学生,却给了他莫大的惊喜。他不无埋怨地说:"你看你,我已经在北大了,你何必也考到北大来呢?"

周蓉笑道:"北大是专为你们男人办的大学呀?许你考来,怎么就不许我考来?"

秉义说:"你这叫抬杠。我在最近一封信里问你打算考什么大学,你回信中明明写的是尚未决定!咱俩在同一所大学不好吧?"

周蓉喜滋滋地说:"给你的回信寄出没几天我就决定了呀!兄妹俩在同一所大学,我的感觉蛮好,我就是冲你在北大才考来的嘛!"

秉义沉下脸道:"谈话态度认真点儿行不?"

周蓉见哥哥不高兴了,这才郑重解释说,她那位诗人丈夫冯化成也平反了,已早她两个月回到北京。

"难道你不希望我俩都在北京吗?虽然考清华我也没问题,但我的兴趣在中文,所以就往北大考啰!哎,哥,我考到北大来你又凭什么不高兴呢?摆得出正当理由吗?"周蓉转守为攻了。

她说要当中国女性的别林斯基或车尔尼雪夫斯基。

秉义听说妹夫已经平反,又回到北京,这才替妹妹高兴起来。接着,他想尽一番哥哥的义务,嘱咐妹妹怎样做一名优秀生。

周蓉起初还装出认真聆听的样子,听着听着,不耐烦了。她说:"学生会干部终究也是学生。我是学生,你也是学生。你是结了婚为人夫的学生,我是结了婚为人妇的学生,我们都是年龄大身份特殊的学生而已。我们周家人做人做事有原则,并且是好原则。你就说咱们兄妹俩都要继续按那原则做人做学生不就得了,何必三娘教子似的啰唆起来没完呢？"

秉义被妹妹顶得愣了会儿，才说："做人和做学生的原则是不一样的，你的话恰恰证明你还根本不清楚这一点，也恰恰证明我对你的嘱咐不是啰唆多余，而是很有必要。"

周蓉也较起真来，反驳道："哥，你的话奇怪了，大学生者，身在大学之人也。古今中外，做好人的原则基本就那么几条，大学生只能做得更自觉，不能反而差劲儿。难道大学生还有另外的做人原则不成？"

秉义又愣了愣，还想说什么。不待他说，周蓉抢着又说："哥，我来找你只不过是告诉你，我也是一名北大学生了。我不是来找你辩论的，不过我认为，咱俩已经在辩论了，而且涉及了一个很值得辩论的话题。小妹初来乍到，尚有许多事要办。今日就不奉陪了，改日再来向哥哥讨教。"

她说完，见四周无人，对哥哥行了个屈膝礼，翩然而去。

站在未名湖边，周秉义望着妹妹远去的背影一筹莫展，独自苦笑，但内心还是挺高兴的。

不久，他就有点儿不高兴了。中文系的学生刊物上发表了一篇"与友人商榷"的文章，题目是《论好人与好大学生》，署名"邹小容"，别人只当那是真名，秉义一看便知是妹妹周蓉的化名，取义于"革命军中马前卒"邹容的名字。文章的内容，自然是引经据典批判"做人与做好学生的原则是不一样的"的观点。

秉义只有装作浑然不知。

"邹小容"一下子出了名，北大半数学生都在打听中文系的"邹小容"是哪一个。

一石击起千层浪——那正是中国大学生热衷讨论和辩论的时代，投稿与读者来信雪片似的飞往中文系学生会，支持者有之，反对者也有之，许多人希望将这一场讨论继续进行下去。

周蓉也和秉义一样装作浑然不知,除了上课、吃饭、睡觉,其余时间总喜欢泡在图书馆,仿佛那事与她毫不相干,完全可以置之度外似的。

她当然还是美女。甚至可以说,比几年前更美。美得越发有气质,一种众说纷纭的屈原诗中"山鬼"般的气质。

因为她的出现,爱上图书馆的男生多了,包括一些并不喜欢安静的男生。

基因遗传很奇怪,科学研究也难以自圆其说。比如周家的三个儿女,秉义和秉昆兄弟身上各自或多或少地都有父母的性格特点。秉昆身上父亲的性格特点多一些,爱认死理,为人处世常常一根筋,个别情况下灵活一点儿,但也灵活不到哪儿去。秉义身上母亲的性格特点多一些,凡事从不认死理,若能灵活一下求得一团和气,那就以和为贵,从不放弃争取。即使不得不与小人进行难以调和的博弈、斗争,也不会得理不让人,把对方逼到死角,而是尽量留够回旋的余地。他们的母亲靠这种无师自通的处世经验,把街道小组长当得游刃有余,胜任而愉快,颇获好评。

周秉义明智地继承了这一优点,并发扬光大,这让他即使在"文革"时期竟也算过得顺风顺水。遇到坎坷和陷入低谷时,还总有贵人暗中庇护、相助,大多数人总是比较喜欢温良恭俭让的男人。

秉义的适应性很强,秉昆次之。周蓉从骨子里天生叛逆,如果一个时代让她感到压抑,她的表现绝不会是逐渐适应。短时间的顺从她能做到,时间一长,她就要开始显示强烈的叛逆性格。如果遭受的压制和打击冷酷无情,那么,她将会坚忍地抗争到底。

第五章

她对自由的向往，如同蜜蜂和蝴蝶天生要寻找花蜜和花粉一般。她从书籍中感染了"不自由，毋宁死"思想。

从小学三年级起，她每次语文和数学考试都考双百，成绩名列前茅。如果说这还算不了什么，那么，音乐、体育、美术与手工成绩也一向获优的学生，全校则只有她一个人了。

一次，班主任老师找她谈话，说只要她能保持那么全面的好成绩，学校就会保送她到全市最好的中学去，她却说不愿被保送。

老师奇怪地问为什么。

她说好中学都在市区，她不愿学校离家太远。那么一来，冬天上学放学会挨冻。

老师又问，依她的心愿，上哪一所中学为好？

她说出的是共乐区一所很普通的中学，离家只有十几分钟的路。

老师惊讶地说："你怎么可以成为那所中学的学生呢？"

她反问："我为什么不能成为那所中学的学生呢？"

老师说："你上哪所中学可不仅是你的事，关系到学校和班级的声誉，你趁早打消那样的念头。"

她说："我上哪所中学完全是我自己的事，老师要趁早打消你们的念头。"

一名小学五年级女生，以那么一种语言和口吻与班主任老师说话，几个老师都大为惊讶。他们互相看了一阵，都忍俊不禁地笑了，以为不过是一名好学生在一向喜欢的班主任老师面前的任性和放纵——这也是好学生的特权。

老师笑罢，严肃地说："谁趁早打消念头可不是你小周蓉说了算。"

然而，老师们都未免小觑了周蓉。六年级上学期考试结束时，她的各门成绩都刚刚及格！这让全校老师大跌眼镜。

班主任老师慌了，隔日派同学把她妈妈请到学校，强调她肯定是成心的。

妈妈回到家自然立刻开始问："你是成心的吗？"

她说："是。"

妈妈大怒："你怎么敢那样？"

她说："只有那样才能打消她们的念头嘛！"

妈妈更加愤怒："老师们那么想有什么不对吗？"

她说："不是我情愿的事，强迫我就是不对。"

妈妈怒不可遏，从炕上抓起了笤帚，倒握手中，欲施家法。

她说："妈，你不许打我，你如果打我那我就……"

妈妈喝问："还反了，那你要怎么样啊？"

她说："那我要死给你看的。"

妈妈极其震撼，瞪着她呆住了。然后，罚她到墙角去站着。

她说："这行。"说完乖乖走到墙角那儿，面壁而立。

哥哥秉义回来了，母亲让他说服周蓉听话。

秉义那一年读初三。他是学校的学生思想辅导员，负有帮助思想落后的同学进步的使命。小学的学生干部没有思想辅导员一职，一般中学也没有，少数几所重点中学才有，属于管理学生思想方面的创新举措。秉义对思想辅导员工作充满热情，认为这最能体现一名学生的优秀和进步。

秉义对妹妹说："保送有什么不好呢？我不就是保送到重点中学的吗？我的感觉很好啊！"

周蓉说："你是你，我是我。你的感觉好，也许我的感觉就相反。"

秉义说："不会的。那怎么会呢？保送生差不多都能当上学生干部，入团也容易。"

周蓉说："我才不想当学生干部，也不想那么早入团。我连当好学生都当烦了。老师们整天说好学生应该这样那样，我的耳朵快听出茧子啦！好学生有时还得装模作样，大人们常说装模作样的人不好，那小学生装模作样就反而好了吗？哥，你当好学生就没当烦过吗？"

秉义耐心地说："当好学生怎么会当烦呢？是好学生，同学敬着，老师喜欢，家长脸上有光，自己也满意，多好啊。我从没当烦过，上了高中我也要继续当好学生。当不成好学生，我的感觉才会不好！你很快也要上中学了，你的思想太成问题！简直就是一名思想落后的小学生！"

周蓉说："那又怎么样呢？我头脑里要那么多进步思想干什么呢？你是我哥，从小一块儿长大，别人不清楚，我还不清楚你吗？你是在家里一个样，一到学校就另一个样。我是在家里什么样，在学校也什么样。让我为了当好学生不一样，那我心里就别扭。再说，我也从没看出你的思想比我进步呀！"

兄妹俩你一言我一语，周蓉一张小嘴像连珠炮，振振有词地与哥哥理论，唇枪舌剑，绝不甘拜下风，驳得秉义一愣一愣的近乎理屈词穷。在秉义就读的那所重点中学，男生思想辅导员只做落后男生的思想工作，禁止男女生交叉做思想工作。秉义觉得，妹妹还处于懵懂状态，与自己不在同一思想层面，很难理论清楚。何况周蓉任性，讲歪理，成心气他，让他没辙。

就在秉义不知如何是好之际，秉昆放学回来了。

周蓉问："秉昆，你觉得咱哥的思想比咱俩进步吗？"

秉昆看看哥哥，反问姐姐："思想是什么呀？"他接着又问哥哥，"哥，你什么时候有思想了？把落后的进步的都说一点儿给我听听呗。"

小弟的话极认真，丝毫没有不敬之意。

秉义一时不知从何说起，大为尴尬，败下阵来。妹妹似乎大获全胜，虽受着惩罚，却显得很开心，向哥哥做鬼脸。

秉义爱自己的面子，也出于对妹妹的爱心，向妈妈复命时谎报战果，说妹妹已经想明白了。妈妈夸了他几句，才宣布对周蓉的惩罚结束。

妈妈又到学校去了一次，请老师们放心，感激老师们对女儿的精心培养。

等到周蓉参加中学考试，结果让老师和妈妈瞠目结舌——各门功课又都是刚刚及格，那样的分数也只能升入共乐区那所普通中学。一名学习成绩特别好的学生，既没有参加保送，也没考上重点中学，考得一败涂地，成了很不怎么样的一所中学的收容生，这让学校和老师颜面全无，认为是自己学校的奇耻大辱。

妈妈的愤怒自然更胜上次。她喝问："成心的是不是？"

女儿诚实地回答："是。"

她便挨了几笤帚疙瘩——那是妈妈第一次打她，也是唯一一次。

结果，她就真的绝食了。

事情闹到那般地步，想不让一家之主知道也不可能。当年周志刚只是省内"小三线"的建筑工人，尚未到"大三线"去。正赶上他探家，于是，他亲断此桩家庭要案。在周家，那确实算得上是一桩大案要案了。

周志刚问明原委，对老师的恼火反而不以为然。依他看来，女儿聪明伶俐，学习又很用功，并不是惹是生非的孩子。这就好，就是父母的造化。至于她自己想上哪一所中学，为什么不依她呢？当然可以。他也认为，上离家很远的重点中学还不如就近上学。特别是在冬季，天亮得晚，黑得早，一个女孩子天刚亮就得出门去上学，往往天黑了才放学。路上要走四五十分钟，稍走慢点儿就得一个多小时。零下二十七八度三十几度，那也不能说不去就不去上学吧！乘公共汽车呢，不是每月要花三四元车钱吗？普通中学怎么了？那么多在普通中学上学的孩子，没听说谁家的孩子上了三年中学反而傻了!他觉得女儿并没犯什么大错,错在没向妈妈说清楚。对小学生也不能要求太高,还不懂事呢。

他很快原谅了女儿,却严肃批评了大儿子秉义,指责他向母亲谎报劝说结果。周家的儿女,那是不可以撒谎骗人的!因为家庭内部之事,骗的是自己的妈。如果以后参加工作了,骗的是同事、领导或群众,除了要承担后果,人格不就毁于一旦了吗?

秉义这个哥哥就是好,他当时对妈说谎,完全是出于对妹妹的爱心。过后没再旧话重提,那是忘了,因为没想到妹妹竟那么铁定主意。他不无委屈,却虚心接受了父亲批评,劝妈妈不要再生气,还将造成不良后果的责任全揽在自己身上,真诚地表示愿受家法处置。

妈妈也认为事情到了无法挽回的地步,秉义有难以推卸的责任。她的恼怒无法消除了,坚持要大儿子跪到墙角去反省。

在女儿面前,周志刚这个一家之主懂得需要维护一下妈妈的权威。自己常年在外,儿女们主要得靠妈妈来教育,不树立一下她的权威那还行?尽管他内心里觉得大可不必,却连一句调和的话也没说,便一直保持沉默,而沉默无异于赞成。

于是,秉义乖乖跪到墙角去了。

周蓉反过来替哥哥求情。最令母亲恼火的当然还是她,求情当然遭到了母亲的严词拒绝,周蓉也只好乖乖走到墙角那儿去陪跪了。

那是周家父母对儿女实施的最严厉的一次家法,也给小儿子周秉昆留下了深刻印象。

鬼使神差的,秉昆也陪跪了。对周蓉的反叛,当年的他打心眼里佩服。如果一个家庭有三个子女,其中两个都很优秀,经常受到大人们的夸奖,只有一个似乎毫无长处,因而几乎从来听不到表扬之词——并且还是最小的孩子,那么他没法不自卑孤独。作为老疙瘩,父母对他的疼爱肯定会多一些，哥哥姐姐也处处让着他，关照他。但是说到夸奖，父母和哥哥姐姐就都没法满足他——五岁多了还经常穿错鞋；上小学了，还经常把2、3、5、7、9反着写；分不清"倒数第二"是不是值得高兴的好成绩。对这样的孩子，夸奖岂不是太违心了吗？实际情况是，哥哥姐姐在学校获得了什么荣誉回到家里后，父母高兴之余，总将忧虑的目光投到他这个老疙瘩身上。母亲那时就会轻叹一声，而父亲照例宽慰妈妈说："三个孩子将来能出息两个就不错了，谢天谢地吧。"那时哥哥姐姐就会向他示好，帮他削铅笔或重新包书皮，仿佛他们优秀是很对不起他这个弟弟的事。

现在好了，经常受到夸奖的小姐姐似乎不再是好女儿好学生，还是她故意要做问题学生，这让秉昆另眼相看，暗暗佩服，甚至有几分快意。

他也同情哥哥秉义。如果哥哥当时不说谎，不知姐姐将会被罚站多久。母亲不消气，估计姐姐也许连晚饭都吃不上。把哥哥换成自己，当时肯定也会对母亲说谎的。第二天他就会把那事忘了，估计哥哥也是。自己也罢，哥哥也罢，终究是两个孩子，谁能想到周蓉竟会一意孤行呢？所以，他对无怨无悔地陪姐姐受罚的哥哥心疼起来。

小秉昆陪跪时的心情是复杂的。周志刚则对三个孩子跪一溜儿根本不当回事似的，他把终结权甩手交给了孩子妈妈，出门下棋去了。

三个儿女一起跪了一个多小时。

等母亲解除惩罚时，他们的腿都跪麻了。

当晚，待三个孩子睡着了，夫妻俩聊起枕边话来。

秉昆妈说："你好好想一想，你们周家的先人中，出过那种打定主意不撞南墙不回头、一条道走到黑的人没有？"

周志刚认真想了想，很负责任地回答说："肯定没有。"

秉昆妈就大为奇怪了，"那，咱们女儿的性子，可是随的哪一条根呢？"

周志刚不爱听了，反问："你怎么不往你家先人中想一想呢？"

秉昆妈说："我想过了，更没有嘛！"隔会儿又说："将来让咱们不省心的，倒未见得是老疙瘩，很可能是女儿！"

周志刚告诫说："你既然领教了她那种性子，以后就不必对她太苛刻。啥叫出息？啥叫没出息？咱们老百姓人家的女儿，将来是好人，走正道，我认为就是出息了。咱们女儿善良，知仁义，对人对事有正义感，只要这三点在她身上不变，其他方面任性一点儿就随她吧。别管教太严，把个原本挺好的孩子管出问题来。"

好孩子被管教得精神不好了，这样的教训秉昆妈妈也是听到过的，从此对女儿就不再牛不喝水强按头了。

周蓉自从上了那所离家近又不起眼的中学，挺开心的。她不再争当尖子生，也不写入团申请书，很快就与一些调皮捣蛋的男生打成了一片，对学习成绩较差的女生也亲近有加。老师们都摇头："哪儿像小学里连续多年的三好学生呢？"

然而，老师们还是对她刮目相看了。那些调皮捣蛋的男生渐渐变得守纪律懂规矩，那些学习成绩一向较差的女生也有了进步。

老师们暗访究竟，那些男女生都说是因为周蓉带给了自己友谊和快乐。心里多了快乐，学习成绩自然就上去了。

临毕业时，周蓉对母亲说："妈，上初中时我让你失望了，那时女儿年龄小，不懂事，太任性，对不起了。我可要考一所重点高中，一定给妈一份惊喜。"

母亲没好气地说："你的事妈已经懒得操心了，随便你。"

女儿果然考上了一所重点中学。在本市重点中学的排名榜上，秉义被保送的那所中学屈居第二，妹妹考上的则是全市排名第一的重点中学。

成了高中生的周蓉陡然间出落成了亭亭玉立的大姑娘，像被暗中传授了什么易容术似的，几个月一个样，一年多后变成了令人惊艳的美女。小学时的她并非多么漂亮的女孩，初中时也只能说是秀气，而上了高中的她美得有些洋气，有时甚至让妈妈尴尬。

经常有人问妈妈："是你女儿吗？怎么看不出有哪处像你呢？好漂亮的女儿，你当妈的真有福气！"

话里话外，总会让妈妈听出这么一层意思——怎么长得像混血呢？不是亲生的吧？

这时，妈妈总是说："是我亲女儿，小时候也不是那个样，越往大了长越不像我了，也没哪处像她爸的地方，那么高的鼻梁，双眼皮儿，要不是左邻右舍都知根知底，可能都往不好的方面想啊？"这么说时，她内心里是愉快的。

成为高中生的周蓉，不知接受了什么"神谕"，竟变得很文静、很淑女了。她在学校里并没有什么追求者，男生们都觉得她太高傲了。尽管高傲只不过是她的外表而非她的内心，但他们的误解正中她的下怀。周蓉由此少了许多难免会发生的滋扰，可以全心全意学习，并有更多时间来读她喜欢的文学书籍。

周蓉想方设法办了几个图书馆的借书卡，如饥似渴地借阅，假期更是集中博览群书。她感兴趣的不是中国小说而是西方启蒙时代的名著，当年译成中文的几乎全读了。

周蓉特别反感中国小说中对女人的态度。她曾对郝冬梅说："在中国男人笔下，女人不外乎是尤物、玩物、邪物，讨厌！"

但是她对《红楼梦》，对《聊斋志异》中的某些名篇、唐宋传奇小说以及《白蛇传》一类民间故事却极为欣赏，认为写那些书的人才算尊重女人。

她喜欢唐诗宋词，推崇孔子孟子的文化贡献，却不喜欢庄子，认为只不过是标新立异，哗众取宠。她认为老子与庄子之文如出一辙，未免过分求"玄"。

对于思想类书籍，她爱读深入浅出、循循善诱的一类，鞭辟入里、犀利辛辣的也不排斥。冯友兰的《中国哲学简史》、蔡元培的《论中国人的修养》她细读了数遍，梁启超和鲁迅的书也经常置于枕边。

她常在哥哥与郝冬梅之间口无遮拦发表奇谈怪论，比如说，"梁氏除了不曾有小说作品，若论杂文成就，论对中国文化思想及社会变革的推动作用，当在鲁迅之上。鲁迅被后人镀金了。每个国家的后人其实都喜欢为本国的各界名人镀金，文化名人也不例外。但镀金好比美化老院落，应以修旧如旧为宜，要很讲技巧，过了就俗了。"

哥哥与郝冬梅闻之表情大变，都再三警告她，如此狂妄言论绝不可对外人道。

一次，她听说市图书馆有数部《胡适文集》，属禁阅书籍，她苦求管理员，终于能在图书馆偷阅。几天后，她对哥哥和郝冬梅说："现在我对胡适和他的道德文章也有点儿发言权了。"

哥哥和冬梅未读过胡适的书。当年，胡适的书不是想读就可以读到的，高中学生读胡适的书，那基本上会被定性为"思想斗争新动向"。

哥哥和冬梅都不信她的话，以为她自我吹嘘。她讲了自己是怎么读到的，并背了几段给他俩听。她说："如果一个人是一颗星，就会存在于星河。别人只能评价他是一颗怎样的星，分析他为什么是那样一颗星。他明明是一颗星,非当他不存在,甚至非说他只不过是玻璃碴,这种文化态度是可笑的。总有一天,会让自己陷于文化窘境。"

他俩又一次表情大变。

哥哥指责道:"周蓉,你对亲人对他人还有没有一点儿起码的责任感?"说罢怫然起身,到外边去了。

冬梅跟到外边,见秉义正在小院里生闷气。

秉义说:"看来,我家将因这个妹妹忧患无穷,她也会让朋友们受牵连,父母拿她没办法,我拿她也没办法,这可如何是好?"

冬梅也感到问题严重,就回到屋里,把秉义的话对周蓉复述了一遍,郑重地说:"你哥真生气了,我要求你去向他保证——你再也不会做那样的事,永远不再说你刚才那番话。如果你不,我就走了,以后再也不来了。你哥的担心是对的。被牵连的人是可悲的,一个人如果明知做哪类事说哪类话将会牵连亲人、朋友,却任性而为,那个人是不道德的。"

冬梅将话说到这种地步,周蓉不能不认真对待,她赶紧走到小院里向哥哥保证。

秉义说:"你不要以为咱们是工人家庭的儿女,就等于披上了政治保险的红斗篷。哪一天政治的狼牙棒挥舞在你头顶,你就后悔晚了。亲人和一切爱你的人都救不了你,受你的牵连也将是必然之事!"

那时秉义已是学校团总支书记,预备党员了。

周蓉理解了哥哥的不安,诺诺连声。

不久后的一天,冬梅劝周蓉还是要争取入团。她说全市排名第一的重点中学的高中生,光荣的"大三线"建筑工人的女儿,如果毕业时连团员都不是,会让别人产生种种不利的猜疑。

周蓉听出了那是哥哥的话,也是她自己的想法。此时的周蓉实际上已多少受到猜疑,她理解哥哥和冬梅的策略——如果入团,有团组织教育和监管着自己的思想,他俩会少操些心,不安也会消除。

她说:"我听你们的。"

未来的嫂子冬梅的态度她得重视。

周蓉明白,自己的重视程度,很可能也将影响到哥哥与冬梅的关系。

她写了一份入团申请书,接着写了两份思想汇报。写入团申请书时,心理上并没有特别不适。写思想汇报时,心里则有些别扭。倘如照实来写,肯定会被视为异类;倘隐而不宣,又是在撒谎。

对组织撒谎是她所不愿意的,但为了能入团,她选择了撒谎。写第二份思想汇报时,她心里已不怎么别扭了。

然而,她并没有顺利入团,负责同学鼓励她写第三份思想汇报后没几天,"文革"开始了,各单位的党团组织全都瘫痪。

一九七九年,人们还在反思"文革"浩劫。

周秉义比一般同学更能感受到校园气氛的吊诡。这位友善的老大哥式的系学生会主席看起来有板有眼,应付自如,实际上他言行谨慎,不越雷池一步。

周蓉突然出现了,而且这位一向不安分守己的妹妹,如今还成了北大中文系学生,周秉义不免有些担心。

与妹妹的第一次见面挺有悬念。本系的一名男生告诉他,未名湖畔有一名新入学的中文系女生在等他,想认识他这位历史系的学生会主席。

自从担任系学生会主席,周秉义逐渐有了一些知名度,成了本系和外系不少女生的追求对象。

他相貌堂堂,彬彬有礼,成熟友善,怎么会不那样呢?其实,他对做名人已经没有感觉。高中时,他就是学校名人。成为全市二十一名高中生党员后,他也曾经一度感觉有些飘飘然。做了兵团师部的知青干部后,更是让许多同龄人羡慕。考入北大,他真的不再希望有什么知名度了。"当好学生当烦了",妹妹周蓉小学六年级时的感受,也是他当时的感受。

当系学生会主席,对于周秉义几乎是必然之事。他从不刻意追求名利,也从不躲避名利。

有了一定知名度,他便自然而然有了比一般男同学更多的追求者。

周秉义从没动心过。他对妻子郝冬梅的爱可谓白璧无瑕。

他强作欢颜,与每位想要认识他的女同学见面——尽管许多时候他觉得简直是滋扰,也因此烦恼,但是出于起码的礼貌和尊重,他还是克制自己,客客气气。学生干部没什么了不起,多认识一些同学也是自己的荣幸——他经常告诫自己。

一见面,竟是妹妹周蓉,这太令他愕然了。

周秉义从妹妹的言谈举止中,一点儿也没看到吃过"苦头"的人常有的心有余悸和谨小慎微。相反,他感到妹妹简直是好了伤疤就忘疼的自以为是。这让他感到有些不安。

周蓉发表在中文系系刊上那篇"与友君商榷"的文章,让他极为不快,却也不想多加理会。

周蓉确实没把自己吃过的苦头太当回事,更谈不上心有余悸。她知道得越多,就越觉得自己经历的平淡寻常。她是满怀着喜悦和兴奋来到北大的,如同一个带着空背包的人进入了阿里巴巴的藏宝洞。她很快就感受到了学校那种思想活跃的氛围,非常享受。对于她而言,新思想是知识,也是财宝。她其实一点儿也不偏激,这得益于她读过的书。她明白凡事必有原因,国家的发展各有不同,甚至与国家基因有关。她在系刊上发表文章,只不过是小试牛刀,看看自己的思想及表达能力。

第五章

有人说那篇文章写得挺好,很有文采,这让她对自己的写作更有信心。她心满意足,从此没事似的不再关注那篇文章引起的余波。

然而,那篇文章引起的风波并不因为作者的漠视而终结。中文系的学生推波助澜,筹划了一场大辩论。布告贴出,许多外系的同学觉得话题新颖,别开生面,响应者众多。

这所藏龙卧虎之地,一旦有学生张罗操持,必然影响很大。

好人之好与好学生之好究竟是何种关系?——他们自己也没料到,看似平常的辩论主题,居然引来了许多外系学生。

哲学系的学生认为论题属于哲学范畴,竟被中文系同学搞成了一场辩论会,个个摩拳擦掌,准备一展风采。

历史系的学生也来了不少,他们原本希望系学生会组队参加。中国好人文化源远流长,历史系的学生有太多话可说。

周秉义态度冷淡,不支持,也不反对。他的消极态度甚至引起本系同学的不满。

周蓉本来不在场——她又到图书馆看书去了。作为始作俑者,她其实很难逃避。结果,她差不多是被中文系的学兄学姐挟持到了会场。

周蓉被主持人请上台发言,会场气氛顿时一变。

啊!"邹小容"原来不是热血男生,竟是个大美女。女生们一阵窃窃私语,男生们个个眼睛发亮。

起初,还有些与主题有关的话抛向她——

"你那位友人是何许人也?"

"你俩怎么谈好人与好学生这一话题?"

"你的文章刊出后,友人有什么看法?"

"会影响你们的关系吗?"

这些问题皆牵扯到自己的哥哥周秉义,想到哥哥是多么的不愿受自己的连累，她除了王顾左右而言他，再无别的招数。主持辩论的学兄见她陷于被动，岂忍袖手旁观？出于怜香惜玉，也是为了中文系的荣誉，急忙替她搭台阶铺锦毯，介绍她那一段与"四人帮"斗争的光荣经历来——学兄消息灵通，不知从哪个渠道刺探到了，却又知之不确，多溢美之词，还夸大得甚是离谱。那种情况之下，周蓉不得不出面澄清。

她出面澄清时，台下又是一阵肃静。

当年，有反"四人帮"经历的人士，仍令学子们由衷敬重。北大是"四人帮"流毒迫害师生的重灾区，悲情气氛仍较浓重。现在台上站着一名曾与"四人帮"余党斗争过的美女学生，大家都觉得很传奇。不知哪一位带头喊起了口号，于是口号此起彼伏相继而起。主持人担心局面失控，直接宣布辩论结束。周蓉在同学们簇拥之下，匆匆离去。

辩论会开得并不成功——究竟好人之好更好，还是好学生之好更好，也没辩出个什么结果。周蓉却大大出名，尽管这并非是她的意愿。

一天晚上，周秉义亲自守在周蓉宿舍门外，堵着了要去教学楼看书的妹妹。

秉义劈头问道："这下你得意了吧？"

周蓉反问："哥，你什么意思呢？"

秉义有些发火，"你别装糊涂！"

周蓉确实是在装糊涂。哥哥指的是什么事，她当然明白，只不过因哥哥的态度而不悦，故意反问了一句。哥哥的怒气让她更加不悦，依她想来，那件事也不过就是一件结果始料未及的校园偶发之事，没什么大不了的，不值得哥哥那么气势汹汹。

周蓉不高兴，干脆装糊涂装到底。她正色道："哥，我得提醒你啊，你我都已经为人夫为人妇了，我已做母亲了，你不可以用那种莫名其妙的语气训斥我。请告诉我，我究竟做错了什么事，让你对我怒火中烧的？"

"周蓉，你不装糊涂行不行？！"周秉义大声嚷嚷起来。

"你小声点儿行不行？让人听到了成什么样子？不错，我是在装糊涂！谁叫你这个哥哥一开口就训斥我的？我现在和你一样是北大学生，作为中文系的学生，我有感而发，在我们系刊上发表一篇文章怎么了？我参加了一场由我们系学生会主办的辩论会又怎么了？何况我也是不情愿的，怎么就像冲了你的气管子似的？你犯得着气急败坏吗？"周蓉振振有词，与哥哥杠上了。

"你那篇文章的思想很成问题！好学生的好与好人的好从来就不矛盾，你为什么要把这两者对立起来？居心何在？"周秉义简直是审问的口吻了。

"好学生的好与好人的好从来就不矛盾吗？你这不是睁着眼睛说瞎话吗？'文革'那十年中，从小学到大学，不就是因为另搞了一套所谓好学生的标准，才让不少学生变得像野兽吗？咱俩都是过来人，难道你如此健忘吗？用民间的朴素的好人标准来衡量，当年那种种好学生的标准能立住几条？"周蓉也完全是针锋相对的辩论口吻。

"当年！'文革'结束好几年了，难道你要把那十年记一辈子吗？许多人希望'文革'成为历史，反感你这种动辄拿'文革'说事的人。你不要以为你碰巧有了那么一种经历就真的光荣，那只不过证明了你是一个特别值得关注的人。任何时代，不安分的人都要付出代价。你不要刚刚好了伤疤就忘了疼！如果你连这点儿人生常识都没悟懂，那么作为你的哥哥，我有责任教导你，你要牢牢给我记住！"还是教训的口吻，秉义确实也是苦口婆心。

不料周蓉瞪着他，冷冷地回敬了一番话："哥，没想到十年没见，你变成了一个如此可怜的人。我好怀念十年前的哥哥。我那篇文章的确还有点儿价值。我也要提醒你，蔡元培先生当年任北大校长时，鼓励学生应有独立之精神、自由之思想。你是学历史的,建议你从历史中去寻找……"

不等她说完,周秉义挥手扇了她一记耳光。

周蓉的半边脸被扇得火辣辣的,有点儿麻木。

她却并没捂脸。待了几秒钟,她转身走了。

周秉义气得浑身发抖。他并非小肚鸡肠之人,他的小题大做实在是有苦衷。有关方面向秉义传达了一个意见,希望他劝导妹妹不要太活跃。与妹妹进行严肃的谈话,不仅是他的义务,也是任务。然而,有些话又不能对妹妹挑明,怕她产生心理压力,事与愿违。在他们那一代人中,秉义算得上是老党员了,没有人理解他的苦衷。

秉义的烦恼还没完。不久,他就成了校园传说中周蓉的"对象",成了许多男女生议论的人物。美女学生的对象究竟是哪一个男生,这种好奇是大学校园里最有传染性的。结果,他当年因为放弃穿军装的机会而在兵团师部经历的新闻"洗礼",在北大又经历了一次。无奈,他只得求助于中文系学生干部。人家挺给面子,派学生记者采访了一次,稿件仍发在中文系的学生刊物上,题目是《哥哥眼中的"邹小容"》。结果适得其反,周秉义的烦恼更多了,几乎每天都有几个男生恳求他,希望通过他与"邹小容"联系。

满心委屈的周蓉虽然与哥哥不来往了,却能理解哥哥的烦恼,她也有些内疚。于是,她亲自策划了一场"中外情诗朗诵会"——朗诵者主要是学生,还通过冯化成请了几位校外诗人。

那年头,几乎被斩草除根的小说家们尚未缓过气来,诗人们却已"春江水暖鸭先知",开始有些萌动了。在大学校园里,不喜欢诗歌差不多与俗是同一个意思。一个亲近诗歌的人，几乎就等于是一个"脱离了低级趣味的人"。

参加的人远远多于辩论会的人——由美女学生策划主持的情诗朗诵会，倘无吸引力岂不成了咄咄怪事？

周蓉的诗人先生冯化成也在北大学子们面前亮相了。他一身西装，皮鞋锃亮，系了领带，领带夹闪闪发光；他的大背头梳得极平顺，脸也刮得干干净净，络腮胡子却保留着，眉毛似乎也都修剪过，与略显苍白的脸相互映衬。在贵州十余年间，冯化成的脸一度变得像当地人一样黝黑粗糙，回到北京后又很快露出苍白的模样。

看得出，冯化成对自己在北大学生们面前的首次亮相格外重视。

周蓉挽着他的胳膊走到讲台上。当她介绍说，他是自己的先生后，学生们一时没明白先生的含意。她又进行了补充说明，片刻的肃静过后，会场上响起了热烈的掌声。

冯化成"文革"前在诗坛小有名气，台下有读过他诗作的学生。冯化成朗诵诗比创作诗的水平要高出许多，虽然他的嗓音并不怎么好，但毕竟是诗人，对诗歌的韵律美了如指掌、谙熟于心。并且，他一朗诵起诗来，仿佛演员面对镜头，顿时变了个人似的，声情并茂，具有强大的感染力。

朗诵会圆满成功。冯化成踌躇满志，外请诗人中数他朗诵的诗歌最多，获得的掌声最热烈。

因为冯化成朗诵的一首当代长诗，他与周蓉会后发生了争执。

"你为什么要朗诵那一首诗？"

"你没听到掌声有多热烈吗？我不应该对台下的掌声缺乏激情吧？"

"那你也应该朗诵一首短的！"

"长的短的有什么区别呢？长的就不是诗啦？"

"当然有区别！你已经朗诵过三首了，我主持的不是你的专场诗歌朗诵会！不应该让人觉得你很特殊！"

"一旦站在台上，众目睽睽之下，那我就只不过是一位朗诵诗歌的诗人，你扯什么特殊不特殊有什么用啊？扯得上吗？"

"当然扯得上！你占用的时间太多，留给别人的时间太少，这有失公平。我明明事先告诉你了，每人最多朗诵两首诗，你也不能例外！"

"欢迎我的掌声更热烈，我有什么办法？"

"那是我这个主持人应该考虑的事，不是你可以在台上自作主张的，你没那种特权！"

"哎，你怎么变得事儿妈似的了？你今天哪根神经搭错了？"

"再说，最后那一首长诗也不是情诗，不符合情诗朗诵会的要求！"

"但是，台下不是都听得很认真吗？"

"你为什么要做违背朗诵会要求的事？为什么还要在朗诵前讲上一大段你的'光荣经历'呢？那些话不是离题万里吗？"

"我说那段经历光荣了吗？那是事实，与那首诗有关，我认为有讲的必要！"

"你有炫耀之嫌！"

"就算是你说的那样，又怎么了？你没完没了的，烦不烦啊！"

"你是在利用一切机会沽名钓誉，也是在利用我，你的妻子，可耻！"

"妻子提供的机会就不可以利用一下吗？不沽名钓誉又来这儿做什么？难道对你就没好处吗？"

"你说这话更可耻！"

"好好好，我可耻我可耻，我可耻却收获了快乐，你休想破坏我的好心情！"

"那首诗不是你写的！真正的作者是郭诚！他与我父亲情同父子，这你是知道的！你说了许多不该说的话，为什么偏偏就不说那首诗是郭诚创作的？"

"我也没说是我创作的吧？"

"正面回答我的问题！"

"忘了！"

"忘了？"

"对！忘了。"

周蓉从她诗人先生的脸上，发现了她最不愿看到的一面——沽名钓誉，不择手段。

那一刻，她震惊了。

她是那种眼里揉不进沙子的人，真像有些人说的，她冰雪聪明，仿佛天生就拥有"读心术"的本领。十多年来，他们夫妻间从未发生过什么龃龉，过的是一种与名利完全绝缘的日子。他们的生活词典中无非柴米油盐酱醋药，茶是不易享用的奢侈品。贵州产茶，他们却舍不得花钱买。夫妻俩身体都不好，药是家中必备。孩子和诗，在他们的生活中占有核心位置。孩子代表希望，诗是精神的维生素。那时，诗就是诗，写来纯粹是诗，读来也纯粹是诗，不可能有任何附加值。

当年，周蓉从不曾对先生冯化成使用"读心术"，那种天赋几乎彻底退化了。然而，在这场情诗朗诵会上，在与冯化成的辩驳中，周蓉的那种天赋又自然而然地恢复了。好比一个十余年不曾游泳的人，一旦落入深水，出于求生的本能，游泳本领自然而然地重新唤醒了。

通过与冯化成的争论，她潜入了对他重新认识的深水区。

是的——千真万确，她因自己的新发现而震惊。

冯化成问："还有事吗？没事我走了。"

周蓉盯着他，不愿再说什么。

"你今天纯粹是没事找事！"他悻悻而去。

片刻过后，冯化成的背影在周蓉眼中模糊了，像隔着雨水流淌的窗玻璃望过去似的。周蓉想到了哥哥周秉义。历史系男生们的宿舍离她站着的地方不远，五分钟就可以走到。如果不是挨过一耳光，在这个世界上，她最想倾诉心事的便是哥哥。

她终于没去找周秉义。

她不允许，那一记耳光对她是椎心之痛。

除了哥哥，在北大校园以及偌大的北京，她尚无什么朋友。她感到了空前的孤独，比初到贵州时更孤独。在贵州，她还有自己崇拜的诗人"先生"，如今他回到北京后仿佛完全变了——不，不是仿佛，而是的确变了。如同一个曾经流落民间的王子终于又回到了熟悉的城邦，他又开始被尊重，接受王位不过是迟早之事。与他共患难的爱妻，分明也不再像从前那么可爱，尽管他有时还是会以审美的眼光看她。

不过，她太熟悉孤独了，并没有被这种新的孤独压垮，难以自拔。作为全系当之无愧最勤奋的学生，图书馆是她的世外桃源。在她眼里，苦读是一种享受，勤奋也近乎是休息。

情诗朗诵会确实给她带来了好处，冯化成的登台亮相让她的追求者迅速打消了念头。冯化成留给大家的印象挺不错，他们普遍认为，他还算配得上周蓉。

周家兄妹的嫌隙在北大持续了一年多，这期间他们一直没有往来。

大四的最后一个学期，周秉义住院做阑尾切除手术。住院期间，妹妹周蓉闻讯来到了他的病床边。

周秉义闭着眼睛说："出去。"

周蓉说："我数到三，如果你不睁开眼睛，将来再见到我就很难了。"

周蓉数到二时，秉义睁开了眼睛。兄妹俩互相看着，都笑了。

同病房的一位病友说："你哥天天念叨你呢。"

周蓉奇怪地问："你怎么知道我是他妹妹？"

病友们七嘴八舌地说起来。

"那还有错！你哥跟我们说过你的长相嘛！"

"果然是个大美人儿！"

"你哥说起你来可骄傲了，夸你是你们兄弟姐妹三人中最善良、最聪明、最有独立思想的人！"

"小时候他还因为你被父母罚过跪，对不对？"

"我们连你们兄妹俩因为什么事闹僵了都知道。"

"你哥是出于对你的爱护，他当时有苦衷，你得谅解他。"

听着病友们的话，周蓉一边笑一边流下泪来。

原来在哥哥秉义的心目中，妹妹周蓉有思想，令人骄傲。周蓉感觉就像饱餐了一顿红烧肉。在贵州十余年，她没有吃过鲜肉，只尝过几次腊肉，几乎忘了鲜肉的味道。到北京后，她才与先生冯化成在小饭馆吃到了红烧肉，一时大快朵颐，旁若无人，直到冯化成提醒她注意点儿吃相。

兄妹俩和好如初。

周蓉问哥哥毕业后有什么打算？

秉义一听就明白她心里的想法，反问她是不是有考研究生的念头？

她说是的。

那一年，重点高校即将恢复研究生招生。

秉义表示支持妹妹考研究生。如果能考上，为什么不呢？如果她想接着考博士生，他也会支持。秉义说，自己毕业后将回 A 市工作，爸妈年纪大了，由小弟在家尽孝不可以，那对小弟太不公平，自己这个长子也该尽尽孝心了。

周蓉说："哥，我的想法是不是太自私了？"

秉义说："别这么想，你多虑了。你我情况不同，化成是北京人，你在北大读书，不论读多少年，你们等于在一起。我如果不回去，我和你嫂子还得继续两地分居，我俩都不愿那样。"

周蓉说："我再考虑考虑。"

秉义说："别犹豫，决定了吧。"

周蓉说："如果还让爸妈带着玥玥，我心里也很惭愧。"

秉义说："玥玥是爸妈的外孙女，那是他们高兴的事。身边有小孩儿，老人不寂寞。你假期可以和化成回去嘛！你我都是大学生，这是时代带给咱们周家的幸运。你再成了硕士生，成了博士生，便是天大的好事，没什么可犹豫的。"

周蓉说："可惜秉昆被'文革'耽误了。"

秉义说："也不能这么认为。如果'文革'今天还没结束，咱俩肯定是被耽误了。即使没有'文革'，秉昆就能考上大学吗？我看根本不可能。他能不能上大学，与'文革'一点儿关系没有。"

周蓉说："你这话如果让小弟听到，他肯定会生气的。"

秉义说："他现在也挺好，做了编辑，知道上进，正读夜大，他们小两口日子过得也不错。"

有些女人是幸运的，爱错了还有第二次机会找到真爱，即使已做了母亲。

一九八六年五月二十五日下午，继周秉义、郝冬梅和玥玥之后，周蓉和蔡晓光两人也回到了光字片。

周蓉三十七岁了。当年的美貌，经过岁月一点一点地侵蚀剥夺，已经所剩无多，充其量只能说风韵犹存了。汉语词汇真是太精准了，"犹存"的意思就是说没有完全消失，终究还有几分，但她的身材仍然很苗条。

成为北大中文系研究生后的周蓉，人生中出现了最令年轻妻子们痛心疾首的事——她的诗人先生冯化成一而再、再而三地出轨。

冯化成返回北京后，顺利地落实了政策，平反了，补发了工资，成为北京某区图书馆的副馆长，行政职级算副科级干部。他也还算顺利地分到了住房——一处十八平方米的平房，外加一间六平方米的厨房。北京那样的公房不少，一排住屋，一排厨房，各家的住屋对各家的厨房。十八平方米算面积不小了，倘是三口之家住着还挺令人羡慕。

然而，冯化成很是失落。那一年，他已四十七岁，鬓角半白，快要秃顶。蒙受了十余年迫害，终于又回到北京，才给个副科级的馆长当？太憋屈了！

他的愿望是到作协去当个专业作家，从事诗歌创作。以他的名气，加上他受过迫害的"资本"，有关部门认为完全可以。遗憾的是，当年作协恢复不久，根本没有住房给他。

他第一迫切需要的是住房，没有住房等于没有家啊！当年，街头巷尾以及地下室防空洞改造成的小招待所里，也常常挤满了从全国四面八方返回北京、等待平反、落实政策、安排工作和住房的人们，尤以文艺界人士和知识分子居多。一些外地推销员，如果有缘的话，常能在不起眼的小招待所结识上"文革"前的文艺界名人或教授学者。那些人的第一迫切需要也是住房。

为了有个家，他只能屈尊到区图书馆上班。他原本以为起码会给他个馆长的位置，这也落空了，因为他不是党员。当年，非党员要挤入干部序列基本上是异想天开，有关部门对他已算特别关照。

他心里终究还是有些不痛快。

诗人们多少都有酒神的基因，冯化成的酒量大于他的肚量。在贵州期间，逢年过节，周蓉允许他饮几盅，但严格限量，唯恐他喝高了说什么醉话招来灾祸。他也很有自知之明，浅尝辄止。那时他很乖，像乖孩子一样听周蓉的话。生逢厄运却有美妻相伴，男人都会很乖的。除了周蓉，到处都是视他为敌人的眼睛，他依赖这个工人阶级女儿的保护如同小猫小狗依赖主人，太明白一旦失去了她自己的命运将更加不堪。返京后，他变了。人们的同情和敬佩让他有些忘乎所以，找不着北。老朋友们像欢迎英雄归来似的宴请，他有些飘飘然，仿佛自己不仅是声名远播的大诗人，还是俄底修斯式的英雄。

有一次，他醉酒回家后对周蓉说："我完全是因为要给你个家，才接受这份破职位的。"

周蓉自然不爱听，反问道："当初不是因为爱上了你，我会到贵州去吗？"

冯化成却说："爱上了我你不吃亏，现在我让你成了北京人。知道不？有的女人为了北京户口甘愿与任何男人上床！"

周蓉怒道："胡说！没有你，我照样上北大！"

冯化成撮火地说："北大学生多了，毕业后不可能个个都留在北京吧？你却肯定会留在北京，因为我又是北京人了，归根到底你还是沾了我的光。"

他一边说着周蓉不爱听的话，一边还搂搂抱抱地要与她亲热。

"让你和你的北京户口见鬼去吧！"周蓉把他推开，掼门而出。

那天是星期日，晚上十点多了，她生气地回到了学校。

这或许只能算小事一桩。接着发生的事却让周蓉的自尊心备受伤害，他竟然骗了她十余年。实际上，当初他并非像他所说是未婚男士。他离过婚，只不过没有孩子。前妻是一位副部长的女儿，他被宣布为"反动诗人"几天后，前妻便与他一刀两断，随后再婚。听说他平反了，前

第五章

妻多次找他，表示悔意和破镜重圆的愿望。结果是，二人的约见变成了幽会，就在他家里被前妻丈夫堵了个正着，被打得鼻青脸肿，半个多月出不了门见不得人。这还不算，那前妻的丈夫居然给周蓉写了一封抗议信，强烈要求她"管好自己的烂男人"。信中还揭发冯化成千真万确地动了背叛她的心思，为的是靠上了这位高官的女儿，自己将来有更大的发展。

好在这件事并没有传到学校去，最终，冯化成向前妻的丈夫交了一份书面保证书才算暂时了结。

此后，冯化成乖了许久。

然而，曾是爱情至上主义者的周蓉的爱情画卷被污损了。她整整一学期没回过她所谓的家。他给她写了二十几封信，一半是诗。平心而论，那些诗都写得挺好，在他的作品中当属上乘。他也多次到学校找她，恳求她原谅。

她被那些诗感动了，再次原谅了他。依她的分析判断，那事固然丢人现眼，却也不能不说事出有因——如果前妻不主动勾搭，他八成是不会心怀不轨的。

周蓉考上研究生后，作家协会也重新成立。冯化成对自己担任市作协副主席信心满满，结果又令他大失所望，只不过做理事。他的想法是——只要成为市作协副主席，那么必会成为中国作协理事，再进主席团也不是不可能。

令人失望的事往往是接二连三的。他也没当上中国作协的理事。

冯化成失意到了极点，一个时期内终日酩酊大醉，企图以酒来消解胸中块垒。

周蓉忍无可忍，有一天冷若冰霜地对他说："咱们离婚吧，我当初爱的是诗人，不是酒鬼！"

这话对他起到了震慑的作用，他戒酒了，也戒烟了。他发誓要做回她当初所爱的诗人。

此后一个时期，冯化成的诗歌作品经常发表于各大报刊，名声大噪。他超水平地实现了自己的誓言。

区文化系统的领导们都感到让他"窝"在手下确实太屈才了，他们常常心怀不安。他们表示，如果市作协仍愿意接受，他们绝不强留。至于房子，随他住多久都行。他们说，能为在全国各大报刊经常发表作品的诗人提供住房也是一种光荣。

市作协对他表示诚挚的欢迎。

于是，冯化成成为市作协的专业诗人，尊称他为"冯老师"的人一天比一天多了。他开始到处开讲座，介绍自己诗歌创作的经验和体会。起初沾沾自喜，后来也烦过，却又身不由己。逐渐的，他身边开始出现形形色色的女诗歌爱好者与女记者，她们大多年轻，都喜欢洗耳恭听他高谈阔论"诗性美学"。

那些日子，周蓉埋头于硕士毕业论文，回家次数极少。有天晚上，她回家取换洗衣服，撞见了天下任何一个妻子都不愿撞见的事。

她扇了他一记耳光。

他跪下了。

除了再次原谅，她也没有别的办法。

他同样原谅了自己，旧戏重演。他们的家似乎变成了"女子诗歌讲习所"，讲到床上去似乎成了不可或缺的一课。

从此，周蓉便不再回他给她的家了。直至她拿到了硕士毕业证书后，冯化成才见到了她。

她平静地问："化成，你怎么变成了这样？"

他想了想，低下头说："我堕落了。"

她又问："可是为什么？"

他沉默良久，抬起头看着她，像一个诚实的孩子那样说："我总觉得那十年太亏了，想补偿一下自己。岁月不饶人，不加快补偿就来不及了……仅仅靠创作诗歌，我已经感觉不到人生的充实……"

她也沉默良久，接着问道："你不是还有我，还有咱们的女儿玥玥吗？"

他摇摇头道："除了你和女儿，我几乎一无所有。"

"你还有诗歌，还有名气。"

"那不过都是浮名，当代任何一位诗人都不会流芳百世。"

"那么，你想要什么，权力？"

"我对权力不感兴趣。"

"你究竟还想要什么？"

"我怕。"

"怕？……怕什么？"

"我明白，只要我三年没写新诗，人们就会彻底忘记我。或者，还能将我的名字与哪一首诗联系起来，但很可能会以同情的眼光看待我这个过气了的诗人，即使我实际上并没过气。中国古代诗人们和他们的诗词将流芳百世，近代诗人和他们的诗也将被刮目相看。时代只给我们和我们的诗歌留了一道窄窄的缝隙，让我们暂时存在，而后自生自灭。别看现在诗歌还算热闹，但作为诗人，我明白自己的诗风太老派了，新诗正在积蓄力量，我这种诗人很快就会过气了。我江郎才尽了，枯竭了，激情耗光了，我快完蛋了……除了是丈夫和父亲，我再就什么都不是了。我怕这一天的来临，怕极了……"

"化成，现在我没心情听你谈诗。"如果不打断他，看样子关于诗他还有不少话。

周蓉想到了一首歌的歌词：

这样的人你可以相陪，
却无法安慰……

是的，她感到确实无法安慰他。如果一个诗人对诗歌的命运本身产生了莫大悲哀，叫别人如何安慰他呢？而且，他的那些话，她也没怎么认真听。

"你的话，不能成为你再三再四地让你的妻子蒙羞的理由。"她严肃地转入正题。

冯化成讷讷地说："是啊，我承认。"

周蓉沉吟了半天，说出了内心压抑已久的一句话："化成，咱俩好和好散，离婚吧。"

他看着她愣住了。

"就算我求你了。我已下定决心，决心难改了，今天是来正式告知你的。"

"……"

"女儿由我抚养吧，不需要你出抚养费，我有那种能力。你现在这种状况，也不能当好父亲。你可以随时随地见她，我绝不干涉。"

冯化成流泪了。

周蓉恳切地说："咱俩夫妻一场，我从没求过你。今天我求你了，行吗？"

他说："那我也只有说行了，都是我不好，对不起……"

"你好自为之吧。"她长出一口气，起身便走。

"等等。"冯化成急切地喊道。

第五章

她在门口转过了身。

"你别就这么走了啊,让我最后再抱抱你吧……行吗?"他站了起来,恳求说。

她不知道自己是不是点头了,脑子里一片空白。

他紧紧抱住了她放声大哭,像文学作品中对小女子的描写,"一时间哭得像个泪人儿"。而她,如同小说中对某些硬汉的描写,"将一颗心变得铁石般硬,不许眼泪掉下来"。

周蓉离开那间十八平方米的平房,走在回北大的路上,心里并没有感觉解脱,而是空空荡荡。她也极想紧紧抱住一个人,一句悲伤的话也不说,就那么一动不动默默地抱一会儿就行。哥哥已经回A市去了,偌大的北京没有一人是她可以拥抱而又不至于惹出是非的。

这想法是那么的强烈,简直难以抗拒!她紧紧抱住了身边的一棵老槐树。

一些路人见证了这个情形,却只有那棵老槐树听到了她的哭声——很细小,像小学女生种牛痘时的疼痛难忍……

在从北京开往A市的列车上,周蓉从最新一期文学杂志上看到了冯化成的名字,还有他创作的一首近百行的长诗——《我的"洞府"生涯》:

> 对于我这个被称作诗人的男人,
> 我想,
> 我永远难忘的,
> 肯定是我那一段米酒一般的"洞府"生涯……

在长诗中,他将她比作自己的女王,受宙斯派遣,到人世间来庇护他;还将她比作意大利画家卡拉瓦乔创作的阿拉伯王宫生活的《大宫女》,屈女神之尊同时甘愿充当他温柔体贴忠诚的女仆;他上一段把自己比作被女王宠坏了的,乐而不思伊甸园的亚当,下一段又把自己比作"洞府之王",把她比作自己收留的夏娃。他们当年夫妻生活中的种种忧愁喜乐、生活细节,翔实浓郁地呈现在他那长短句美观的诗行中。

那首古典浪漫主义风格鲜明的长诗韵律变化灵活,写实与想象结合,叙述与抒情交织。

周蓉聚精会神地看完了。她明白那首长诗是献给她的,尽管他并没有写明。她也明白,那首诗激情澎湃,真情流淌,诚意饱满。

她很是感动,却并未热泪盈眶。她处在一种极平静的感动之中。

那首诗后面,附有专家学者的评论,颇多赞美之词,认为作者将西方的意识流、弗洛伊德的性心理学、当代爱情诗与中国古体诗歌的唯美主义传统等四种元素结合起来,别开生面。

周蓉没怎么细看那些评论。她认为,最有资格评论的人非她自己莫属。她这么想时,竟忍不住微微笑了。

当她合上杂志时,头脑中忽然闪现出四个字:无怨无悔。

一九八六年五月二十五日下午,当周蓉走向她从前的家时,已是本省一所重点大学哲学系副教授了,也是全校最年轻的一位副教授。与全国其他地方一样,A市也有一所以省名命名的综合大学,尤以文科为主。新中国成立之初,俄语专业是该校强项,享誉全国。他们对周蓉的求职感到诧异,因为当年北大中文系硕士毕业完全可以留在北京工作,高校、出版社、研究所等文化单位,可供她选择的机会太多了。

她的回答是:"我想家了。"

她的这番话一半是真情实感,一半是搪塞之词,这句话却让校方大为感动。

学校请她在文史哲三个系中任选,她毫不犹豫地选择了哲学系。这又让学校困惑不解。

她的回答是:"我都学六年中文了,烦了。"

"可是……"

"我已在辅修西方哲学史,明年将获得北大哲学系硕士学位。导师支持我读在职研究生,只要我保证每学期向他汇报两次学习情况。而且,我的硕士学位论文题目是《中西方近代小说中的哲学思想比较》。"

校方还是有些心里没底,本着对学生负责的态度,要让她先试讲几堂课再最终确定。

结果,她的课大受师生欢迎。这样,周蓉便成了这所省属重点大学教师中第一个毕业于北大中文系的研究生,也是第一位学中文而教哲学的教师。

这一时成了该校的新闻。

按她的资历,其实没资格晋升副教授。论资排辈的话,至少要等五六年,但她赶上了好时候——各行各业改革风起云涌,论资排辈受到强烈质疑,学校里师资青黄不接,教育主管鼓励大学不拘一格培养年轻教授。哲学系数她发表论文最多,数她年轻,又是女性,她为本校开创了中西方哲学思想比较专业,比较哲学也成为学校有影响的学科。于是,她几乎毫无争议地破格晋升为副教授。

这天下午,周蓉副教授走在光字片坑坑洼洼的细街窄巷中,产生了恍如隔世之感——从大马路旁的一个街口向这里一拐,如同进入荒诞小说中的神秘洞口。小说中常见的描述是,洞外的世界往往混乱不堪、糟糕透顶、令人无处逃遁,洞内则是另一番天地,世外桃源。现实却恰恰相反,那条大马路是A市一条不错的马路,两侧有成行的柳树、楼房。尽管都有些老旧,却毕竟是看着顺眼的楼房。柳树很有年头了,枝叶修长,绿得赏心悦目。从那个熟悉的街口一拐入光字片,眼前的情形就从心理到生理都极不舒服。城市不像城市,农村不像农村,似乎误入了被人间抛弃的一个地方——没有哪一幢房屋墙直脊正,也没有一条街巷能让人经过时心情不至于由好变坏。

学校分给周蓉一间住房,二十多平方米,老楼,原是当年为外聘苏联专家们建的,格局都是大小套间。他们撤走后,迫于教职员工们住房困难的压力,重新打了隔断成了单间,一批批早已分光。去年,学校建成了两幢新宿舍楼,教职员工们的住房困难稍得缓解,周蓉侥幸分到了一间。否则,即使她是副教授了,也根本不可能有份儿。老楼的楼道很宽,家家户户能在楼道摆橱设灶。房间层高也高,可搭吊铺。周蓉雇人搭了半截吊铺,每晚睡在上边;下边不放床,显得挺宽敞。学校的校园环境在 A 市很有名,地段也是全市最好的区域。周蓉几乎每个星期日都要回家看望父母,以减轻内心对父母的深深亏欠。每次从环境美好的大学校园回到光字片,她都会产生同样的恍如隔世之感。她觉得光字片还不如她在贵州住过十余年的山洞——走出洞外,视野内所见的自然风光毕竟还是美好的。

走在她身旁的蔡晓光忽然问:"哪儿来的一股臭味儿?"

周蓉说:"你马上就会知道。"

二人顺路又一拐,但见几名淘粪工正在淘一处公厕——由破木板围成的公厕歪斜着,似乎随时会倾倒。淘粪工们用绑在长竿上的桶将稀粪提上来,直接倒在厕所旁的空地上。

二人只有掩鼻而过。

蔡晓光说:"怎么可以那样淘粪呢?"

周蓉反问:"应该哪样呢?"

蔡晓光说：" 在市内，是用抽粪车直接抽上来。"

周蓉说：" 这里不是市内。"

蔡晓光据理力争：" 反正不应该那样。"

周蓉说：" 反正应该怎样的事多了。"

蔡晓光被驳得张口结舌。

她反问：" 你刚才捂鼻子经过时有什么想法？"

蔡晓光说：" 那能有什么想法？就是想赶快走过去呗。"

她说：" 人家那些淘粪工人连口罩都不戴。"

蔡晓光不解了，也反问：" 那又怎样？人和人是不同的。如果我不幸沦为淘粪工，要一天多次换口罩……你什么意思啊？"

她说：" 你的话已经接近我的意思了，自己想。"

蔡晓光是聪明人，略微一想立刻明白了。

他说：" 周副教授，请站住。"

周蓉便站住了，笑着看他，笑得莫测高深。

蔡晓光说：" 鄙人斗胆批评您几句啊。到了您家，当着您家人的面，我的话就不便说了。你现在是名副其实的知识分子了，大多数中国知识分子有个臭毛病，那就是心口不一。我认识一位报社主编，张口闭口人人平等、劳工神圣。可在他自己家里，却对雇来的阿姨一点儿不平等，倒烟灰缸倒慢了都会遭到他的训斥。下工厂参观时，赞美工人的话说得那个动听，可一听说自己儿子即将分到那个工厂了，着急上火，四处托关系走后门，不将儿子塞进事业单位誓不罢休。据我所知，'劳工神圣'四个字是蔡元培先生最先说的，对吧？人家当过你们北大校长，人家是打心眼里尊重劳工。如果他老人家活着，肯定和我的看法一样，认为那么淘粪太不卫生，淘粪工淘粪时应该戴口罩……"

周蓉说：" 看来你还是没太明白我的意思。我发现咱俩经过时，人家都不拿好眼色瞪咱俩。也许因为咱俩捂鼻子了,也许因为咱俩的穿着不像生活在光字片的人,或者因为别的,我一时也说不清楚。总之我觉得,咱俩被他们当成了不喜欢的人。我们大学里的许多职工其实也不喜欢我这位副教授,我总想搞明白究竟为什么……"

蔡晓光说:"那就是另一个问题了。那问题太大,太复杂,一言难尽。"

二人正这么说着,周秉昆与郑娟出现了。

秉昆肩上骑着他们五岁的儿子周聪,郑娟与楠楠手牵着手。

蔡晓光问秉昆:"你们经过那圈粪时,几名淘粪工不拿好眼色瞪你们没有?"

秉昆奇怪地说:"没有啊。"

郑娟说:"还跟我们说对不起呢。"

周聪在他爸肩上说:"那几个叔叔还冲我笑了。"

蔡晓光说:"你姐发现我俩经过时,他们不拿好眼色瞪我俩。"

秉昆说:"那太可以理解了!上个星期我回来,他们正淘前边几条街上的厕所,偏巧赶上区里的干部检查卫生,宣传环境卫生常识什么的,每年春季不是都照例搞这么一次嘛。也不是什么主要干部,看上去也就是科长副科长一级的,当然要严厉地批评了,结果双方争吵了起来。"

郑娟说:"他们肯定把你俩当成区里的干部了。"

蔡晓光说:"明明批评得对,有什么可争的?"

秉昆说:"街道窄,抽粪车开不进来。厕所满得忽悠忽悠的了,不淘不行,淘也只能那么个淘法,所以那种批评难以服人。再说他们是雇来的农民,对于他们,粪是宝,他们并不怎么嫌粪脏。"

周蓉问:"光字片的人们怎么看呢?"

秉昆说："当然站在农民淘粪工一边啦！光字片的广大人民群众一致认为，当官的与其批评淘粪工，不如首先做自我批评——新中国成立都快四十年了，这里哪点儿像社会主义？简直是辛辣讽刺！"《大众说唱》的资深编辑的话中，也流露出对现实的不满。

周蓉对蔡晓光笑道："我弟不愧是《大众说唱》的大牌编辑啊，不但在像'四五事件'那样大是大非的问题上与人民站在同一立场，在厕所该怎么淘粪的小是小非上也与群众一个鼻孔出气。"

蔡晓光不以为然地说："如此说来，就没有另外的什么办法了吗？"

"有！"说话的是楠楠。那少年已上初中，五官端正，眉舒目朗，估计以后个头矮不了。

他愤愤地接着说："调一百辆推土机来，将这一带推平了，重新划分街道，要求横平竖直，两边盖起楼房，种上树，那不就从根本上解决问题了吗？"

郑娟批评道："你这孩子，真没礼貌！大人间说话，以后不许随便插嘴！"

她的话音刚落，周聪也在他爸肩上比比画画地大声说："要不就把人全撤走了，派几架飞机，咣咣往下扔炸弹，轰！轰！一会儿就能把这些地方给炸平了！"

周蓉装出忧虑的样子说："秉昆你要注意啦，你俩儿子有简单粗暴的不良思维倾向，不及时教育，将来有你操心的时候！"

蔡晓光笑道："后生可畏，后生可畏，看来以后的中国不好治理了！"

第六章

　　一九八六年五月二十五日下午,周家像要举行什么家庭庆典似的,除了郑娟的弟弟光明,该回来的全都衣着整洁地回来了。周志刚对蔡晓光很熟悉,他经常陪周蓉回来,周志刚认为他是女儿的好友。

　　蔡晓光父亲的问题"文革"后平反了,但不久就检查出了癌症,去世了。知道他的人都说,他也应该属于被"四人帮"迫害致死的人。大家都替他庆幸,比起那些含冤而死的人,他死得总算可以瞑目了。他住院期间,该去看望的领导都前去看望过,追悼会也开得相当隆重,也可以说极尽哀荣。

　　蔡晓光对他父亲的死特别看得开。他曾对周蓉说,如果他父亲当时没受那么一场冤枉,现在的下场怎样那就很难说了——省革委会委员、"支左"军代表、省商业厅革委会主任,让你整谁你能说一个不字吗?说了岂不是自己照样要该整?整的人多了,下场未见得比现在强。

　　周蓉只发表了一句看法:"'福兮祸所伏,祸兮福所倚。'每个人有每个人的宿命。"

　　作为儿子,蔡晓光只向省市领导提出了一个要求——他不愿回拖拉机厂去了,希望换一个工作单位。

　　他当年受父亲牵连,受了不少委屈。领导们认为他的要求不过分,问他想调到什么单位去。

　　他说希望到市话剧团去当导演,如果认为他没资格,当编剧也行。

第六章

领导说那是需要才华的呀，那种才华是需要证明的呀！

他说："我有，我会证明给你们看的。"

一个多月后，他向具体负责安排他工作的领导交了一个话剧剧本《北方的地火》，是《于无声处》《丹心谱》那一类批判"四人帮"题材的剧本，并附上导演阐述。

那位领导差点儿认不出蔡晓光了——他头发乱胡子很长，衣服裤子皱巴巴的，左手手指几乎全都被烟熏黄了；估计好久没洗澡，身上都有味儿了。

那位领导对文艺是外行，并未把他的事看得多么重要——无非就是一位受过迫害的干部子女要求换一个工作单位嘛，何不顺水推舟送个人情！于是当着他的面立刻批示："请话剧团的同志认真对待，若觉晓光同志尚有才华，应以做好干部平反昭雪善后工作为第一要务的高度考虑。"

最后一行字批得特别给力，"晓光"这种亲切的称呼意味深长，令人不敢掉以轻心。

A市话剧团"文革"前在全国话剧界名气不小，尤以演出普希金、果戈理、契诃夫、高尔基以及苏联时期的革命剧作家的剧目闻名，在全国独树一帜。他们演出剧目如《赫哲人的婚礼》《抗联烽火》《北大荒人》《青年一代》也曾好评如潮。"文革"中，这些优秀剧目却都成了罪状，不少编导、演员厄运临头。那一年虽然平反，剧团也重新组建起来，但苦于没有好剧本，无法重振雄风，正在犯愁。当时中苏关系还未正式"解冻"，演出俄国或苏联的经典剧目既不合时宜也实属贸然之举。国内剧目题材又太老旧，难以唤起观众热情。创作新题材的剧本吧，又觉得头上悬刀，不知会有何种罪名再次落下，刚刚经历了"文革"浩劫，真所谓心有余悸，不敢轻举妄动。恰在此时，蔡晓光的剧本附加着省一级领导的批示送上门来，犹如雪中送炭——于是剧团及时组织人看剧本、深入讨论，很快就有了结论——剧本基础良好，创作者人才难得。人要定了，剧本也要定了。

就这样，蔡晓光顺顺利利进了话剧团，成为最年轻的编剧。剧团领导向他承诺，允许他与老导演合作两三部话剧后，兼具导演资格。

放眼当年全国话剧剧本的创作，客观地说，《北方的地火》确属上乘之作。

蔡晓光何以能创作出那样的话剧剧本呢？原来，他一直就是文学青年，即使在他的人生跌入低谷的日子里。其他人想看书也无书可看，他想看书那就一定能找到，就像猎犬凭着气味儿一定能找到深藏的骨头。可以说，文学支撑着他度过了人生的艰难岁月。

他有特别直接的生活素材。通过父亲，他对"文革"时期官场生活相当熟悉，对官员们的心理活动也能揣摩得较细、较深。他对受政治迫害有切身感受，总有一种如鲠在喉、不吐不快的郁闷。作为一位曾经很受重用忽而"中箭落马"的干部子弟，他的反思与众不同。

他很长一段时间都在工厂工作，原本不属于文艺界，创作起来顾虑也少，没有走钢丝、戴着镣铐跳舞般的谨小慎微。这也让他的剧本棱角分明，台词掷地有声。

这种剧本，还真不是一般人能创作出来的。

创作过程中，他找过周秉昆，希望代他请几位甲三号的前辈指导指导。秉昆与他多年未见，见了自然亲切。事关他将来的工作饭碗，秉昆鼎力相助，将他介绍给了白笑川、邵敬文和史彦中。白、邵二位虽是曲艺界人士，欣赏水平却不仅限于曲艺。文艺是相通的，他俩对于话剧艺术的理解，指导蔡晓光绰绰有余。史彦中是在白、邵二位之后看到剧本的，他是省话剧界的泰斗级人物，对斯坦尼斯拉夫斯基和布莱希特两大戏剧体系都很有研究，看后也予以充分肯定，认为他将契诃夫话剧不动声色的深沉与果戈理话剧透辟辛辣的讽刺结合得很好（其实，那两位大师的剧本蔡晓光都潜心研究过）。史彦中建议由白、邵两位将曲艺的民间艺术元素适当融入剧本，以达到雅俗共赏的效果。

正是文艺界人士之间艺德高尚、正能量体现得十分充分的年代，文艺创作、演出与金钱关系不大。前辈提携后辈，同行或不同门类的艺术工作者之间互相帮助，大抵可以用"无私"二字来形容。白笑川、邵敬文和史彦中对蔡晓光的帮助，更是基于一致的社会使命。

《北方的地火》一炮走红，蔡晓光一夜成名。他获得了三百元创作费。作为编剧，这已经很可以了。有些省市的剧团还根本不给编剧创作费呢，因为已发工资了嘛！当年重新获得"解放"的专业编剧们都本能地表现得很顺从，几乎无人计较稿酬，剧本若有幸演出大抵已心满意足，不敢再有非分之想。

首场公演时，秉昆和白笑川他们每人得到了蔡晓光送的两张票，都坐在前几排。秉昆是和郑娟一起看的，邵敬文终于见到了在他看来有几分神秘的郑娟，互相都留下了良好印象。

蔡晓光谢幕时表达了对秉昆和白笑川等人的感激，这让郑娟觉得十分荣耀。

之后，蔡晓光用七十多元钱在饭店包了两桌饭菜，请秉昆、白笑川等人聚了一次。这是挺大方的破费，办两桌简朴的婚宴也就花那么多钱。三百元创作费剩余的钱，他全买成票送人了。

周蓉刚回到 A 市时，在光字片父母家住过半年多。一个冬天的晚上，蔡晓光找到了周家。两人都不便在她家说话，她就围上长围巾穿上棉大衣，与他一起到外边走走。他俩走后，周志刚问老伴，蔡晓光是干哪行的？他第一次见到蔡晓光，也就是随口一问，没什么目的。这一问把老伴问火了，反问他，你老糊涂了怎么的？连女婿都不认识了吗？女婿多少年没登过咱们家门了，看你一副不冷不热的样子，让小两口都不愿在家里待了！

周志刚说："你别胡搭乱扯的！女婿我见过，你又没见过，他怎么就成了咱们女婿呢？"

老伴却一口咬定蔡晓光就是女婿。她的精神虽然出了毛病，对蔡晓光的印象却极其深刻。他一进门，她立刻就认了出来，拉着他的手问长问短，十分亲热。

"我还不如不问你。等会儿他俩回来了，不许你再瞎咧咧！"周志刚训了老伴一句，不再理她的自言自语。

周蓉和晓光深一脚浅一脚，踏雪绕着她家住的那条小街走，走了一圈又走一圈，边走边聊。晓光怕她滑倒，不管她乐意不乐意，坚持挽着她。

周蓉问："我回来不久，你怎么知道的？"

晓光说："也不能说是不久吧？都一个多月了。秉昆不告诉我，我还真不知道。"

周蓉说："这个秉昆，嘴够快的。"

晓光反问："你对他告诉我有意见？"

周蓉说："那倒不是，怎么会呢，只不过我现在一切还没稳定下来。原本想等一切稳定下来了以后，我自己告诉你。"

晓光说："老朋友之间，一别十多年，忽然又是一个城市的人了，早日相见应是头等大事。"他的话中流露着少许不满。

周蓉听出来了，笑道："我认错。"沉默了一会儿，她又说："十多年里，我将这些老朋友一一忘了，忘不了的只有你。其实当年我也不是太懂事，要求你以那么一种方式掩护我，自己以为挺高明的。现在一想，简直像是利用了你，特别内疚。"

第六章

晓光说:"当年你确实是在利用我,我也是心甘情愿地被利用,所以你不必内疚。不过,我有权要求你报答我一次。"

晓光说,文化部的一位厅级官员从报上了解到《北方的地火》公演后反响很好,亲自来到 A 市看了一场。他返京后与剧团领导通过一次电话,要求剧组赴京演出几场,赴京费用由文化部补贴,门票收入全归剧团。他还透露,中央几位领导也挺关注,表示在京公演期间会来观看。

这对剧团和晓光本人都是喜讯。

"赴京前还要在本市演一场。也许是最后一场,之后将作为保留剧目了。我希望你一定去看看,看后写一篇评论,争取在我们赴京演出前发表出来,以壮行色。"晓光说。

周蓉问:"你很在乎我看不看、写不写评论吗?"

晓光回答:"非常在乎。当年若不是受你和秉义、郝冬梅的影响,我后来未必会成为文学青年,也未必会有今天的成功。在我这儿,《北方的地火》也是献给你们的,主要是献给你的。当年没追求过你,就不会认识你哥和郝冬梅啊。冲着我和你们之间当年的友谊,你如果推托,那也是不对的吧?"

听了他的话,周蓉大为动情。

她去看了演出,几次流泪。

她对晓光说起了自己的观后感:"没想到啊,你居然能创作出这么有深度的剧本来。如果它也是献给我们当年的友谊的,那么我把它视为一份厚礼,弯下腰来,双手接了。"

她很快就进入了写评论的状态。消息不胫而走,几家报刊先后派人找到她,要首发她的稿子。

周蓉写好后,按照晓光的"既定方针"首先送到了省报。文艺副刊部主任亲自接待,为她沏茶,请她坐等。评论文章再长也长不到哪儿去,三千字左右就是大块文章了。五十几岁的老报人戴上花镜,吸上一支烟,拿起一支红笔,埋头便看。不到半小时看罢,手中的红笔不曾落下过。

他说:"好文章,比此前其他报刊发表的评论都好,不愧是北大研究生毕业。剧有深度,评论也有深度,关键是分寸把握得好。点到为止,欲说还休,不直白,耐回味。我们争取一周内见报。"

老报人的称赞虽然不至于让周蓉受宠若惊,却也有那么几分喜不自胜。以一篇大块头的评论文章在省报副刊初试锋芒,毕竟对她今后的事业发展有益,何况还顺风顺水。

她愉快地离开了报社,绕了个弯去告诉蔡晓光。

蔡晓光听了也特别高兴,请她在话剧团附近的小饭馆共进午餐。

久别重逢的老友之间,逐渐敞开心扉,话题越聊越开。

她问他,怎么会选择了文艺这行?

他说,除了当年受周家兄妹的影响、后来成了文学青年的内因,客观上也有点儿走投无路,逼上梁山。

"不错,我父亲是领导,但他不在了,我的人生很难再借他什么光了啊。古今中外,官场上在位不在位,人活着或死了,后人能否借上光,能借上多大光,情况极为不同。我父亲职务说小不小,说大不大。我就很尴尬,若说我不是干部子弟吧,我明明是的。我要是太当回事,以为自己是高干子弟,那就大错特错。省市高干子弟的圈子,我根本挤不进去。他们都是当年封疆大吏的后代,我是外来户的儿子,人家聚一起玩都不愿带我。真正的高干子女,父亲怎么也得是'文革'前的少将或副省副部级干部。我一个大校的儿子算老几?人家现在都纷纷争着往政界的方阵里钻,即使站在队尾,二十年后肯定也会有一席之地。我这个大校的儿子挤不进去啊!我进不了组织部门的视野啊!再说我和你周蓉一样，该清高的时候还是要求自己清高一下的，所以也就不屑于往政界方队多瞥一眼。对于我这样的人，进不了政界方队，你替我想想，我还能往哪条路上转移？除了当官，另外的好人生就只有科教文卫体来兜底。当科学家、教授得在大学里苦读多少个春秋寒暑，我就是有那想法，也没机会和造化啊！当医生那也得靠文凭铺路吧？我倒是挺想当体育健将的，但爸妈没给我四肢发达的基因啊！科教文卫体，就剩下了文艺圈我还可以往里钻。真正的高干子弟才不往文艺圈里挤呢，岂不太辱没家门了，太耽误他们的人生了嘛……"蔡晓光一口气说个没完。

蔡晓光喝光一瓶啤酒后，话匣子打开，接着说起掏心掏肺的话来，如同蓄满水的水库开闸，滔滔不绝，不泄得见了库底不罢休。

周蓉为了换个话题，也是为了让他歇一歇吃几口饭菜，打断道："他们也未见得就有那份才华。从前官宦子弟还出文艺家，起码出过高水平的票友，后来连票友也出不了。他们成了只能当官只会当官的一类人，也许从基因上与'文艺'二字绝缘了。"

说到高干子弟，周蓉的话中明显流露着不以为然。"文革"后的若干年里，在北京，她耳闻目睹了不少关于他们的负面故事，说到他们时好话不多，她也因此更加敬爱嫂子郝冬梅了。客观说来，郝冬梅身上的确少有高干子女的毛病。

蔡晓光喜欢听周蓉的话，坦率直白，直击要害。

他连说："对极，对极！"

周蓉批评道："对极了就说对极了，以后不要再对极、对极的！多说一个'了'字舌头会费掉半截吗？据我所知，'对极'就是北京一些高干子弟圈子里的口语，想不到也传到咱们东北了。他们的哥哥姐姐并不那么说话，毕竟接触过农民，当过工人，成心把中国话说得像外国话似的，工农大众会强迫他们改过那种臭毛病。就那些没下过乡没进过工厂的高干家庭的小不拉子，自己找不着北了，连话也不好好说，你以后必须给我改过来啊！"

她最后那句话，晓光更爱听了，认为只有红颜知己才会对男人那么叮嘱。

"改，一定改，从下一分钟就改。"他窘态毕露，如要发誓戒掉某种恶习一般。

"先把碗里的饭吃了。别只吃饭，就着菜吃，要不两盘菜不是白点了？"周蓉将一素一荤两盘菜推到他面前。

晓光便不再说什么，大口大口地吃起来，别有一番好滋味在心头。

吃完饭，晓光手握半瓶啤酒又说："在我记忆中，只有周总理的养女孙维世加入了文艺界，也是搞话剧的，往往还自导自演，当年曾搅动得话剧界风生水起，可惜'文革'中被迫害死了。如今的高干子女，找对象或物色情人时，才会将目光投向文艺界。他们不稀罕瞥一眼的工作，我正好可以填补空白……"

周蓉说："咱们不聊他们了行不？我已经完全明白你为什么要进话剧团，这个话题没必要再说下去了。作为老朋友，我也要坦率告诉你，我的人生发生了什么变化——我离婚了。"

晓光听到周蓉刚才的话，吃惊得将满口啤酒喷在了桌上。

周蓉默默用纸巾擦起桌子，蔡晓光瞪着她问："原因肯定出在你这方面喽？红鸾星惊，另有新欢了？"

周蓉也瞪着他反问："大导演何以如此推断？"

晓光揶揄道："美女嘛，水性杨花乃先天弱点。在北京生活了七年，而且是北大才女，认识的人多了，出了那样的事不足为怪。"

周蓉苦笑道："恰恰被你大导演推断错了。我在北京的七年，不论在校内还是校外的表现，都可以用'言行规矩、守身如玉'八个字来形容，与

'轻佻'二字毫无干系。原因百分百出在他那方面，他回北京不久就变了，不但对追求浮名走火入魔，还添了招蜂引蝶、拈花惹草的新毛病。也许不是新毛病，根本就是旧病复发。我原谅了他多次也无济于事，为了维护一个妻子的起码尊严，只得采取果断方式。"

晓光一口气喝光半瓶酒，轻轻把酒瓶横放桌上，一拧，酒瓶在桌角旋转起来。

周蓉怕酒瓶掉地上，急忙按住。

晓光不动声色地说："好极，好极。"

周蓉嗔道："还那么说！没长记性啊？"

晓光改口道："真是好极了！"

"你幸灾乐祸？"

"那倒不是。首先，我替那位大诗人感到非常遗憾。其次，向你表示老朋友的同情。最后，我认为我有流露个人喜悦的权利，我简直想开怀大笑，引吭高歌！因为，这意味着——我可以不违背道德、肆无忌惮地追求你了。一九八六，我爱你！你是我的大喜之年，感谢你让我双喜临门！"他近乎得意忘形了。

"你醉了！"周蓉想不生气不容易，起身便走。

蔡晓光匆匆结了账追出去，跟随着她信誓旦旦地声明，自己说的每一句话都是真情流露，绝非醉话。同时声明自己仍是单身男士，男女关系干干净净。话一出口，他也觉得自己说得太没有回旋余地了。对于自己这么一个大老爷们，可信度不是太高，他接着纠正道："起码是比较干净。"

周蓉站住，看着他说："我不管你在男女关系方面是干干净净还是比较干净，反正我要告诉你的是——咱俩只能是老朋友关系继续。我离婚的事，除了我哥和嫂子，我还没让周家其他人知道，我仍瞒着女儿玥玥。之所以今天就告诉你,是因为你对我的坦诚。作为老朋友,如果我连这一点都隐而不宣,那也太不像话了。老朋友之间要有老朋友的样子,对不对?"

晓光说:"对,那当然!"

周蓉说:"所以你不要有什么别的不切实际的想法。"

晓光说:"有一点我还是不明白,难道你以后不再结婚了?打定主意后半生要做独身主义者?"

周蓉苦笑道:"那倒不是,咱俩不适合。我已是离过婚的女子,还有一个快十五岁的女儿,而你是未婚男士,形象不错,又是声名鹊起的话剧导演,你应该,并且也可以找一个比我年轻漂亮的女演员为妻,那不是更好吗?"

晓光说:"剧团里的女演员都有丈夫了,想要招几名年轻的,到现在指标还没批下来。"

他说得诚实无比,似乎是从没撒过谎的孩子。

周蓉忍不住笑出了声。

她说:"十八年都等了,还差十天八天吗?你要耐心等哩。今天就说到这儿,别跟着我了,我要搭那辆车!"

她一说完就拔腿向公交车站跑去,跳上了一辆刚进站的公交车。

晓光望着那辆公交车开走,半晌后自言自语:"我才不听你的!"

《北方的地火》还是未能进京汇报演出。有传言说,北京有关领导一听剧名就反感,质问道:南中国有惊雷,一场接一场地演《于无声处》,还在电视里播!北方又搞出什么"地火"来,南北呼应,又是雷又是火的,想炸给谁看?想烧给谁看?此风不可长!抓住"走麦城"的一段历史不放，大做文章，那就是别有用心！

周蓉的评论便也发不成了。省报副刊的老主任给周蓉写了一封致歉信，说他会推荐给其他规格低一些的报刊。最终泥牛入海，杳无音信。

还有一种传言说，北京有关方面指示省里查一查，看《北方的地火》有什么特殊背景没有。

倒是没有人找蔡晓光和周蓉问什么，传言也就仅仅止于是传言，但文艺界人人谨小慎微。

蔡晓光很有挫败感，也觉得对不起周蓉。

在许多人疑神疑鬼的情况之下，周蓉肯定要反过来安慰蔡晓光。

他说自己的确有些不安，怕她受到什么牵连。

她说不至于，再拿什么文艺作品开刀搞大批判，动辄无限上纲整人，肯定对党和国家都大为不利。无非就是公开批评某些作品，禁演某些作品罢了。他俩这种过来人没必要怕什么。

经由此次接触，二人关系更加亲近。蔡晓光有点儿黏上周蓉，星期六的晚上经常去大学里找她，陪她回家。有时进屋坐会儿，有时门也不进。

周蓉似乎也挺需要蔡晓光。一个事业上受挫了，一个感情上需要慰藉，都有那么点儿惺惺相惜。如果《北方的地火》进京演出顺利并且大获成功，蔡晓光载誉而归，随之骄傲起来的话，他俩的关系会怎样，反而会另当别论了。

周家儿女和孙儿女们齐聚，人气鼎盛，亲情融融，老屋也显得空间小了。

哥哥、姐姐、嫂子，再加上蔡晓光这位既是周家老友又是话剧导演的客人，秉昆又像当年被哥哥姐姐经常笑称"一根筋""开智晚"的小弟一样，自觉地边缘化了。

他和了堆泥，手握抹子，独自在外边抹老屋的外墙。

郝冬梅与玥玥、楠楠占据了家中的饭桌，她辅导玥玥和楠楠的功课。玥玥比楠楠稍大，常常以姐姐自居，很享受楠楠叫她姐时心不甘情不愿的样子。一对少男少女学习都不错，楠楠更用功一些，玥玥更聪明一些。冬梅和秉义夫妻没有孩子，对玥玥、楠楠和周聪都很喜欢。

周聪一会儿跑进屋里，一会儿跑出屋外，安静不下来。他跑出去了就越帮越添乱地充当爸爸秉昆的小工，跑进来则是为了向爷爷汇报工程进度。汇报一次，周志刚就从兜里掏一次钱包，给他亲孙子几角零钱。已经是一九八六年，退休老建筑工人周志刚的钱包仍是牛皮纸折的。

秉义在另一个角落与父亲下象棋，那是他每次回来就尽孝的内容之一。大隐隐于市，民间潜伏着不少象棋高手，周志刚从他们那儿学了不少出奇制胜的怪着，秉义早已不是老父亲的对手。周志刚眉开眼笑、快乐无比，他对担任省文化厅副巡视员的大儿子毫不留情，杀得他落花流水，直嘬牙花子。秉义自从在兵团当上知青干部以后，没怎么摸过棋子。倒是秉昆的水平反而比他高一些，这一点周志刚心知肚明。两个儿子同时回来，周志刚还是更喜欢和大儿子杀几盘。赢小儿子他觉得意思不大，将毕业于名校、如今又担任领导职务的大儿子杀得一败涂地，他才感觉过瘾。再说，秉昆下棋不怎么专心，大儿子则不同，每一盘都败得认认真真，心服口服，似乎唯有如此才能证明自己孝心的不折不扣。

郑娟陪着婆婆说话，也可以反过来讲，是秉昆妈在陪小儿媳妇说话。

婆媳俩盘腿坐在炕上，面对面东拉西扯。不管婆婆说什么话题，郑娟都能随机应变地顺着她说上一阵子。

郑娟生了周聪以后，一发不可收地胖了，腰身没了，腿也粗了，脸也圆了。除了一如既往的皮肤白皙，眉目间仍保留着几许妩媚，与没生周聪时判若两人。

她自己也不好意思，几次对秉昆说："你给我想个减肥的法子吧，特有效的那一种才行。要不喝凉水都长膘，咋办呢？愁死我了！"

秉昆还是爱得没商量，他说："减什么肥？不减，顺其自然最好。你是为我们周家胖的，胖是你的光荣。"

周志刚对小儿媳妇比对小儿子还亲，也极其敬重地接受了她的发胖。说到底，人家郑娟如果不配合，自己也不会再有一个可心的孙子。在他看来，郑娟是他们周家的功臣。

秉昆妈完全认不出郑娟来了，否则郑娟不敢贸然登门。秉昆妈对一个白白胖胖、和和气气的小儿媳妇相当认可，她曾对春燕妈说："还是要比一个干瘦干瘦的儿媳妇看着舒服，是吧？"春燕妈只能说："那是，那是。"

周蓉第一次见到弟妹后挺困惑，曾对嫂子冬梅说："我以为把我弟秉昆迷得不管不顾、破釜沉舟的小寡妇，肯定有点儿像观音呢，却原来像弥勒佛变的，真不知秉昆当初怎么了！"

冬梅宽慰道："估计以后还能瘦回去，瘦回去就好看多了。"

秉义从旁抢白了周蓉一句："你当初还不是这样？"

周蓉无话可说了。

过后，秉义对冬梅说："我妹我弟的婚姻都是这样，父母想不到，我也绝对想不到。"

言者无意，听者有心。冬梅敏感地问："你是不是还想说，咱俩的婚姻也是你和你父母没想到的啊，因为咱俩没儿没女啊！"

秉义一听她误会大了，诚惶诚恐地解释了半天。自从冬梅父亲平反，他俩的关系发生了微妙变化——以前，秉义像树，冬梅像藤，现在似乎反过来了。冬梅自己从没觉得，秉义却感觉很明显，但从没对冬梅流露过。一个家在光字片的建筑工人的儿子成了高干女婿，那角色需要好好适应，周秉义仍在摸索。冬梅父亲不在了，母亲还健康着呢，同样是早早入党的老革命，做岳母挺拿劲儿。秉义在外面很潇洒，在岳母面前却一直感到拘束。

秉义、周蓉、冬梅三人都与郑娟没有多少话说，不是歧视她，是难以发自内心地喜欢。毕竟文化程度差距太大，想聊到一块儿去不容易。他们也都承认，郑娟是周家的大功臣。倒是晓光对郑娟敬重有加，每次在周家见到她，一定会主动找话聊上几句。这更多是出于机智，他看出来了——只要博得郑娟的好感，就等于同时获得了周蓉父母的好感，他和周蓉的关系就多了几分把握。

秉昆妈认不出发胖以后的郑娟是以前那个"狐狸精"，这让郑娟不再发怵回周家了。每次回来，秉昆妈都热烈欢迎。如果好长一段时间没有回来，郑娟居然还怪想老太太的，正如老太太也怪想她的。

平日里，秉昆妈很寂寞。周家和街坊邻居的关系发生了微妙变化，同辈人对周志刚老两口还都客气，晚辈还都礼貌，但也就是客气、礼貌而已，往日那种发自内心的敬意几乎荡然无存。

实际上，大多数人的敬意一般只给予本阶层的人，前提是那人与自己差距不大。一旦差距太大，人们的心理就不平衡了。心理不平衡，敬意也就所剩无几了。

周家的大儿子居然成了什么副巡视员！他怎么就能当官了呢？还不是由于当初赌注下准了，"捡漏"捡着了一个高干女儿，成了乘龙快婿吗？

周家那个"花瓶"女儿怎么就能成了副教授呢？老话不是说，凡人有貌便无才、有才便无貌吗？她到底凭什么上的北大呢！要不然能不留北京而回到本市来吗？怎么一直没见她丈夫呢？最近跟她一块儿回来的那个导演也不是她丈夫啊，这关系就很暧昧哩！周蓉从小就古灵精怪,"上山下乡"那会儿不知去哪儿了,一次也没探过家,谁知道她都经历了些什么事呢?总之一定不简单,她是个复杂的女人无疑了!

还有周家的小儿子秉昆,从小就是有名的一根筋、缺心眼儿的孩子,如今竟也不再是工人,混成编辑了,他可就怎么混成的呢?郑娟是何人身后的小寡妇这一点,街坊邻居也几乎人人尽知,暗中的传言就不太中听了,好在秉昆两口子不知道。如果秉昆知道了,他那种"曲艺也有为民代言的责任"的文艺观必将遭到重创。

对周志刚的负面议论也不少。光字片哪家哪户没有一两个工人呢?有的人家挣钱的都是工人,建筑工人也不少。周志刚只不过是从"大三线"退休的工人,那就比其他行业的工人光荣啦?在"大三线"的二十几年里,国家每月还多给他发补贴呢!他动不动就讲"大三线"的艰苦,补贴这茬儿怎么从没听他提过呢?

好在都是背后议论,甚至干脆就是腹诽,周志刚也不知道。

龚维则却知道。作为派出所所长,他想知道哪方面的社情民意当然就能知道个八九不离十。他还了解到,人们对他也有意见——你龚维则龚所长每次见了周志刚都那么恭恭敬敬,有必要吗?出现在光字片的时候几乎就一定会去周家,更没必要了吧?上级给你特殊交代,让你务必特别关心老周家了吗?你是另有企图吧?

群众的议论龚维则不能不重视,他再出现在光字片时,就绕着周家走了。

春燕妈也曾对春燕说:"燕啊,往后再别总上你干妈家去了,今非昔比,人家和咱家的人都不一样了。以后人家的人会越来越往高处走的,咱家呢,除了你算有点儿出息,你姐姐姐夫们,哪一个的人生都明摆着没什么奔头,就是过一天算一天稀里糊涂地往前混吧。不一样了,那就不可以再像从前那么近乎了,免得讨人嫌咱们自己还不知道。"

所幸当年不是什么自媒体时代，也没有什么微信圈，否则，周家的下一代出现在光字片时肯定会如芒在背——他们今天的欢聚气氛也肯定会大受影响。

在对周家的种种议论中，有一种声音还算客观："人家的儿女可都赶上好时代了！在都认为读书没用的年头里，咱们的儿女怎么就没长那前后眼呢！"

一九八六年五月二十五日这一天，在周家的热炕上，聊得最热闹的是郑娟和婆婆。实际上除了她俩，别人都比较安静地享受着亲情融融的愉快时光。

秉昆妈照例忘不了诅咒一番"狐狸精"郑娟，她自我评功摆好地说："当年我家秉昆被她迷住了呀！但她想迷住我这个当妈的那可是妄想！我是什么人？从小在农村长大，狐狸精迷人的事我见的比听的还多，一眼就看出她裤腿里披着条大狐狸尾巴了，一次次操起擀面杖往外打。有时候，我睡前把擀面杖放在身边，怕她趁机害我。春燕妈替我那擀面杖施过咒，是降她的法宝。多亏我当年敢作敢为吧？不然你就当不成我的小儿媳妇了！"

郑娟就感恩戴德地说："谢谢妈！妈当年的做法太正确了！妈当年真是特英明，不但挽救了秉昆，也为我们小家四口现如今的幸福生活铺平了路子！"

秉昆妈问："媳妇，那狐狸精没去祸害过你吧？"

郑娟说："妈，放心，现在秉昆省过人味儿了，她来了秉昆也会打跑她！"

秉昆妈心有余悸，嘱咐她："你走时把擀面杖捎走，那东西避邪，以防万一。"

一个没多少文化的家庭妇女，与一个忽而清醒忽而迷糊的老人同仇敌忾，越聊越亲密，仿佛同一战壕生死与共的战友。

周志刚小声对大儿子说："你就不能替我训你妈几句？"

秉义却说："爸，你装没听到哩。我弟妹都那么包容，你也要尽量包容才是。"

周聪又跑进屋，嚷嚷着向爷爷汇报："爷爷，有孩子偷咱家黄土，我爸不管！"

秉义笑道："聪聪，蔡叔叔还会供给爷爷家的，今天这一堆少了点儿没什么关系。"

不料炕上的秉昆妈却对郑娟说："那小崽子不是我孙子，是狐狸精的儿子，你看他跑进跑出的尽搬弄是非！你和秉昆可不能太好心眼儿，把狐狸精的儿子当成你们的亲生儿子来宠爱着，将来必有你们吃不完的苦头！"

也许因为楠楠小时候在秉昆妈头脑中留下过较深印象，她反而认为楠楠才是自己的亲孙子，周聪却来历不明，看着聪聪一直觉得不那么顺眼。

秉昆妈的话让周志刚火冒三丈。不知哪一个是亲孙子还就罢了，老年痴呆症嘛，可以不计较，但是咒自己的宝贝亲孙子，这是他万万不能容忍的。

他将手中棋子啪地往棋盘上一拍，猛起身冲老伴怒喝道："你再胡咧咧，我找针线把你那张破嘴缝上！"

秉昆妈却对郑娟说："不好不好，那狐狸精又来了，附在秉昆他爸身上了，娟儿你快替妈取擀面杖，我要让它知道我的厉害！"

极善于顺着婆婆聊天的郑娟，此时不知如何是好，愣愣地望着公公。

周志刚顿足叹道："好端端的日子，被她一张破嘴搅得人心里不痛快，连我生日也不让我过顺心了！"说罢，他抱起宝贝孙子往外便走。

秉义对郑娟说："没你一点儿错，你已经表现得无可指责了。"

他将目光望向自己的妻子和楠楠、玥玥又说："不要紧，你们继续，不过是一段小插曲。"

秉昆妈却对郑娟说："那狐狸精到底还是有些怕我的，这不我一发威，它就知道大事不好，赶快抱上它那小狐狸崽子溜了！……哎，媳妇，你姓什么叫什么来着？妈又给忘了……"

郑娟乱了方寸，如实回答："妈，我叫郑娟啊！"

秉昆妈将脸一板，厉声喝道："你叫郑娟？我记得那狐狸精才叫郑娟！……"

冬梅见状，急中生智，赶紧悄悄命令楠楠和玥玥，"快，大声背《千字文》。一、二，背！"

于是两位少年齐声背起《千字文》：

天地玄黄，宇宙洪荒。日月盈昃，辰宿列张。寒来暑往，秋收冬藏。闰余成岁，律吕调阳……

郑娟文化程度不高，但人家也是反应极快的女子，朝冬梅那边看了一眼，立刻就明白她的用意。

郑娟俯过身去，凑着婆婆耳朵说："妈，你大孙子和外孙女背得多好啊！咱娘儿俩先别聊了，听会儿呗。"

秉昆妈说："好，听会儿。我从小在农村听上私塾的男娃背过《千字文》，还记住了几句呢！"便也前仰后合地跟着背上一句半句。

秉义向郑娟竖了一下大拇指，走到冬梅身边拍拍她的肩，耳语道：

"谢了。"

秉义认为必须有人劝劝父亲,而这是他最应该做也最善于做的事,他便也立刻走出去了。

厨房里,周蓉与蔡晓光紧密配合,忙而不乱。

一九八六年,A市的副食品供给比往年更加丰富。市场买卖活跃,可用"繁荣"二字形容——蛋禽鱼肉,应有尽有。政府为过去的"黑市"正了名,辟出了经营场地,竖起了牌楼,上面写着"集贸大市场"的字样。几乎每个区都有那样的地方,市民称之为自由市场。

A市先后迎来几批外宾,不但有从前"老大哥"国家的客人,也有从欧美远程飞来的资本主义世界的客人。A市负责外事接待工作的同志被事先提醒——他们大多戴着有色眼镜,心理复杂,不无可疑目的,前来刺探改革开放虚实,考察中苏关系发展的新动向。

他们下榻饭店不久,不约而同要求到本市的自由市场看一看。这个封闭了好多年的东方国度,忽然开放了自由市场,出于对"自由"一词本能的偏爱,他们很想一窥究竟。

外事部门一听就乐了,误会大了,就耐心地向他们解释。一些外宾还是坚持要到自由市场看看,他们当然大失所望,纷纷质疑——

"真是这里吗?"

"自由在哪里交易?"

一位随行女翻译自掏腰包,买了十来支糖葫芦恭恭敬敬递给每位外宾一支。她解释说:"从前,本市未经审批而买卖这种好吃的东西是违法的,审批过程漫长,如今完全自由。在刚刚过去的几分钟,自由已被充分证明。"

"就这么一点点？"

"目前就这么一点点，以后将逐渐多起来。中国有句古话'欲速则不达'，许多人都懂得这个道理，朋友们也不必着急。"

陪同的外事处长是个拘谨的男人，觉得那批老外居心叵测，似乎都成心想从他口中套出什么错误的话来。他吞吞吐吐，欲说还休，答非所问，周围人都替他着急。这种情况下，女翻译不仅翻译，索性直接替他回答起来。

她的表情庄重而又诙谐，给老外们留下了良好印象。

她没被认为是"爱出风头"而受到批评，相反，她受到外事部门一位领导的表扬。

她是周蓉。

外事部门接待任务增加，翻译顾此失彼，向省属重点大学求援。周蓉的俄语、英语口译水平都还可以，气质也好，她被派了过去。

外事部门希望能将她调过来，答应给她更好的住房和工作条件。周蓉却觉得外事翻译工作单调，纪律也严，不如从事教学活动自由，婉言谢绝了。

《北方的地火》的演出受挫以后，周蓉和蔡晓光在一起时，总把自己遇到的有趣事讲给他，帮他消愁解闷。

在周家的厨房里，晓光听了她拒绝工作调动的事情，很替她惋惜。

周蓉问："有什么可惋惜的？我更喜欢校园的环境。"

晓光说："如果调到外事部门,那你就有'近水楼台先得月'的机会，将来移民国外，摇身一变成为爱国华侨，那多威风啊！"

周蓉反问："我为什么要摇身一变呢？我不认为移民国外有什么好。"

晓光说："我不是那种意思……"

周蓉又问："那你是什么意思？"

第六章

晓光说:"现在一些到中国来的老外确实别有用心,我指的是一些老头,明明在国外过得并不怎么样,却装出一副生活无忧的上等人样子。他们要么死了老婆,要么娶不到称心如意的老婆,如今也跑来晃悠,想娶一个年轻漂亮、温顺听话还能做一手好菜的中国老婆。咱们伟大祖国的一些女子,也整天挖空心思寻摸着嫁到资本主义国家的机会,只要能嫁给老外,几乎不讲条件……"

"我是那么贱的中国女性吗?"周蓉生气了。

晓光一愣,周蓉说了句他听不懂的外语。

晓光抗议道:"不带这样的,我不会外语。咱们两个中国人讨论问题,请亲爱的教授同志说中国话。"

周蓉嘲笑道:"看来大导演的俄语水平低得可怜,从中学到技校,你当年可是学过六年俄语的,就饭吃了?我刚才说的明明是俄语——让那类洋鬼子见他们的鬼去。"

晓光张张嘴,半晌没说出话来。

就在那时,他俩听到里屋玥玥和楠楠朗声背起了《千字文》。

晓光总算逮着个机会摆脱难堪了,搭讪道:"他俩背的什么?"

周蓉说:"《千字文》啊!"

"现在的中学生学《千字文》了?"

"那倒没有,我嫂子为他俩一人抄了一份,不但要求他俩背,星期日还为他俩讲解。"

"嫂子变成文化复古主义者了?"

"怎么可能呢!她和我哥和咱俩一样,是典型的文化现代主义者。但我们都意识到,这对我们这些与文化关系密切的人并不好。"

"何以不好？请赐教。"

"你想啊，咱们当年读的是什么书？外国小说诗歌、人物传记对不对？没处找中国传统文化的书，太偏食了当然不好。如同当年的胡适，也曾偏激地否定过传统文化，后来还是回归了。我敬重胡适的道德文章绝不亚于鲁迅，就性情而言，我还更敬重胡适几分。我嫂子冬梅在大学时学的是教育学，这个专业在她那所大学是新专业，'文革'结束前根本不可能有。她因为学了那样的专业，才有心地寻找《三字经》《千字文》《弟子规》等早期中国蒙学读本。读完觉得好，这才为玥玥和楠楠各抄了一份，希望他们在成长过程中吸收的文化营养更全面更丰富一些。"

"老实说，什么《三字经》《千字文》之类，我只听别人提到过，自己从没读过。至于《弟子规》，我连听说也没听说过。"

"你用不着惭愧，我还不是和你一样？在嫂子的影响之下，我才找来读了，确实堪称伟大的蒙学教材。"

"伟大？"

"《三字经》是早前的识字教材，开篇十二个字却道出了人性真谛——'人之初，性本善。性相近，习相远'。什么是教知识又育人的教育理念，这正是啊！你可以不承认那是什么人性真谛，认为人之初、性本恶的观点，甚至干脆认为人之初、肉一团，懵懵懂懂，但不得不承认，《三字经》在通过蒙学育人上可谓用心良苦，想让我们的孩子将来都成为好人。作为蒙学教材，从前小学一、二年级孩子学到的字远多于今天的孩子，做人道理涉及得多，真正做到了立德树人。三才、三光、四时、四方、五行、五常、六谷、六畜、六艺、七情、八音等，全在其中了。《三字经》后半篇将中华民族的历史也大致概述了一遍，考考你，知道什么是六谷吗？……"

晓光答不上来。

第六章

"六艺呢？"

他答上了几"艺"，不全。

"八音呢？"

他更语塞了。

周蓉兴犹未尽，接着讲了起来："《千字文》是从前四、五年级小学生们的识字教材，'天地玄黄，宇宙洪荒。日月盈昃，辰宿列张'——开篇多有气势。与《三字经》相反，《千字文》先从天地万物讲起的——'寒来暑往，秋收冬藏。闰余成岁，律吕调阳'……知道'律吕调阳'是什么意思吗？"

晓光摇摇头。

"别不好意思，我以前也不知道。对于以后的中国人，知不知道说明不了什么。我可是在大学里当老师的，是要经常为学生解惑的，知道比不知道自我感觉好点儿。《千字文》用典太多，不看注解，我这个副教授几乎一半不明白。其中词也多，'临深履薄''似兰斯馨''容止若思''言辞安定''性静情逸''守真志满'，这些词我喜欢。有些道理我也认同，比如'知过必改，得能莫忘''罔谈彼短，靡恃己长'，比如'庶几中庸，劳谦谨敕''省躬讥诫，宠增抗极'。我有自知之明，了解自己有时看问题偏激，甚至成心偏激气人，这样一些道理对我很有帮助。"

周蓉一边慢言细语，一边从容不迫地择菜、洗菜、刷锅、擦案。看到晓光洗耳恭听的样子很可爱，她亲了他一下。

他竟像被电击了一样，浑身一抖，冲动地抱住了她。

周蓉低声喊道："在我家不能这样。"

他听话地放开了，双手捧住了她的脸。

她明白他想吻她，提醒道："就一下啊。"

他没敢吻她的唇，只在额上轻轻一吻。

忽然门开了，玥玥站在门外……

周志刚的生日宴终于开始。天色将黑未黑，里外屋的灯都亮着。

那是周家多年来不曾有过的丰盛家宴，老旧的圆桌摆不下也坐不开。这种情况下，秉昆将小炕桌放在炕中央，坚持与郑娟、聪聪另开一桌，理由是怕聪聪在饭桌上不安生。

周志刚认为不妥，主张让两个孙子、一个外孙女坐炕上去。

玥玥却说自己不习惯盘腿，坐在炕上吃不成。

郑娟说："让玥玥和楠楠一边一个坐爸妈两边，给老人过生日也有不排辈分坐的，讲究的是隔代延福。"

秉义说："爸，就听我弟妹的吧。"

因为是郑娟的建言，周志刚马上同意。这样，玥玥就坐在了周蓉斜对面；蔡晓光是周蓉带来的客人，坐在周蓉身旁。

秉义代表儿女和孙儿女们说过一番祝福和感恩的话后，大家便吃开了，边吃边聊家常，起先全是夸晓光做菜好。晓光心中有事，显得局促不安，表情不自然地听着笑着而已。

周蓉也有所虑，见玥玥的神情有些凝重，唯恐她造次，就主动找话，玥玥却反应冷淡，不理不睬。

秉义看不过眼去，批评道："玥玥，你回答妈妈的话起码要给她个正脸吧？"

玥玥却说："大舅，你管得太宽了吧？我爸从不在这些小事上管我。"

玥玥刚满十五岁，但遗传了母亲的叛逆基因，似乎早就进入青春叛逆期。

秉义被外甥女两句话噎得怪尴尬，宽厚长者般笑笑而已。他也只能那样了。

晓光更加惴惴不安。

周志刚摸了一下外孙女的头,居然也说:"时代不同了,对他们这一代,确实不必像我和你妈对你们那样从小管得太严。亲人之间随便一点儿就随便一点儿吧。太严了,管得完全没脾气了并不好,人还是应该有点儿脾气的。"

秉昆妈也说:"当初我管你们三个儿女管得那么严,你妹不是该让我操心还是让我操了那么大的心吗?"

她说的是明白话。周蓉顿时无语,她觉自己未免有点儿可怜,晓光更可怜,就同情地替他夹菜。

玥玥看在眼里,气在心头。她忽然大声问:"姥爷,我有说话的资格和权利吗?"

亲人们都为之一愣。

周志刚说:"当然有嘛!咱们的大家庭应该人人平等。家和万事兴,关系平等才能和睦啊。"

玥玥将筷子一放,目光咄咄逼人,她瞪着周蓉问:"妈,你和那位导演,你俩究竟是什么关系?"

周蓉不禁恼怒起来,也将筷子往桌上啪地一拍,呵斥道:"放肆!你竟敢在饭桌上审问你妈吗?"

秉义赶紧说:"玥玥你过分了啊!晓光叔叔是你妈妈的老友,也是我和你大舅妈还有你小舅的老友。进一步说,他是我们周家的老友……"

他扭头望向炕上,问秉昆:"秉昆,你同意我的话吗?"

秉昆大声说:"完全同意。玥玥你什么意思?今天犯的什么病?"

周志刚也愠怒地说:"玥玥,你刚才那个样子确实不对,姥爷不喜欢。我说不要对你管得太严,并没有可以放纵你的意思,你也不该太放任自己。"

玥玥却不管不顾地指着蔡晓光说:"作为老友,他在厨房捧着我妈的脸亲,算不算太放任自己?"

真是语惊四座!包括炕上的秉昆、郑娟和楠楠,目光都转向蔡晓光。

蔡晓光真感到无地自容。

"我妈很乐意地被他亲,算不算太放任自己?"玥玥接着反问。

所有人的目光又都转向了周蓉。

聪聪小声说:"姑妈那样不好,除了我爸和我,我妈就不会让别人亲她。"

秉昆喝道:"你给我住嘴!"

秉昆妈说:"玥玥你搞没搞错?晓光叔叔就只是你晓光叔叔吗?他还是你爸爸!"

她又犯糊涂了。

玥玥提高了声音说:"姥姥,你有没有搞错?我爸爸姓冯,叫冯化成,北京人,是诗人。我们一家三口生活在贵州山洞里的时候,他蔡晓光在哪儿呢?我爸上个月还从北京来看过我,难道我连我爸是谁都不清楚吗?"

蔡晓光忍不住说:"是我当时……总之你们不要谴责周蓉,如果你们认为我是一个不受欢迎的人……"

周蓉打断道:"你别说了,越说越说不清楚。她今天主要是冲我来的,有些话就让我来说吧。玥玥,你说完了?"

玥玥将头一扭。

周蓉接着说:"你不说什么,证明你说完了。你说完了,该我说了。我要说的话其实很短,就一句。以前总想找机会对你说,又总觉得你年纪还小,希望能再瞒你几年,也没很合适的机会。今天是你把你妈逼到死角了,我也只得现在就告诉你。冯玥玥你给我听好了,我和你爸冯化成——我们离婚了!"

除了秉义夫妇,她的话同样语惊四座、咄咄逼人、语气冷峻、掷地有声,大有绝地反击的意味。

玥玥流泪了,可怜地嘟哝道:"为什么啊?为什么啊?你们到底为什么啊?"

周蓉冷若冰霜地说:"为什么?说来话长,不是现在三言两语就能说得清的。你如果还愿当我的女儿,那你有权保留他的姓,继续留在本市当我的女儿。如果你觉得他比我这个妈更好,那你可以到北京找他去。你和楠楠刚才背的《千字文》中有两句是'罔谈彼短,靡恃己长',我今天只能把话点到为止。"

她说这些更是气话了。

周蓉的确生气到了极点,双手使劲儿在桌子底下攥着拳。她的斗士性格那时被女儿激将出来,仿佛女儿是最不懂事的孩子,而自己绝不会向任性的女儿低头。她的恼羞成怒是双重的,既要保护自己作为母亲的形象,又要维护蔡晓光的尊严。

她的绝地反击彻底压制了女儿,玥玥由理直气壮一下子变得呆若木鸡,可怜兮兮。她猛起身跑出去了。

"姐!"楠楠喊着跟了出去。

冬梅也急忙跑了过去。

"对不起,实在对不起……"蔡晓光说完,离席而去。

周蓉岿然不动地说:"你不必走。"

晓光便在外屋站住了。

那时,周家里外屋一片死寂,留在圆桌旁的只有秉义、周蓉和他们的父母。

秉昆妈仿佛完全置身事外、明察秋毫的菩萨，依旧平静神秘地微笑着。

周志刚勉强归拢起了被冲击得乱七八糟的思绪，垂着目光问："周蓉，就是你那事，你跟哪一个亲人说过？"

他向来叫周蓉"女儿"，只在极少数情况下才叫她的名字——往往意味着他这位一家之主即将发威了。

周蓉强自镇定，一副兵来将挡、水来土掩的大无畏模样，她把目光望向了弟弟秉昆。

于是，一家之主周志刚也把凛凛然的目光转向了小儿子。

秉昆说："看我干什么啊？我在这个家里无足轻重，我一无所知。"

周蓉从他的话中听出了不满。她看他，正是因为自己的隐瞒而负疚。她清楚，弟弟内心里对她这个姐姐一直钦佩有加。

秉义低声说："我知道。"

周蓉说："我只告诉了我哥。"

秉义说："我告诉了冬梅。"

周志刚说："别扯上冬梅。人家不往咱们周家人的事里掺和，咱们谁都挑不成人家的理来。"

周蓉说："我认为，离婚只是我个人的事，不是咱们周家的什么事。"

周志刚没理她，缓缓站起走到了外屋，他见蔡晓光惴惴不安地站在外屋，也没理，转身又进了里屋。

在里屋门旁，周志刚站住了，对秉义说："秉义，你过来一下。"

秉义就起身走到了父亲跟前。

周志刚问："周蓉那事，你知道多久了？"

秉义说："半年多了。"

周蓉大声说："爸，你没必要审问我哥，有什么要问的你直接问我不行吗?"

周志刚吼道:"这会儿我就根本不想和你周蓉说话!"

周志刚吼罢,接着问秉义:"都半年多了,你为什么一直替她瞒着我?"

秉义苦笑道:"我不是成心替她瞒着你。我妹已经是成年人了,我觉得她的事情,应该由她自己告诉你为好。"

"好?就刚才那么个好法?在我的生日饭桌上,要不是外孙女逼得她不说不行了,我还被蒙在鼓里呢!玥玥那么说她,连我都替她臊得慌!乱七八糟!"

周志刚气得脸色发白,对于已做母亲的女儿,他打不得也骂不得。他满胸膛的怒火,只能朝大儿子身上发泄。

秉义分辩道:"爸,出了刚才那样的事,我也无法预料到。我又不是诸葛亮,能掐会算。"

"你不替她瞒我,结果就会两样!老大是白当的吗?是老大那就该担起老大的责任!你就是这么当老大的吗?事事瞒着我,你们眼里还有我这个父亲吗?我是咱们周家的一个摆设吗?!"

周志刚突然举起了他那老建筑工人粗糙厚大的巴掌。

秉义无奈地闭上了双眼。

秉昆在炕上喊了一声"爸",顾不上穿鞋就下了炕。

周志刚的巴掌没能扇在大儿子脸上,他被从外屋冲进来的蔡晓光拦腰抱住。

蔡晓光搂紧他的腰往后拖,不让他接近秉义。

周志刚大叫:"你放开我!我家的事用不着你外人管!"

周蓉走了过来,平静地对蔡晓光说:"你放开我父亲。"

蔡晓光犹犹豫豫地松了手。

周蓉横跨一步,站到哥哥前边。她说:"爸,你要打要骂冲我来,我不愿眼看着我哥替我受委屈。我有言在先,结婚离婚又结婚都是我的自由。只要我没拿婚姻当儿戏,谁也无权干涉。你打我骂我,我都可以忍受,但并不等于你打得就对,骂得就有理,更不等于你有打骂的特权!"

"我就有!"周志刚第二次高高举起了巴掌。

周蓉仰着脸,眯着眼,蔑视地瞧着父亲的大巴掌,一副凛然不可侵犯的样子。

面对一贯心高气傲的副教授女儿,老建筑工人的大巴掌扇不下去了。

那时,他的思绪一下子穿越回到十几年前,他曾去过的那个贵州山区小学的山洞前。正是在那洞旁,他对冯化成声明:"我的巴掌不扇知识分子。"

如今,女儿也是知识分子,甚至可以说是高级知识分子了。

他的大巴掌僵在了半空中,过了好久才吼出一个字:"滚!"

周蓉对蔡晓光说:"咱们走。"

于是二人转身走了。

秉昆穿上了鞋,他把哥哥推到了外屋,小声说:"哥,我看你最好也走吧。"

秉义朝里屋看了一眼,见父亲站在桌前,看着一桌子饭菜,胸脯气得一起一伏的。母亲则握着笤帚东挥一下西扫一下,口中念念有词:"你个没皮没脸的狐狸精,总闹得我家不得安宁,打死你!打死你……"

秉义说:"这种情况,叫我怎么能一走了之呢?"

秉昆说:"有我和郑娟在哩,如果不能让爸消了气,那我们就住下来。"

他把哥哥推出了家门。

月光下,大大小小不少人聚在小院里,窗子两旁也是人影,显然都在偷听。先是偷黄土的孩子回去说老周家人在吵架,引来了一些特爱看热闹的男男女女。

光字片最令人羡慕的"五好家庭"发生了严重内讧,而且是在老爷子的生日饭桌上——这让那些男女好奇极了,心里也舒坦多了。

秉昆对那些鬼鬼祟祟的身影顿生嫌恶。他听到哥哥秉义客气地招呼着:"多谢大家关心啊!我家没发生什么事,我父亲一时高兴喝多了点儿。"

秉昆就冲着哥哥嚷起来:"哥,你说什么废话啊,烦不烦啊?走吧走吧!"

他没好气地一嚷,那些大大小小人影才纷纷散去。

秉昆转身进了家门,郑娟也已下炕,正在劝父亲。

周志刚问:"你哥走了?"

秉昆说:"我把他撵走的,免得在你眼前你难消气。"

不到半小时,眼前只剩下小儿子一家三口,周志刚怒不可遏。

"我这算过的什么生日!"他要掀桌子。

秉昆与郑娟连忙挡住。

郑娟说:"爸,你别生这么大的气,气出病来就麻烦大了。你要是继续耍你的老威风,聪聪都会怕你的,估计再不敢让你抱了。"

一提到宝贝孙子,周志刚不由得朝炕上望去,孙子聪聪却已不在炕上。

"聪聪呢?我孙子哪儿去了?"

"那不,奶奶抱着呢。"

周志刚这才看见老伴抱着聪聪坐在昏暗的角落,聪聪还在紧张地流泪,紧抿着嘴,一副想哭又不敢哭出声的可怜模样。

周志刚走到老伴跟前向聪聪伸出了双手,聪聪将头一扭,并没有像往常一样扑过来让他抱。

秉昆说:"爸,别忘了咱家门上贴着'五好家庭'光荣牌,刚才外边大人孩子在偷听,我哥说……"

"他说什么?!"

"说你喝多了……他还能怎么说?"

周志刚长叹一声,走到炕沿边坐了下来,蜷曲双腿躺了下去,老泪纵横。他的眼前浮现出冯化成的脸庞——曾经的女婿对他这位"大三线"老建筑工人岳父特别尊敬,他早已能够面对现实,接受那样一个落魄女婿,后来甚至也有些喜欢他了。如今曾经的女婿成了北京人,女儿晋升副教授,一切都展现出前所未有的美好时,曾经患难与共的女儿女婿却离婚分手、各奔东西,这到底为了什么?太意外了!他难以面对。

走回大学大约四十分钟,蔡晓光和周蓉几乎一路没有说话。

蔡晓光问:"不乘车吗?"

周蓉反问:"你想乘车吗?"

他说:"看你。"

她说:"我想走。"

二人就说了这么几句话。

他想挽着她,不敢。

走了一段后,她主动挽住了他。

那四十多分钟的路行人稀少,他必须送她。

已经晚上八点多了,周蓉那幢宿舍楼的走廊里,各家各户的锅碗瓢盆交响乐已演奏完毕,安静了。各家各户的缴费电灯也都熄了,只有走廊两端的顶灯还亮着。

周蓉拉开门后,扭头问晓光:"想进来吗?"

他点了一下头。

周蓉关门前，不由自主向走廊两边望了望。

一九八六年，许多人还是喜欢打探别人的隐私，大学教职工住的筒子楼也一样。

周蓉深知此点，她的表现出于本能。

晓光站在玄关那儿，未敢贸然进来。

"往里走啊！"

"得经过你的允许。"

"你呀……"

"太对不起了！"

他内疚得快哭了。

周蓉说："不提那事，当没发生过。"

晓光说："我做不到。"

"你呀……"周蓉拉着他进了屋。

屋里陈设简陋，只有两把椅子。

晓光说："你这儿椅子太少了，多来一个人就没地方坐了，得添几把椅子。"

周蓉说："没腾出时间买，哪天让我弟替我买回来。"

晓光说："别麻烦他了。他是上班的人，时间有限。我没戏导就是个闲人，包我身上了。"

周蓉不坐，也没请晓光坐。二人就一直那么站着说话。

周蓉问："在你眼里我是什么样的女人？"

晓光说："你是女神。"

周蓉说："太老套了，其实我也就是一个渐渐老去的女人，希望你首先将我看作一个可以成为好妻子的女人。"

晓光低头想了想，抬起头刚想说什么，她用一根手指轻轻压住了他的双唇。

他一怔，她突然搂住他的脖子，热烈地吻起来。晓光也条件反射地紧紧抱住了她。

长久的深吻让两人都有些头晕目眩，他们就继续拥抱着。

她偎在他胸前问："在我家，你受伤了吧？"

"是的。"

"我也受伤了。"

"我理解。"

"你相信一番美好的做爱可以减轻心理方面的疼痛吗？"

"这我不太清楚。"

"试试好吗？"

她那充满柔情蜜意的细小声音，如同从远处传来的海妖迷人的歌唱。

"好。"蔡晓光陷入了梦境般的恍惚。

她轻轻推开他，不无羞涩地说："去插门。"

一九八六年，省属重点大学有暗锁的门也不多。当初为苏联教授们准备的专家楼，要让门外的人推不开门，安装的也是叫作"插关"的构件。

蔡晓光插好插关后，周蓉已偏腿坐在吊铺上，脱下了外衣。

周蓉的深红色高领毛衣紧紧包裹着上身，她居高临下朝他微笑。

然而，接下来发生了很遗憾的事——他上小梯子时不慎一脚踩空，哎哟一声倒在地上，扭伤了脚踝。不算非常严重，却毕竟上不了吊铺了。这也太不是时候了！

周蓉决定陪他去医院。九点多了，搀着晓光走到公交车站去等车实在不是上策。她猛然间想到学校车队，车队有为教职员工及学生解决燃眉之急服务的值班车。她匆匆赶往车队，值班车辆出动需登记——什么人要车、事由、时间等都需在表格上填写清楚，月底从工资扣钱。

两天后，关于破格晋升的副教授周蓉的一条负面新闻在哲学系传开了，接着很快传遍全校。生活作风有问题，在当年可是大事。

形势所迫，周蓉与晓光匆匆办理了结婚手续。

周蓉自有一套应对负面新闻的策略。所谓"流言止于智者"，她买了数斤好糖，一日中午亲自拎到教职工食堂，每张餐桌上都放了一份，附有一张自己设计制作的心形卡片，上面写着几行喜感文字：感谢同志们关心，向大家汇报，为了今后集中精力搞好教学，本人现已领取结婚证；本着节俭原则，不举办婚礼，请大家吃几块喜糖分享我们的快乐。

周蓉以为这么一来，负面新闻一定会灰飞烟灭。事情并不像她想的那么简单，人们欢迎喜糖，但关于她与前夫、后夫的故事又被创作并传播开来——有一些现实依据，更多的还是虚构。乍听起来，似乎属于现实主义与浪漫主义相结合的"作品"，细一咂摸，却有《儒林外史》式的暗讥隐讽。

周蓉无计可施。对于大学校园里的流言蜚语，聚蚊成雷，她这个智慧型的女性智商不够用了。

蔡晓光有点儿愤世嫉俗，他抱怨说："怎么大学校园里的风气也如此俗不可耐？高等教育工作者的精力用在做学问方面不好吗？为什么偏偏喜欢编造别人私生活呢？"

周蓉见怪不怪，泰然处之："不少外国人通过引起别人注意来感受存在价值，我们许多同胞习惯于通过关注别人来体现自己的存在价值。'文革'期间，这种习惯受到鼓励和怂恿，甚至连孩子们也以为是好习惯。改是需要时间的。再说，我赶上机会评上了副教授，不少同事心里不服气。好事临头应该换位思考，别人的嫉妒很正常。"

也不能说周蓉枉费心机，请同事们吃喜糖还是有效果。从此，蔡晓光可以大摇大摆出入她的宿舍了。在走廊里碰到人点头招呼一下可以，视而不见擦身而过也没有问题。

蔡晓光虽对高校教师有些成见，每次在走廊碰到却都谦卑地微笑点头，一副斯斯文文的样子。那本不是他的做人风格，也不是周蓉的做人风格。在蔡晓光周围人当中，只有周秉义才是那样。

周蓉已在备考本校哲学系的博士了。

第七章

本系研究"阳明心学"的权威汪尔淼教授对周蓉十分青睐。汪教授北大哲学系毕业，是新中国培养的第一代中国古代哲学专业学生，算得上是冯友兰先生的弟子。一九五七年，他被打成"右派"，此后一直默默无闻地在图书馆做管理员。八十年代初平反后，他出版了一部早前偷偷写就的专著《中国古代哲学思辨》，深入浅出地普及哲学知识，引起一定反响，于是名字抖落尘埃，浮出学界水面。

其实，汪尔淼只不过是受到学界一批人的关注。一九八六年，古代哲学专业一如既往不受待见，甚至被认为是清谈之学、无用之学。形形色色的西方现代哲学流派纷纷介绍到中国，首先在中青年知识分子间的影响日渐升温，在大学课堂更受欢迎。此种情况下，汪尔淼的中国古代哲学课相当冷清，往往不过坐着数名学生而已。他似乎并未受到影响，即使面对两三名学生也照样情绪饱满，讲得有条有理。

他还想培养自己的学术接班人。不知怎么，周蓉进入了他的考察视野。

"考我的博士吧。"汪尔淼第一次到周蓉家做客时，落座没几分钟就直奔主题。那时周蓉已经结婚，她的宿舍很温馨。

"可学您教的那些东西究竟有什么用呢？"周蓉脱口问道。尽管微笑着，那还是让老先生窘态毕露。

"这太不像你说的话了。我没想到，真的没想到。太让我意外了，我本以为……既然你这么说,那我就不好再说什么了。"

汪尔淼平时很要知识分子的面子。"臭老九"咸鱼翻身,非但不臭了,分明地还开始吃香起来,老先生就更加顾惜自己的面子。那日的他似乎有点儿自讨无趣,说完一番大失所望的话,起身就走了。

周蓉好生自责,反省自己对一位长者同事出言未免轻浮。几天后,她现身于汪尔淼的课堂。除了她,课堂里只有几名学生,两名学生分明正谈恋爱,心不在焉,不时眉目传情,交头接耳。

汪尔淼也不说他们,几乎始终望着周蓉一个人的脸,语调平缓滔滔不绝地讲。他将黑板一分为二,一边清清楚楚写出所讲内容的提纲,另一边一组一组对应着写出关键词。他的板书字体俊逸方正,很见功力。

那日周蓉领略了什么叫学问扎实,什么又叫敬业。

过后,她前往汪尔淼家拜访了一次。汪尔淼一家三口住在筒子楼内的一间屋,比周蓉的略大些,也搭了吊铺。汪尔淼每晚睡吊铺上,上面除了被褥还有一摞摞书。他的学问基本是在吊铺上"做"出来的。

汪尔淼的老伴是从毛巾厂提前退休的女工,他们唯一的女儿"文革"中因为失恋患了精神病,刚出院不久。老伴和女儿睡双人床,以便照看女儿。

周蓉意识到,学校对自己确实不薄,也更加理解一些同事为什么对自己心怀嫉妒,于是彻底原谅了他们。

周蓉满怀敬意地向汪尔淼表示,愿意争取成为他的博士生。她对西方现代哲学的研究兴趣未改,但是听了汪尔淼的课,她对中国古代哲学也发生了兴趣。

在内心深处,同情也是她郑重表态的原因之一。她觉得汪尔淼所开的课程具有悲剧意味,而他身上则具有悲剧精神。

她是悲剧的通灵者,表态愿做他的知识与学问的传人。

第七章

汪尔淼欣慰地说："我左思右想过，觉得自己不至于失察看走眼嘛！周蓉啊，我执教的时间很有限了，说不定你是我的关门弟子。研究中国古代诗词歌赋或古代哲学的学者之中，优秀的女性学者少之又少，可谓凤毛麟角。从民国至今，能站在大学讲台上讲授古代哲学的女教授屈指可数。所以，很希望我的弟子中能有一位。如果你将来能站讲台上讲授中国古代哲学，此生所愿足矣。"他说得平平静静，如同自言自语。

周蓉却听得大受感动，泪眼汪汪。

从此，汪尔淼经常给她"开小灶"，她越发感到自己的浅薄，也越来越受益良多，感觉自己的时间不够用。她已正式开课，备课讲课用去了大部分时间，晚上还经常需要批改作业。汪尔淼对她寄予厚望，但成为他的博士生，那还是要经过一门门相关课程的考试，不是汪尔淼一人所能决定的事，自己不精读几十本书心中没底。况且，与蔡晓光之间的夫妻感情也需要好好经营。严格地讲，他俩也属于先结婚后恋爱的那一类夫妻。以前是蔡晓光对她单恋，婚后还是那样不行，她也得表现出自己的爱意来。

她也真觉得蔡晓光值得自己深爱，他没有冯化成拈花惹草的毛病，作为话剧团导演更是难能可贵。

她很忙。尽管忙得充实，有条不紊，但还是经常分身乏术。好在蔡晓光体贴她，让她享受到了婚姻的幸福。

转眼间夏去秋来。有一天晚上，蔡晓光主动问："快'十一'了，咱们也不回你爸妈那边一次吗？你离婚的事没及时汇报，结果闹出那么大一场风波。咱们结婚的事再迟迟不汇报，只怕你父亲永远不认我这个女婿了。"

周蓉说："我也在想这事。我已经告诉我哥和嫂子，他俩认为你是最佳人选。"

蔡晓光很夸张地说："别又让你哥替咱们担什么罪名,他要是因为咱们的事再受委屈,我一头撞死的心都有了啊。"

周蓉说："是啊,我哥从小就替我担罪名,受委屈。我都当副教授了,他还差点儿替我挨了我爸一耳光。有时独自一想内疚得很,但咱俩还是别冒失地回去,这一两天我再去告诉我弟和弟妹,先争取到多数亲人的理解和同情,再与我爸摊牌。"

蔡晓光说："这些方面我是没什么主见的,只能做你的绝对服从派。"

第二天,在甲三号院门外,周秉昆见到了周蓉。

他说："姐,都快忘了我有姐了。"

周蓉说："少贫嘴!我可忘不了我有个弟。"

"姐,你气色很好哩,就是这辆自行车差点儿意思,连个铃都没有,太不安全了。"

"我会小心骑的。"

周蓉掏出五十元钱给秉昆,让他"十一"回父母那边时代她交给父母。她告诉秉昆,她已经与蔡晓光领了结婚证。

秉昆说："那这五十元我不代你给爸妈,你还是自己给吧。"

周蓉说："让你代我给爸妈是信任你,捎带探探咱爸的态度,看他对我和晓光结婚究竟能不能容忍。这是姐的重托,你要当成任务来完成,完成好有奖。"

新婚的幸福确实让一度憔悴的周蓉又显得容光焕发,看上去也年轻了许多。

周蓉说还要到图书馆去,说罢跨上自行车就走了。

秉昆望着周蓉远去的背影,一时有点儿郁闷,甚至感到内心的种种不满。当年她逃亡般地远走高飞,自己这个弟弟和母亲担了多大的忧

第七章

啊！如果不是她和冯化成双双卷入了政治事件，母亲断不会变成植物人留下后遗症！她悄没声地离婚了半年多，居然不告诉自己这个弟弟！不征求任何一位亲人的意见又闪电般结婚了，居然又给自己这个弟弟一项刺探父亲态度的任务！

然而，他转眼一想到自己当初对郑娟的爱也是那么不管不顾，心中的怨气又消了大半。

周秉昆当时也没精力生周蓉的气了，他摊上了着急上火求助无门的事。周秉昆没当上编辑部主任，原因在于邵敬文没当上杂志社社长。原来，上边派来了一位社长韩文琪，据说曾是省市一位大领导的秘书，后台很硬，比邵敬文大两三岁，也属年富力强之人。派来一位社长也就罢了，更不好的是，韩文琪对办杂志不仅外行还独断专行。他是理所当然的一把手，又仗着后台硬，根本不把纯粹的业务干部邵敬文放在眼里。他除了让邵敬文负责稿件，其他事一概不与商量，后来连发什么稿件也得由他拍板，不容别人有不同意见。邵敬文是修养极高的人，他很想得开，索性只当一位执行者，不再理论。周秉昆既当编辑又负责发行，眼看着发行量月月下滑，忍不住当面向韩文琪告急，直接指出了他的缺点。

韩文琪说："一把手总揽全局，如果你认为这是独断专行，那么证明你对规则规矩一无所知。"

没过几天，韩文琪调来了一个在水果罐头厂搞推销的男人，委以发行部主任之职。

又没过几天，经韩文琪批准，发行部主任调入一男一女两名发行员，都是高中毕业没考上大学的小青年。

周秉昆私下对白笑川说："看来咱们三个老人儿都得靠边儿站了，这是要改朝换代啊！"

白笑川说："你这话哪儿说哪儿了，绝不可再对他人言。你应当这么看问题——调来的新人多了,各部门发展壮大了,兼职少了,咱们的工作量也轻了,未尝不是好事。"

周秉昆说:"我不信你的话是心里话。想当初只有咱们三剑客时,发行量曾经超过百万!自从这位社长来了,发行量掉下去二三十万了!你没看出来吗?他们亲亲密密、说说笑笑,显然关系非同一般哩!"

白笑川说:"进了咱们编辑部,那就等于以后吃定了事业编制这碗饭。如今各企业单位都处在转型期,就算曾是铁饭碗的企业单位,估计以后日子也不怎么好过,有的企业都开始拖欠工人工资了。在这种情况下,你有权力一句话就可以把亲朋好友或亲朋好友的子女招进来,让他们从此吃上事业编制这一碗踏实饭,你会不帮忙吗?有权不用过期作废这句话你没听到过?有些人把咱们这儿当成了一只筐,专为他们解决实际需要,而且是个挺好的筐。发行量如何了人家不在乎,你着哪门子急呢?就是由一百余万掉到了一二十万,加上广告收益,那也还是可以把十几个人养得舒舒服服的。只要有些人需要,政府倒贴钱,咱们这份杂志也能活下去。你以后睁只眼闭只眼,揣着明白装糊涂,将自己的本职工作尽心尽力做好就是了,其他任何事都别管,更不要顶撞领导。要学咱们邵敬文,明哲保身吧!"

白笑川想了想,接着苦口婆心地说:"你可千万别把师父的话当成耳旁风。我们现在寄人篱下,要学会韬光养晦。对于你,重要的是争取当上编辑部主任,这才是正事。这还不是你一个人的事。如果你能当上编辑部主任,邵敬文那主编就能当得省心点儿,顺心点儿。如果别人当,可就两说了,也许他待不下去。他是主编,没法儿跟你说这些话,明白?"

自那日后,周秉昆开始夹起尾巴做人,不再摆创刊人资格,简直可以说做到了逆来顺受,忍气吞声。

接着,韩文琪又调来了一男一女两名编辑。男的是轴承厂的宣传干事，女的叫何雯，是两年前本省师范毕业的学生，当过一年小学老师，辞职后在社会上漂了一年多。

韩社长介绍她："有颇为丰富的社会经历，群众接触面广，爱好文艺，当我们《大众说唱》的编辑肯定会很出色。"

何雯起初对秉昆这位编辑部代主任挺巴结，经常套近乎。不久，秉昆觉得不对劲儿了，她那不是巴结，也不是一般的套近乎，而是对他有特别的"意思"。

一次，编辑部就他俩时，她笑嘻嘻地说："昆哥，我还没主儿呢，你认识的好男人多，帮我找个对象呗！"

秉昆敷衍地说："成啊，我会留意的。"

下班后，她非要等着秉昆。秉昆无奈，只得与她一块儿走。

走着走着，她挽住了秉昆的胳膊。挽着就挽着吧，女同事挽着男同事的胳膊走一段路，也不算太出格。

不料，她说："其实你又何必帮我找什么对象呢？我觉得你就挺好的。"

秉昆猛地甩开她的手，厉声说道："我想，你是知道我已经结了婚的。"

她满不在乎地说："那又怎么样呢？如今离婚不再是丢人的事了，哪天我陪你看一场新电影《谁是第三者》，开开窍儿。"

秉昆非常生气，骂道："无耻！"

何雯先是莞尔一笑，转瞬柳眉倒竖，杏眼圆睁，啪地扇了秉昆一记脆生生的耳光，转身扭扭搭搭地离去。

秉昆一想不对劲儿，她那一记耳光，似乎是扇给背后的什么人看的。他回头发现发行部主任和两名下属正看着呢，他们显然刚从小饭馆出来。

第二天，有关《大众说唱》编辑部代主任周秉昆对新来的女编辑何雯言语轻佻、蓄意调戏的流言散布开来。周秉昆就算浑身是嘴也辩不清了。

向谁去辩呢？与何雯辩吗？那后果岂不是吹她一口气、落自己一身灰吗？周秉昆只有将耻辱和窝囊吞咽下去，闷在心里。

白笑川和邵敬文私下问他究竟怎么回事，听他说了，二人一时沉默不语。

周秉昆费解地问："我这么一个普普通通的已婚男人，值得她一而再、再而三地勾引吗？"

白笑川说："你要知道，她和你一样，也只不过是普通人家子女。后来在社会上混出了些能耐，成了地道的'社会人'。她到底混出了些什么能耐，我也说不大清楚，反正据说能耐不小。以她这样一个女'社会人'的眼光看来，你周秉昆还真值得她下一番功夫勾引的。这话不中听，我是你师父，你多担待。你想啊，你哥是文化厅副巡视员，你嫂子是高干女儿。她父亲不在了，她母亲那也是三十年代初的老党员、老革命。尽管离休了，人家毕竟属于全省老资格的革命前辈。有什么个人要求，省市两级领导都要给面子的。你嫂子本人呢，人家是重点大学招生办的，也当副处长了吧？"

"我不知道，没问过。我和我哥我嫂子都回父母那边时才能见到，平时不大见面。见了我也不可能问那些，那太古怪了。"

"估计已经当副处长了。你姐也是副教授了，在北京的姐夫又是名气不小的诗人。这一切，对于一个女'社会人'是多么丰富广泛的关系哩，社会关系是'社会人'这一种人形蜘蛛的网。蜘蛛没有网可怎么活？'社会人'只有将社会关系这张网织得大大的、密密的，才能活得要风得风、要雨得雨、心想事成。那何雯就算拆不散你和郑娟，与你有一腿她肯定也愿意。"

那时，秉昆还不知道他姐又结婚的事呢。

周秉昆说:"我怎么以前就没有遇到过什么'社会人'呢?"

白笑川问:"你说的以前指什么时候?"

周秉昆说:"'文革'结束前吧。"

白笑川想了想,点拨说:"爱徒错矣。那时也是有的,只不过品色不同,道行不同。那时的中国人表面看起来都是单位人,都有单位管着。没有单位的,叫社会闲杂人,由有关部门管着,所以个体的社会能量都不太容易发挥出来。为了达到自己的目的,许多人都得找靠山、抱大腿、托关系、走后门。女的为了实现愿望出卖姿色,男的为了达到目的背叛友谊、落井下石,都属于另一种'社会人'的勾当,只不过表现不同罢了。为师看来,'社会人'大体分为两类。好比'盗亦有道',一个'道'字,便将盗划分成了两类;好比'君子爱财,取之有道'那个'道'字,也将爱财的人划分成了两类。有一类'社会人'是目的主义者,为了达到目的不择手段。另有一类'社会人'其实并不坏,甚至可以说还是古道热肠、助人为乐的好人,他们也有自己的社会关系网,网丝连着的也都是好人。徒弟,师父我便是后一种'社会人'……"

白笑川等于为周秉昆上了一堂社会关系学启蒙课,秉昆很爱听,忘了自己的屈辱和隐恨。

他说:"我认为,我姐太应该请你到大学里去做一次讲座了。大学生们也很有必要听听你讲的内容。"

白笑川说:"好哇,只要你姐看得起咱们搞曲艺的,我遵命。"

邵敬文却一副忧心忡忡的样子。他拍拍秉昆的肩,叹口气,只说了几句话:"秉昆啊,你更不好过的日子恐怕要来了,咱们三人在《大众说唱》的美好时光也许成为历史了。"

邵敬文一语成谶。没过几天,周秉昆代主任的"代"字去掉了,却不是成为主任——成为主任的是何雯。这下周秉昆苦了,他组的稿件十之七八遭她"枪毙"。为了不让杂志社内部的矛盾公开化,他还不便越级直接呈送给邵敬文看。

不久,邵敬文要求调走,到一个区的文化馆当了馆长。正处级干部当正科级馆长,属于高配屈就。

邵敬文走前与周秉昆和白笑川喝了一次酒,他表示太对不起他俩了。

他俩都表示理解。

邵敬文说并不担忧白笑川以后的处境,白笑川再过几年该退休了。他担忧的是周秉昆,如果他在杂志社实在待不下去了,那可如何是好?

白笑川向他保证,有自己在,绝不会眼看着别人挤对秉昆装没看见,他自有主张。

白笑川的主张也很"社会人",甚至可以说很江湖。

一天午休时,他进了韩社长办公室,将椅子搬到社长桌前,大大方方地坐在对面,横担一腿,不停地晃着那只脚,说几句吸一口烟斗。

他说:"韩社长,我要当面向你谏一言,言字旁右边一个'柬'字那个谏,这个谏字的意思是不怕冒犯。你听明白了,我可没说'斗胆谏一言',向你谏一言,我白笑川胆量绰绰有余,谈不上什么斗胆不斗胆的。"

韩文琪愣愣地看着他,不明白他葫芦里卖的什么药,没立刻发作。

白笑川说:"咱们这杂志社,那也就是一个处级单位……罢了。咱们这杂志,那也就是一个满足大众偏爱的刊物……而已。附带着,为曲艺工作者们提供一块发表原创作品的园地,不是任何一级政府的机关刊。这话我不说,你也应该明白,可是我看你并不明白,将咱们这儿当成了一座风水很好的山头,拉帮结派,排斥异己,剪除功臣。我是副处级副主编,你也只不过是一正处级社长。咱俩之间,级别上仅差毛线那么细的半级,你看你跟我说话时扎起的那架子,如同跟低你几级的下属说话似的。你有必要那样吗?在这么一个离真正的官场很远、属于犄角旮旯的处级单位,你将权力看得那么重有意思吗?玩弄你那套一朝天子一朝臣的小把戏,不觉得枉费心机吗?"

"你!……"韩文琪腾地站起来。

"要发火?劝你先忍忍,我的话还没说完呢,待我把话说完你再发火也不迟。或许,听我说完下边的话,你反而会觉得发火对你实在没好处……"

白笑川说完,叼着烟斗盯着他冷笑。韩文琪觉得白笑川的冷笑有种破釜沉舟的意味,缓缓地坐下了。毕竟当过多年秘书,想想该克制一下的时候,他还是有一定克制力的。

"在曲艺界里,我起码算儿子辈的。尽管是儿子辈的,在省里市里那也称得上是一个人物。可你算老几?你重孙子辈的都够不上。在曲艺界你排不上辈,整个一外行!刊物发行量直线下降,你他妈的没事似的,就知道往里招关系人,讨好送情。你别以为你靠山硬我奈何不了你,我扳不倒你还治不了你吗?如果我预备下个小本,每天监视你的言行,听到你一句不正确的话就记在小本上,逮着你一次不符合一把手身份的行为也记小本上,几个月后我就能记满一本你信不?劝你还别不信。只要善于上纲上线,掐头去尾,正确的话我也能把它记成对现实不满的话。这一招是我五七年后特别是'文革'中看在眼里记在心里的,只不过没试用过。如果我在你身上试用,从明天起你心里不会一点儿都不别扭吧?你以为甲三号的人都拿你当个人物吗?实话告诉你,现在讨厌你的人多了!"

韩文琪确实急了,满脸堆笑说:"老白,白老师,前辈,你看你这是干什么呢?你误会大了!邵主编他是自己想走的哩,我怎么留也留不住啊!你和小周你两在我心目中不但是功臣,还是咱们这儿的宝,我怎么会舍得赶走你俩呢！"

白笑川笑道："你也误会了，没看出我在开玩笑？你还信以为真了。"

"白老师，咱们不开玩笑了，免得再互相误会。你就直说吧，你有什么想法？需要我怎么支持？看我，只顾聆听你的教诲，都忘了给你沏茶了……"

韩文琪忙不迭地起身沏茶时，白笑川说："不必，我出了你的门就立刻能喝到自己杯里的茶了哩。你抽空儿把我这报告批了，那就是对我的最大信任了。不是什么让你为难的事，是你好我好社里好大家都好的事……"

他把几页纸放在桌上，特低姿态地弓身而退。

韩文琪很快就批准了那份《关于促进曲艺事业深入人民群众之中的项目报告》。按照那份报告，杂志社成立了演出活动承办部，白笑川任主任，周秉昆任副主任，有自主招人权，但不占杂志社的事业编制指标，并允许刻公章、挂牌、租办公室、设专线电话。总而言之，白、周二人仍属编辑部的人，每月由编辑部开工资，但那个部门必须每半年向社里交一笔创收费。交够了，享有经济自主支配权。

这是一个较复杂的申办过程，要跑不少部门，盖许多公章。几乎没用白笑川操心，韩文琪亲自出马，很快就办成了。

他为什么如此热心呢？一者，白笑川和周秉昆两个邵敬文留下的"死党"，从此便可少在他眼前出现，眼不见心不烦，他能实现社长主编一肩挑的夙愿了。二者，白笑川和周秉昆以自己的能耐为杂志社创收，对包括他在内的杂志社每个人的钱包都有利，何乐而不为呢？三者，国家鼓励事业单位人八仙过海、各显其能，做得好的、带头的会被领导视为有改革新思路的干部。倘再能给上级主管部门带来福利，则大有提拔的可能。

第七章

白笑川和周秉昆两人趁热打铁，加紧张罗，很快便让一切按部就班地有了眉目。在讲人情的中国，他俩也不得不奉行任人唯亲那一套。国庆他姐所在的肉联厂优化组合，减员增效，他姐因身体不好，常请病假，成了内退员工，每月仅发给最低生活保障。秉昆得知后，主动找上门去，把国庆他姐招到了演出活动承办部。

事先，白笑川问："跟你什么亲戚关系啊？"

秉昆如实相告，并非亲戚关系，虽是朋友的姐，但两人的友谊不同一般。末了，他说："求你了！"

白笑川说："咱俩能定的事，何谈求不求呢？就让人家来吧，也等于替国家减轻负担嘛。招面临生活压力的人，我支持。"

国庆他姐去上班了，无非每天把屋子收拾干净，预备好开水，接待一下来人，做电话记录之类的事。由肉联厂碱水池里洗肠子的女工，倒成了坐办公室的文员，国庆他姐知足得不得了。

秉昆又问白笑川："给她开多少钱呢？"

白笑川说："你看着办。如果咱们挣得少，那也只能往少了给，跟人家摆明情况，请人家谅解；如果咱们挣得多了，那就应该往多了给，别亏待人家。咱俩做主的部门，收入分配上既要讲多劳多得，又要讲共同富裕。"

白笑川这师父对秉昆真是好到家了。一天，他又说："我得有个助理。我这人爱忘事，带队演出，记着这事忘了那事可不行。我认识的人，哪一位家里的生活现在都比一般老百姓强多了，他们的儿女也都有较好的工作，他们的三亲六故不必我来照顾。我的助理由你来招，也要本着帮助底层人减轻生活压力的原则，给多少钱还由你来定。"

于是，秉昆将赶超他妹妹也招了去。那姑娘护士学校毕业后一直找不到稳定工作，在家里都快闷出病了。

一九八六年，高考仍然被形容为千军万马过的独木桥。城市并未实际增加就业面，人口却比七十年代增加了几成，考不上大学的高中生成了待业青年。家中儿女多的父母只能自己退休，解决一个儿女的就业。各类中专毕业的学生的命运也强不到哪儿去，他们像没头苍蝇一样，在城市里乱窜着找工作，而城市像不堪重负的骆驼，夜里静听似乎能听到它疲惫的喘息。谁也不知压倒它的最后一根稻草会是什么，但谁都觉得它快撑不住了。

居然能帮好友的姐姐和妹妹安排一份工作，这让周秉昆对权力产生了无比的热爱。

那一时期，他经常感慨地说，权力真他妈的好啊！

然而，发给国庆他姐和赶超他妹的钱是白笑川向朋友们筹到的。白笑川却胸有成竹，信心满满。他一召集，省里的市里的曲艺界人士纷纷响应，多是男士。白笑川意识到了，便又发展了几名歌舞团的女演员。

生活好的年头普罗大众对娱乐的要求水涨船高，生活压力大的年头他们对娱乐的要求也分外强烈。白笑川和周秉昆赶上了机遇，他俩的角色其实也就是当年文艺界人士"走穴"的穴头。

挣钱的事谁会往后缩呢？白笑川一挥手，各路演艺豪杰跟着走。一场"走穴"下来，他们也就分个二三十元最多五十元而已，但若来劲儿地走，积少成多，那笔钱就很可观。

一年后，周秉昆居然攒下了一千多元。当年，人们梦想的最高金钱指标也只不过是成为万元户。

秉昆向白笑川借了二百元，以一千六百元的价格在接近市中心的一条小街上买了一处苏联房——看上去年头不短了，却还算周正。有小门斗,窗外有小院子。地基并没怎么下沉,窗框下沿离地面一米多高呢。一大一小两间屋,进门是厨房,左边小屋,前边大屋。灶台是水泥的,刷了油漆,木板地,铁皮房顶。家具齐全,拎包就可以入住,入住了就可以生火做饭。

说是"买",严格来讲叫"兑"。当年但凡像点儿样子的居民住房的产权,都归各级房管所。只有光字片那类房产所不稀罕登记的住宅,才有实际性质的买卖之说。兑房现象民间较常见,即一方出钱,拥有对方的居住权,年限由一方出钱多少而定。一千六百元在当年是数额挺大的一笔钱,秉昆买下的是永久居住权,起码协议上是如此写明的。

秉昆率一家四口看房子时,郑娟里里外外出入几次后,不敢相信地问:"归咱们住了?"

秉昆肯定地说:"是的,永远。"

郑娟一转身,当即哭得稀里哗啦。

聪聪奇怪地问:"妈妈,你哭啥哩?"

郑娟哭得连"高兴的"三个字都说不完整了。

楠楠则小声说:"爸,我爱你。"

秉昆听了,心中一时暖流澎湃,百感交集。楠楠的话由郑娟或聪聪来说,都不至于让他鼻子发酸。

"爸也爱你。"他动情地抱了一下长子。

那时,他觉得自己如同提前实现了几个五年计划,率领妻子和儿子进入了共产主义,自豪感油然而生。此前,他一直视楠楠为郑娟的儿子,一想到楠楠是"棉猴"的种,心里还会极不舒服。楠楠惹他生气时,其不舒服与嫌恶没什么两样,尽管他在生活中从不偏爱小儿子而亏待大儿子。

"爸,我爱你。"楠楠从没对他说过如此温暖的话。此话似乎是由楠楠之口向他传达的神谕,驱除了他心灵中某个死角的黑暗。

从他口中说出的"爸也爱你"四字，又似乎是他自己的誓言。"视同己出"这个词说起来容易，真正做起来不容易。

自那日起，当秉昆再跟郑娟说"咱们大儿子"这句话时，才真的是在说他们共同拥有的一个儿子了。

一家四口入住后，秉昆和郑娟的愁事随之而来。

请不请几个朋友到新家热闹一番呢？

不请吧，朋友关系上太说不过去。怎么住上好房子了都不告诉一声啊？他们一挑理，没话可解释呀！

请吧，对朋友们的刺激是不是太大了呢？他们的家可都是又小又不像样的家啊！春燕两口子受到的刺激会小些，"人民大浴池"已改名"红霞洗浴中心"，不再属市商委了，政府部门与直属企业彻底脱钩。脱钩前，因为春燕一向会来事，上层路线走得不错，几位领导大发慈悲，一块儿帮了把劲儿，终于让她梦想成真，在筒子楼里分到了二十几平方米的一大间屋子。虽是筒子楼，没厨房，却有暖气，冬天不必为取暖操心，可省下一冬的煤钱。秉昆和郑娟都认为，春燕和德宝两口子即使羡慕他们美好的新家，那也不至于羡慕到受刺激的地步。国庆和赶超则不同了——赶超和于虹接盖出的那个小小的家由于占用了消防通道，还是被拆了。他们也像国庆两口子一样，搬到哪儿都住不长久。疯涨的房租和物价，迫使他们几乎每年都换房东，孩子也得随之转学。转来转去的，原本挺聪明的孩子学习成绩也差了。无论国庆家还是赶超家的日子，都越来越陷入了无可奈何的穷愁之中。他们家与秉昆的新家相比，简直可以用足以令人愤怒的差距来形容。设身处地替他们一想，秉昆和郑娟都不敢也不忍刺激他们。

秉昆决定先不主动告诉好友。如果他们从别处听说了，非要来家里做客，那时再议。

第七章

郑娟同意秉昆的决定，但夫妻二人又得面对第二件犯愁的事。秉昆曾对国庆说起过想要"买"房子的打算，也曾告诉过赶超。

国庆当时立刻说："如果你们有了新家，太平胡同那处地方千万给我留着。"

秉昆说："你们怎么可以住那儿去呢！"

国庆说："那儿怎么了？你和郑娟住了多年，我和吴倩为什么不能住？你们是一家五口住过，我们一家三口当然也可以住。那附近的小学还是不错的，就这么说定了啊。如今在离市区更远的地方租那么一处地方，也得三十多元了！"

国庆说过的话，赶超也说过。

都是好友，太平胡同的住处究竟该让哪一位好友住呢？秉昆夫妻俩左右为难，晚上躺在被窝里也讨论，睡前达成的一致，一早醒来又变了。

最后还是秉昆做出了决定，通知赶超一家三口及时住过去。国庆他爸的退休工资比赶超他爸多十几元，在两个朋友之间他也不得不搞平衡。经由那件事，他有些理解别人为什么说平衡的艺术是一门学问了。

郑娟对新家爱惜到了无微不至的程度，窗子总是擦得明明亮亮，地板的木纹刷得清晰可见，春夏秋三季煞费苦心让小院里开着花，切菜时案板下垫着抹布，怕震裂了锅台四边光滑的水泥。

一天，她对秉昆说："咱们住在天堂一般的家里，爸妈却住在光字片的破土屋里，我住得越来越不踏实。"

秉昆说："把爸妈接过来住一阵？"

郑娟说："我正是这个意思。"

郑娟这个周家的功臣非但从没居功自傲，还处处按好儿媳的标准自觉要求自己。在周蓉、秉义和冬梅面前，她内心一向有文化上的自卑，往好之又好的方面来做，方能抵消一小部分自卑。

秉昆就回父母那边去说明意图。

母亲却说:"我哪儿也不去,神宫仙府也不去,一天也不离开这儿!我一走,那狐狸精还不率领一群小狐狸把这儿给占领了呀?"

秉昆说:"你们小儿子住进新家了,做父母的怎么也应该去看看吧?"

于是,周志刚代表老伴来到了小儿子的新家。

郑娟说:"爸,你和我妈住过来,你们老两口睡小屋,我、秉昆和你两个孙子睡大屋,无非再添张单人床让你大孙子睡。"

周志刚说:"那怎么行?楠楠都快是小伙子了,再和你们睡一个屋里不成体统。"

郑娟说:"那我、我妈和聪聪三个睡小屋,你、秉昆和你大孙子睡大屋。"

周志刚说:"那你们小两口还算两口子吗?不是长久事,不可以。"

他仔细地查看了锅台四周,以专家的口吻评论道:"这水泥抹得太有年头了,居然一道裂纹都没有,用的八成是当年小日本修碉堡的那种水泥。他们当年从国内运来的,投降后留在东北不少。咱们中国人只知道用,也不分析分析、研究研究,看人家是怎么造出那种水泥的,咱们中国人太缺心眼了!"

秉昆说:"爸,先不讨论水泥。"

周志刚说:"你们以后一定要恩恩爱爱地过日子,要不对不住这么好的家。我年轻时做梦都想给老婆孩子这样的一个家,一辈子快过完了也没实现——你们真的赶上好时代了!"

他要单独和小儿子说几句话,秉昆就跟在父亲身后出去了。

在门斗旁,周志刚看着小儿子说:"我很高兴,你这辈子提前熬出头了。你妈的话你也听到了,就算你和郑娟的孝心尽到了吧。"

那时,他目光里满是慈祥。

第七章

哥哥和姐姐经常能享受到父亲那满是柔情的目光，秉昆则少有那等殊荣。他的头脑中倒是保留着这样的记忆，即使父亲嘴上说着"让我稀罕稀罕我老疙瘩"之类的话，并将他置于膝上时，目光往往也还是会望向哥哥或姐姐。那时哥哥或姐姐总是埋头于各自的事，并不在乎父亲的关注。

周志刚又说："你从小到大，爸没怎么夸过你。怕一夸，你反倒出息不了啦。看来爸是对的。今天爸要当面夸你一句，秉昆你终于出息了。爸得承认，你能出息到这一步，是爸没想到的，爸觉得没必要再为你操心了。"

听完父亲的话，秉昆想哭。不是被感动得想哭，而是又被父亲的话翻腾出了始终压在心底的一种憋屈。

忽然有一天，街区房管所来人通知郑娟，那房子的原始房主从苏联的符拉迪沃斯托克回到本市，要落叶归根了，所以那房子必须腾给人家。房管所的人和郑娟那么说时，楠楠也从旁听到了。秉昆下班后，郑娟一说，秉昆岂敢拖延？第二天上午就去了房管所。

周秉昆说："那房子我已经买下了呀！"

人家说："你的意思应该是把那房子兑下了，可与你立字据的人不是原始房主啊，他无权把房子兑给你嘛！"

周秉昆说："可你们房管所认可了我们之间的协议，做了过户登记的呀！"

人家说："那位经手的同志是帮忙的，不是正式工作人员，根本没经验，已被辞退了。"

"你们说那原始房主他早干什么来的？他怎么二十多年里从没在本市露过面？我但凡有他一点儿信息，也会找到他与他本人交易呀！"

"这你不能怨人家，从前人家不敢回来，有那心也没那胆啊！一回来还不立马被当成特务抓起来啊？"

"那那，那我的一千六百多元钱算怎么回事啊？"

"是啊是啊，是一大笔钱。所以，你首先要赶快腾房子，人家原始房主十月底必须住进去。你要赶快找到二房主，争取把钱要回一些。能不能要回一些，那完全是你个人的事，与我们房管所没什么关系。"

房管所明明有推卸不掉的责任，可人家一口咬定与房管所"没什么关系"，秉昆就没辙了。一九八六年，普通人还没有多少依靠法律维权的意识。而且，法院根本不会受理普通人告政府部门的案件——这点儿常识秉昆是有的。

他只能暗暗叫苦。

那个与他签协议的人蒸发了——对方是白笑川朋友的徒弟的朋友，白笑川当时听到了那处房子要"卖"的信息，完全出于好意介绍周秉昆认识。既然是师父的关系，周秉昆当然百分之百信任，不承想竟遭到了杀熟一刀。

无奈之下，周秉昆告诉了白笑川。白笑川一听也急了，将朋友责骂了一通，发动自己广泛的人脉撒网似的寻找签协议的人，最终的消息是那人肯定不在国内，离婚后出国了。有说那人去了新加坡的，也有说去了泰国的，还有说去了越南的。

白笑川着急上火，嘴上也起了泡。他问周秉昆："你不会怀疑师父从中拿了好处费吧？"

周秉昆说："那怎么会！"

白笑川内疚地说："师父再就只能说对不起了，借你那两百元你别还了，就当你我的钱都打水漂了吧，师父再帮你挣！"

秉昆本想说"但我往哪儿搬啊"，眼见师父唇上急出了泡，没忍说出来。

郑娟对秉昆却毫无抱怨。十之八九的妻子，这种情况下难免会责备

第七章

丈夫办事不周。郑娟却百般安慰，只说就当花钱买教训了吧。她想，应该先去问一下赶超夫妻想不想搬家？如果赶超夫妻想搬到别处住，那么他们可以再搬回太平胡同。

秉昆便买了罐头糕点之类的东西，去赶超家试探口风。

赶超请了事假，在家照顾于虹。

于虹指着赶超说："我差点儿没被他害死。"

赶超说："所以我将功补过，请了事假服侍她哩。"

都是结了婚有孩子的人了，又是老友之间，没什么遮遮掩掩不好意思的——原来，赶超有一次马虎没戴套，致使于虹又怀孕了。于虹自己也大意，怀孕三个月了居然没察觉，等到有了明显反应方知不妙。如果不"做"了，那么就意味着超生。一旦超生，不仅单位要受罚，春燕这位一把手要做检讨，于虹的工作都将不保。一九八六年，计划生育实行到了第九个年头，城市对于超生几乎零容忍。于虹不敢冒险将孩子生下，明知自己身体不好，还是违心地接受了堕胎手术，结果造成大出血，险些一命呜呼。

"前些日子郑娟来串门，我还跟她说过想不在这儿住了呢，让老婆孩子住这么差的地方，我作为丈夫和父亲太没面子了。可现在这情况哪儿敢折腾呢，看来还得继续住下去。于虹得多吃点儿有营养的东西补补身子，把预备租房子的钱花得所剩无几了……"赶超如是说。

于虹就宽慰他："别说什么面子不面子的，我又没挤对过你。秉昆和郑娟一直让咱们白住，每月往少了说那也能省下二十多元吧？几年内不许考虑你那面子问题！那不重要。重要的是一家三口都健健康康的。秉昆，我说得对吧？"

秉昆只得说："对，很对，非常对。"

赶超问："还让我们白住？"

秉昆反问："这用问吗？"

赶超不再看着秉昆，轻叹一口气，仰起头，将一双本就不大的眼睛成缝，冥想般地说："我要是有十个像你这样重情重义的老友就好了——一个是你哥那种当官的，官越当越大，权力越来越大，我一提与他的关系，别人对我也另眼相看；一个是你姐那种喜欢啃书本做学问的，我一提你姐名字，连我自己也显得有几分学问了；一个是龚维则那种穿警服的，但要比派出所所长官大点儿，区公安局长那么大就行，就不担心受欺负了；再一个是法院的，起码得是'老太太'那样的老资格的庭长；还得有一个是大医院的院长，看病方便；万元户也得有一个，时不时地借笔钱方便；剩下几个我的要求就不高了，性格合得来的，能经常聚一起热闹热闹，叙叙友情的……"

秉昆说："我这种呗。"

赶超说："对，你这种也不能少啊，少了生活不就没意思了？"

于虹挖苦道："你想得倒美，做你的大头梦去吧！"

赶超和秉昆就都笑了，于虹自己也忍不住笑了。

秉昆离开太平胡同，一时觉得无处可去。天色尚早，不愿回家，拿不出个解决方案，他觉得无颜面对妻儿。妻儿肯定都眼巴巴地等着自己带回好消息呢。赶超提到他哥周秉义，这让他将一种自己也说不清的希望寄托在了哥哥身上，决定求助于哥哥。他在拖拉机厂周围漫无目的地逛了一个多小时，纯粹是为了消磨时间。拖拉机厂的俱乐部早已不放电影了，论米租给做各种小生意的个体商户了。他想进去转一圈，见里边太嘈杂，摊位离摊位很近，有的地方近得只能容一人通过。这个摊位杀鸡宰鸭剖鱼剁骨，旁边的摊位就是卖儿童服装玩具的，给人一种荒诞怪异的印象。他没往里边走,在头道门内二道门外的地方买了盒烟。那儿以前用铁栏杆隔成了两个检票口,如今铁栏杆拆了,租给卖烟卖冷饮的了。通过做合法生意赚钱终于被承认是正当的了,这让不少城里人如大梦初醒,忙不迭地抓住机遇当起了"摊爷""倒爷""手艺爷",而不论是私人的还是单位的一切能租给他们的地方,没有不愿往外租的。

卖烟的男人与秉昆年龄相仿,见他不走,站在头道门口那儿心事重重地吸烟,也许由于守摊太寂寞了,主动搭讪与秉昆聊了起来——他本是拖拉机厂的工人,辞职做起了小本生意。

秉昆问为什么?国企工人捧的不是铁饭碗吗?

他说铁饭碗太重了,快捧不住了。退休职工与在职职工差不多一比一了,等于每一名在职职工都得负担一名退休职工的退休费、医药费,企业效益怎么提高呢?农村实行土地包产到户,一家一户的农民怎么买得起拖拉机呢?

秉昆问他,摆那小小烟摊能养家糊口吗?

他说迫不得已逼上梁山啊!好比在海上,一条大船快沉了,想活命那就得抓住个救生圈先往海里跳,活命要紧啊!厂里都接连几次向银行借钱发工资了,若不是有红头文件要求着,银行已不肯再给厂里借钱了。等船真要底朝上弄出个大漩涡下沉,那时不就同归于尽了哩!

烟摊主说得很悲壮,接着把秉昆招到跟前,小声问有没有门路能从烟厂搞到批条,进一批出厂价的烟。若有门路,提成好商量。

秉昆苦笑着摇摇头。

他没走,因为想起了郑娟和光明的母亲。那老妪在他内心里始终占着神一样的位置,他觉得她的灵魂似乎仍在此处游荡,内心里向她祈祷,求她保佑自己这个做了郑娟丈夫、光明姐夫和楠楠父亲的男人。

摊主又问他有没有能力代销几台拖拉机,说是最低价,厂里赔本赚吆喝，否则，近百台拖拉机卖不出去还得花一笔停放场地的租金。给代销者的提成不少，卖成一台能提一百多元呢！

"如果你真有门路，咱俩也真的算有缘了。你动嘴，我跑腿。一百多元你拿大头，我拿小头，咋样？如果都让咱俩给代销出去了，那你不就一下子成了万元户吗？你吃干的，我喝汤也高兴啊！"

秉昆难堪地说："我哪儿有那么大的能耐呢？"

摊主并没有大失所望，他蹲下去在摊位底下鼓捣了片刻，直起身时捧着几个大小不一的盒子，左右看看，见没人注意，低声说："都是拖拉机零件，绝对正品，我们厂自己生产的，你如果有地方卖的话，半价就可以，货源有保障。不过那就得反过来，我拿大头，你拿小头了。"

秉昆扔掉烟头，抱歉地说："对不起，我连喝汤的那点儿能耐也没有，我得走了。"

"等等。"

他刚一转身，就被叫住了。

"到这里来的，不是要买东西的，就是想碰碰运气寻找什么商机的人，我以为你也是。"

"我不是他们，再说我是一个运气不好的人。"

"就是为了买盒烟？"

"还为了寻找……别的……"

"除了商机和寻找商机的人，在这种地方还能寻找到什么？"

"说了你也不明白，连我自己都不明白。"

秉昆不愿再啰唆，转身走了。

马路对面，几乎每一幢楼的一层和门窗朝街开的平房，都改成了饭

第七章

馆、旅店、杂货店或理发铺。门前都挺冷清，显然生意都不怎么好。周秉昆跨过马路，在一家小饭店吃了碗面，喝了瓶啤酒，带着些微醉意乘公交回到了市里。他估计哥哥周秉义已经下班，决定找他寻求帮助。

周秉昆的新家与哥哥家确切地说是嫂子郝冬梅的家不远，都是横街。他的新家在第一条横街上的一处大院里，嫂子的家在最后一条横街上。那条横街人家少，每个门牌号都代表一幢有院子有门房的独栋小楼，闹中取静。春天时，每一幢小楼和院墙以及铁门铁栅栏全刷过漆了，显得很新。

第一条横街与最后一条横街间隔着三条街。第一条横街一处挨一处的大院里还住着些百姓人家，多是家境较好的人家，也多为本市老户。往后的几条横街上住的人家一户比一户显赫，或者职级高，或者属于社会名流，总之家中必有社会地位高的人物。第一条街的大人孩子很少往后几条街上走，后几条街上的大人孩子也很少出现在前几条街。五条街一直被评为文明街道——"文革"时期除外。

周秉昆的爸妈从没见过郝冬梅的母亲，双方虽是亲家关系却一次也没来往。周家那样的家怎么请人家冬梅的母亲去做客呢？冬梅的母亲也从没通过冬梅向秉义父母发出过邀请。逢年过节，哥哥和嫂子一块儿回光字片时，嫂子若说自己拎去的什么好吃的东西"是我妈的一点儿心意"，周志刚和老伴便大为开心。周秉昆也没见过嫂子的母亲，只见过哥哥嫂子与嫂子母亲的合影。那天以前，他也从没去过嫂子家。

刚搬到新居后的一天傍晚，周秉昆想熟悉一下周边环境，就走到最后一条街上去了。在那条街的人行道上，他迎面遇到了两个人。坐在轮椅上的老太太衣着整洁，黑白参半的头发齐耳根剪得溜直，一丝不乱。脸上手上的皮肤很细粉儿，气色也很好，看上去极富态。

小阿姨缓缓推着轮椅，她们显然是到院子外边来散心的。小阿姨二十出头，从上到下穿得干干净净，一看就知道是农村姑娘，也不可能再适应农村生活了。

小阿姨推着端坐于轮椅上的老太太缓缓接近时，周秉昆心中不禁赞叹："好一位气质不凡的老太太！"

周秉昆觉得她很面熟，猛然间认出来——是嫂子的母亲呀！

此时轮椅已经离他很近，谁也没见过谁，周秉昆觉得如果自己主动开口，不但冒昧，而且可笑。

他贴墙而立，恭恭敬敬地微笑着礼让。

小阿姨一言不发地推着轮椅从他面前经过。

"停一下。"

随着老太太的一声要求，轮椅在离秉昆两步远的地方停住了。

"退回到那小伙子身边。"

轮椅倒拖回秉昆面前，老太太并不看他，扭头看着小阿姨说道："对我们以礼相待的人，要还之以礼，说谢谢。"

小阿姨便红着脸对周秉昆说："谢谢。"

"记住了？"

"记住了。"

"走吧。"

轮椅又前行了，老太太却始终没看周秉昆一眼。

周秉昆觉得，老太太那轩昂气质中，有某种似曾相识的东西。从自己嫂子的母亲，他忽然想到了另一位自己的恩人老太太曲秀贞。

他很久没见过老太太了。他觉得两位相貌不同气质也不同的老太太的脸上有一种共同的东西，一种郑娟的母亲、自己的母亲、春燕的母亲以及自己所有哥们儿的母亲脸上绝不可能有的东西——他一时找不到恰当的词来形容。

第七章

周秉昆认为那种东西似乎可以叫作内敛的、自豪的贵族之气，并且几乎立刻联想到了自己中学时代的教导主任，她脸上也有类似之气。据他所知，本市每所中学的教导主任几乎都是女性。在他就读过的那所中学，女教导主任的权威仅次于书记和校长，她极其忠诚于书记和校长，书记和校长深知此点，双方的忠诚和信任不言自明、心照不宣。她对事的看法，书记和校长从来都重视。当年她的身影一出现，同学们都避之唯恐不及，噤若寒蝉。"文革"时期批斗书记和校长时，每次她都是必不可少的陪斗者。他听说，"文革"结束后，陪斗经历成了她的谈资。当嫂子母亲的轮椅往回推时，他完全出于好奇尾随着，知道了嫂子家住在哪个院里。

红色的铁皮顶，金黄色的墙体，绿色的窗框——嫂子家住的那个院子的传达室粉刷得很漂亮。那条街上每个院子的传达室都一样大小，粉刷成统一的颜色。传达室的颜色也即院内小楼的颜色，院子正中都有花圃，四周统一栽着丁香。快"十一"了，花圃认真修剪过，菊花、扫帚梅和鸡冠花争妍斗艳。

传达室师傅是国字脸、五官端正的五十来岁的男人，穿着半新不旧灰色涤卡中山装，戴无皱无褶的蓝色单帽，像资深的工会干部，又像乔装成工会干部的公安人员。

他问周秉昆找谁。

周秉昆说找哥哥周秉义。

"亲哥吗？"

"对。"

"认识郝冬梅吗？"

"是我嫂子。"

"小伙子，虽然你长得挺像周秉义，回答得也对，但我从没见过，所以不能随随便便让你进去。你得等会儿,我打电话通知你哥来接你。"

"行,其实我也不想进去,只不过要在门外跟我哥说几句话。"

一会儿出来的不是周秉义,而是玥玥,她亲热地叫他小舅。

周秉昆不高兴地说:"你出来干什么?我又不是找你,快去让你大舅出来!"

玥玥挨训后不高兴了,噘着嘴颠儿颠儿地跑了回去。

"小伙子那你进去吧,别让你哥出来了。"

传达室师傅的语气亲热了。

"不进。我找的是谁,谁就应该自己出来见我!"

周秉昆的酒劲儿开始上头了。

传达室师傅说:"一回生,两回熟,下次我就认得你了。以前这院里只住一家,现在住两家了,所以我要认真些。另一家的亲戚来得多,来得勤,我差不多全认得了。怎么你们家的人从没来过啊?不住在本市吧?"

周秉昆搪塞地说父母年岁大了,腿脚不灵便。哥哥嫂子经常回父母家,所以自己家的人也就不往这边走动了。

传达室师傅说:"别认为我多管闲事啊,你嫂子她母亲平时很寂寞的。一位离休了的正厅级老干部,整天与一个农村来的小阿姨有多少可聊的啊,你家其他人应该常来看看她哩。"

秉昆红着脸说:"以后会的。"

秉义手拿毛巾,一边擦着湿头发一边走了过来。

秉义说:"你好大的架子!玥玥接你进去还不行啊?我正冲澡,非得我亲自出来吗?"

秉昆说:"我有急事找你。"

秉义说:"你能有什么急事?跟我进去说。"

秉昆说:"今天没那种好心情,下次吧。"

他把哥哥拽出院子，拽到了远离传达室的地方。

周秉义首先自我批评："你嫂子提醒我几次了，说应该和她一块儿去你们的新家看看。可我最近太忙，省里几位领导都有大秘，却都喜欢抓我的差，今天为他们起草文件明天为他们写报告的，好像我是他们公用的笔杆子。你们住得离我们这么近了，我却至今一次没去过，别生哥的气啊！等过了'十一'……"

周秉昆听得不耐烦，打断道："你有完没完？"

周秉义愣了愣，鼻子闻了闻："喝酒了？"

"你别管！"

周秉昆忘了姐姐托付他的那档子事，一口气把自己家迫在眉睫的事从头到尾讲了一遍，听得个周秉义瞠目结舌。

"哥，你看着办吧！"

"这，这，这怎么成了我看着办的事了呢？"

"我是没办法解决了，只能找你来替我摆平，谁叫你是我哥的！"

"可，可，可你想让我……怎么替你摆平？如果你想向哥借钱另租一处房子，哥有！立刻就可以回家取，有多少借给你多少，你嫂子也没意见，不够哥可以替你向别人借……"

"借钱我还用找你吗？那点儿钱我自己也有！不够，我可以向我自己的朋友借。可我那一千六百元如果讨不回来，不能就白吃哑巴亏了吧？再说如今租到一处满意的房子多不容易你不知道吗？两个孩子上学的远近问题我不能不考虑吧？"

"秉昆，慢点儿说，别那么急。事到临头，急也没用。你再说得明确点儿，你究竟要哥替你怎么摆平？"

"你刚才自己也说了，省里的几位领导都挺器重你……"

"我没那么说！"

"反正在我听来就是那么一种关系！反正你是在他们面前能说上话的人！哥，我求你，我要求你，替我向他们反映反映我那事，房管所明明是有责任的。我不能白花一千六百元！我们更不愿从那处新家搬走！只要有一位大领导同情我一下，肯定就不是件让我走投无路的事了！"

"郑娟也这么认为？"

"她倒没这么想，但我现在可以代表她一块儿来求你。我希望哥你能给我颗定心丸，我能给郑娟惊喜！"

周秉昆一种不达目的誓不罢休的架势，一心想让周秉义认清形势，义无反顾、义不容辞地尽到哥哥的责任。

周秉义不再拧手中那条拧不出一滴水的毛巾了，他两眼直愣愣地瞪着周秉昆说："我看你是醉了！"

周秉昆没酒量，喝下去的那一瓶啤酒令他心跳加快，连耳内也开始发出蜂鸣声了。

他嘴硬地说："我没醉！"

周秉义把毛巾啪地抖开，往肩上一搭，板起脸说："我看你就是喝醉了！哎，你也是当了多年编辑的人，算是个准知识分子了！你头脑里怎会产生那么没有常识的想法？你以为你哥是什么人？文化厅的干部！远离权力中心的人！副厅级！文化厅三四位副巡视员呢！没具体工作可安排挂起来的干部！省里几位领导支使支使我，那叫抬举，不叫器重！何况你的事，省长省委书记干预也没用的。如今中央有政策，对从国外归来主张自己房产权的，各级政府要认人家那个账。该腾让的必须腾让，不腾让等于不执行国家对归侨的新政策。新政策关乎国家改革开放的新形象！……"

周秉昆急赤白脸地大叫一声："够了！"

周秉义便又两眼直愣愣地瞪他。

第七章

秉昆气急败坏地说:"那我就活该倒霉啦?"

周秉义也生气了,他说:"你冲我发什么火?你们那新家,正确的说法叫'兑'的房子!国家什么时候允许私人间进行房屋买卖了?你连这么一点儿起码的常识都没有吗?你'兑'那房子之前向我这个哥哥咨询过吗?没有吧?现在出问题了才想到找我这个哥,太晚了吧?叫我怎么替你摆平?你和周蓉一个样。事先都不征求我的意见,事后都得让我替你们操心。今天我给你的话只能是一句,我不好说你活该,但我要明明白白地告诉你——你只有自认倒霉!"

周秉昆也两眼直愣愣地瞪着周秉义,他倒退着说:"周秉义,算我今天没找过你!"

他一转身跑了起来。

周秉义在他身后喊:"去找蔡晓光!他是你姐夫了,也许他的家可以先让你们住!"

周秉昆找哥哥的唯一收获,便是哥哥提醒他去找蔡晓光。他太不愿意一筹莫展地面对妻子和两个儿子了,还真去找了蔡晓光。

蔡晓光在离话剧团不远的一幢六层楼里,分了一套有室内厨房和厕所的两居室,五十多平方米,还不算阳台。那幢楼盖于"文革"期间,当时主要是为全省各剧种的"样板戏"主角们盖的,位于黄金地段,跨过一条马路就是公园。蔡晓光如果没有那些"叔叔伯伯"关照着,十年以后也不太可能分到那样的住房。

蔡晓光是个生活颇有条理的男人,他家东西不多,摆放整齐,相当干净。门口还铺了一小块地毯,进门得换鞋。

周秉昆生平第二次进入一扇要在门口换鞋的门,第一次是进老太太曲秀贞那处临时的家。老太太并没要求他和几个哥们儿换鞋，蔡晓光这次却亲手从鞋架上取下了拖鞋摆在他脚边。

对于不速之客周秉昆的光临，蔡晓光既意外又不好意思。

两人刚一坐下，蔡晓光就窘窘地说："秉昆，也许你还不知道，咱俩的关系发生了某种变化……"

周秉昆说："我知道了，你变成我姐夫了。"

蔡晓光更窘，讪讪地问："那你，没什么意见吧？"

周秉昆说："也好，你俩挺般配的，我祝福你们。"

蔡晓光很高兴，问秉昆有什么事。

"'十一'一过，估计不会有雨了，你父母那边的房子又该修抹一遍了，是不是需要黄土和沙子？不成问题，包我身上了。如果你父亲允许，我愿意给你们父子当小工！"蔡晓光的表态诚心诚意。

周秉昆反倒窘了起来，吞吞吐吐地说："姐夫，我有事求你。不过，与你说的那些无关，是一个挺大的忙……"

蔡晓光急了，站起来批评道："秉昆，现在我都是你姐夫了，你还想说不说的干什么呢？太见外了！快说，只要我帮得上的忙，我说一个不字你以后别叫我姐夫。"

"那好，姐夫，那我就实话实说了——我们，就是我和郑娟我们全家四口想借你这里住上一年半载的。"

蔡晓光仿佛没听明白，直眨巴眼睛。

周秉昆低下头，使劲儿抠着手指，自言自语般将他那火烧眉毛的事又讲了一遍。讲罢，他才抬起头仰脸看着蔡晓光说："'十一'一过，冬天转眼就到，临时租一处合适的房子太难，我也不想租了。你这儿离楠楠和聪聪的学校近，只要能让我们住到明年夏天，我就可以又攒下一笔钱，那时再借借，还打算'兑'一处房子。没处像样又能住得长久的房子，我

第七章

总觉得像是没有稳定的家。"

蔡晓光缓缓坐下,也将头低了,良久不再作声。

周秉昆说:"你有什么难处,希望也实话实说,给我个明白。"

蔡晓光便说,自从他分到这套房子,引起文艺界不少人的嫉妒。他们四处写信,几乎没停止过告状。他承认他们告得也有些道理,无论从哪方面讲,他都没资格分到这套房子。但是,有一点他们从不讲——分给他这套房子,体现着组织对他父亲冤案的某种补偿。从党团结干部特别是团结那些扛过枪打过仗的干部这一方面来考虑,给予补偿完全必要。正是这一点,那些四处告状的人不知是不明白还是故意装作不明白。

"现在的情况是,领导对那些告状之人做了许多耐心工作,他们才消停了。如果你一个人和我住一个时期,估计也没什么,可要是你们一家四口来住,那肯定就是个事。如果他们又告起状来,上边再派人一了解,调查清楚我与你姐结婚了,她那边学校也分给她房子了,那我这套房子不被收回去才怪呢!你姐又喜欢这套房子。让她在两处房子之间选,她更中意的是这套房子,毕竟自成一体啊!如果我成全了你们一家四口短期的愿望,而让你姐长期的利益受损,明摆着是以小失大吧?秉昆啊,我是你姐夫,拒绝的话我说不出口。由你决定!你如果坚持你的想法,那我就住到你姐那边去……"蔡晓光诚恳地说。

姐夫蔡晓光的一番话,让他良久无言。

周秉昆终于打破沉默,他拍着姐夫的肩膀说:"你的话有道理。咱们不做以小失大的事,确实不划算。"

周秉昆告别蔡晓光走到街上时,天已黑了。他再不愿回家,那也还得回家啊。一进家门,郑娟便迎上前说:"你可回来了,邵大哥都等你半天了。"

邵敬文正在陪聪聪下棋,楠楠在小屋里写作业。

邵敬文说，秉昆那着急事他知道了，白笑川告诉他的，他就是为那事来的。他们文化馆是老楼，地下室很大，二百多平方米，不潮，冬天还很暖和，暖气管道又多又粗。地下室有几扇扁窗露在地面以上，光线也可以，白天有几个小时不太黑。那里没厨房，但砌个炉子引出烟囱是可以的，也无安全隐患。堆放的杂物太多，主要是砖、沙子和水泥，当年楼房改造剩下的……

"白老师把你摊上的事一告诉我，我也挺替你着急的。你们如果不嫌弃，就先住过去，每月交一笔象征性的租金，这点权力我还是有的。住那儿去，离两个孩子的学校更近了。楠楠明年就初三，他的学习不能由于转学受影响，我知道你也是这么考虑的。"邵敬文接着说。

邵敬文的意外出现，让秉昆想起了孙赶超说的希望有十位朋友的话，一时感慨良多。算起来他的朋友远不止十个了，但国庆、赶超他们那样一些老友需要他经常能伸出援手帮一把，关键时刻的挺身相助的朋友，也就是邵敬文与白笑川而已。那是经历过特殊考验的友情，与一般朋友关系就是不同啊！

周秉昆因感动而嗓子发紧，一时说不出话来，他扭头看郑娟。

郑娟刚想说什么，楠楠从小屋来到了大屋。

楠楠说："爸，我完全同意！"

那少年看着邵敬文又说："邵伯伯，不管我爸妈同意不同意，我个人先谢谢您了！"

第八章

周秉昆"十一"假期没回父母那边去，他要将文化馆的地下室清扫干净，也不愿见到哥哥周秉义。静心一想，他也知道哥哥不是不帮他，确实是没法帮。他生气的是哥哥非但没给他半句劝慰，反而劈头盖脸训了他一通。哥哥说他是"准知识分子"，明显对他的大专学历不承认，是文化歧视。邵敬文并无大学学历，白笑川也没有，那又怎么样呢？论起广受尊敬一点，北京大学毕业又是副巡视员的哥哥还比不上他俩呢！

寻求帮助未果，内心极大的不满只需要极小理由，也足以让人耿耿于怀——朋友间如此，兄弟间也如此。

周秉昆在马路边找了一名瓦工帮他砌炉子。对方哥哥曾是兵团知青，再一聊，两人的哥哥居然还认识。

"我哥叫陶平，当年是兵团营直属中学的老师，因为被整，有一段时间日子很不好过。你哥帮他提前返城了，要不他非被整出病来不可！现在，我哥是重点中学副校长了，当年多亏了你哥！"那位瓦工讲起两人哥哥之间的往事，像自己亲身经历过似的，感激之情溢于言表。

周秉昆想到楠楠后年就升高中了，试探地问："如果我儿子想考重点高中，到时候求你哥关照一下，你觉得行不？"

对方一边熟练地砌着炉子，一边说："那要看你儿子学习咋样了，要是一般般，还不如上普通高中好。否则，成绩总落后，孩子的自尊心太受伤害。宁当鸡头，不做凤尾嘛！"

周秉昆骄傲地说："我儿子学习很不错的！"

他讲的是事实。

"那就绝对不是个问题！差个十分八分的，我哥一句话的事。你现在就要开始替你儿子攒笔钱，到时候如果分数差几分，交笔赞助费也行。你提前找我，我带你去见我哥！"对方承诺得很爽快。

周秉昆一高兴，也把他哥哥、姐姐和姐夫一一"兜售"了，承诺对方如果需要帮忙，自己也会当仁不让。

人情关系乃人类社会通则，正如马克思所言："人是社会关系的总和。"此种通则，古今中外，概莫能外。有些人靠此通则玩转官场、商场，平步青云，飞黄腾达，老百姓却是要靠人情保障生存权利。这看起来很俗，却也就是俗而已。在有限的范围内，生不出多大的丑恶。

丑恶的人情关系主要不在民间，不在民间的人情关系也没多少人情可言。

两个炉眼的大炉子砌得挺美观，用的是地下室现成的砖和水泥。秉昆与邵敬文事先说好了，合多少钱算在租金里。

周秉昆给对方雇工费时，对方不肯收。人家说："当年你哥对我哥的帮助，算不上大恩大德，起码也可以说是一帮到底了，就当是我替我哥谢了一次吧！"

周秉昆过意不去，谎说自己是可以报一笔搬家费的。

"白条也可以？"

"可以。"

"我连续几天没活了，那多给点儿吧！"

结果，周秉昆反而多给了一半钱，给得还挺高兴。

送走对方，周秉昆独自在地下室歇息时，想起了师父白笑川说何霁是"社会人"的话，觉得自己身上其实也有不少"社会人"的影子了。他不禁自嘲，也想起了民间一句俗话："老鸦落在猪身上，只见别人黑，不见自己黑。"

他本想用白纸把地下室的四墙裱糊一下，但买那么多白纸又要花钱，裱糊起来颇费事，也不安全，便只将黑不溜秋的水泥墙扫了扫。

他没请朋友们帮着搬家。在那么好的房子里住过，居然一次也没请任何一位老友到家里做客。从好房子往地下室搬，话可怎么说啊？

怎么说都太难堪了！周秉昆还是在马路边雇了几个人帮着搬家。那些站马路牙子的人中有不少是自己的同龄人。一想到自己"走穴"一次最多时能挣一百多元，他便很体恤那些同龄人挣钱的不易。他愿意让他们挣自己一份钱，给钱也慷慨大方，他们都很满意。尽管自己刚刚被坑了一千六百多元钱，他觉得自己的人生也还是比他们强多了。

在光线半明半暗、家具乱七八糟堆放的地下室，楠楠看着他说："爸，我还是爱你。"

他也又一次抱着楠楠说："爸也更爱你了。"

郑娟看着此情此景，顿时眼泪汪汪。

她说："你们父子俩那么亲，我都嫉妒了。"秉昆与楠楠亲不亲对她很重要。

只有聪聪大声嚷嚷："这个家不如那个家好，我不喜欢！"

一九八七年正月初三，老友们聚在了周秉昆家住的地下室。除了龚宾和吕川，全到齐了。龚宾谈了一次不成功的恋爱后又住院了。他爸妈想得简单，以为给他娶个农村媳妇，喜事一冲，他的病就会彻底好了。人家农村姑娘嫁给他是有条件的——除了相当可观的聘礼，还要城市户口。龚宾爸妈孤注一掷，打肿脸充胖子，举债兑现了礼金。龚维则也为侄子不遗余力地四处奔走，总算把那姑娘的城市户口给落上了。说起来一切顺利，遗憾的是喜事对患过精神病的人不见得好。龚宾黏着新娘欢喜了数日后，忽然产生了奇妙幻想，非说新娘是仙女下凡，一会儿把自己当成董永，一会儿把自己当成牛郎，一会儿找孩子，一会儿找牛。最要命的是，他逼着新娘带他飞上天宫过幸福生活，说人间的生活简直不是人过的——他一年里有半年住在精神病院，住在家里的半年也不许随便出门。新娘子根本做不到，他就指责人家不是真爱他，动辄对人家凶起来。如此闹了多日，新娘子和她父母坚持非离婚不可。人家的理由很充分，人身安全难有保障啊！龚宾父母也怕出意外，只得同意了。当年离婚尚须派出所开证明，龚维则亲自上手。龚宾父母想要回一部分礼金，龚维则劝他们拉倒吧。一向反对公权私用的龚维则，为侄子公权私用了几次，这一次还让哥哥嫂子家落了个人财两空，自己也惹了不少闲话。

老友们有说的有听的，无不唉声叹气。说的人其实也是道听途说，因为后来大家各自都陷于人生的忙碌之中，没人再到家里或医院看过龚宾。

吕川大学毕业后并没分回省里，不知是个人愿望变了还是有什么人关照，他最终留在了北京。有人说他在这个部，有人说他在那个部；有人说他还在给大官当秘书，有人说他早已不当秘书，而是当上领导，自己都快有秘书了。这些也都是道听途说，因为他与任何一个老友都没了来往。大家据此推测他肯定在一门心思地当官，前程似锦。一般来说，人在这种情况下必须明智斩断与草根阶层曾经的亲密关系。

唐向阳照例每请必到。他父亲是由化学老师当上校长的，受其影响，他考上了北京化工学院，并在大学期间处了个女友。对方是独生女，父亲是化工学院的副院长。双方谈婚论嫁时，他父亲大病一场。他一狠心了断了留在北京的想法，伤透了人家姑娘的心，也让他自己的心支离破

第八章

碎。他在医院里服侍了父亲三个多月，孝心却未能感动上苍挽回父亲的生命。他父亲生病期间，母亲一次没去探视过，也没在遗体告别仪式上露面。父亲去世后，他继承了父亲名下的两居室住房。唐向阳是成年人，也不是父亲当校长的那所重点中学的教师，按公房管理条例，学校完全可以把那套住房收回。那所中学之所以能成为区重点中学并且在全市重点中学中名列前茅，他父亲功不可没。学校的领导、教师和职工们很念他父亲的好，破例允许他长期居住那套房子，直到他自己单位分给他房子为止。

唐向阳经历的事让大家得出一个共识——还是尽量做好人。坏人也有遭遇不幸的时候，坏人不幸时拍手称快的人多，而好人不幸时总会有人同情帮助。做多少好事多大好事是能力问题，运用职权谋过私利整过人给别人穿过小鞋是人品问题。一个从没运用职权谋过私利的人，也可能运用职权整人，心狠手辣冷酷无情置对方于死地而后快。唐向阳的父亲在"文革"前后当校长期间，既与以权谋私四个字毫不沾边，也从没整过任何人，学校纪律严明、校风清正。他死后，师生们才逐渐意识到他是一位多么值得怀念的校长。

唐向阳说："我爸比较清正。"

曹德宝说："看来为儿女考虑，咱们也得尽量学着做好人啊！"

他的话代表了大家的共同想法。

唐向阳因父亲的死不再与母亲有任何来往。大家都看出，他无法原谅母亲的薄情寡义，他实际上更痛苦。

好在他有了一位情投意合、品貌俱佳的妻子，是他父亲当过校长那所中学的化学老师，而他自己已是省化工研究所的科研骨干。他没带妻子来介绍给大家，保证下次聚会满足大家愿望。秉昆、德宝、国庆和赶超都没想到唐向阳还会是他们的朋友。唐向阳下乡后，他们几乎忘了他，他却分明很看重与他们在酱油厂结下的友谊，一直主动与他们保持联系，对于他们的求助也认真去办。如果说当年他们只不过认为他可交，那么现在他的孝心已在他们之间赢得了敬意。

常进步也令大家刮目相看。他长高了些，但没高到哪儿去，比姑娘们找对象的身高要求底线高出了一点点，大家替他欣慰，否则都会忧虑他的终身大事。他的巴掌脸也长开了些，依然秀气。

赶超见到他时佯装不识，顾左右而问："这是哪个哥们儿的女友哇，怎么没谁介绍给洒家认识一下啊？"

国庆趁吴倩不在旁边，小声对他说："你要是女的，我当年就追求你了。"

进步笑答："我长成这样，是为了证明在某一方面须眉也能不让巾帼。"他奇迹般地恢复了听力——这要感激老太太曲秀贞的费心，最终耳科专家为他修补好了耳蜗。

德宝与进步的关系比与其他老友们的关系还亲密。进步的父亲平反后，曾打算将他调回军工厂去。他没同意，认为做什么工人都是工人，父子同在一个厂并不好。酱油厂的领导和群众对他不错，他对酱油厂有感情，一直安心于味精车间流水线上的工作。

此次大家相聚，德宝感慨良多。他说："想当初，我在酱油厂有五兄弟，虽然是个不起眼的小厂，上班时心里却是高兴的。和哥们儿在一起同甘共苦，感觉挺充实。现在，吕川那小子没消息，和咱们不来往，留在北京一门心思当官。秉昆摇身一变成文艺工作者了，捧上事业单位的饭碗，还办了个什么鸟公司，一门心思挣钱。向阳成了科技工作者，往科学家的路上发展。可怜的龚宾就不说了，反正只有我和进步还窝在酱油厂，这辈子看不到任何机会了……"

秉昆苦笑道："别讽刺我，我没挣到多少钱，你讽刺全家住地下室的

第八章

人没意思。"

向阳也说:"我当不了科学家,靠大学里学的那点儿知识,能把饭碗捧牢就不错了。"

国庆说:"你没资格抱怨什么啊!在春燕同志的引导之下,你入党当车间主任了,有什么不知足的?还想怎么样啊?我和赶超,我俩要不是有向阳和进步关照着那就蹲马路牙子成无业零工了。我俩还没抱怨什么呢,轮不到你抱怨。"

赶超附和道:"说得对,德宝你那种抱怨纯粹是烧包!"

国庆和赶超曾当过出料工的那家小木材加工厂黄了,从前它所加工的木材主要是定点供应给省里唯一的家具厂的。前年,南方的家具突如其来出现在北方的大小城市,那种流水线上压制出来的贴膜板材组合家具样式美观,靠螺丝钉就可以拼接起来,靠改锥就可以再拆成一块块板材,搬动方便省事,看上去也很高档,价格比手工做的老式家具便宜,极受北方市民欢迎。如同洪水涌来似的,半年内几乎全部占领了北方大小城市的家具市场。本省那家由老中青木匠组成的家具厂被挤得关门停产,工人们下岗失业。城门失火,殃及池鱼。为它定点供应木材的木材加工厂便也无事可干,只能寿终正寝。

国庆和赶超失业了两个多月,靠每天蹲马路牙子打份零工挣点儿钱养家。他俩没跟秉昆和德宝说,明知说了也白说,两个老友根本没能力帮什么忙。向阳有一天在马路边发现了他俩,于是进步也知道了。向阳和进步同时向他俩伸出了援手——向阳靠自己的人脉帮赶超进入了省里最大的胶鞋厂,而进步央求他父亲将国庆调入了军工厂,所以国庆和赶超两人视向阳和进步为有恩之友。

德宝本可能当上副厂长,不知何故,上边对他考察了一次,没了下文。

他继续发泄心中郁闷:"不就一副科级座椅哩,又不是要给我个局长市长当当，搞得太复杂，复杂得可笑！如果我烦了，让我当还不稀罕当了呢！"

春燕忍无可忍地训道："你有完没完？多大的官那也得从科级干部当起吧？组织上考验你的时间长点儿怎么了？不行啊？没别的话可聊你就给我老老实实坐一边去，别再出声！"

春燕一训，德宝坐一边嗑瓜子去了。

秉昆并非奉迎之人，但对春燕这位往日的"干妹子"也格外热情。她单位租下了旁边民房，挂出了盲人按摩的牌子，由于虹负责。秉昆走了春燕的后门，把郑娟的弟弟光明培训成了一名盲人按摩师，他不但在集体宿舍有了一张床，基本上也可以自食其力了。郑娟大为欣慰，秉昆也少操了一份心。从那以后，秉昆叫"春燕"二字的语调与从前极不相同，亲近感油然而生。

国庆与赶超二人对秉昆，正像秉昆对春燕那般——国庆的姐姐和赶超的妹妹都仰仗秉昆的关照才有了份工作，尽管不是多么稳定的理想工作，却毕竟每月可挣一份高于低保的工资，工作不苦不累。得到这种帮助，便等于欠下了很大的人情，不是寻常请客送礼能扯平的。虽然有从前的友谊垫底儿，那也还是会让欠下人情的一方暗觉矮了一截。相比而言，赶超的心态倒还洒脱些，因为光明毕竟也受着于虹的关照，双方面的帮助即使不能相提并论，那也是彼此都很重视和依赖的。

成家了做丈夫了当父亲了，责任多了大了，各自的人生担子都重了；无论在亲人眼中还是在社会上单位里，都不再是青涩的小字辈，而是不折不扣的成年人了。而且，人生出现差距了，分出些高低了，相互之间的关系也变得有些微妙。

秉昆事先说服大家都不要带东西来，说自己有权支配点儿集体资金，说白了就是有权用公司的钱请大家饱吃一顿。实际也是这样，他负

第八章

责管账,与白笑川有约定,白笑川每月可报销五百元的"联谊费",他自己可报销二百,白条也可。组织演出不广交朋友是不行的,起码得在一起喝上几次,否则朋友是交不下的。这在当年是谁都能理解,完全能摆到桌面上谈的通识。白笑川说那不行,他们师徒俩一正一副岂可有那等差别?他坚持必须平等,秉昆绝不接受。师徒二人为此争了一场,最终双方让步——白笑川每月报销四百,秉昆每月报销三百。实际上秉昆从没报销过三百,也不月月报销。白笑川每月报销四百其实不够,他往往还要请文化官员们吃饭,那得上档次,自己需贴钱。秉昆也倒贴过。好在师徒二人都有颇为满意的演出收入,不计较倒贴不倒贴的。

其他人都很听话,空手而来,国庆和赶超二人还是带了东西。尽管是老友,他俩觉得那也不能真的空手而来。秉昆怎么说是秉昆的事,自己真的空手而来那可就太不懂事了。

德宝嘲笑他俩:"你俩啥意思呀?成心显出与我们的不同啊?"

他俩只能嘿嘿一笑。

其实,他俩也就带了点心、罐头、烟酒茶而已。

一九八七年,A市买茶叶方便多了,也买得到"凤凰""牡丹"两种上海出的高级过滤嘴烟。

秉昆埋怨道:"你看你俩,我说得明明白白,你们却偏不空手来,还给我买了一条高级烟!我好意思吸你俩给我买的烟吗?"

国庆替赶超说:"我俩也不是买给你的,是孝敬大伯的,一年不就过一次春节哩!"

秉昆说:"那也应该我孝敬。"说着想给他俩烟钱。

赶超立刻涨红了脸,生气地说:"你是你,我们是我们,我们表示点儿心意不行吗?你非当着大家的面臊我俩啊?"

秉昆只得作罢,然而替他俩心疼买烟的钱。他心里明镜似的——两位老友还不是为了对他表示感谢哩！他既心疼他俩那份买烟的钱，也心疼他俩把他的帮助太当成件事。

秉昆已经三个月没报销过"联谊费"了，他为这次与老友们在地下室之家的联谊花了二百多元，买到的食品丰富了不少——粉肠、血肠、肉皮冻等，只要肯排长队，连久违的俄式红肠和大列巴普通人也可以买到了。

他想联谊的心情比哪一位老友都强烈，希望冲淡被坑了一千六百元造成的晦气。他甚至买了拉花和多幅年画，这两样东西让地下室之家有了很浓的春节气氛。他也买了鞭炮，想和老友们半夜燃放，为的是迎来新年的好运。地下室空间够大，有闲置的桌椅。他预先把两张办公桌对接了，各种各样的食品摆了一桌。需要现做的东西也都摆放有序，只等愿意做的老友们大显身手。

郑娟领着两个儿子到光字片去了。三十儿他们周家的儿女孙儿女们都回去过了，初一哥哥和嫂子也回去了半天，初二姐姐周蓉也又回去了半天。周蓉与父亲和解了，蔡晓光却没敢出现在周家老两口面前。周蓉那是多么活络的人，只要她想主动与父亲和解，父亲不愿意都不可能。丈夫的哥哥、嫂子、姐姐都回去了两次，郑娟当然也不能只回去一次。比起在家陪丈夫招待客人，她更愿意去公公婆婆那边。婆婆一见到她就很黏她，而她极享受作为媳妇被婆婆黏的那种感觉。

大冬天里，居然香蕉、苹果也能买到了，这让主人和每一位客人都心悦诚服地承认——社会的确有变化了。

德宝扎起围裙做"拔三丝"时，主人与客人开怀畅饮。

酒过三巡，秉昆开始表演。有了白笑川那位名师，又与曲艺界人士

第八章

厮混久了,秉昆独自一人就可以不间断地表演两个小时——一会儿说书,一会儿快板,一会儿绕口令,一会儿单口相声,让老友们特开心。他居然也会变"手彩"了,赶超却多年不练怕露怯不敢一试;春燕说德宝也多年不摸大提琴,琴盒都落了一层灰。

秉昆正表演在兴头上,周秉义大驾光临。老友们都争着敬秉义一杯,秉昆只得在无人喝彩的情况下结束表演。秉义与弟弟不同,在北大荒喝兵团自酿的高度酒喝出了没底儿似的海量,他一视同仁,谁敬都喝,喝白开水般的。这也是他在省市机关受欢迎的原因之一,主要领导下基层考察时往往都点名要带上他这位"酒司令"。酒可融洽气氛,促进干群关系,对于绝大多数人来说,似乎酒喝好了,什么就都好了。

秉昆家搬到地下室来住,他并没告诉哥哥秉义。周蓉跟父亲和解了,秉昆心里对哥哥还结着疙瘩。

秉昆冷淡地问:"谁请你了吗?"

秉义笑道:"我到你这儿还用请吗?"

秉昆说:"我不记得告诉过你地址。"

秉义毫不计较,仍然笑道:"我是文化厅的,想知道你的新住址太容易了。"他左右看了看,又说,"邵馆长为你提供的这地下室还不错。"

秉昆一下子光火起来,脸不是脸鼻子不是鼻子地顶了秉义一句:"比你住的还好吗?"

秉义说:"那要看怎么比了,我到现在还没有自己的家呢。"

秉义说的也是事实——冬梅母亲住进自家小楼以后,当然愿意与女儿共同生活。他们一家三口"文革"期间难得一见,如今丈夫不在了,女儿是唯一的亲人,自己也离休了,人之常情啊。冬梅也愿意与母亲住在一起,学校也就不考虑她的住房了。母女俩住一半小楼,上下两层,还有面积宽敞的阁楼,若再分给她房子,学校分房委员会的人也许会挨揍。秉义如果不随冬梅住到岳母大人那里去，那他们夫妻俩就等于分居。既然他也搬到那花园洋房里去了，文化厅同样也就不考虑他的住房问题。八十年代，分房是单位人必争不让、一旦争到名下便可终生拥有的福利。从公务员、各类知识分子到工人以及所谓服务行业的"八大员"，单位分房之前摩拳擦掌、虎视眈眈，为了争到福利房六亲不认，也可以与任何人翻脸。分房委员会的成员是最不好当的角色，偏偏秉义又是文化厅分房委员会副主任——因为他是副巡视员，主任之类角色轮不到他当。他很善于调停冲突化解矛盾，类似的临时权力部门需要他这种干部来做副主任，替主任们抵挡明枪暗箭、擦屁股挨骂。他明智地放弃了申请要房的权利，也是为了便于开展工作，冬梅很支持。

冬梅的母亲也同样高风亮节："秉义，对待干部级别的事以后要在乎起来，别那么少心无肠的。如果你自己都那样，组织上会误以为你根本没有进步要求。至于房子嘛，你们现在和我住在一起，我愿意，你们住得挺宽敞，我的身体又好，再活一二十年没问题，不争也罢。不争显得境界高，组织是会看在眼里的。"

由于妻子和岳母都支持，秉义比较情愿地放弃了单位分房。说比较情愿，是指也有很不情愿的地方。他自己没房子，就无法与父母共同生活，实现能在父母身边尽孝的夙愿。让父母也搬到岳母住的半边小楼里住，那是想都不要想的事。现成就空着一间屋，但空着可以，自己父母住进去万万不可。自己那样的父母怎么能与岳母共同生活呢？双方都会不适。父母能与妹妹周蓉生活在一起吗？也不能。父母起夜时，尿盆是不可或缺之物。难道要父母带着尿盆和妹妹住在一间屋里吗？目前看来，父母也不可能与弟弟共同生活了。长子是副巡视员，女儿是大学副教授，老两口却住在全市脏乱差的街区，看不到什么改善希望地死守着两间洞穴般的土坯屋。从父母的角度想一想，周秉义这个长子很内疚。

第八章

秉义的内疚没法说。

能对弟弟妹妹说吗？自己都没做到的事，身为兄长，有何脸面来说呢？

他从没对其他人说过，也没对冬梅说过。若说了，你什么意思呢？让冬梅怎么想呢？

弟弟一家住进了地下室，他心里其实挺不是滋味儿。弟弟对他明显不欢迎，这让他更加有苦难言。然而，他克制着自己，绝不发作。

秉昆对他哥秉义的冷淡和顶撞让老友们十分惊诧，不明缘由，也不便插话，一个个困惑不解、愣愣怔怔地听着看着而已。

秉义试图缓解一下气氛，抚弄着弟弟的头发笑道："说什么呢，也不怕你朋友们笑话！是咱俩想换就换得成的事吗？不换人只换房子，你嫂子她妈肯定不同意吧？连人一块儿换的话，你嫂子同意吗？郑娟同意吗？"

大家也都笑了。

秉昆仿佛又听出了弦外之音——你和我一样吗？人能互相比吗？

他不耐烦地问："哥，你到底有什么事没有？"

秉义就郑重起来，他说不但有事，还有极其要紧的事。

在地下室入口旁，兄弟二人都吸起了烟。秉义没带烟，吸的是秉昆的。

秉义问："春节一过，你们有演出计划吗？"

秉昆说有。

秉义说："你们取消计划，等两个月，看看形势再做打算吧！"

秉昆反问："为什么？等两个月就开春了，一开春农民就没空了。我们到县里去演出一半票是卖给农民的，春节后开春前是我们演出的黄金季。不挣钱我靠什么养家糊口？"

秉义忧虑地说："形势又紧了，哥是怕你们撞在枪口上，所以预先来给你打声招呼。"

秉昆反感地提高了声音:"去年不是搞过了吗?这么大的国家,吃文艺这碗饭的人成千上万,又放开了,允许成立演出公司,从城市到农村,往少了说,估计每天的大小演出一千几百场,靠一阵风能成事吗?"

秉义板起脸低声说:"你给我小声点儿!"

秉昆却挥着手臂嚷嚷了起来:"我又不是和你接头,小声怎么了?大声怎么了?我都他妈的住地下室了,我怕谁啊?你给我听清楚了,听明白了,我这个弟弟用不着你动不动就三娘教子耳提面命!你别总是瞧不起我,我起码是靠真本事吃饭的人!可你整天东跑西窜地巡视什么啊?请你不要堵死我们的生存之道,不要掐住我们的脖子砸我们的饭碗!"

秉昆说的是非醉亦醉的话。他这种人根本不该沾酒,即使两杯啤酒喝下去,半小时后也会丧失理智。

秉义就是再没脾气,这时也不禁火冒三丈。他扇了弟弟一个大嘴巴。

秉昆被扇呆了。出生以来,哥哥从来就没跟他这么生气过。

秉义也怔住了。自从有了这么一个弟弟,他第一次动手了。

忽然听到有人喊"爸",是楠楠的声音,两人扭头望去,见楠楠冲刺般跑了过来。

两人顿感没有好事,便都迎上前去。楠楠果然传来了一个坏消息——周志刚在与聪聪下棋时,突然昏倒,已在医院抢救。当年A市刚刚有出租车,却极少,春节期间下过大雪,在光字片那种地方,拦出租车便成天方夜谭。情急之下,郑娟向春燕家求助。幸好春燕爸和姐夫都在,但她家的平板车早就坏了。事不宜迟,春燕爸和姐夫轮番背着周志刚往医院跑。恰遇龚维则在光字片走家串户拜年,经他一发动,街坊们的大男人小伙子跟上了七八个。一人背着周志刚跑,其他人伴着跑在两边,背的人跑累了换另一个人……

第八章

兄弟二人赶到医院时，父亲周志刚已上了呼吸机。

秉昆的老友们也都跟到了医院，只留下了春燕一人看火。两边的人加起来，医院的走廊显得很拥挤。

一名护士不满地说："什么重要人物啊，犯得着来这么多人？"

龚所长便替周家人感谢街坊们，将他们一一劝走，自己却并没有走。

秉昆的老友们没有走，理由是周志刚也许需要输血。

抢救室里，医生说老爷子不行了，估计也就两三个小时的活头。

周家兄弟和郑娟唰地流下泪来，都强忍着不哭出声。

周志刚的耳朵似乎还管用，医生的话音刚落，他自己除去了吸氧罩，嘴唇微动，在说着什么。

郑娟把耳朵贴在周志刚唇边听了听，肯定公公说的是"烟"字。

周家兄弟互相看看，一齐把目光望向医生。

医生说："都这样了，就那样吧。"

秉昆赶紧点着支烟塞进父亲口中。

周志刚吸完支烟，嘴唇又动——郑娟听出他说的是"还吸"。

那时医生护士都认为工作已经结束，就离开了。

秉义再点着支烟塞进父亲口中。

周志刚吸罢两支烟，眼睛睁开了，居然能较清楚地说话。

他问："什么烟？"

秉昆说："凤凰。"

他说："上海烟，听说过，没吸过，你都吸那么高级的烟了？"

秉昆说："赶超买了要给你的。"

他说："给我的你揣自己兜里一盒干什么？交出来。"

秉昆把烟交给了父亲。

周志刚接烟在手，竟用力坐了起来。

郑娟急忙把枕头垫在他背后。

他又叼上了一支烟。

秉义制止道："爸，你不能连吸三支。"

他说："你们知识分子就是事多，别管我。教育别人那也得以身作则，在我跟前你也有连吸三支烟的时候。"

秉义低头无语了。

秉昆默默地替父亲点上了第三支烟。

周志刚吞云吐雾几大口后又说："你们别听医生胡扯，我不过是因为缺觉，吸完这支烟咱们就走。"

秉昆说："听爸的。"

秉义觉得事情并不那么简单，匆匆去找医生。

医生随秉义返回时，见秉昆已扶着父亲站在抢救室外，龚维则和秉昆的老友们高兴地围着他俩。

医生连说："匪夷所思，匪夷所思，这怎么可能？！"

不可能之事已被证明完全可能，周志刚要回家的决心坚如磐石，医生只得又说："都这样了，就那样吧，我和你们都听老爷子的吧！"

赶超和国庆不知从哪里借到了三轮平板车，龚维则代交押金租了医院一床被子。秉义蹬车，秉昆和郑娟一左一右拥住围着被子坐在中间的周志刚。

周志刚闭着眼教诲秉昆："人嘛，各有各的命，一代又一代当老百姓本没什么不好，习惯了，也能过出些滋味儿。当光字片的老百姓太懊糟了，如果也过得有滋有味，除非天生的猪脑子。看起来啊，不脱胎换骨，光字片哪一户人家的下一代也没好日子过。老百姓家的儿女，除了上大学没别的出路。比如你哥你姐,要是都没上过大学,都和春燕她姐她姐夫似的,工作不好,没住的地方,自己都有孩子了还得与爸妈挤住在光字片的小土屋里,那咱家的日子还有法过吗?我今天还不如死过去算了。咱们周家的下几代,可都要尽量考上大学啊!"

秉昆一声不吭地听着,由自己想到了国庆和赶超的日子过得多么不容易,多种忧思涌上心头,不禁鼻子发酸。

郑娟说:"爸,你不说我们也明白。咱不说了,话多伤身,歇会儿啊!"
周志刚这才不再说什么,往秉昆身上一歪,打起盹来。

国庆和赶超他们回到地下室,七嘴八舌地向春燕讲了在医院的见闻。春燕迷信,说肯定是黑白无常两名鬼差工作不认真,将索命簿弄错了。再不就是判官那儿直接出错,幸而阎罗王抽查生死簿,发现了错误,及时纠正。她说此类错误在阴间不是第一次发生,人也罢,鬼也罢,哪一种工作干久了,都会疲沓的。古往今来,类似的奇事多了去了,但阴间往往比阳间还讲规则,一般情况下有错必纠,改得也很彻底,绝不遮遮掩掩,更不文过饰非。即使阎罗王本身犯了错误被无名小鬼指出来了,那也要按规则该怎么办就怎么办。比如让寿不该终的人以及亲人虚惊一场,按规则那就得补偿。阴间从来不讲经济补偿,只能进行精神补偿,那就是多拨给受害的人一些寿命。

"照你这么说,今天发生在秉昆他爸身上的事,反倒是大大的好事、幸事啰?"吴倩强烈质疑。

"你是没见到秉昆当时吓成了什么样儿,脸色煞白,浑身都筛糠了。今天我可看出他是一个大孝子了,尽管他嘴里很少说他爸。不是孝子,不会那样。"于虹间接地附和吴倩的话。

赶超也说:"是啊是啊,我见过另一种儿子,爸妈躺床上就快死了,一口深一口浅地正捯气儿呢,儿子却斜叼着烟毫无表情地看着,歪着脸拔腮帮上的胡楂儿……"

国庆骂道:"那连龟儿子都不如,纯粹是'鬼'儿子,邪恶鬼托生的'鬼'儿子!"

"你那些话都是胡扯!你我可都是共产党员,是无神论者。看来你不是,满脑子封建迷信思想。科学的解释应该是尼古丁起了某种作用,所以对吸烟这件事应该一分为二辩证地看!"德宝公然指斥春燕,一副舍得一身剐、敢把皇帝拉下马的架势。

他说完吸着了一支烟。

听他那么一解释,向阳和进步也向桌上的烟盒伸过手去。

春燕厉声喝道:"你俩敢!缩回爪子去!"

那两个便乖乖把手缩回去了。他俩不怕吴倩和于虹,即便生气也不真怕,但春燕一板脸,他俩却敬畏三分——因为春燕曾是标兵,也是"文革"后的清查对象,因而受到讥讽,人生似乎已没好戏可唱了——她居然可以咸鱼翻身,继续当选市劳模,还入了党,当上了服务企业单位的法人代表和党支部书记!在她的影响下,丈夫德宝也入了党,有望成为酱油厂副厂长。春燕这样一个女人,这样一个"姐",她太不一般了呀!曹德宝是什么样的男人啊,别人不了解他俩还不了解吗?除了老太太那种满门忠烈、自己也为革命出生入死的党员,他曹德宝瞧得起的,周秉义算是一个,但如果周秉义不是秉昆的哥哥,那他究竟瞧得起还是瞧不起可就两说了。这么一个孤傲偏执的丈夫,春燕居然把他影响成了党员干部,用《沙家浜》中刁德一的一句唱词来说正是"这个女人不寻常"。

在向阳和进步心目中,春燕身上有难解的谜团,不敢不敬畏。

"你俩要学好。世界上有些东西不能辩证地看,烟、毒品就是。姐不愿看到你俩吸烟是为你俩好。"春燕安抚了那两人几句后,瞪着德宝语气冷峻地又说,"党员曹德宝同志,你要明白,在家我们是夫妻,在外我

第八章

们可就是两名党员，在朋友之间也一样。谁都得对自己的言行负责，维护党的形象。现在我郑重声明，我刚才是随便聊天，并不代表我头脑中的主体思想。你爸也就是我公公，曾要求咱们三十儿晚上在十字街头给你爷爷奶奶烧点儿鬼钱，这才叫封建迷信。作为党员，我坚决反对了吧？虽是公公之命却宁可不从，对吧？而你，今天抓住我随便聊天的话，攻其一点，不计其余，乱扣帽子，这是极其错误的。再者，你说共产党员头脑中没有迷信思想也是肤浅的认识，难道你就没注意到，全市有许多卡车、公共汽车、单位小车和出租车内，挂着各种各样的毛主席头像？如果问为什么，回答肯定都说是为了辟邪。那些司机中不少是党员，有的还是老党员。特别是有些坐专车的干部，熟视无睹，将领袖头像印在各种各样的牌牌上，还挂着些坠子，吊在前车窗那儿，嘀里当啷，钟锤儿似的左摆右晃，一问还说辟邪，难道不是封建迷信思想在作祟吗？近几年烧香拜佛的党员干部还少吗？这些你怎么没看见似的，从没说过一句批判的话？反而今天攻击起也是党员的妻子来，把话说得那么绝对？"

春燕侃侃而谈的一大番话，听得大家频频点头，真有士别三日当刮目相看的感慨。

"曹德宝，你得给我说清楚了！"春燕拍了一下桌子——大家都吓一跳。

向阳和进步两人屏息敛气，噤若寒蝉，那不安三分真的、七分装的，为的是让春燕息怒。

德宝的脸涨得通红，甘拜下风地嘟哝道："我那是半真半假的几句话，值得你给我上一堂思想教育课吗？认的哪门子真啊！"

春燕则不依不饶，步步紧逼："那好，你那一半假话的意思我不计较，请把你那一半真话的动机说出来。"

吴倩和于虹见德宝惧内原形毕露，甚觉开心，相视坏笑。她俩是深藏不露的女权主义者，谁家老婆训丈夫她俩都会欢欣鼓舞。

国庆就在桌子底下使劲儿踢了吴倩一脚。

赶超急忙圆场："深了深了，朋友聚会，两口子之间，谁对谁错，一句半句的，咱不往深了掰扯好不？"

这时，楠楠一脸疲惫地走进来。他一脸的汗，摘下棉帽子头上直冒气。

国庆问："你爷爷到家后情况怎么样了？"

楠楠一路跟在平板车后跑回光字片，因为饿了，没进爷爷家的门就回到这边来的。他说爷爷没事了，路上说了好些话，肯定恢复正常了。

春燕便自找台阶体面而下地说："大难不死，必有后福。我提议，为我干爸长命百岁干杯！"

于是大家高高兴兴地举杯畅饮，狼吞虎咽。

他们都饿了。

秉昆开了门锁，秉义把父亲背进家中，缓缓放倒在炕上。

秉昆脱去父亲的鞋子后问："脱不脱棉袄？"

秉义说："别，一脱爸该醒了。"

秉昆便用小被盖上了父亲的脚。

郑娟用热水弄湿了毛巾，轻擦公公的脸和手。

秉义累了，坐在椅上平喘。自从离开兵团，他没再出过这么大的力气。生活条件好了，却远不如从前有劲儿了。蹬了半个多小时的平板车，心跳早已加快。车上毕竟坐的是三个大人，还有几段坡路，他汗流浃背，脸上的汗珠子直往下掉。

他也对父亲的奇怪表现大感不解。

郑娟把毛巾又洗了洗，递给秉昆擦汗，埋怨说："你也真是的，就不知道替换替换哥？"

秉昆说："这会儿别责备我，我心里还乱着呢。"

郑娟又说："那我去春燕家把咱妈和儿子接回来。"

秉昆说："你给我安安静静地坐会儿，先陪陪我不行吗？"

他怕郑娟一走，单独面对哥哥，兄弟二人无话可说地僵着。

郑娟便顺从地坐在炕边，握着公公一只手，望着公公的脸思前想后。

秉义终于不喘，开口说话了。他先向弟弟认了错，接着语重心长地告诉弟弟又将开展全国性运动，免不了"拍打拍打"。省里已经成立了领导小组，自己是办公室副主任……

秉昆说："哥，你放心，我不会给你惹麻烦的。你信不过我，还信不过白老师吗？"

秉义说："你俩我都信得过。我已经跟白老师谈过了，他很感谢我预先打招呼，正是他让我再跟你打一下招呼的。我的意思是，你们干脆停工一个时期，等风平浪静了再继续干，平安无事不是更好吗？"

秉昆抬杠说："谁知道什么时候结束？你副巡视员知道吗？我们中不少人上有老下有小，鼓励大家为单位为集体同时也为个人合法创收，那不也是中央政策吗？"

秉义沉默片刻，温和地笑道："中央精神之间并不矛盾。思想要百家争鸣，文艺要百花齐放，资产阶级自由化也必须坚决抵制和反对……你看这样行不？哥先给你几个月的生活费……"

秉昆皱起眉，将头一扭。

郑娟忽然叫道："秉昆，哥，爸的情况不太对……"

兄弟二人扑到炕前，见老父亲的脸看上去是僵的。

秉义摸了摸父亲的脉，试了试父亲的鼻息，卷起父亲的秋衣，耳贴父亲胸膛听了片刻，抬头对秉昆说："爸走了。"

他说完，双膝往炕前一跪，泪如泉涌，像后颈被砍断了似的，垂下了头。

郑娟便也双膝跪下，掩面而泣。

秉昆半晌才明白过来，伏在父亲身上号啕大哭……

第九章

春节一过，周秉昆家又折腾了一次，从地下室搬回了光字片。不能让老母亲独自生活，也无法让母亲住到地下室去，她是无论怎么劝都不肯离开老屋子的。那老屋只要半年没人住，耗子钻洞会有倒塌危险。比起女儿和长子来，她更愿意和郑娟生活在一起。周蓉和秉义都没法像郑娟那么有耐心，哄她高兴。再说周蓉和秉义每天得按时上班，而郑娟是没工作的家庭妇女。

父亲去世让周蓉难过极了。三个儿女中，数她让父亲操心最多。秉义从小到大没让父亲操过什么心，秉昆只不过在与郑娟的婚姻上让父亲失眠过。周蓉就不同了，除了她离婚的事父亲去年才知道，她在贵州的一切不好的事父亲几乎都知道，老父亲不止一次为她所经历的坎坷流过泪，她却从没对父亲说过一句感恩的话。依她想来，自己为家庭增光，便等于对父母感恩了。现在，她明白自己大错特错，却为时晚矣。她处于巨大的悲伤之中难以自拔，根本不适合与老母亲生活在一起。

父亲的去世也加重了秉义心中的羞愧。在殡仪馆，他抱着弟弟，流着泪小声说："秉昆，咱们三个儿女中，你是最对得起爸爸妈妈养育之恩的，哥现在简直就成了倒插门的女婿，但这不是哥愿意的……"他哽咽着也只说得出这么几句话。

秉昆说："哥，兄弟之间不说那些，我已经明白我该怎么做了。"

秉昆全家搬回光字片那天，楠楠对秉昆说："爸，无论怎样，我永远爱你。"

秉昆拍拍他的脸,什么都没说,他不知道说什么好。

赶超一家想住到那地下室去,没能如愿。一家旅店租了地下室,给的租金赶超付不起。邵敬文不便通融,事关单位收益,他当馆长的不好一意孤行。

三月中旬,全家在光字片住稳之后,秉昆又带了十几个人跨省"走穴"去了。结果,他们在南方一个小市被扣住了,收益也被没收。他们的节目并没有什么"污染",也没有传播什么"资产阶级思想",只是"严重干扰当地文艺演出市场"。实际上,当地也有多家演出公司,他们侵占了人家市场,人家要给他们点儿颜色看看。

杂志社派人带上公函千里迢迢要人,对方不买账。最后,周秉义亲自出马,才把弟弟他们解救了回来。路上,他一句也没批评,秉昆沮丧极了,一副不愿与任何人说话的样子。其他人都愤愤然,说南方就不是中国吗?他们经济搞得活,挣钱多,钱包鼓,对北派曲艺挺欢迎,他们的演出明明是繁荣文艺演出市场嘛,何罪之有?他们还说,南方制作的流行音乐录音带、影视录像带占据了北方市场,北方人家里的录音机、录像机包括电视机,十之八九不也是南方组装生产或走私的吗?港台的一些低俗的电影和流行歌曲,不都是通过南方的二手货冒牌货在北方大行其道吗?

秉昆他们这次南下"走穴"不但没挣到钱,还亏了不少,为减少损失,便都坐火车硬座。秉义自然不好意思坐软卧,也和大家一同坐硬座。车厢里人员很杂,有些北上做生意的南方人,越听越不爱听,与他们理论起来。那些现象怎么能在列车上理论清楚呢?结果双方就说开了粗话,撮火的话你上句我下句的,说着说着都撸胳膊挽袖子就要交手。

秉义劝了几次,哪一方面都不理睬他。对方因为不知他的身份,不把他放在眼里，自己人明知他的身份却有很大委屈和怨气，也不把他放在眼里。

秉义忍着气对秉昆说："你身为带队，就这么看着听着，你认为对吗？"

秉昆说："我们该打点的钱打点到了，该请的客请了，该送的礼送了，光木耳我们就带了三十多斤，该说的奉承话我们一到地方就不住口地说，却落这么个下场，总该让我的人发泄发泄吧？"

秉义说："你们搞的那套就叫自由化，你的沉默就是怂恿，对不起你们了，我只得去找乘警。"

他就真的去找乘警。为了让对方重视自己反映的情况，他亮出了干部证件。

乘警跟随他来到那一节车厢时，却见秉昆正在绘声绘色地说山东快书《武松》。除了那些南方生意人仍一个个虎着脸，大多数乘客都听得特高兴。

乘警对秉义说："领导同志，您刚才误会了吧？"

秉义哭笑不得。乘警靠着座椅听了会儿，对秉义笑笑后走了。

秉昆说罢"醉打蒋门神"一段，获得一阵掌声与喝彩。他使了个眼色，手下又有人起身表演口技，让大小孩子们东张西望寻找鸟儿。

秉义看出，捧场的都是些打工的农民，山东人居多，估计都有亲戚在东北。他小声对秉昆说："你还敢耍你哥，看我回去怎么治你！"

秉昆小声回答："犯你手里了，随你便吧。"

回来后，秉昆等人被办了几天学习班。

秉义指示工作组查他们的账，审阅演出节目单，调看文字创作档案，对原创和改编节目尤其看得认真。为了对比经典改编前后的不同，他还骑着自行车跑了几次图书馆。

学习班上，秉昆他们被要求集体研读关于文艺的红头文件及社论、领导讲话，进行批评和自我批评。说说唱唱中有政治，不是无产阶级的政治，便是资产阶级的政治。秉昆代表大家汇报了学习心得，做了公开检讨——企图靠请客、送礼、塞红包那样一些方式占有表演市场的一席之地，腐蚀拉拢当地表演市场的管理干部，动机卑劣，手段庸俗。在列车上，与南方生意人们争吵不休且以曲艺式粗口侮辱对方，实际上也是一种自我侮辱，必然会让广大曲艺工作者的形象严重受损……

省市文化管理部门的领导听了周秉昆的检讨，各文化单位也被要求派人旁听。当天的会场很大，剩余的座席由大学生们坐满。周秉义做了主题报告，听众都认为他的报告很有水平。

秉昆在台上检讨时，发现姐姐周蓉和姐夫蔡晓光也坐在前几排。他走下台时蔡晓光还起身向他打招呼，被姐姐扯了一下才坐下，后排并肩端坐着白笑川和邵敬文。秉昆生平第一次在那么隆重的高规格大会上做公开检讨，尽管代表演出队，还是感觉羞愧难当。会议由哥哥自始至终主持，很严肃，台下还坐着姐姐姐夫和两位良师益友，让他除了羞愧还有很滑稽的感觉。

会上，工作组宣布了对周秉昆他们演出公司的处理决定：

经查证，除"白条"不符财务规定外，该公司在收入、支出、上缴主办单位管理费及纳税方面，账目清楚，未见贪污、挥霍、偷漏税现象。

该公司演出活动有报有批，手续齐全，符合文艺演出管理条例。演出内容寓教于乐类约占三分之一，纯娱乐类约占三分之二，没有政治导向及其他问题。

……

第九章

　　鉴于该公司对签约演出人员放松教育，引起群众反映，造成不良影响。责令该公司即日起停止演出活动，整顿三个月。希望该公司及《大众说唱》杂志社加强管理和思想学习，提高认识，为人民群众创作更多雅俗共赏的节目。

　　会后，杂志社社长韩文琪在会场外拦住了秉昆们和白笑川、邵敬文，诚恳地邀请大家共进午餐。
　　邵敬文推说有事，就不参加饭局了。
　　白笑川帮腔说："那就别勉强他了。"
　　邵敬文脱身而去。
　　韩文琪在一家大饭店预订了包间。自从邵敬文调走，秉昆和白笑川离开杂志社办起了公司，关系反而理顺了，韩文琪对他俩的态度也逐渐亲善了。
　　韩文琪首先劝他俩莫把公开检讨的事放在心上，说此事无论对杂志社还是公司其实利大于弊。接着，他感谢曲艺家们对公司以及杂志社的支持。接下来，他举杯对秉昆说："也替我谢谢你哥，就说对他的关爱我心领了。"
　　秉昆有点不高兴地说："你骂我还是骂我哥啊？"
　　韩文琪说："看你说的！你和白老师二位一年到头四处张罗，团结了他们一批曲艺家，东奔西走，为杂志社创收不遗余力，我怎么舍得骂你呢？又凭什么骂你呢？那也太没良心了吧？"
　　秉昆说："那你就是骂我哥呗。"
　　他说："我对你哥的感谢也是诚心诚意的，作为社长我没法解释。白老师你看，你解释一下吧，别说你代表我啊，你就谈谈你对今天上午会的看法就行。"

白笑川垂下目光，从容不迫地吸了几口烟，娓娓道来："秉昆啊，你有所不知，自从咱俩办起了公司，告状信就没断过。文艺政策放开了，市场化了，一些人转不过弯子，一些人看不惯，还有些看着眼红、来气。这也正常，从前不允许哩。搞曲艺的挣钱多了，得包容别人的眼红。按一些人的举报，咱俩都该进监狱。我不跟你说是怕影响你的积极性，在我这儿消化了不就完了吗？这一点韩社长做得很好，很硬，一直相信咱俩绝不会乱来，替咱俩筑起了防火墙，有些干扰都由他扛住了，顶回去了，所以咱俩也应该感谢他。谣言还是时常有的，某些领导怀疑咱们这公司也是不争的事实。今天这次会，等于你哥以工作组的名义替咱们宣布了清白，除掉了加在咱们公司头上的种种莫须有的污蔑，正了视听。账务清楚，无贪污无挥霍现象，节目内容没有导向及其他问题，这等于是免费的大广告。至于打'白条'，那根本不是什么大问题。现在'白条'满天飞，还多是政府部门给老百姓打的。等到将来国家财税管理更规范了，这些问题也就没有了。"

白笑川一番话，让秉昆等人如梦初醒，一个个脸上由阴转晴，艳阳高照，煞是振奋。

那小戏法高手也举杯站起，望着秉昆说："小周，你哥太令我佩服了。在列车上时，我好几次想要变个戏法让他头发着火，当时他那副公事公办的样子太让我来气！现在，我对他充满敬重，请你做证，我为表达敬重把这杯酒干了！"说罢一饮而尽。

于是，其他人也都把酒干了。

社长向白笑川使了使眼色。白笑川说："为了不辜负各级领导的厚爱，大家要精诚团结，吸取教训，严于律己。从现在起，咱们换个话题。"

大家便开始吃喝，从烟酒茶、养生之道聊到民间趣闻，气氛欢悦融洽。

第九章

当晚，周蓉蔡晓光夫妇来到了光字片母亲和弟弟家中。父亲去世后，周蓉看望母亲的次数多了。通常在周六傍晚，有时与晓光一块儿来，有时约好了前后脚来，待到八点多钟，就与蔡晓光一起回去。

蔡晓光是周蓉母亲早期印象中满意的女婿，很受欢迎。他在本市无亲人，也挺高兴来。

这一天恰是周六，蔡晓光拎来一条自己在江北钓到的大草鱼，要亲自红烧。

郑娟开门，周蓉进门后拥抱了她一下。自从父亲去世，周蓉每次来都要拥抱一下郑娟，这让秉昆对她这个姐姐的意见渐渐少多了。

两次搬家整理把郑娟折腾得瘦了不少，她又变苗条了，好看了，以至于周蓉母亲常常把她俩谁是女儿谁是儿媳搞混。

楠楠和聪聪也逐渐习惯了新家。这里有他们小时的记忆。他们曾经住过的三处家，最不喜欢的其实不是这里，而是居住时间极短的地下室。不住地下室了，就觉得生活又变好了，但聪聪经常对郑娟说："妈，我又梦见咱们那个苏联房的家了。妈，你说我怎么老梦见那个家呀？""妈，你记不记得咱们住在市里那个家时，有一次我擦窗子……"

每当这时，郑娟便嗯嗯啊啊地把话岔开，而秉昆的表情就会阴沉起来。

光字片的家里耗子比以前多了。郑娟养了一只猫，母的，生了一窝三只小猫，都快长成半大猫了。自从有了猫，聪聪不再梦到"苏联房的家"了。他不许把小猫送给别人，郑娟和秉昆也就一直容忍大小四只猫的存在。它们都挺漂亮，让家里生气勃勃。

秉昆母亲对家中不见了老伴一点儿不奇怪，偶尔也问老伴去哪了。不管秉昆或郑娟回答哪儿去了，她都信，十天半月也不再追问。

绝无失亲之悲，这是秉昆母亲比常人幸运的地方。

秉昆母亲到春燕家串门去了，春燕妈怕闷，从不嫌弃老姐妹语言荒唐，反而觉得挺乐。楠楠还没放学，聪聪在逗小猫们玩，猫妈妈蜷在炕头打盹。郑娟在厨房里帮晓光做饭。

趁这时候，周蓉从衣兜掏出两个装钱的信封递给秉昆。

她说："一份是哥和嫂子给的，一份是我和你姐夫给的。他俩是哥嫂，我俩不能给得比哥嫂多，那显得不好。你们先花着，过两个月再说。"

秉昆也不推拒，接过去放入带锁的抽屉。

周蓉说："你坐这儿。"

秉昆就坐在姐姐面前的小凳上。

周蓉说："那我也坐小凳，不然你心里又有古怪想法了。"

秉昆说："你认为我的想法都古怪吗？"

周蓉笑道："有时候吧。比如这时候，你那么问就证明你心里有古怪想法。不过你别跟我抬杠，先回答姐的问题——生没生哥的气？"

秉昆说："起初生气，认为他是利用我们的事大做文章，捞政治资本，现在不生气了。"

周蓉问："现在怎么就不生气了呢？"

秉昆就把白笑川的话照样学样地说了一遍。

周蓉听后，轻声说："白老师的分析是对的。哥对你们那件事的处理最得体，也只能是那么一种做法。他有他的难处，你要理解。"

秉昆说："比我还难吗？"

周蓉说："我指的不是生活方面。难道你不承认，哥爱护你比爱护我更多一些吗？"

秉昆说："他春节时扇了我一耳光。"

周蓉笑道："我俩都在北大时，他也扇过我一耳光。我和你一样，当

第九章

时生气，过后从他的角度想想就不生气了。咱们的哥，他不完全属于咱们，这一点你要明白。明白了这一点，对他的一些做法就好理解了。"

秉昆说："我当然明白，他还属于嫂子哩。"

周蓉说："从根本上讲，他也不属于嫂子，不属于任何一位亲人，甚至也不属于他自己。"

秉昆愕然，大为惊讶地问："姐，你什么意思？"

周蓉微微眯起双眼，沉思着说："从根本上说，咱们的好哥哥，他是属于组织的人。有的人思想上入了党，基本感情属于亲人。哥在感情上首先也属于党，凡是组织交给他的工作，他认为对的，都会热忱忘我地去做，努力做到让组织满意。如果他认为不对的，也会保留自己的看法，在适当时机点到为止提出意见，但绝不会公开反对，并且还会去做，只不过会以自己的方式方法去做，首先考虑也是对组织有利。打个比方吧，如果咱俩都在五七年被打成了右派，还要最后由他定性，那么，哥不会替咱俩辩护的。因为他是咱俩的哥，咱俩是他的弟弟和妹妹。不是由于怕受牵连，而是因为他在思想上要求自己绝不可以那样。如果别人替咱俩大呼冤枉、极力辩护，哥当然也会乐观其成，但他自己绝不会那样的。如果上级还是把处理咱俩的工作交给了他，他会完成那份工作，心里会难过得要命，背地里会想方设法爱护咱们。当然，这只是打一个比方。"

"那……变成那样了……好吗？"秉昆愣了片刻才问出话来。

周蓉说："对组织，总归是好的吧。国家人口多，底子薄，几千万党员呢，等于欧洲一个大国的人口了。没有一批哥这样的党员干部，那也实在不好办啊！哥明白这一点。他信仰坚定，愿意做自己认为的好党员、好干部。姐跟你说这些，是要让你明白——以后就不应该指望哥用他的权力为你解决什么难事，姐也断不会有那种指望。咱俩都不可以有那种指望，更不可以指望他为咱们周家人谋什么私利，并且还要明白，他的确是咱们的好哥哥……"

"可……谁让他变得……那样了呢？"秉昆问。

"没有人能让他变得那样。哥不是官迷，也不是政治投机分子。下乡前，哥看了那么多书，在北大时看书更多，而且学的又是历史，还经常旁听哲学课，是有些书让他变成了那样。他相信好政党好政治能让国家越来越好。这是现代社会发展的保障，他那么相信是对的。只是他太理想主义了，以为靠他的影响，像他那样的人会越来越多……我想他内心肯定有不少苦闷，只是不对人倾诉罢了……"周蓉接着说。

"姐，我师父白笑川和邵敬文一再督促我入党，我申请还是不申请呢？"秉昆又问。

周蓉断然说："别了。"

秉昆一愣。

周蓉说："全国几千万党员不少了，咱家三个儿女中已有一个党龄二十多年的老党员了，远大于党员在全国人口中的比例。咱俩都是感情动物，太容易感情用事。姐有这种自知之明，所以姐也不申请。"

姐弟二人正促膝交谈，楠楠放学回来了。他告诉爸爸家门外有个骑摩托车戴头盔的男人在吸烟，他问对方找谁？对方反问他这里是不是周秉昆家？他说"是"以后，对方打量着他，又问他是谁？当他说了自己是谁后，对方还问他妈妈是不是郑娟？他警惕地反问对方是什么人时，对方却说"你别管"，扔掉烟推着摩托车就走——太可疑了。

秉昆起身出去探个究竟。

周蓉赶紧让蔡晓光也出去，晓光便握着擀面杖跟出去了。

两人果然望见有那么一个人，仍在家门斜对面望着周家。他们走将过去，那人才拉下头盔跨上摩托车一溜烟跑了。

回到屋里一说，周蓉和郑娟也觉得可疑。

第九章

蔡晓光问秉昆最近得罪什么人没有？

秉昆想了想说没有，又不敢肯定地说，也许自己得罪了什么人，自己却并不知道。

晓光说怕就怕这样，除了秉昆，这个家里再不会有谁得罪什么人，他嘱咐秉昆以后要小心点儿。

周蓉也嘱咐郑娟注意点儿，尽量少出门，也尽量管住聪聪和妈妈少出门，楠楠上学放学更要经常回头看看有没有尾随者。

秉昆说，自己反正以后几个月不"走穴"了，可以接送楠楠上学。

楠楠说不用，我都是快一米八的高中生了，能保护自己了。

郑娟不安地说："听你爸的。"

周蓉和晓光也说，谨慎一些完全有必要。

这时秉昆母亲回来了，他们才没再说这件可疑的事。

晚饭桌上的气氛比较沉闷，除了母亲和聪聪，每个人心头都笼罩着隐隐的阴云，都没吃出红烧草鱼的滋味。

周蓉走时抱走了一只小猫。她说家里四只猫太闹了，影响室内卫生，说服聪聪让姑姑抱养一只。

以后的三个月里，秉昆成了不劳而食的无业者，哥哥嫂子和姐姐姐夫给的钱由郑娟掂量着花，一家人又过起了精打细算的日子。晓光送来的水泥、沙土还有一些，秉昆经常对房屋进行维修。难得他里里外外修修补补，让那洞穴似的家又渐渐看得过去了。

郑娟常说："幸亏咱们有那样的哥和嫂子、姐和姐夫，不然，我没工作你没收入，妈又这样，还得买药，一家五口喝西北风去？别人家有一个出息的儿女就够幸运的了，咱家竟出了两个，观音菩萨太照顾咱俩了，真让人都愿意相信迷信了！"

秉昆说："因为咱们两家有观音菩萨特别偏爱的人吧？你妈是那样的人，我爸也是。贫富先不论，我爸和你妈走时都没遭罪，这也算是人生的好结果了。咱俩这辈子，无论什么情况下都要做好人。为了两个儿子和爱咱们的亲人，必须的。"

他这么说时，不由得想到了国庆和赶超，心里一揪似的痛了一下。自己的哥哥姐姐很出息，嫂子和姐夫也非寻常之辈，自己没收入了才可以心安体闲地继续度日。进步的父亲是军工大厂的保卫处长，他对自己将来的命运不再有什么担忧的了。向阳通过上大学改变了命运，很有前途。德宝和春燕也可以说起码混出个人样了。就说很不幸的龚宾吧，因为有龚维则那么一位做派出所所长的叔叔，也比成千上万的精神病患者境况强多了。秉昆不止一次在街上见到过衣不遮体、肮脏不堪、不知走失了多久的精神病患者，派出所所长的侄子却绝对不会沦落到那么凄惨的境地。听国庆说，他们那一片的派出所所长不但拥有幸福之家，把三亲六故也照顾得好好的。所长的父亲生病了，住院出院都有单位的小车接送，还都争着派车。可老友国庆和赶超两家，父母都是普通工厂的退休工人，姐姐们做知青时，两位老友家的日子反倒挺好过，因为她们不但不挤占家里的床铺，还都能往家里寄钱。她们拖儿带女地返城了，国庆和赶超不得不租房挑门单过了，并且常常为姐姐们的生活困境干着急上火却帮不上忙，脸上也很少有笑容了。"贫贱夫妻百事哀"，吴倩和于虹也再难有水灵点儿的时候。如果他俩各家都有一位科长处长的，那情况也会大为不同。现实地来看，二十年内他们两家都不可能产生一位科长，他们的穷亲戚中也没有。他们的儿女即使有当科长的造化，从年龄上算也得二十年后啊。这二十年内他们可怎么办呢？他又想到了自己与他们之间的老友关系，都不过四十来岁的人，互相结下友谊也只不过是十几年的事，彼此称"老友"实在有些夸大其词。"老友"之称，正是由国庆和赶超开始的。他很清楚，他俩那么界定他们之间的关系，实在是很怕有一天会失去这种友谊。因为在偌大的人世间，除了几位感情深厚的朋友，再不会有人在他们急需帮助时伸出援手，而他和德宝两口子以及唐向阳所能给予他俩的帮助却又那么有限……

这么一个夜晚，在与妻子躺在外屋的小炕上聊起观音、命运与好人等话题的时候，秉昆不是因自家的状况而是因两位老友家的处境忧虑了。

郑娟问："怎么不高兴了？"

秉昆说："不是啊。"

郑娟追问："有心事？"

秉昆说："没有啊！"

郑娟说："别以为我看不出来，肯定有，不告诉我就不行！"

她习惯地伏在他身上。这习惯在她胖了以后中断过，现在体型基本复原便再接再厉了。她十分清楚，这习惯自己很享受，对他更是莫大的享受。

他问："你什么时候偷偷跑出去洗澡了？"

她说："趁你、妈和聪聪睡午觉那会儿，用的是沐浴液，为你，滑溜不？"

他抚摸着她说："滑溜，还是去的春燕那儿？"

"不花钱，春燕还提供洗发液、沐浴液，干吗去别处呢？香不？"她挑逗地在他身上晃动不止。

他在她白皙的乳沟那儿闻了闻，微闭上双眼说："香。"说罢搂住了她的腰，把她稳定在自己身上。

"你还没说心事呢。"

他就讲了自己刚才所想。

她说："你不是帮他俩了吗？"

他说："那恐怕不是常事。哪天我们的公司办不下去了，国庆他姐和赶超他妹妹可怎么办呢？"

她说："你睁开眼。"

他就睁开了眼睛。

她说："你这么想是不对的。现在不是都主张往前看吗？往前看的意思那就是——好比咱们和国庆、赶超两家人，好比所有光字片的，不论男女老少都站在脏水洼里，不是水不太深，没不到腰以上吗？不就是水很脏淹不死人吗？左看看没边，右看看没岸，倒着走退不到有干地的地方，有人说都别转身，也别左看右看的，一齐往前看，我们保证只要大家一齐往前走，前边就不再是脏水洼了，那咱们就蹚着脏水随大溜往前走呗！有人说往前看总比连说这种话的人都没有强吧？"

"你信那种话吗？"

"干吗不信呢？不信又能怎么样呢？如果不信不是就根本没希望了？所以信比不信好！信就是像我这样，该快活就快活。不信就会像你这样，明明并没走到绝路上，却老是想明天眼前必是绝路了，结果该快活的时候也不肯快活了。"

"但……"

郑娟不容丈夫说下去，她用白软、丰满的乳房堵住了他的嘴。

自从离开了那幢苏联房，两口子做爱的次数大为减少。住到地下室后只做过两次，都是妻子主动的，显然是为了抚慰他的消沉和父亲去世的悲伤情绪。那天晚上，他除了不高兴，还因为一个可疑的人在家门外的出现而深感不安。

那可疑的人好长时间再未出现过。

秉昆接送楠楠上学放学几次后，楠楠坚决不许他继续接送。他也觉得自己过于小心，草木皆兵了。

夫妻二人和楠楠已经不再担心，秉昆看得出，妻子处心积虑地要在

第九章

今夜快活一番，首先是为了他。

她挑逗他。她实际上属于这样一类女子，即使自己毫无挑逗之念，任何一个男人与之肌肤相亲之际，都是很难止于爱抚而无下文的。

一番爱意满满的饕餮大餐之后，妻子背贴他的胸怀，沉静而眠。

他搂着她，仍无困意，又想到了与妻子有关的几件事。

刚刚入住那幢苏联房后，有一天晚上，他心情愉快地牵着她的手去市内的繁华街区散步，那是他的一大夙愿。他忽然站住，仰脸朝着一个方向看呆了——在一幢俄式老楼的二楼小阳台上，一位穿着浅粉色睡衣的女郎正在俯视行人。

她推了他一下，笑道："魂儿还在不在了？"

她从不介意他在街上多看漂亮女性几眼，也从不放过戏谑的机会。

他红了脸，说自己欣赏的其实是那幢美观的楼房和阳台。

她说："是很漂亮。"

他说："我发誓，有一天要让你住进差不多的楼房，要让你也能站在漂亮的阳台上看行人。"

她很认真地问："也穿那种颜色的睡衣吗？"

他说："随你。"

她又问："有一天是什么时候？"

他说："将来，不久以后的将来。信不？"

她高兴地说："信，当然信！"

搬入地下室后，他最怕的就是自己的誓言被她提起，哪怕是不经意地提起。

她从没提起过。

他以为她是怕伤了他的自尊心，自己这么一想自尊心便已严重受损了。他试探着想从她口中套出真实想法，结果得出的是截然相反又毋庸置疑的判断——她完全忘记了对那幢有漂亮阳台的楼房的记忆。

他为国庆的姐姐和赶超的妹妹安排工作前，跟她商议，她也强烈希望参加工作。

他说："那不好办吧？谁来照顾妈和聪聪呢？"

她与春燕妈聊过自己的想法，春燕妈愿意成全她。

他哄她："工作会有的，肯定会有的，而且会是你十分喜欢的工作。我发誓，不久的将来，我一定能让你的愿望实现，信不？"

她高兴地说："信。"

以后，她就再没提过要出去工作的想法。

秉昆对妻子有了新的认识，他觉得她是很少见的一类女子，只要承诺是她完全信赖的人做出的，她就可以靠着承诺达到幸福状态。即使那些承诺半真半假、并无兑现的可能，但只要郑重其事，她便备觉幸福。只要有一个个承诺，她的幸福状态便可持续。她要求兑现承诺的意识特别淡薄，几近于零，似乎认为承诺是一回事，兑现是另一回事；只要做出承诺的人自己并未声明收回承诺，那承诺便确确实实存在。而新的承诺，又会让她自然而然地忘记前一个承诺，正如他刚刚向她承诺要与她相亲相爱地再活一百年，她便幸福无边地偎在他怀里睡了过去。

他不清楚她为什么会这样，却庆幸有她这样一个容易满足的妻子。国庆和赶超都曾向他抱怨过，他俩的妻子常常迫使他们做出承诺，随之便会因不能兑现而唠唠叨叨别别扭扭，而秉昆却从没有过这种烦恼。她总是自觉地以自己目前的生活去比照她在太平胡同的生活，丝毫也没有不幸福的理由。

想到她这种贤惠善良天真喜乐，他不禁吻她的肩，也不禁觉得在这么一个夜晚，在这么一个家中，在不凉不热温暖适度的小火炕上，搂着这个叫郑娟的散发着沐浴液香味的滑溜溜的女人，自己肯定是共乐区最幸福的丈夫。他已经受到她严重影响——一方面他愿意幸福着她的幸福，一方面却又本能地认为幸福不应该仅仅如此，所以他也在抗拒她的影响。在本能的排斥与不知不觉的接受之间，他时常很是纠结。

秉昆一家搬回光字片住，街坊四邻颇有闲言碎语。

有的说，出息了的儿女未必就能让父母得益。周家的大儿子很有出息，女儿也算出人头地，那又怎样呢？周志刚退休后不是照样住在光字片的老屋子里吗？上医院不是得由众人轮番去背吗？从医院回来不是坐着平板车吗？不是最终死在早前自己脱坯砌的火炕上了吗？

有的说，他家没看出有多少出息的就是秉昆，虽然由工人变成吃事业饭的人，还成立了个公司，却也不过就是组织了一些耍嘴皮子逗人一乐的遗老遗少，东赶场子西赶场子的角儿，挣钱是多了点儿，身份上还不如工人受尊重。娶了个老婆，好看倒是挺好看，像小民窑烧出的白瓷廉价瓶，说精不精说傻不傻，可人家小两口不是过得整天乐呵呵的吗？不正是这个没太大出息的小儿子让父母得了不少济吗？

还有人说，谁家的儿子如果能像周秉昆那样，才算没白生白养。儿女好不好，最终要看父母沾光没沾光……

那些话都是春燕告诉秉昆的，她听她妈说的。她认为秉昆会爱听，其实秉昆听了心里非常光火，他讨厌街坊四邻议论自己家，尤其讨厌他们以不敬之词对妻子说三道四。

不久，周秉义弄出了好大的响动。他们工作组联合有关部门端掉了一个南方人在Ａ市非法制售音乐带、影视带的黑窝点，对音乐带、影视带审听审看，发现问题严重了，不但有精神污染，还涉及民族宗教问题，有些还是从国外夹带到国内再非法复制的。最终，他们大张旗鼓公开销毁，并把整个团伙依法判刑。

周秉义受到了表扬。

秉昆出了口恶气。他们稳住意念，按兵不动地静观了两个月风向，一转眼已到八月中旬，觉得平安无事了，正策划着走穴路径和步骤，德宝家出了丧事——德宝的老父亲去世了。

德宝老父亲死得很苦，出出进进住了几次院，朋友们自然有钱的出钱，有力的出力。其实那也是预料之中的事，德宝两口子为老人家的病花了不少钱，不但把多年省吃俭用攒下的钱全掏光了，还东一笔西一笔欠下了些债。

老父亲的丧事刚结束，德宝就和春燕吵翻了，闹到要离婚的地步。春燕主张把德宝母亲送回吉林农村老家他小姨那儿，他母亲的娘家人只有他小姨了。老姐夫过世了，妹子照顾一下老姐是应该的。这样可把住房租出去，用以还债。德宝勃然大怒，骂春燕太没良心。他质问，那不等于老爸尸骨未寒弃老妈不养吗？妹子照顾老姐符合亲情，儿子弃母不养该当何罪？他说自己倒插门的多年里，对春燕父母是如何如何好，为春燕家出了多少力干了多少活，春燕断不该良心大坏。

秉昆买了车票，第二天就要率队出发——这次是广东东莞市通过省文化厅主动邀请。香港和台湾商人在那地方开办了不少加工厂，工人以北方农村青年为主。他们不知从什么渠道得知秉昆他们的演出公司，派专人找到省文化厅联系，为的是让北方农村青年们在遥远的南方听到乡音，欣赏喜闻乐见的北派曲艺，体会老板们的良苦用心。他们相信，这些来自北方的农村青年日后必能爱厂如家，踏踏实实为厂里干活。

第九章

秉义对秉昆说:"你看人家港台商人都很懂政治,连这样的事也要先找政府部门,表明人家心目中特别尊重政府,你应该学着点儿。这次你们要组成最有实力的演出班子,带最好的节目去。我也要派文化厅的一位干部陪你们去,帮你们打开北派曲艺在南方的表演市场。此行对你们意义重大,千万不要掉以轻心。"

德宝气愤地来找秉昆,前脚刚走,春燕后脚到了。她泪如雨下,口口声声要求干哥替她做主,说解铃还须系铃人,当初主要是干哥把他俩捏咕到一块儿的,现在他俩闹离婚干哥也得评出个是非。两口子都声明非离不可,德宝已住回他妈那儿,实际上夫妻开始分居,一段婚姻似乎已经走到尽头。

秉昆只得去找白笑川,请他亲自带着弟兄们南下。

白笑川听说了德宝两口子的事,深表理解,爽快地决定亲自出马,并说他正想考察一下南方的表演市场。

送走了师父和弟兄们,秉昆把德宝和春燕分别请到家中。依他的想法还要找来国庆和赶超,郑娟明确反对,说那可不好,两口子都特要面子,又都是党员,夫妻关系裂痕,还是尽量不让党外人士知道为好。

秉昆说:"我也不是党员。"

郑娟说:"你不同。你是她干哥,长兄如父,相当于家长。"

秉昆觉得她的话也对,就没惊动国庆和赶超。

清官难断家务事,公说公有理,婆说婆有理。秉昆听后,认为矛盾是表面现象,问题的焦点是因为德宝他爸的医药费报销不成。德宝他爸退休前是糕点厂的,工厂快倒闭了,根本拿不出钱来给他们报销。

德宝说:"秉昆你清楚的,咱们哥儿几个都是拥护改革的。咱们年轻,本指望改革能多少带给咱们点儿利益,哪承想改成了这!"

秉昆叹道:"所以号召工人阶级要咬紧牙关忍住阵痛啊!"

德宝看着他愣了愣，气闷地说："我忘了，你已经不是我们工人阶级的一分子了。他妈的，真不知还会怎么个痛法！更不知这阵痛会有多长！"

秉昆也不挑他话中带刺，同情地摇摇头。

春燕则在干哥面前哭诉委屈，她说自己这党支部书记兼经理多么多么不易。上边断奶，自负盈亏，自己脑子里整天只有一个字，那就是"钱"。一个大众洗澡的地方每月靠收澡票能收进几个钱呢？算上退休的三十多个员工，如果到月底发不出工资和退休金的话，她这经理那就没脸当了。创收创收，大众洗澡的地方怎么个创收法呢？她亲自招进了几名按摩女，带来了新气象，可有关方面勒令她限日辞退，认为有低俗涉黄之嫌，搞得她在员工眼里特丢面子。

她说："干哥，我的主张不是上策，也不是中策，可在我这儿也没什么上中策呀！儿子上中学了，如今供一个学生花钱多，德宝不当家不知柴米贵。他父子俩一看着我笑，我就知道又要伸手要钱了，心里紧张。从家到单位，从单位到家，我最不想听到的就是钱字！现在又欠下一屁股债，我做梦都梦到有人上单位催我还钱。背着一屁股债过日子我太受不了啦，只怕哪天会精神崩溃了。"

因为两家关系亲近，不同于一般街坊，春燕没哥，确实挺把他这个干哥当回事，更因为若不是春燕为光明安排了一份工作，不但光明没了人生出路，自己和郑娟也必将愁得整夜睡不着觉……

秉昆对春燕是有特殊感情的。要不是郑娟坐在旁边，他会以某种肢体语言向春燕表达怜惜，比如亲她一下，抱她一会儿。

送走春燕，秉昆吸着烟，握着笔，面对几页纸托腮凝思，似乎要进入曲艺创作状态。

郑娟奇怪地问他打算写什么。

第九章

他说要想出解决春燕两口子矛盾的办法来。

郑娟积极参与意见，当晚夫妻二人商量出了一套方案——让春燕大姐一家三口住到德宝婚前的家里去，让德宝母亲和德宝两口子共同生活。春燕的大姐和姐夫带着儿子返城后，恰逢春燕和德宝刚搬入春燕侥幸分到的房子里，她大姐一家三口不失时机地与春燕爸妈住到了一起。她大姐夫的弟弟是秉昆的同代人，也做了父亲，与父母住在一起。春燕大姐夫当时还没落实工作，只得住到了岳父母家，像曹德宝当年那样。区别在于，德宝当年是有言在先的倒插门女婿，住得心安理得。春燕大姐夫拒绝倒插门，对春燕爸妈有些无理，在春燕大姐面前也颜面扫地。春燕大姐的儿子比春燕的儿子大一岁，总是欺负小表弟。春燕特别不喜欢那大外甥，对大姐和姐夫也很有意见，一赌气把自己儿子送到爷爷奶奶家了。从此，春燕大姐一家三口成了她爸妈家的"钉子户"。这种情况下，春燕的二姐一直认为他们把自己一家三口的利益侵占了。

春燕的二姐一家三口属于返城很晚的知青家庭。她二姐原以为返城后，她大姐一家三口会自觉地从父母家搬走，让自己一家三口也沾沾父母的光。那确实是相当沾光的事，无须花钱租房，女儿还可以由姥姥带着，省不少心。若以民间的亲情法则来裁决，哥哥姐姐应该礼让弟弟妹妹，但春燕的大姐和姐夫都毫无谦让的姿态，他们依据的先来后到先占先有的丛林法则。春燕大姐还有一条理由，大妹夫父母家的两间屋比她们父母家的两间屋大一些，尽管只不过大五六平方米，那也终究是大。大妹夫父母家除了两位老人，只有大妹夫的妹妹。大姐认为，大妹妹一家完全可以直接从北大荒回到公婆家。这一条理由却是打折扣的，不是硬道理——大妹妹那小姑子是老姑娘，样子长得倒还可以，性格却很刁钻，除了她父母，别人很难相处。

春燕二姐很怵小姑子，以往每次探家都不愿到公婆家去，不想见着小姑子，她丈夫也拿妹妹没辙。由于大姐和姐夫坚守不让，二姐和二姐夫只得住到二姐夫的父母家。当然，他们是可以租房子住的，但二姐看重钱，何况房租又涨了，每月三十多元一小间房的房租，的确会严重影响他们三口之家的生活。每月支出令自己心口疼的一笔钱租房子，还是每日直面小姑子冷若冰霜的脸色，两害相较取其轻，二姐宁肯虎穴暂屈身，也不愿另寻住处。

结果可想而知，二姐夫父母家便经常上演水火难容姑嫂相斗的室内剧，丈夫与公婆也常常卷入势不两立的旋涡。二姐的选择有更深层的考虑，既然大姐、姐夫打算厚脸皮地长期在她父母家住下去，将来父母遗留的房产就很可能被大姐两口子据为己有。实际上，大姐和姐夫也确实是那么算计的。这是拿不到桌面上来说的事，但媳妇与是独生子的丈夫继承公婆的唯一房产，却有章可循。自古以来关于房产的民间法则便是传儿不传女——二姐没沾上自己父母的光，便希望能把小姑子从公婆家挤出去，让公婆的唯一房产有一天完全归在自己和丈夫的名下。

以今天的眼光看来，手足之间钩心斗角，未免得不偿失。但是，那些不像样子的房屋的唯一性和底层人家儿女的刚需性，迫使他们进行旷日持久的窝里斗。

直接让春燕的二姐搬到德宝父母家的房子里去住，自然是更为简单易行的方案，却只能平息春燕二姐父母家近于白热化的冲突，解决不了春燕父母家也开始剑拔弩张的矛盾。春燕的父母特别看不上大女婿，对于大女儿的容忍也快到极限，巴不得他们立刻搬走才好。

周秉昆设计了一个挪窝儿方案：动员春燕大姐和姐夫先从春燕父母家搬走，住到德宝父母的房子里去；再动员春燕二姐和二姐夫带着儿子搬到春燕父母家住；最后动员德宝妈与儿子儿媳生活在一起，把自己和老伴名下的房子腾出来，并说服春燕接纳婆婆进入她的三口之家。

秉昆说服春燕较为容易，他说："只要你点头了，干哥就有可能把一盘死棋下活，不但你和德宝不必闹离婚，你大姐二姐你爸妈也都会满意。"

春燕起初还犹豫，怕与婆婆性格合不来。秉昆说："人家德宝他妈性格挺好，不是那种事儿妈。如果你们婆媳闹别扭，问题一定出在你身上。顾全大局，你不要担心婆婆和你生活在一起会带来什么麻烦，也要看到有利的方面。婆婆替你看孩子，你不就可以集中精力干工作了吗？"

春燕沉默片刻，问欠下的债怎么还？

秉昆说："你大姐一家三口不能白住人家德宝父母的房子，他们得交些房租，房租可以帮你们还一部分债啊！"

"可……我大姐那人六亲不认，如果她和我大姐夫一毛不拔呢？"春燕备感还债的压力，把话绕回到钱上了。

秉昆说那不用她管，他自有主张。

秉昆为了动员德宝妈与儿子一家三口住在一起，费了不少口舌。老太太身板还硬朗，有自己住惯了的房子，邻居关系处得不错，干吗非与儿媳妇住一块儿呢？人家也怕与儿媳妇合不来呀！

秉昆就把春燕的保证告诉了她，他说："大娘，您得这么看问题——为了给大爷治病，德宝和春燕不但花光了积蓄，还欠下了债。冲儿子儿媳这份孝心，您也应该帮帮他们啊。何况老人谁没生病那一天呢？一旦生病，还不是得由儿子儿媳来侍候吗？早晚如此，不如提前就生活在一起的好。婆婆照看孙子，累是累点儿，但那也是天伦之乐。有那一乐，老人高兴，有益于健康长寿。"

自己名下的房子要腾出来让儿媳妇的大姐一家三口住进去，而且自己都没和对方见过面，这种事摊在哪位婆婆身上都不会太乐意。多亏秉昆是老人家信得过觉得亲的人，并且是为了挽救她儿子和儿媳濒临破裂的婚姻才煞费苦心，德宝妈怀着感激的心情答应了。

但老人家担心，春燕她大姐和姐夫会不会由租房而变相长期霸占房子呢。

秉昆拍着胸脯说："大娘尽管放心！德宝是我好哥们儿，春燕是我干妹妹，只要他俩是夫妻，那这房产将来只能是您留给他俩的。春燕她大姐和大姐夫算老几？允许他们住就不错了，而且也不许白住，房租可以少交，不可不交！"

秉昆保证不仅自己，还要找两位有名望的朋友共同做证，三方签字画押，以绝春燕她大姐和姐夫的非分之想。

在与春燕的大姐和姐夫谈判前，秉昆先与春燕父母进行了沟通。听了他的方案以及已完成的工作后，春燕的父母极为感动，表示愿意全面配合。秉昆说也要得到派出所同志的支持，春燕妈说她去找龚维则。

谈判在春燕父母家进行。

春燕她大姐和大姐夫果然沆瀣一气，比着看谁的脸皮厚。他们一听说还要交房租，都摆出免谈的嘴脸。

秉昆说："我打听过了，租一家那么大小有暖气是楼房离煤气站公共汽车站近的房子，少说每月三十五元，却只收你们二十元。春燕两口子欠下债了，就当是你们做姐姐和姐夫的帮帮她吧。"

春燕她大姐说："我帮他们，谁帮我们呢？"

秉昆说："让你们以便宜的房租，住上你们一家三口最合适住的房子，不就是在帮你们吗？"

听了这话，春燕大姐夫竟骂骂咧咧的。

春燕她爸一时火起，劈头盖脸责骂起大女儿和大女婿来。

第九章

大女婿犯浑,要与老丈人动手。

不可开交之际,龚维则所长和一名民警跟着春燕妈到了。

龚维则制止了双方的吵闹,他问春燕爸:"这里到底是你名下的房子,还是你大女儿和女婿名下的房子?"

春燕爸理直气壮地说:"墙上掉下的土渣渣都是我和老伴的。"

龚维则明知故问:"那他们怎么会住在这里?"

春燕妈说:"他们刚返城时没地方住,所以春燕两口子前脚刚搬走,他们后脚就挤进来住了。"

春燕大姐夫强词夺理地说:"那是社会原因造成的!"

龚维则又问秉昆:"你在这儿干什么?"

秉昆便把自己的目的说了一遍。

龚维则问春燕大姐和姐夫各挣多少工资,听罢平缓地说:"以你俩的收入来看,每月付二十元房租后完全可以过得下去。那就不是社会问题了。"他再问春燕她爸:"你们老两口还想让他们住下去吗?"

春燕爸没好气地说:"他们趁早走,眼不见心不烦。别人好心租给他们房子都不肯搬走,真不知他们打的什么主意!"

龚维则就对春燕她大姐夫说:"看来你们的问题是典型的思想问题。我国宪法规定公民的合法居住权不容侵犯,你们实际上已经侵犯了本街道两位老公民的合法居住权。"

他转脸看着春燕妈说:"身为派出所所长,我当然有责任维护你们两位老公民的合法居住权不受侵犯。任何人侵犯都不行,儿女们也不例外。你们让人写份情况说明尽快交到派出所来,我们好决定下一步采取什么措施。"

秉昆说:"我替他们写。"

龚维则说:"那就有劳你了。"他拍拍秉昆的肩,转身对跟随的民警说，"你留下，防止他们打起来。今天协商的结果怎么样，你要第一时间向我汇报。"

一九八七年，大江南北，长城内外，"公民"二字忽然时兴起来。从报纸上、广播里也经常见到或听到"公民"二字，政府工作人员和民警、交警、法官等执法部门的人说时，似乎自己的身份与之前不同，仿佛有神圣感了。老百姓听了，似乎也觉得自己的社会地位与之前不同，也仿佛有神圣感了。

龚维则走后，春燕她大姐夫瞪着秉昆说："你怎么这么爱管闲事？别忘了你爸上医院那次，我也背着跑得喘不过气来！"

秉昆苦笑道："所以我要报恩啊！"

春燕她大姐夫那双眼仿佛要变成喷火器，把秉昆活活烧死。然而，当着民警的面，他和春燕她大姐最终还是答应搬走。

到此时，秉昆的方案才证明确实可行。

秉昆把春燕和德宝请到家里，把春燕她大姐姐夫二人共同具名的保证书交给春燕两口子时，春燕哭了。

德宝说："这么难的事都叫你给办成了，我服了你了。"

秉昆说："只服我不行，心里还得没结疙瘩才行。你俩的积蓄也有人家春燕一份。替你爸看病时，人家春燕出钱出得多痛快，所以你爸妈那房子让春燕她大姐家住住是应该的。"

德宝痛快地说："我心里没结疙瘩。春燕为她大姐二姐两家的事哭过多次，现在矛盾都得到解决了，她心事少了，她好我也好。"

春燕就忍不住亲了德宝一下，两口子要求秉昆别把他俩闹过离婚的事告诉朋友们。

秉昆郑重地说："放心，我答应朋友的事，就像党员答应组织的事一样可靠。"

第九章

在春燕她大姐和大姐夫共同具名的保证书上，还有另两位见证人按下鲜红的手印——邵敬文与一位相声演员的手印。白笑川不在，若在，秉昆就请师父按手印，不借别人的名气了。

德宝与春燕牵着手走了。两口子没直接回家，下馆子去了，庆贺他们的和好如初。

秉昆在家里吃饭时开了一瓶啤酒，不但自己畅饮，也劝郑娟相陪，郑娟便喝了一杯。不胜酒力的两口子特高兴，如同他们自己的老大难问题彻底解决了。

德宝自己口松，某一天，他不知在哪儿碰到了赶超，把他和春燕闹离婚的事说给赶超听了，赶超又讲给了国庆。

一天晚上，国庆和赶超一块儿来秉昆家串门儿。

自从秉昆一家又搬回光字片住，国庆和赶超来得勤了。他们很愿意来。

赶超说："吕川上了大学又加入官员队列了，咱们就失去了一个哥们儿。不但见不着影儿，连点儿消息也没了。秉昆，只要你还住在这儿，我俩就明白还没失去你。哪天你一发达，我俩也就肯定失去你了。可我俩最不愿失去的朋友就是你啊，所以现在要勤来着点儿。"

一杯啤酒下肚，赶超动了情，泪汪汪的。

秉昆苦笑道："我好想发达啊！从没像现在这么强烈地想过。如果我当了大官，或发了大财，你俩的穷愁日子不就结束了吗？"

国庆却说："你俩那都是不着调的话，还是聊点儿现实的吧。如果我爸妈死了，我姐的命运估计会强点儿。我爸那老哮喘病，一到冬天就呼哧呼哧地咳嗽喘气，吵得我姐睡不了一整夜觉。她的脸色那么灰，我这个儿子该忍受的让我姐替我忍受了,我好心疼她。"他也动了情。

秉昆和赶超便都斥责他的话不吉利,逼他必须再说几句向父母请罪的话。

国庆饮尽一杯啤酒,看着秉昆和赶超,眼泪流下来,张了张嘴,没能说出什么请罪的话。

几日后,德宝又着急上火地来找秉昆——他父亲的医药费报销单据弄丢了。六七百元呢,等于他一年多的工资啊!

"就这么一点儿福利!如果还不能兑现,那还算什么社会!"他由生自己的气转而生现实的气,又急又气,夹烟的手都在发抖,烟都塞不进嘴里了。

秉昆也觉得这事非同小可,马虎不得,但他医院方面没有熟人,交际面广的师父白笑川又不在,只得带着德宝去求邵敬文帮忙。邵敬文也帮不上忙,却指了一条路子,让他俩去求杂志社韩文琪社长。

秉昆说:"德宝,我宁可陪你去求医院把报销单补齐,也不愿求我们杂志社那个头头。"

德宝说,他和春燕一块儿求过了,医院没人理他们这茬儿。没有办法,他们硬闯了院长办公室,惹得人家院长发了脾气,说谁知道你们是真丢了还是假丢了。社会上有倒卖医药费报销单据的现象,真丢了你们也只能自认倒霉,或许已经被什么人捡去低价卖了,而且已经在什么单位报销过了。春燕送去的洗澡票,人家也拒收,连看都不看一眼。

邵敬文说,倒卖医药费报销单据的现象确实存在。有些人的单位已经丧失了报销能力或已经解体,报销单据压在手里没着没落,为生活所迫,别人肯出点儿钱就卖了。

邵敬文劝秉昆,还是去求韩社长。据他所知,韩社长父亲当市委副书记时,分管过医疗卫生机构,如今多位院长副院长都是人家父亲在位

第九章

时提拔的。

"他和你哥关系走得挺近，你去求他，他会高兴的。"

"他和我哥怎么会走得近呢？"

"说来话长，你嫂子父亲当副省长时，他父亲当区长，据说对他父亲很赏识，工作上也给过支持。现在，据说你哥负责对他的干部考察，给出的评议挺好，关系当然非同一般了。"

"你说的这些，我怎么都不知道？"

"你不在官场上，你哥你嫂子不跟你说，当然就没人跟你说啦。如果不是今天话赶话赶到这儿，我也不说。咱们之间说那些多没意思！"

秉昆还想问什么，德宝听得不耐烦，把他拖走了。

路上，德宝见秉昆一脸不悦，试探地说："你要是实在不愿替我求你们社长，那替我求你哥怎么样？"

秉昆没好气地回答："你就当我没那么个哥行不？"

秉昆心里很不高兴，因为哥哥对他的顶头上司的考察评议居然挺好。自己这个弟弟明明就是杂志社的人，为什么不听听弟弟的看法呢？

想着德宝春燕夫妇着急的样子，秉昆还是找了社长韩文琪。韩社长很高兴，当着秉昆的面拨通了电话，简明扼要地说清事由："听着啊，大约半小时后有人去找你，朋友父亲的医药费报销单据丢了，你让下边的人及时给补齐了。我一会儿还要开会，有空咱们聚聚。"

韩社长放下电话，开玩笑地问："还有什么指示？"

秉昆被问了个大红脸，识趣地赶快告退。

社长坚持把他送到楼下，还说了他和白笑川为杂志社创收很辛苦、多保重身体之类的话。

等在大院门外的德宝见秉昆那么快就出来了，以为他碰了一鼻子灰，结果一听他说办成了，简直不敢相信自己的耳朵。

他看看表怀疑地说:"还不到半小时。"

秉昆放下了千钧重担似的说:"我也没想到会这么简单。"

回到光字片的家里,秉昆见哥哥秉义正在辅导聪聪写作文,郑娟和母亲去春燕家帮着糊墙纸去了。

秉义说:"聪聪写作文的能力差点儿意思,你得帮他提前开开智,起码在上中学前得学会写一篇好作文。"

他问:"当年咱爸和咱妈帮你和姐姐开过智吗?"

秉义听出他的话有抬杠的意思,笑笑不再说什么。

那天是星期六,秉义难得下午没事,提前来看母亲。

趁聪聪出去玩的时候,秉昆问哥哥与韩文琪社长的交往。

哥哥反问:"你们闹矛盾了吗?"

秉昆说:"不管我们关系如何,我毕竟是杂志社一分子,向我了解一下他的情况不算多余吧?"

秉义说:"我负责在党员同志中间了解情况,你又不是党员。"

秉昆也被软钉子顶得一愣。

秉义又说:"组织上已经把他作为年轻干部的苗子重点培养。至于怎么一步步提拔,那是组织部门的事。组织部门需要一份关于他的考察鉴定,缺了考察这一环节,对他的提拔就缺了一个步骤。现在许多事都讲程序,组织上内定了的事,让我去考察,那是信任我。我也能理解,为什么要坏人家的事呢?组织考察干部首先看大节,大节就是在政治思想、政治立场上是否与党保持一致。他在大节上毫不动摇,没有任何糊涂认识,证明组织上是有眼光的。秉昆,我知道你内心的想法,金无足赤,人无完人,你对他的那些意见,我也不是没听到,什么任人唯亲、独断专行

第九章

搞一言堂、大权独揽排斥异己、办刊理念太'左'等,不就是这些吗?我实话告诉你,秉昆,有些人认为他办刊理念太'左',还有不少人认为你们前段时间办刊理念太'右'呢!'左'只不过是思想方法问题,而'右'是政治立场问题。不管什么时候,'左'和'右'都必然是这么个界定法。政治有它的是非标准,你别总说你那套民间的是非标准,否则你一辈子也难成熟。实话告诉你,当初把他派到你们杂志社,就是去纠偏的!这一点他做到了!"

"但我们杂志的发行量下降了三分之二。"秉昆沉默了半天,才憋出这么一句话。

秉义接着说道:"下降的原因是多方面的,完全责怪他不公平。'希望以后注意工作方法,更好团结同志。'人家明白这一条意味着什么,已有所改进,对不对?"

秉昆只有点头承认。

他没提自己求过韩文琪的事,担心哥哥未必高兴。

哥最后说:"他的父亲和你嫂子的父亲,当年是莫逆之交。我岳母让我要考虑点儿关系,你说我不给出挺好的结论还能给出什么结论?"

秉昆只好说:"哥,我理解了。"

"哥再给你一百元钱。这个月哥出差多,补助也多,给妈买些她爱吃的,替我多孝敬她老人家。"秉义说。

秉昆也没有推辞,默默接了过来。

"以后咱们兄弟二人,就应该像刚才那样讨论问题。你别总和哥'杠'着来,行不?"秉义看着他笑了。

秉昆点一下头,也轻轻笑了。

第十章

几天后，白笑川他们从南方演出回来了。

每个人似乎都遭受了精神重创，白笑川也不例外。他那样子如同率徒在外比武，被对手当众摔下了擂台。

秉昆大惑不解，他问大家挣到了钱没有？

都说挣到了。

他问比以往挣得多还是少？

都说比以往挣得多。

他问邀请单位接待得如何？

都说接待得挺周到。

他问那为什么一个个阴沉着脸呢？

都不言语了。

再追问，都垂下头了。

白笑川说："你什么也别问了，大家都挺辛苦的，各自回家休息吧，过几天我告诉你原因就是了。"

熬过了两天漫长的时间，秉昆实在受不了，晚上就跑到师父白笑川家去了。

白笑川似乎开悟了，情绪不那么低落了。他说："看来，以后啊，南方咱们是去不得了。"

"为什么呢？不是挣得比以往多了吗？"秉昆更困惑了。

第十章

　　白笑川告诉他，什么快板、快书、这个坠子那个梆子啊，在南方吃不开。弟兄们一开始表演，台下观众转眼走了一半，只有相声还能拉回点儿观众来。同去的相声演员在本省有名，在南方根本没有知名度，走了十个人能吸引回来两个人就不错。一般的北方手彩戏法也没多少人爱看，歌星一登台，观众才又回到座位上。歌星们都是俊男靓女，劲歌甜歌，这个风那个雨，总之唱的都是流行情歌，南方的年轻人除了爱听流行歌曲，对传统曲艺都不怎么感兴趣。从北方到南方打工的青年，也不分男女几乎都成了流行歌星的歌迷，甚至比南方青年还迷得厉害。

　　"这么说吧，南方与咱们北方太不一样了……"白笑川手握烟斗忘了吸，在秉昆面前踱来踱去，如同向记录员口述什么。

　　秉昆说："我也带咱们人去过啊，除了暖和，与北方也没太大的不同呀。"

　　白笑川在他面前站住，纠正说："你们去的是西南省份，我们这次去的是真正的南方，是改革开放的前沿省份广东哩！从广州到深圳、东莞，满耳朵听到的都是流行歌曲。大街小巷，只要有几家门面，也不论是茶馆、咖啡馆、旅店、饭店或商店，门里门外差不多都摆台播放机。从这头走到那头，想不听都没法，并且也没什么人不爱听。确实好听，怎么会不爱听呢？有年轻人甚至会站在店门前直到听完才走开。一到晚上，更不得了，隔半站路就有手持麦克风在街头唱的，凡有人唱的地方，必有一群人听。唱得好的，听的人就围得里三层外三层的。一曲唱罢，报以掌声喝彩。我听着，看着，想着，明白原因了，那些歌，从词到曲，别说年轻人没听过，连我这个五十多岁的人也没听过啊！"

　　秉昆头脑里一片空白，如同被定身法定在椅子上了。

　　白笑川低声唱了起来：

像一阵细雨洒落我心底

那感觉如此神秘

我不禁抬起头看着你

而你并不露痕迹

虽然不言不语

叫人难忘记

那是你的眼神

明亮又美丽

一曲唱罢，白笑川意犹未尽，接着又唱道：

你问我爱你有多深

我爱你有几分

我的情也真

我的爱也深

月亮代表我的心

白笑川唱了几段港台歌曲，每唱一段，还用粤语复唱一遍。他吃曲艺这碗饭年头很长，语言模仿能力极强，用粤语唱得反而更好。

白笑川终于坐下了，他饮口茶说："当然，我并不认为那些歌曲有多么经典。但问题是，大陆从来没过。歌词可以那么写，歌曲可以谱得那么软绵绵的，歌者可以把歌唱得那么甜，这是我们以前想都不敢想的。现在，那样的歌首先从港台登陆南中国了，有甜歌劲歌，还有励志歌。有爱情内容的，还有亲情、友情、乡情内容的。可以这么说，举凡和人的情绪有关的事，那些歌差不多全唱到了。这还是只闻其声，待人

第十章

家歌星们登台，衣有衣样，人有人样，人家歌星们都有形象设计师。人家歌星们年轻，讲究这一点。人家一出场，还没开口呢，台下的观众就会眼前一亮，看着台上那些人养眼啊！人人都爱享受，但年轻人更爱看年轻人的演唱啊！相比起来，咱们公司旗下的人太老了，平均年龄在四十五六岁吧？这怪我，我愿意往咱们旗下划拉老哥老弟，以为只有那些熟人才个个是宝，眼界里没怎么留意有才艺的年轻人。这是我犯下的一个大错误！咱们注重台上形象了吗？脑子里根本没这根弦吧？秃顶的秃顶，塌腮的塌腮，大眼袋的上台前也不用粉遮一遮，头发半黑半白的临行前也不染一染，长衫皱巴巴地往身上一披，用手指理顺了头发就那么随随便便地上台了……"

让白笑川大受刺激的事还在后面。

在东莞连演几场后结账，白笑川亲自去签字领钱。人家对他很礼貌，每一份钱都装在红信封里，上面写着五百六百不等，特意为他们一批北方远道而来的老曲艺家们换的新票子。他高高兴兴地领了钱走了。在走廊里，他看到一个开着门的房间里也在分钱。那完全是另一番情形——成捆成捆的钱摆满了小方桌，一位二十多岁的女歌星远远坐着，一个三十多岁西装革履的壮实汉子，用短粗的手指朝桌上飞快一点，告诉她二十捆不多不少。她漫不经心地说，那收起来吧。于是，那汉子熟练地一手拎着拉开的提包，俯下身去，另一只胳膊只那么一搂，就把桌面的钱搂了个精光。

小模小样花瓶似的女歌星签了字，对付款方一位老板模样的中年男人甜甜地说："拜拜！"

那一对男女出了门，从白笑川眼前顺风快船似的迅速走过，靠墙而立的白笑川看呆了。

"秉昆，我的徒弟啊，你是没亲眼看到，太刺激人了。我在省里也是个曲艺家协会的副主席,没有身份还有名分吧?当时我不由得暗问自己,我白笑川何苦到此地来呢?我以为自己是个人物,人家冲我年龄和虚名,也尽量装出把我看成人物的样子。但是秉昆啊,为师明白了,如今这种演出市场,我也就是一个遗老。还是不够老的遗老,半老不老刚刚搭上边儿的遗老。如果是真正的遗老,国宝级大师级的,那又是另外一回事了,可我不是。如今的演出市场上,我的斤两也就是人家一小女歌星的百分之一啊。明白了这一点,也算不枉南行一遭吧……"说到这里,白笑川看起来更不好受。

他饮一口茶,摇摇头,不作声了。

秉昆与师父交谈时,师母向桂芳一直在厨房忙着什么。这时她走进小客厅,掏出手绢递向丈夫。

趁师父擦嘴角白沫时,秉昆迅速想出了一套给师父鼓劲打气的话。他说:"师父,人的价值,那也不是完全能用金钱衡量的……"

不料,师母向桂芳打断了他的话,她说:"秉昆,那些大道理你师父都懂……"

白笑川又打断了她的话,他说:"是啊,我都懂,但咱俩不是肩负着为杂志社创收的担子哩!看来,往后难了。"

秉昆想说的话说不出口,头脑里一片空白,他只有低下头苦笑。

师母站在师父身旁,一手搭在师父肩上,看着秉昆说:"秉昆啊,你师父这两天总在寻思,不知有些话怎么跟你说才好。我看啊,当着你的面,他是很难直说了,那师母就替他直说了吧!你师父他不愿再出去走穴,也不愿再当你们公司的法人代表了。我俩退休后安心过几年与世无争的晚年生活,终日三饱一倒,散淡松心,学学养生,争取多活几年。养鱼养花养鸟,看闲书练书法学国画,由着性子做自己喜欢的事。早晚到公园里遛遛弯儿,平时少出门。有客人来就热情招待,无人来时享受清

第十章

静。我俩已达成了共识,都认为能那样相伴着度过晚年就是我们的幸福。"

秉昆始终看着她,洗耳恭听。待她说完,秉昆把脸缓缓转向了师父。

白笑川点燃了烟斗,他吐出一缕烟,深吸一口气把烟吹散,也不看秉昆一眼,盯着烟斗说:"你师母的话,的确代表了我目前的真实想法。钱不在多,够花就行。我俩的退休金加起来,比上不足,比下有余,够我俩过上那样的日子。家不在大,够住就行。我俩没儿没女,这九十多平方米的家,已住习惯了,满足了。"

"可……"秉昆的话又一次被师母打断。

师母说:"秉昆,你师父决心已下,希望你能理解他。你理解他,等于成全我俩了,明白吗?"

白笑川接着说:"秉昆,理解一下师父吧,啊?"

"理解……可……我怎么办?"秉昆一失口把不愿说的话说了出来。

白笑川扭头与妻子对视了一眼,低下头连吸了两口烟斗。

秉昆惭愧地说:"对不起,师父,其实……我想说的不是那句话……"

向桂芳说:"秉昆,我和你师父,我们也一块儿为你犯愁过。咱们双方面,都互相理解吧。"

白笑川才又说:"是啊。你还年轻,你以后可该怎么办呢?这的确是个问题。干脆把公司注销了吧,对于那些曲艺界的人倒没什么。他们都有地方开工资,无非多挣多花,少挣少花。不跟咱们一块儿走穴,只要他们还愿意,各自单飞也不是就没地方请了。他们加盟在咱们公司的旗下,主要是为了帮咱们,图的是集体演出那种亲密和快乐,不挣那份钱谁家的生活都过得还可以,但你那两个朋友,他们叫什么来着?"

"肖国庆,孙赶超。"

"一个的姐,另一个的妹,岂不又失业了?"

"是啊!"

"一想到她俩，别说你心里不好受，连我和你师母也不忍心啊。再说你，回编辑部去吧，编辑部大大超编，你的位置早被人占了。你回去了也是个多余的闲人，主任都比你年轻，都有大学文凭。你和他们，双方面的感觉肯定都不好。不好就是个事儿，说不定什么时候又会形成矛盾。你下一步的路可该往哪儿迈呢？秉昆啊，老实说，师父还没替你想好。所以，你今天要是不来的话，师父是绝不会急着去找你的，可你今天来了。"

秉昆低下头说："只要师父打算好了，我就高兴。至于我今后的路，师父就不必太操心了。"

白笑川叹道："秉昆，给师父几天时间，容师父替你往长远想想啊！"

秉昆说："那谢谢师父了。"

向桂芳问："你哥和嫂子，还有你姐和姐夫，他们都不是一般人，不能在这时候帮帮你吗？"

秉昆说："我倒是可以跟我姐和姐夫说说看。至于我哥和嫂子，我不愿跟他们说。"

师父和师母留他吃晚饭，秉昆说家中有事，师父和师母并没勉强。双方心里都明白，接下来都不知再说什么好了。秉昆因自己的突然造访而心生内疚，师父和师母送他也送得一脸沉重。

周秉昆没跟他姐周蓉说自己面临的困境。

他本想跟姐夫蔡晓光说，话到唇边咽了回去——他不认为自己的人生需要别人拉上一把。

他也没对郑娟说，更没对朋友们说。他没对任何人说。

一个星期后，周秉昆与公司旗下三个年轻点儿的演员又南下了。说

第十章

那三个年轻是相对而言,实际上也都是四十多岁的人了。秉昆不服输,那三人也不服输。其中两人是说相声的一对搭档,秉昆把他俩拆开,以他俩为逗哏的,自己和另一个充当捧哏的,这样就组成了两对相声演员。相声方兴未艾,并没有过时,他们想通过相声在南方打开局面。那一个星期,他们将快板、山东快书、手彩小戏法和流行歌曲塞入了几段相声里,想要出奇制胜。快板和快书是秉昆的熟活,戏法他不行,但三人中有行的。唱歌他们不行,秉昆试唱了几句,他们说很好。秉昆也不跟师父商议,动用了公司的备用金,为四人买了四套中档西服——他们觉得以现代的形象在舞台上说相声,必会让听者耳目一新。

虽然临阵磨枪,却一个个信心十足,在列车上还都背词呢!

这次南方演出,对于那三人,只是不服输的问题。对于秉昆,却与面子无关,是输不起的问题。

当年的中国,各地的发展状况差异很大。东三省愁云惨雾笼罩,华南等地的热土上却仿佛吉星高照,遍地都是挣钱甚至发财的机会,人人都有些亢奋,也愿意花二三十元钱买一两个小时的高兴。据说,有那云贵川湖广诸省的乡下小妹,仅靠在大排档的餐桌旁唱一个晚上家乡小调就能挣一百多元,一个月往少了说也能挣两千多元!

两千多元啊!够北方一个四口之家生活大半年了!

彼为人,我亦人也。彼能,我何不能?周秉昆心中有自信,还有股永不服输的豪气。

他想,不为别的,为郑娟和两个儿子再住上曾经住过的苏联房,为国庆他姐和赶超他小妹不至于再失业——必须赢!

他们一行四人居然基本达到了目标。不是说赢了歌星们,那几乎不可能。侯宝林、马三立一出现定赢无疑,马季、姜昆登台也能平分秋色,但他们甭想。对于他们,是与白笑川相比赢回了一些观众。不再是很土的形象、大杂烩式的内容，七八成的观众耳目一新并没有纷纷离席，这对于他们特别是秉昆便是胜利。秉昆没有师父白笑川在自尊心方面的失落，他能摆正位置，不怎么在乎歌星们的出场费是自己多少倍。只要市场还认可，就心满意足矣。

得到了一定的市场认可，主动与他们联系演出业务的人多了。秉昆竟有点儿喜出望外。

一天，在简陋的临时化妆间里，他与一位六十开外的瘦脸老者并坐，接受简单化妆。

当他起身离去时，老者说："年轻人，请多坐会儿。"

他略一犹豫，坐下了。

老者那时化完妆了，二人就聊了起来。秉昆侧身看着老者，老者望着镜中的他。

"东北来的？"

"是的。"

"你们说那种相声，我看过了。"

"请您多批评。"

"我考你个问题啊，你们知道何谓相声吗？"

"这……请您赐教。"

"赐教不敢当，略知一二而已。在咱们古汉语中，声音二字，那是有区别的。语言对声，歌唱对音。相声者，相向说话的语言艺术也。好的相声，是特别纯粹的语言艺术。你们那算什么？不伦不类！从前，相声演员带着快板和说快书的铁叶上台，那是要被哄下台去的，你们抢别人的饭碗嘛！"

"我们……只不过想尝试着创新。"

"创新？我看是撬行！照你们那么搞下去，是不是哪天也要夹着从前要饭花子的牛胯骨上台啊？还有，你们的相声，唱的和说的一样多。如果你们认为自己唱的比说的好听，那就干脆去当歌星算了，何必还在相声这一行里混？"

"老先生，恕我不敬，您的话我不敢苟同。侯宝林侯大师，不是也经常在相声中唱吗？"

秉昆在曲艺界历练久了，老派的话语，必要时已能对付几句了。

"你们不好与大师们相提并论吧？大师可以任性，你们没那资格吧？再说侯宝林大师表演上从不任性乱来。人家唱的是京剧、评剧、粤剧，总之是戏曲，是国粹。你们唱的是什么？是港台的靡靡之音！"

"港台歌曲也不都是靡靡之音，即使软歌甜歌也不能那么一概而论。"

"好啦，别自我辩护了，我不与你争论。只向你们年轻人进一言——有本事改行，那就干脆去当歌星。没那天生的本钱，还打算吃相声这碗饭，那就在语言艺术四个字上多下功夫。别本事不济，靠撬行挣钱。君子爱财，取之有道。掉钱眼里，会让人瞧不起的！"老者一直不看他一眼，说罢缓缓站起，移步便往外走。

秉昆也站了起来，稍有愠怒地说："老先生请留步。"

老者止步，终于转身看他。

他冷笑道："您劈头盖脸教导了我一通，也不想听听我的反应吗？"

老者也冷笑道："看你样子，估计狗嘴里吐不出象牙来。"

秉昆脱口就来了句："我对您的印象只有一句话——真是个倚老卖老的老东西！"

"你骂人？我修理你个小子！"

老者直伸过一只手来，要揪他衣领。他手疾眼快，挡开老者胳膊，只一掌，把老者推倒在地。老者坐在地上"哎哟"时，闯入两个年龄与秉昆相仿的男子。一个口中连叫师父急忙将老者扶起，另一个横眉怒目要对他大打出手。秉昆内心不安，未敢真正还手，一味护着头躲避而已。有名女记者闻声出现，尖叫起来，于是更多的人赶来了，才让秉昆没吃大亏。

事情便告一段落，重头戏却还在后边。

那位老者是极有来路的人物，中国古彩戏法世家的传人。人家老当益壮，带着徒弟从中原到南方走穴，却见秉昆们在相声中掺杂进了手彩表演，而且水平低下。在人家看来，这就有拿人家那一行开玩笑的意味，当然不高兴。最令人家恼火的是，秉昆他们还成心来了个技法大起底，把几种传统手彩的奥秘在台上呈现给人们看。老者的两名高徒正是要靠手彩吸引眼球的，秉昆他们大起底了，让人家再如何吸引观众呢？

所幸老者并没有跌伤，照常登台演出。六十开外的人，一袭长衫，靠一大块花布障眼，就地一滚又一滚，滚出一盆盆火苗腾腾的真火来，让秉昆他们不得不佩服人家的功夫。

不幸的是，那名女记者是个唯恐天下不乱的主。她原本要等着老者化完妆进行采访，见老者与秉昆切磋什么，就把录音机暗放在化妆台上。于是，当地电台在综合节目中播了现场录音，之后是文艺界人士的评说。

老者和秉昆想了解当地新闻，就都听到了。双方又住在同一宾馆同一楼层，房间是斜对面，出来进去难免打照面，都感到浑身不自在。

老者主动派一名徒弟与秉昆谈判，希望双方都不接受记者采访，以防事态继续发酵。

这也正是秉昆他们希望的。然而，好事的记者并非谁不愿采访就饶过谁。

第二天上午，宾馆出现了不少记者，无论堵着双方的哪一个，皆一哄而上，七嘴八舌地发问。双方又烦又怕，出门都得先开道缝探出脑袋看看情况。

第十章

记者们也并不是没有人接受采访就写不出新闻,那样人家也就不吃那碗饭了。总归是见到了采访对象,即使不说话,人家仍能用生花妙笔描写怎么见到采访对象的,采访对象的表情、神态、肢体语言以及对采访的反应等,无声胜有声,完全可以更好地写出自己所需要的内容。

很快,不同风格的采访侧记开始出现于当地的大报小报。"只手掩面""抱头鼠窜""以咳代答""闭门不知思过与否,夺路难料去往何方"——如此这般种种词汇以大号黑体字凸显于标题,胜似口诛笔伐。这些年,报社谨小慎微,如履薄冰,不敢越雷池半步,都是眼观六路耳听八方,巴望着能捕捉到什么事情大做文章。那事与政治毫不沾边,却与世风有关。领导重视,市民口口相传,很快成为街谈巷议的热门话题。

第三天,各报一改嘻哈面孔,开始认真严肃地一评二评三评,或是大家谈、学者论、中学生看法之类的深入报道。

既已陷入四面楚歌之境,自然三十六计走为上策。偏又赶上南方普降大雨,主干铁路被山洪冲垮了几段,无论是秉昆他们还是老者他们,皆买不到返程车票,被困在了宾馆。服务员对他们倒很人性化,干脆不往他们房间送报纸了。

秉昆他们灰头土脸回到了A市。聊以自慰的是,毕竟收获了些经济效益。

庆幸的是,省市媒体对他们在南方丢人现眼的事似乎毫不知情,只字未提。

做到这一点,他们还要感激韩文琪社长。韩社长关注全国各地重大新闻,身在A市,对南方新闻却尤为关注。秉昆他们的事,韩社长第一时间就知道了。

韩社长找周秉义,认为有关方面必须抢先一步,对本省媒体打招呼,防止本省媒体对自己的曲艺家们落井下石。

秉义也觉得很有必要打招呼,却为难地说,自己实在爱莫能助。一者,自己只不过是文化厅的副巡视员,属闲职,非一把手,说话没力度。二者,即使自己是一把手,文化厅也管不着宣传口的事。三者,秉昆是自己弟弟,即使有权管宣传口的事,那也不应该过问,显而易见会落下护短的把柄和口实。

韩社长谙熟官场规矩,他听了秉义的话连说:"理解理解,找你之前,我还真没想太多。"

秉义说:"作为党的干部,咱们的一言一行,都有无数双眼睛看着,不想多点儿不行啊。"

韩社长说:"是啊,特别你,是后备干部,日后将委以重任。你可不能有闪失,小闪失也不行,将来我还得靠你提携呢!这事你别操心了,我来办妥就是。"

秉义笑道:"你我之间,将来究竟谁提携谁,那可没准。互相帮助,共同进步吧。至于你说的事,就当你没来找过我,我也根本不知道。"

韩社长保证说:"一言为定!区区小事,我一人摆得平。"

韩社长也非等闲之辈。人家想向省市哪位领导汇报什么事,敲敲办公室的门是可以推门而入的。何况,这事也确乎小事一桩,无须见多大的领导。

他让省委宣传部一位副部长接受了他的看法——周秉昆等本省曲艺家在南方被人做局算计,值得家乡人同情。南方媒体那么报道是小题大做、蓄意炒作,是对本省不友善的表现,是要报复本省判刑处理制售盗版录音录像带南方人团伙案。本省曲艺家们的形象一旦在省外受损,本省形象自然受损。本省媒体不能再将那把火引回来,把本省曲艺家放在火上烤!

那位副部长感谢韩社长的汇报,让办公室工作人员打了几通电话,事情就办妥了。

实际上，秉昆他们公司是杂志社名下的公司，韩社长是杂志社一把手。如果秉昆他们公司名誉受损，首当其冲的还是杂志社和韩社长。

秉昆他们回到 A 市第二天，韩社长亲自宴请他们，席间频频敬酒压惊，好言安抚。白笑川身体不适，没有到场。秉昆猜测，身体不适也许是师父的借口。

听秉昆汇报了南方之行后，韩社长推心置腹地说："到目前为止，国内仍是文学类杂志领跑，咱们不是文学类杂志，曲艺杂志的好日子估计到头了。秉昆，你是咱们杂志的创办者之一，咱们杂志发行量的下滑，已经让我寝食难安。公司必须继续办，还要发展，将来恐怕要靠多种经营才能让杂志办下去。杂志如果在我手里停了，我没脸见人。你提的组织歌星演唱队的想法很好，既然目前歌星最受欢迎，为什么不呢？咱们汉民族从前也是能歌善舞的，后来只能唱少数民族的爱情歌曲和外国电影的抒情插曲了，再后来只许唱《大海航行靠舵手》之类的歌曲。现在，一个允许唱各类歌曲的时代终于来了，青年的歌唱欲望当然会如火山般喷发！这是好现象。秉昆，咱们要抓住机会，歌星们都是摇钱树。我支持你赶快把全省的青年歌手全部签到公司名下。只要唱得好，能吸金，条件要求高点儿无所谓。我给你权力，签！我也给你实际支持，今年管理费不必交了。如果你仍觉得有困难，明年也不必交了。再给你吃颗定心丸，在特殊情况下，杂志社考虑从经济上为你们公司输血。总之，我倚重你和白老师，我就指望你们二位替咱们杂志定江山了！"

韩社长的话让秉昆大受感动。

在场的其他三人也都说，有韩社长这么好的领导，真是三生有幸。

其实，那一两年，本省市一些歌唱得好的青年，纷纷到北京或到南方去了，有些已开始走红。

秉昆不甘心，又带人到县里去物色。县里倒有不少喜欢唱歌的青年，但离成为歌星还远着呢。秉昆求助于哥哥秉义，从文化厅抄来了省市两级各文艺单位乃至区县文化馆的青年歌唱演员名单，按图索骥。

这一"索"才知道，十之八九都走了，或通过关系到北京谋发展，或破釜沉舟到南方闯码头。原来唱京剧、评剧、歌剧的，获奖的，不少人都抛弃了专长和荣誉，前仆后继、远走高飞改唱流行歌曲了。省市几位曾被当成宝的男女歌唱家也步年轻人后尘，甚至连副主席之类的身份也辞了。

周秉义听了弟弟的反馈，良久才说出一句话："东三省的苦日子逼近了。"

韩社长听了秉昆的汇报，扼腕叹息："没料到咱们还是晚了一步。"

秉昆说："早了肯定也不行。北京是首都，咱们争不过。北京一给户口，九头牛也拉不回一个想去的人。南方开出的条件，咱们明摆着也满足不了。"

韩社长愤愤不平地说："他们原本可都是咱们省里市里的人！"

秉昆说："时代不同了，人才流动了呀！"

"去咱们周边省找找呢？"

"我打听过了，情况跟咱们省一样。有技能有才艺的人一批接一批地往南方飞，除了省市政府机关单位的铁饭碗，几乎再没什么单位能留住大学生了。一般大学毕业生也进不了那些部门啊！原本捧着国企大厂铁饭碗的工人，估计快捧不稳了……"

韩社长沉默起来。

秉昆说："韩社长，要不你放我走吧。"

第十章

韩社长正欲吸烟，擎着打火机将摁没摁，瞪着他问："也去南方？"

秉昆苦笑道："我还有老婆孩子另外三口呢，一无技能，二无才艺，我去南方能干什么呢？"

"那你哪儿去？"

"我想找老邵谈谈，看他那个区文化馆需不需要我。"

"那我不放你。"

韩社长终于按着了打火机，吸了两口烟，把烟盒推到了秉昆面前。

秉昆吸着烟后，坦诚地说："我是怕自己成了社里不好安排的人，让你为难。"

韩社长同样坦诚地说："你要是去什么好地方，我肯定放你，但你去老邵那儿我不放。市文化局要断他们的奶了，逼着他们自谋生路。老邵除了往外租活动室也没别的高招，文化馆都快变大卖场，徒有其名了。就算他碍于情面肯收你，我放你去那么个地方，日后我还有脸见你哥吗？你和老白，你俩都是我倚重的人。以前咱们之间闹过不愉快，现在关系不同了，杂志社面临的形势不同了，过去的事就让它过去吧，行不？"

秉昆点点头。

韩社长又说："你和老白，你俩谁都不许走，我自有主张。"

那天过后，秉昆又在家闲了一个多星期。他怕郑娟知道实情着急上火，撒谎说自己为社里去南方挣钱有功，韩社长批准他休一段假。

韩社长的主张让周秉昆和白笑川吃惊不小。他要开饭店，而且是高级饭店。

白笑川说："公司的业务范围不包括开饭店啊。"

韩社长说："这你们别管，我解决，重新注册，换个执照，加上就是。"

秉昆说："开高级饭店那要投入很大一笔钱的。"

韩社长说："社里还有三四十万流动资金，不足部分贷款或者集资，资金问题不必你们考虑。"他显然决心已下，胸有成竹。

秉昆与师父对视一眼，一时都难以表态。

韩社长接着说："省市都有文学刊物，那是面子。有则有面子，无则没面子，不到万不得已，都是必须办的。咱们这刊物不一样。当年你们创刊时，有领导支持。此一时，彼一时，当年的领导如今早退休了。咱们是姥姥不疼舅舅不爱，现在还能养活自己，也就由咱们自生自灭。哪天不能自己养活自己，伸手向领导要钱了，照当前许多单位揭不开锅的情况推断，肯定就被取消了。"

师徒二人听他一番分析，觉得很有道理，不由得一起点头。

韩社长又说："皮之不存，毛将焉附？我这毛还是有地方去附的。老白，你也无所谓，那时你该退休了。秉昆，你怎么办呢？社里那些人怎么办呢？他们都是我招进来的，如果庙拆了，我这住持一抬屁股溜了，撇下那些人任凭遣散，我的面子又往哪儿搁呢？连面子都没处搁的人，继续进步又有什么意思呢？"

秉昆说："我也有我的忧虑，真那样了，我一个朋友的姐姐和另一个朋友的妹妹……"

韩社长打断道："先别往她们身上扯。咱们绝不能让那样的事发生！国家不都在摸着石头过河吗？咱们也得摸着石头过咱们面前这条河。创收不就是胆子要大点儿，什么挣钱快挣钱多就干什么吗？当然前提得合法，开饭店合法。我考察过了，生产很糟糕，经济不景气，领导干部、老板大腕反而吃得更勤喝得更欢了，为什么呢？得招商引资啊推销产品谈合作啊，所以开一家高级饭店正逢其时。必须是高级的，不高级挣不到钱。咱才不挣老百姓的钱。老百姓一年到头在外边吃几顿饭？吃一顿饭舍得花多少钱？咱们专挣那些公款吃喝的人的钱。他们出手大方，什么菜都敢点，什么酒都敢要，咱们宰他们，他们还会觉得被宰得很光彩。单

第十章

位快倒了,他们那谱是绝不能倒的,反而更受虚荣心摆布,越发要讲面子、要摆谱,这就好比八路军挣新四军的钱,被宰的情愿,宰人的心安理得。总之都是国家的钱,不过从左兜掏出来揣入右兜里了。"

韩社长说得头头是道,师徒二人不由得又同时点头不止。

白笑川问:"那你要我们两个具体做什么呢?"

韩社长要白笑川当经理,有身份高点儿的食客到了,负责迎迎、陪陪、送送。秉昆当副经理,负责管财务及日常经营。他说,白笑川还是有招牌效应的,据他所知,白笑川还是美食家,在菜系创新方面也很有心得。秉昆管财务,他也一百个放心。

白笑川说:"那是,我的徒弟哩!"

白笑川马上被招安了。他说,秉昆有责任感,日常经营事务杂,既得从严要求,又必须团结员工,秉昆完全能胜任。

到了这个份上,秉昆也就只有答应。他低调地说:"我尽力而为吧。"

要开饭店,自然涉及招人问题。

韩社长不主张公开招人。他的想法是,厨师水平很重要,那要高薪聘请。服务员领班也总得模样好点儿,机灵点儿,会来事的,将就不得。其他一干人等,怎么也得二十来个吧,名额分给社里众人推荐,算是内部福利。这年头,不少人的亲朋好友都有找不到工作的儿女。他展示了高风亮节,表态说自己不要那名额,一下子批给秉昆和白笑川各三个名额。

秉昆大喜过望,因为国庆他姐和赶超他妹不会失业了。

师徒二人走在回家路上,白笑川说:"我那三个名额也归你了。"

秉昆很高兴,下岗失业比比皆是的年头,手握几个就业名额,会让他产生一种接近救世主的错觉。

谢过师父,秉昆清醒地说:"其实韩社长首先考虑的是他自己的面子和仕途。"

白笑川说："他那么考虑也不为过，无可厚非。客观上，能解决二十几名青年的就业问题。不管为谁，总之是为国家解决了。如今，对咱们东三省而言，如同积德行善，所以咱们师徒还真要全心全意帮他。"

秉昆说："师父放心，我会的。我觉得他也有可爱的一面。"

白笑川说："岂止有可爱的一面，还有令我刮目相看的一面。他那些预见和分析，以后将被证明是对的。如果他这一着棋下对了，在官场的进步会相当快。"

以后的日子里，韩社长放下社里的事务由副主编打理，亲自带着秉昆师徒俩跑工商、跑主管部门、办执照、索批文，又带着他俩看地段、相门面、找装修设计师、买建材，忙得不亦乐乎。最终租下了一幢俄式小楼，原本属于市工会的办公楼。市工会办公经费吃紧，搬别处去了，急欲出租，他们便以相当优惠的价格捷足先登。秉昆师徒俩负责装修，韩社长跑融资，找合作伙伴，也时常抽时间去看工程质量。

秉昆师徒二人忙得连国庆节也没休息。

国庆一过，韩社长谈成了投资。

十月下旬，选了个吉日，"和顺楼"开张了。

从上午开始，嘉宾络绎不绝，有送字画的，有送花篮的。区长也很给面子，亲自赶来剪彩，发表了热情洋溢的讲话。

中午，四方嘉宾大快朵颐，好生热闹，都夸菜肴味美，也都为本市又多了一家高档饭店而欢欣鼓舞。

国庆他姐继续跟着秉昆，当上了服务员小组的组长。

赶超他妹妹不愿当服务员，说考虑考虑再答复。赶超极为不满，当晚找到秉昆，嘱咐千万为他妹妹留一个名额。

秉昆大包大揽地说："她的事你别再操心了，我知道她愿意干什么，一

第十章

定替你成全她。"

一天，周秉义夫妻俩回光字片看望母亲，秉昆对哥哥谈起了赶超妹妹的工作问题。秉昆从南方蒙羞而归后，秉义没训他一句话，反而安慰说："他们确实小题大做，不是什么大事，别太放在心上。你不容易，哥理解。"自那以后，兄弟二人关系好多了。因此，秉昆觉得若开口相求，哥哥肯定会答应帮忙。

秉昆说，据他所知，有几家医院正在私下招护士，希望哥哥能让赶超妹妹成为护士。她是护校毕业的，有证书。

秉义问："你答应赶超了？"

秉昆说："你可以这么认为。"

因为最要好的朋友的事求哥哥，秉昆求得很仗义。

不料，秉义沉下脸说："你答应的事你自己办，我帮不上这忙。"

秉昆大为光火，嚷道："周秉义你究竟是不是我哥？就算你不是我哥，我从小到大叫你哥，少说也叫了成千上万次了吧？帮我朋友一次小忙，能让你有什么损失啊？难道我那上万次哥都白叫了吗？叫一条狗那么多次，它也会为我奋不顾身吧？"

秉义勃然大怒，一记耳光差点儿又扇在弟弟脸上，幸被冬梅闻声挡住了。

秉义也嚷了起来："周秉昆你以为你是谁？你帮得了一个，帮得了千千万万个吗？东三省一家家国有大中型企业都面临转产，千千万万工人即将失业，你周秉昆帮得了吗？你那种哥们儿之间的情分根本就不在我的考虑范围！我没心思管你的事！"

"帮不了千千万万，那就一个也不帮了吗？滚！从我的家里滚出去！我就当没你这么个哥！"

秉昆气得要摔东西，也被郑娟拦住了。

"要我帮，也可以！最少三万元，孙赶超拿得出来吗？你能替他拿出来吗？没有那个数，那就起码得卫生厅长卫生局长批条子才管用！你懂不懂起码是什么意思？我是卫生厅长吗？我是卫生局长吗？如今条子满天飞，有些条子根本就是假人情。人家有的领导，批条子用三色笔，谁知道人家用哪种颜色的笔批的条子下边才真当回事办？那是极少数人才知道的秘密。我没法知道，你周秉昆知道吗？可能人家当你面批给你条子，你拿着鸡毛当令箭，感恩戴德地去找下边具体办事的人，人家一看颜色不对，两句话就把你给打发了，你转身走了人家还笑你根本没摸着门。你逼你哥去为你朋友搞那种条子吗？没有最少三万元，你让我怎么帮你？就算凑够了三万元，我也真帮成你们，那我又等于参与了什么事？那叫勾当！肮脏的勾当！是权钱交易的腐败行径！"秉义也越说越气，又踢板凳又踹椅子的。

听了哥那些话，秉昆哑口无言。他不知该如何向赶超交代，他已把最后一个名额让给社里同事了。

嫂子安慰道，秉昆你也别太冲动，你那事嫂子替你办办看。

嫂子说："你哥发火是有原因的。领导决定任命他当一个大厂的党委书记，升为正厅级了。看起来是好事，可那厂负债累累，既欠银行的，也欠兄弟单位的，必须转型却又不知该往何处转，都停产了，工人们几个月领不到工资。眼看冬天就要到了，厂里连买供暖煤的钱都没有。虽然还没有正式宣布，但任命不会改变，你哥他正苦恼为难呢……"

秉昆的泪水就止不住流了下来。

那是为他哥秉义流的，也是为一个大厂和工人们流的。

三四天后，嫂子郝冬梅从单位打电话到"和顺楼"，告诉秉昆那事解决了，她说不必带什么条子，也不必谁陪着，让那姑娘独自前往某医院找某人悄没声地报到上班就是了。秉昆猜得到，肯定是嫂子打出她母亲的旗号才办得这么快。

"和顺楼"离红霞洗浴中心不远，他骑上自行车前去向于虹报喜，在春燕办公室见到了于虹。她俩正讨论如何开展按摩业务，意见不一致，谈得有点儿僵。

于虹听了秉昆带去的喜讯，没好气地说："是赶超又死皮赖脸地求你了？回家后我非训他不可！他妹妹那就是个孽种，三天不做妖，五天准让亲人们闹心一次，你以后再也别理赶超那茬儿！"

秉昆听得一愣一愣的。

春燕说："刚才于虹还在生赶超他妹妹的气，那姑娘留下封信去深圳了。她爸妈急病了，怕她去做三陪女。"

于虹又说："谁摊上那么一个妹妹也算黏包了，我非要求赶超和她脱离兄妹关系不可！"

秉昆发了会儿呆，劝道："凡事别只往坏处想，也许她在那边会找到不错的工作……"

于虹恨铁不成钢地说："在那边无亲无友人生地不熟的，又没技能，会找到什么不错的工作？"

秉昆不知再怎么劝了。他懊丧地离开时，春燕给了他一纸袋洗浴中心的宣传单，嘱他在饭店里向客人散发。

秉昆问，改成洗浴中心后经营是不是有起色？

春燕说起先不错，两个月后人又渐渐少了，不得不降价。一降价，利润薄了，她也就是个维持会长而已。

秉昆问，光明他们按摩中心怎么样？

春燕说幸亏那个中心还可以，不用她操太多心，压力小点儿。

秉昆经过按摩中心时,见到窗上的大红纸上赫然写着:"艰难时代,同甘共苦,每时七折。"

窗帘没拉严,外边的玻璃有红纸挡着,他看不全里边的情形,但见一位穿白褂戴白帽和口罩的按摩师正在揉一条粗壮多毛的腿。他觉得很像是光明,又难以确定。按摩师的精神集中在腿上,也没抬起头。他驻足片刻,到底没认出来,就匆匆走开了。

正如韩社长预料,"和顺楼"生意确实不错,可谓出入无百姓、迎送皆贵宾。级别最低的也是正科级干部,副科级干部出现得很少,偶尔出现也不签单,仅仅陪客而已。厅局级干部也不多,他们有招待客人更高级的地方,在本市几家著名星级大饭店里。相对而言,那种地方的礼宾更正式一些,客人感觉更高档。缺点是如果划拳行令的话,便会有失风雅。"和顺楼"却不同,完全可以划拳行令,特别是在包间里,想怎么喝就怎么喝。

负责迎送贵客的白笑川告诉秉昆,光临的多半是正副处级或副厅局级干部,有的是八九百人厂的头头,有的是两三千人厂的头头,超大规模厂的头头们也很少光临。

当年工人们有种说法,"不怕干部又请客,就怕干部不动窝"。"不动窝"是指像大户人家的小姐很少离开闺房似的,整天坐在办公室里没招儿等死,也就是无所作为地干等着企业寿终正寝、一命呜呼。

当年工人们的思想极其纯真可爱,他们形容头头们花公款大宴宾客为"上前线",如同战争年代的军官们身先士卒、冲出战壕拼刺刀肉搏战。他们相信头头们只有多请客,才能为本单位喝出一条生路来。你都不实心实意陪客人把酒喝好,谁又会在你困难之际实心实意地做你的合作伙伴呢？北方的工人普遍相信，酒是置之死地而后生的吉祥液。所以，民间另有一句话是："一棒子打不倒人，九（酒）棒子还打不倒人吗？"

所谓"打倒"是指"攻关"成功。"公关"往往被理解为"攻关"，即将有权力做主的人物一举拿下。

北方的工人们最能体现领导阶级的本色，识大体，顾大局。他们深知请十次客能达成一项可拯救本单位于水火之中的协议，那就是大大的成果，就算前九次客没白宴请，公款也花得很值了。

头头们被工人们如此厚道地理解着，自然频频宴请，证明自己不是摆设，不是吃干饭的主，而是舍生取义大有作为的领导者。

秉昆虽不负责迎送，却也熟悉了几张面孔。有的面孔，一个月里少说也出现三四次，三日一小宴，五日一大宴。

奇怪的是，正是那些日子很不好过，岌岌可危的企业的头头们，设宴请客最频繁，出手最大方。企业没钱了东贷西借也要请客，打白条赊账也要请客，尤其要请得豪爽大方。

有一次，秉昆见一熟客摇摇晃晃独自走出包间，左看看右看看，原地转了一圈便欲小解。秉昆急忙上前制止，把他搀到了卫生间。客人也不拉开裆链儿就要排泄，秉昆不得不替他拉开了裆链儿。结果已来不及了，客人不但尿湿了自己的裤子和鞋，还尿了秉昆一手，之后又呕吐不止。秉昆搀他走出卫生间，客人便再也走不动了，秉昆只得扶他坐在候餐沙发上。

客人拉着秉昆的手，期期艾艾地说："老弟，好老弟，咱俩换换行不？"

秉昆一边用纸巾擦手，一边问："咱俩能换什么呢？"

客人说："你去当我那厂长吧，正处级！我当你这角色……"

客人一边说，一边脱上衣。秉昆以为他酒力发作，身上燥热，未加阻拦。

岂料他脱了上衣，又开始脱裤子。

秉昆喝止道："你这是干什么？"

客人说："咱俩把衣服换了！换了，你就是我，我就是你了。你去……喝酒！喝死他们！他们走，你也走，我留下……"

秉昆无奈，只得进包间把他厂里的人请出一个，吩咐一名服务员帮忙，把客人弄出了"和顺楼"。

又一日，白笑川找到秉昆，小声命他向公安局报案，说包间内的两位港商分明是骗子。

秉昆说："能肯定吗？千万别搞错了，那咱们太被动了。"

白笑川说："我小时候为了避战乱，随父母在香港住过几年，对香港还是比较熟悉的。厂方请我去说段山东快书，我去说了，之后坐下陪了两巡酒。席间听那两个港商的香港话根本不地道，显然是后学的。略往深一交谈，不敢开口了。那种香港话，干咱们这行的，只要一小时就能学会。"

秉昆犹豫道："师父，你可掂量掂量，咱俩得承担后果！"

白笑川急道："你今天怎么婆婆妈妈的？师父什么江湖没混过？没那火眼金睛敢乱下结论吗？得了，我亲自报案，后果自负！但你可得把他们拖住。如果放他们大摇大摆走了，拿你是问！"

白笑川说完，匆匆去办公室打电话。

秉昆只得认真对待，守在那包间门口寸步不离。

片刻，包间里六位主宾全体起立，齐说："为合作愉快，干杯！"

秉昆一看不好，客人都将离去。他赶紧进入包间，以副经理身份敬酒，向双方表示祝贺。

几盅酒下肚，秉昆先是虚心征求客人对菜肴的意见，接着献曲艺，表演了一段，又来一段。未见公安出现，干脆说起了马三立的单口相声《逗

第十章

你玩儿》。

主人认为饭店副经理太给面子了,而且是不请自来,都觉得脸上有光,一个个稳坐不动洗耳恭听。主人们如此,两位港商也只得装出爱听的样子。

《逗你玩儿》刚说到一半,来了四名自称是外事办的年轻人,两位等在包间门旁,两位进入了包间。

白笑川考虑问题就是周到,他希望公安局的人便装而来,以免造成恐慌。公安局认为他的要求有道理,答应了。

外事办的年轻人说,领导闻知有两位港商光临,急欲相见,有更大的合作项目洽谈。说罢不由分说,一人拉起一个,挽住胳膊便往外走。

他们走出去了,门外的两位才进入,其中一位亮出了公安证件。

四位主人蒙了,面面相觑。

白笑川随即进入,连连拱手道:"得罪得罪,失礼失礼。"

公安的同志说:"你们得谢他,那是俩骗子,在咱们周边两省已骗了个一溜够,那两个省都发了通缉令协查。刚才在门外一打照面儿就对上号了,错不了。"

公安的同志又说:"那两个骗子是农民,有点儿表演能力。东北三省正值艰难转型期,政府和企业压力重重,他们也没骗到太多钱,主要是骗吃骗喝,享受贵客感觉,过过上等人的瘾。"

四位企业领导走时很尴尬,连说谢谢,却走得仓皇,一个个臊不搭的。他们好一段时间再没光临过"和顺楼"。

白笑川把光临"和顺楼"的主宾分成了四类。一类是双方都有洽谈诚意的,于是"酒逢知己千杯少",即使最后没谈成什么合作项目,也能互相理解难处，所谓"买卖不成仁义在"。虽然也豪饮，也喝五吆六地划拳，但惺惺相惜，有点儿依依不舍，也有点儿同病相怜的意思。一类是主人们有诚意，但苦于本企业的现状，摆不出什么让客人动心的合作条件，虽为主人，却只能低姿态地宴请，想要掩饰可怜的样子都办不到，愁眉紧锁。于是，客人干脆不给活话，明摆着不管花了多少钱，点了多贵的山珍海味，要了多好的酒，那钱分明打水漂了。客人一走，连主人的名片都不保留。还有一类是主人们不太厚道，要诓客人上自己将沉的船，一个劲儿劝酒、逼酒，一心想让客人在酩酊大醉的情况下在什么协议合同上签字、盖章，以为只要那样就大功告成，管他日后怎样，起码自己暂时向厂里的工人群众有个交代。否则，经常陪吃陪喝的，公款花了一笔又一笔，毫无斩获，会被工人群众视为废物。第四种情况是主客双方并无诚意，只不过是吃货加酒徒，以吃喝为人生最大享受，吃喝也是工作。于是，打着为企业拉项目谈合作的招牌，四处胡吃海喝，整天从这一饭局移到另一饭局，乐此不疲。他们今朝是主人，明天是客人。是主人时花本单位公款，是客人时消费外单位公款，总之都是公款，没人心疼。若主人客人是同一号人，想到一块儿了，便彻底是食客与食客、酒徒与酒徒聚在一起的那种气氛了……

　　白笑川最憎恶第四种情况，他说："领导干部中不知有多少那样的家伙，坏典型的危害从来大于好榜样的影响。真想替党和政府清理门户，铁帚一扫而光！看着他们那样油脸流汗地用公款大吃大喝，替他们厂里的工人怒火中烧！哪是在谈正经事啊？明明是在心照不宣地互相忽悠哩！"

　　秉昆也常常叹道："可咱们赚的正是公款吃喝的钱啊！"

　　秉昆这么一说，师父沉默不语，顶多再说一句话："是啊，咱们实际在同流合污。睁只眼闭只眼，装傻吧！"

第十章

秉昆曾问师父:"转型期到底是什么意思?为什么非转型不可?为什么一转型,东三省的大部分工厂就都半死不活了?"

白笑川不无忧虑地说:"你问的问题太复杂,不是几句话解释得清楚的。打个比方来说吧,好比一支军队,战争年代功勋卓著,是标准的好军队。几十年来,每天仍按从前的军队要求操练,接受的仍是从前的战术思想,武器装备也与从前没多大变化。某一天,忽然参观了别国的军事演习,才发现人家的军队早已不是老样子了,战术思想、操练方法、武器装备都远远超过自己了。此时如梦方醒,该拿自己国家的这支军队怎么办呢?"

秉昆说:"别国怎么样,咱们怎么样呗!"

白笑川说:"被老办法操练惯了的士兵,已经定型,改也难。战术思想与武器装备相结合,掌握新的武器装备首先需要熟悉新型武器知识,大多数老一代士兵达不到。咱们工人阶级如同那样的士兵,有功没有功?有!光荣不光荣?光荣!伟大不伟大?伟大!可敬不可敬?可敬!但是生产出来的东西,拿在世界上一比远远落后,生产成本太高,利润太低。长此以往,我们只会更落后……"

秉昆问:"那,究竟该怎么办呢?"

白笑川说:"生产该停的停,工厂该关的关,从工人中择优保留,改造成工人新军。挥泪斩马谡,不斩没法子。所以,一批批的工人只有失业、内退,自谋生路了。"

秉昆有点儿明白了,心情却更加惝惶。他经常想起常进步说过的一句话:"有种不祥的感觉。"

在"和顺楼",他渐渐变成了一个话语很少的观察者、倾听者。令人忧虑的现象看得多了,对现实失望、不满的牢骚听得多了,便有种不祥的感觉。

一天，他把自己的感觉对师父说了，问自己的感觉是不是成问题？

白笑川吸着烟斗沉吟地回答："来咱们这里的可都不是普通工人和老百姓。连来咱们这里的人都一个个牢骚满腹，你有那种不祥的感觉实属正常，没有不成白痴了吗？"

他问："师父你有什么感觉呢？"

师父说："还是不告诉你的好。"

他非逼着师父实说不可。

师父无奈，小声说："地火在运行，只怕中国将要遭遇一劫。"

白笑川的话让周秉昆心慌意乱了一整天。第二天一忙，他把师父那句令人不安的话忘了，又恢复了"和顺楼"副经理的常态。

春燕她二姐也成了"和顺楼"的服务员。她上班的制锁小厂刚刚宣布要黄了，秉昆听说后，毫不犹豫把一个名额给在她名下。她与国庆他姐都是返城知青，同样有任劳任怨的本色，关系自然也处得好。有她俩带着服务员，秉昆省了不少心。副经理与她俩有间接亲密关系，她俩的工作做得无可挑剔。秉昆自己手中还剩下的一个名额，加上师父让给他的三个名额总共四个名额，他全部照顾给光字片的人家了。光字片人家的儿女们，不管是后来返城的还是当年留城的，多数是些小厂的工人。那些小厂底子都很薄，一倒闭连点儿抚恤金也发不出来，工人们的命运着实可怜。一想自己让几个失业工人又有工作了，秉昆心里备觉欣慰。

"和顺楼"头一个月的纯利润相当不错，这让韩社长非常高兴，却也叹息面积还是小，包间还是少。韩社长与以前判若两人，知道体恤员工，批了一笔钱给员工们发奖金。虽然不多，员工们欢欣鼓舞。春燕和国庆都亲自到秉昆家表达了谢意，光字片几家街坊的人见了秉昆也视为恩人似的，感激之情溢于言表。什么年头啊，一般老百姓人家的子女居然有了份还发奖金的工作，多大的幸运啊！

第十章

韩社长及时发现了问题——那就是收了不少白条。

他说:"这可不行,国企欠账,赖起来咱们干没辙,逼急了钱要不到手还会惹一肚子气,我可太了解他们了!"

白笑川深有同感地说:"是啊!"

于是,韩社长说:"以后六亲不认,一律不收白条!"

秉昆试探地问:"可不可以写在大红纸上,贴在一进门的墙上,声明在先,只有经过董事长亲批,否则一律不准打白条?"

韩社长说:"可以!怎么不可以?就那么写!就那么贴!凡到这儿来的,没有我得罪不起的。秉昆你该板脸的时候,学着把脸给我板起来!"

倒也无须秉昆板脸,声明一贴,白条果然少了,生意却照样兴隆。

白笑川困惑地说:"我真是奇了怪了,来咱们这儿的人经常抱怨各自的厂穷得叮当响,可吃喝起来却总是不差钱,哪儿来的呢?"

秉昆说:"我听他们讲,自己厂里有车床、设备、库存的原材料可卖,他们宴请的一些南方客人挺感兴趣。"

"原来如此。"白笑川只说了四个字,低头寻思着走了。

周秉义也光临了一次"和顺楼",宴请的是苏联某市的文化官员。他就要走马上任了,也想通了,决定义无反顾地服从组织安排。苏联某市与本市结为友好城市,上一次对方的文化官员们来时他参与过接待,此次便由他出面接待,算是给他文化厅副职岗位画一个句号。

周秉义出现在弟弟面前时身着西服领带,精神饱满,神采奕奕。显然,他要把那句号画得圆圆的。

秉昆问哥哥秉义:"看到门口的告示了?"

秉义说:"放心,我是外事宴请,不打白条。"

秉昆说:"那谁向我付现金?"

秉义说:"现金容易贪污,我签支票。"

秉昆犹疑起来。

秉义又说:"你别把现实估计得一团糟,政府的支票不同于白条。"

秉昆这才说:"好,保证服务到位。"

听服务员汇报来了位文化厅的领导,白笑川猜到了是周秉义,特意洗了把脸,梳了梳头发,也换了身西装系上领带,主动前去助兴。

这让秉义感到特别愉快。

秉义俄语好得很,根本没带翻译,他用熟练的俄语与苏联的文化使者们谈普希金、托尔斯泰、屠格涅夫、契诃夫、高尔基和马雅可夫斯基,背《静静的顿河》《复活》的片段,表达对《青年近卫军》《钢铁是怎样炼成的》《七天七夜》《叶尔绍夫兄弟》等苏联小说的喜爱。

秉义的俄语水平和对苏俄文学的如数家珍,博得了客人们一致的好感和钦佩。

秉昆觉得有那么一位哥哥实在是荣幸之至,而不再觉得自己是相形见绌的丑小鸭,哥哥是风姿绰约的白天鹅了。哥俩的关系也如同中苏关系,好了吵了,都一反思,还是得好。他们最近一次和好,是嫂子、姐姐和姐夫共同斡旋的成果。但此次和好,哥哥拒绝认什么错,只表示如若秉昆认错,他予以原谅。家人一致批评,秉昆向哥哥认错,承认自己骂哥哥非常错误。他以副经理的身份,亲自为主宾斟酒,不是因为设宴一方是哥哥,而是冲着文化二字。这是"和顺楼"开业后,真正意义上的文化盛宴,主宾双方自始至终谈的都是文化,而不是没完没了的利润金钱。斟酒间隙,他肃立门内,接菜上桌。

客人们都会说几句汉语,特别是那位带队的,很像电影《列宁在十月》中的"卫队长",汉语说得挺溜,对中国发展也相当了解,简直就是中国通。

第十章

秉昆没想到的是，白笑川竟也会说一些俄语。他讲了几段中国民间笑话，无非是汉语俄语互译中的误会，也是东北相声演员们早年相声段子中的主要内容。

主宾们被他讲的笑话逗得开怀大笑，包间里的气氛轻松友好，无拘无束。

"卫队长"喝下一杯红酒，咳了几声，清了清嗓子，要讲话了。

主宾们肃静下来。

"卫队长"说："亲爱的周，亲爱的中国同志们，朋友们，文化很重要，比文化更重要的是经济。政治是国家大脑，经济是国家心脏，文化是国家的气色。俄语中没有'气色'这样的词，我用中文词比喻，朋友们同意吗？"

秉义和白笑川等人微笑点头。

"卫队长"接着说："亲爱的朋友们，让我们来谈一下经济合作的可能性吧，这也是我们来访的重要任务之一。"

秉义表示愿闻其详。

"卫队长"便问，朋友们愿买一艘巡洋舰吗？他说自己的国家也在改革，文化事业同样面临"断奶"问题。国家批给他们市文联一艘退役的巡洋舰，答应如果他们卖掉，钱可留下来自用。巡洋舰若停在中国沿海城市的码头供人参观，必将成为景点，稍加改造也能成为旅游船，甚至也可以卸了，卖钢材。那可都是好钢，能卖一大笔钱的。因为中苏曾是兄弟的国家，现在又恢复了友好往来，所以首先考虑卖给中国朋友，打折优惠，双方都有利可图。由他们文化使团来促成这样的买卖，岂不正是文化搭台、经济唱戏吗？

秉义听得咧了几次嘴巴，别人没注意，秉昆注意到了——那是哥哥对那些荒唐又不便直说事情的微表情。

待到秉义回应时，他委婉相告，不管是一艘什么样的巡洋舰，并非中国地方政府想买就可以买，须经最高军事机构批准，手续极麻烦。

包间里的气氛凝重起来。

片刻沉默之后，"卫队长"又提出一项动议，希望主人们邀请他们市的歌舞团来本市演出几场。他介绍说，他们那个歌舞团有全苏著名演员，水平很高。只要主人们负担往返旅费和当地食宿，再保证他们带回去三十万元人民币，演多少场都可以。

"是人民币，不是美金。""卫队长"强调说。

秉义对此表示欢迎，他说："这是一个让我内心无比温暖的想法。"

秉义起身去了洗手间，回来坐定后，他说自己有一点建设性意见，谨供客人们参考。中国乃礼仪之邦，苏联曾是中国的"老大哥"，中国的"孝"传统要求的是对父母的孝敬，"悌"则指对兄长的敬重。所以，应该是本市的歌舞团先到"老大哥"们那个城市巡演，中方自行负担往返旅费，"老大哥"负担在当地的食宿即可，走时仅带回二十万卢布就行。

"是卢布。"

秉义也如此强调。

"老大哥"们面面相觑，结果刚松弛了一下的气氛又沉重了。

最后，双方都表示向上级汇报，静候佳音。

客人们走时，秉昆叫住了哥哥秉义。

秉昆问："人家第二个动意蛮诚恳的，你干吗打太极拳，搞得人家那么失望？"

秉义说："你算术没学好。"

秉昆说："跟算术有什么关系？"

秉义说："问你师父去。"

秉昆请师父解惑。

白笑川说："你以为你哥去卫生间干什么？"

第十章

秉昆说:"方便啊。"

白笑川说:"也许是,也许不是。即使是,在洗手间肯定还在心里算了一笔账。如果每张票价定为三十元,那么三十万元需卖出一万张票才持平。本市最大的剧场才八百多座位,那就得在那儿连演十二三场。现在的市民,有几个肯花三十元看一场文艺演出的?不是不爱看,是舍不得花那笔钱啊!如果一两场后没观众了,他们没面子,咱们也没面子,还得政府埋单,加上往返旅费和食宿费,三十万元翻倍也打不住。这在今天是一个大单,政府包了,老百姓不骂娘吗?事是好事,但不是时候呀!"

秉昆哑口无言。

师父拍着他肩说:"昆啊,向你哥好好学吧。"

韩社长听到"老大哥"们要卖巡洋舰的事后,扼腕叹息,"好买卖!真是一笔好买卖!巡洋舰啊!打折优惠啊!要是我在场,当即拍板,贷款也买。买了就拆,拆了就卖钢。他们那种钢,中国现在还根本炼不出来。回炉重轧,国内抢着买的多了!"

他说得特别激动,比决心开饭店时激动多了。

当天晚上忽然降雪,整个城市白茫茫一片。

第十一章

好大一场雪，真个豪雪！从苏联那边下过国界，下遍东三省，接着朝华北地区下将过去。一直下了五天，没停也没小，直将东三省下得遍地洁白、寂静无声。仿佛天庭的天兵天将无事可干，排千里队列，聚百里阵容，用巨大神器，弹万亿吨棉花，动作整齐，节奏一律，力道迅猛，直弹得天屏息、地敛气，乱絮飞扬竟如梭。人也愁，畜也悸，诸鸟夹翅不敢飞。

待雪终于停了，农村刚见到人影，城市才缓过点儿生气；一股强大的寒流随即而至，气温骤降，连续二十几天，平均零下三十三四摄氏度，有几天竟接近零下四十摄氏度。

农村又难得一见人影，城市似乎被冻僵了。

大部分学校停课。

大部分工厂停工。

必须上班的少数城里人只能朝单位步行而去，所有的公共汽车都趴在雪窝里动弹不得。省市领导们必须上班，他们的专车也无法开出车库，门外便是半米深的雪。为了保证他们在严寒日子里处理必要的工作，后勤部门从农场借了几辆由拖拉机牵引的爬犁。

部队首先出动大批官兵清雪。

接下来的一个星期里，在Ａ市，从干部工人到市民学生，每天的主要工作便是清雪。

第十一章

一九八八年春节前三天,许多人是在清雪劳动中度过的。

公共交通基本恢复以后,气温才回升到了零下二十五六度。刚有谢天谢地的感觉,另一个严重的问题又出现了——城市用煤告急!

东三省都曾是产煤省份,但二十世纪七十年代末以来,煤矿资源开采殆尽。煤产量日渐减少,品质越来越差。时值全国钢铁行业大发展,煤炭用量急剧攀升,东三省却连煤炭自给自足都做不到了。

有人说东北煤炭自给自足其实可以做到,国家一调配就有问题了。有人说国家没法子,必须保证大钢铁厂、发电厂用煤,否则整个工业就瘫痪了。

A市天寒地冻,许多市民家里哈气成霜。有暖气的人家的供暖断断续续,生炉子的人家买不到好煤,烟筒、火墙、火炕热度有限。

医院无论大小,都人满为患。许多老人和孩子冻病了。

孩子不能享受公费医疗,多数享受公费医疗的老人的医疗费难以及时报销。如果一个家庭的孩子和老人都病了,夫妻一方甚至双方都失业,日子就惨了。

民间开始流传一种荒诞的说法,老天爷见中国人口太多,已经成为发展的拖累,要"收人"了。不断有老人儿童因挨冷受冻生病死去,数字伴随各种谣言夸大后在民间不胫而走,领导干部们忧心忡忡却又束手无策。

煤,煤,煤!求煤的紧急报告从各单位送达省委市委,再转向中央和兄弟省市,曾经的产煤大省请求援助。

雪中送炭,援助确实在进行,然而对于渴望温暖的人们肯定太迟,也显得杯水车薪。冰天雪地中,有人开始聚集在省、市、区委门前上访。大商场附近的老头老太太们,每天像上班族一样准时守候。他们带着水和干粮,商场一开门就蜂拥而入,如同抢购者。那些大商场有暖气，老人们要抢占到紧靠暖气的地方。每一处暖气片前都坐着老人，有的带了马扎，有的带了毛皮垫子，有的甚至带了小褥子，还有的是儿女们护送来的。

他们怕被老天爷"收"走。商场比家里暖和，他们便把商场看作严冬里的天堂了，每天一直待到商场关门。他们互相关照，甚至把最靠暖气片的位置让给更老的老人。他们像企鹅那样，过一个时辰圈里的便主动外移，好让圈外的人也享受到暖气的温暖。

商场并不嫌恶老人，更不会驱逐他们，反而会向他们提供热水。媒体对此进行了表扬报道，有的商场居然向老人们提供红糖水，各家领导干部出现在一些商场，他们带着慰问食品，表达内疚，做出承诺。

然而，更令人心痛的事接二连三发生，城市出现了冻死人事件。大抵是流浪者，有男有女，有老有少。

A市在冰雪中蜷缩着，许多人为那些冻死的流浪者流泪。

春节前两天冻死的一个老人却不是流浪者，他在A市有家，有儿有女。

他是肖国庆的父亲。

国庆的姐夫病故后，姐姐带着儿子与他父亲住在一起。国庆的母亲已经去世，父亲是肉联厂的一名老工人。厂里的两位头头曾是他徒弟，他的退休金和医药费还能按时领到按时报销，但半个月前国庆替他去报销医药费却没办成。

父亲问为什么？

国庆如实把厂里财务部门的回答转述给了父亲——厂里从银行贷不出款了，等效益好点儿了会一块儿报销。

第十一章

父亲一听急了,问那得等到哪年哪月?

国庆说他没问。

父亲火了,斥责国庆,那么重要的话怎么就不多问一句呢?

国庆说当时要报销的人多,乱乱哄哄的,问了又能问出个什么结果?他还说,听别人议论,头头们正加紧与港商洽谈,希望谈成合资,实在谈不成就连地皮带工厂一并卖给港商,用那笔钱再在郊区选址重打锣鼓另开张,办个新厂。

国庆父亲生气地说,那不成卖国了吗?

国庆开导父亲说,不等于卖国,香港原本就是中国的,迟早会收回来。香港资本家也是中国人,肥水不流外人田。

父亲说,工人阶级和资本家从来就不是一家人!与香港资本家也不可能是一家人!好端端的一个厂,以前办得下去,如今怎么就办不下去了呢?

关于阶级矛盾,国庆说不大清楚。以前当然能说清楚,合资、卖厂的事听多了,越来越说不清楚。实际上,渐觉落魄的他与父亲有同样的看法,怕给父亲添堵,他便避开说不清楚的问题。

国庆说,据他了解,有几个养猪大省与外商合资办起了肉食品加工厂,生产的火腿肠畅销全国。父亲的厂子设备老旧,市场份额被挤得越来越小了。

国庆之所以那么说,是因为他调去的军工厂也面临"军转民",不再生产武器,而是生产民用产品。军工厂的工人也将不再是半军人半工人身份,优越感荡然无存。至于究竟怎么个转法,转向何处,上级尚无明确指示,头头们也无明确方向,一切都在务虚研讨和市场考察阶段。然而,全厂已人心惶惶,都预感到"铁饭碗"即将没了。自从木材加工厂倒闭后进入了军工厂,国庆曾大为庆幸,此时强烈的危机感又来了。头头们为了开导工人,请经济学者给工人们讲了几课,算是下毛毛雨。

国庆自幼与父亲感情很深。他是早产儿,接生婆说他活不过三岁,连他母亲也几乎打算听天由命。倒是父亲视子如宝,百般疼爱。没想到他病病恹恹地活过了五六岁,后来竟越来越壮实,长成肩宽背厚的大小伙子。

父子俩从没高声大嗓地说过话,凡事有商有量的。如果发问的不是父亲而是母亲或姐姐,国庆可能不会那么耐心地解释。那番道理也是他心理上极其排斥的,属于听得很明白却心里很别扭的道理。

"人人有工作,人人能养家,工资低不怕,别分出三六九等就行!到年头一块儿涨工资,谁比谁多点儿那也可以,但同等资格的人之间不许多过十元去,这些社会主义的原则今天就不讲了吗?那还叫什么社会主义?"由于儿子没把医药费报销回来,国庆的父亲情绪特别激动,说话高声大嗓,脸红脖子粗。

父亲要亲自到厂里去,找曾是自己徒弟的头头们当面问清楚。国庆看得出来,对于父亲,道理上问不问得清楚其实无关紧要,主要目的不过是想把医药费报销回来。对于父亲来说,悠悠万事唯此为大。

国庆耐心劝父亲还是不要去的好,说头头们对你已经很不错,够关照的了,别去给人家添麻烦,那不好。

"怎么好?医药费报销不了啦反倒好?"父亲不听劝,还是到厂里去了。

后来,国庆听他姐说,父亲从厂里回家后沉闷无语,表情难看。医药费还是没报销成,连退休金也没领到。吃晚饭时他喝闷酒,问他为什么不痛快,他说:"别烦我!"

第二天晚上,姐姐从父亲口中套出了真相。国庆父亲在厂里没见到头头,却看到了一张大字报,上面写着他仗着头头当年是自己徒弟,受

第十一章

到不少特殊待遇。比如别人拖几个月甚至半年以上才能报销医药费，他却次次都能及时报销。不给别人报销的医药费，对他却大开绿灯，一律全报。一些工人对此非常不满，大字报上有他们的签名，还有他们按下的一排排红手印，其中几个是他退休前关系不错的同班组工友。他正在那儿独自看得光火，被路过的人认了出来，一呐喊，财会室奔出了不少人，有退休工人，也有他们的家人，都把火气发泄到了他身上，七嘴八舌把他羞辱了一番。

国庆听了，对父亲心生怜悯。星期天，他拎上一瓶酒回到从前的家，陪父亲饮酒，劝他想开些。

父亲明白他的孝心，说自己想开了。将醉未醉之时，他岔开话题，幽幽地问儿子，自己死后，他会不会与姐姐争房子？

国庆说那怎么会呢？自从姐夫死后，姐姐带着孩子孤儿寡母生活得多么不容易，自己当然愿意房子归在姐姐名下。

父亲就表扬他懂事，说自己不是偏心女儿，而是觉得女儿太弱，命也不好。她挺幸运地嫁了个营长丈夫，偏偏兵团解散，丈夫转业，不久病故了，而自己又下岗失业，没收入了。命不好，朋友多也行啊，却又不善交往，连好朋友也没有。国庆不一样，虽然小时候很弱，越长越强，没让他这个父亲操心，自己蔫不叽地就找好对象结婚了。国庆好朋友多，原先上班的厂刚一倒闭，不久就由朋友帮忙进了军工厂。如果不是好朋友多，他姐可能到现在还没班可上。

国庆安慰父亲只管放宽心，坚持吃药，把哮喘、胃病、关节炎这些老病治好，不必为姐姐今后的生活太操心。姐姐和小外甥今后的生活，他会照顾的。

父亲便翻出了房产证交给他，嘱他抽时间把房产证改成他姐的名字。说此事办妥，自己便没什么心事了。

国庆听得难受，保证当成事尽快办好。

父亲名下的房子是属于单位的，国庆星期一上午请了两个小时的假，去肉联厂把房产证的名字改过来。起初厂里管住房的人犹豫，说牵涉到住房的继承权，得他父亲到场才行，否则日后会起纠纷。他说天这么冷，父亲又是老哮喘，来一次肯定回去会冻病。他说父亲两个儿女，母亲已经不在了，他不与姐姐争就再没任何人会与她争，能起什么纠纷呢？对方一听也是，要求他写一份自愿放弃继承权的保证，他当场写了。

对方便不再犹豫，把房产证的名字改过来，还称赞他这个弟弟风格高。

下班后，他直接去了原先的家，郑重向父亲说自己办妥了。

父亲接过房本很高兴，夸他办事靠谱。

姐姐难得那日下班早，她在班上不慎烫伤了手，秉昆批准她休息两日。她说在弟弟的好朋友手下工作，干得挺顺心的，让他放心。

姐姐皱着眉头埋怨他，那么大的事怎么不征求一下她的意见，就自作主张地办了呢？他说多大点儿事啊，征求不征求意见有什么呢？何况是父亲的想法。父亲的想法好比最高指示，执行得越快越好。办妥了，父亲不就少了一桩心事！

姐姐惭愧地说，按民间规矩，住房向来是传儿不传女的。房产证改成了她的名字，等于她这个姐姐占了弟弟的大便宜。

国庆笑了，说姐姐你别这么想。咱家情况特殊，不必与别人家比。父母只有咱们姐弟俩，住房归在姐姐名下我高兴，谈不上什么占便宜不占便宜的。

姐姐便不再说什么，默默地两眼全是泪。

国庆情不自禁地抱了姐姐一下。

回自己家的路上，国庆感到一阵失落和惆怅。父亲说要把房产证更

第十一章

名的时候丝毫没有这种感觉，办理更名的过程中也没有，把更名的房产证交给父亲时还没有，听了姐姐的话后，反而有了一些。是啊，如果哪天父亲不在了，那处住房便是姐姐的家了。如果姐姐又嫁人，平日里没什么事的话，就不好随随便便再去了。即使去了，也不可能像回自己家一样无拘无束了。他对那里的感情深啊！

国庆一直觉得，自己是有两个家的，以后这种感觉不会有了。事情发生了质的变化——以前那里是父亲的家，姐姐和外甥住在父亲家；以后那里是姐姐的家，父亲住在女儿家了。

国庆有些茫然，仿佛灵魂无所归依。他看得出，姐姐虽然有些愧疚，其实也是正中下怀，也像父亲一样了结了一桩难以启齿的心事。

回到家，吴倩已下班了，正在做晚饭。她问："怎么下班这么晚？"

国庆说："办那事去了。"

他洗了手，帮她做饭。两人沉默良久，吴倩低声问："办成了？"

"嗯。"他不愿多说什么。

他发现妻子眼泪汪汪的，忍不住叹道："我只能那样啊！"

"我也没说什么你不爱听的话啊！"吴倩的眼泪夺眶而出。

国庆他父亲——不，他姐住的地方，离一处老商场不远。商场面积不大，却有暖气，而且供气很足，整个商场暖烘烘的。商场后边是一家医院，商场接的是医院的供暖管道，沾了医院的光。那里便成了附近一些老人获取温暖的好地方。

国庆他姐家是靠烧炉子取暖的，入冬前一点儿好煤也没买到，只能烧不起火苗的无烟煤面子。那种煤面子烧开一壶水都需要很久，做成煤球还勉强。父亲身体不好，姐姐心情不好，国庆为自己的小家烦愁多多，都忽视了在夏天应做些煤球。

国庆他爸也像其他老人那样，一早就到商场去，直到商场关门才回家。

国庆他姐自从丈夫死后严重失眠。一天后半夜，国庆他爸咳嗽得厉害，不咳嗽时喉咙也呼噜呼噜的，他姐也一夜没怎么睡。她一会儿服侍父亲吃药，一会儿给他捶背。等到早上老人出门、孩子上学，她收拾收拾屋子，多服了一片安眠药，想在白天补上一觉。

不幸就出在她多服了一片安眠药。她那一觉一直睡到第二天上午，是被儿子推醒的。

儿子站在炕边不安地说："妈，姥爷昨天晚上没回来。"

她这一惊非同小可，霍地坐起慌张地问："你留门了吗？"

儿子摇头。

"你怎么不留门啊你？"她吃惊得拧儿子的耳朵。

儿子忍着疼说："我怕坏人进屋。"

"那你昨晚怎么不推醒我？"

"我推了几次，你不醒。我又冷又困，不知什么时候也睡着了……"儿子自责地哭了。

国庆两口子很快就知道了这件事。

赶超们也很快就知道了。

朋友们调动起了一切可以调动的人手，二十几人在全市寻找国庆父亲。

那是嘎嘎冷的一天，秉昆得到消息时正在抢修房子——他家外屋的房顶被积雪压塌了半边，寒风呼呼地灌进来，里屋也根本待不住人。秉昆及时把母亲转移到了姐姐那里，把两个儿子转移到了姐夫那里。他不得不请几天假，想和郑娟把房顶支起来。姐夫蔡晓光料到那工程根本不是他夫妻做得了的,请了一名瓦工一名粗木工第一时间赶去帮忙。他们就地生起了火堆,否则连泥也和不成。全市不少百姓人家的房顶被积雪压垮了,两名打短工的师傅已有抢修经验,预先替蔡晓光请了一名焊工,买了些钢管、木料。钢管非是一般人想买就买得到的,幸而去年年尾有家钢材厂倒闭了,库里积压了一批。他们为了能在春节前给工人们开上一个月的工资,只要有介绍信,谁都可以买。正所谓"祸兮福所倚",不少人家的房顶塌了,那家钢材厂积压的钢管、钢梁什么的一时好卖了,厂里的工人们能在春节前领到工资把春节对付过去了,站马路牙子的短工们也有活可干,能养家糊口了。焊工师傅等钢材、工具一运到,周秉昆家就热闹了。三匠人闹周家,手锯、电锯齐用,噪声刺耳,火星四溅——这边,秉昆和姐夫蔡晓光在师傅们的吩咐下煮胶、熬沥青;那边,郑娟把易燃之物搬过来抱过去,唯恐火星溅着了。塌了的那部分房顶需补油毡,非用沥青不可;房梁的接茬儿处也得涂胶,要不日后会生虫。一时间青烟紫气缭绕,砍劈之声不绝。

秉昆质疑是不是非得用钢材,那得要花多少钱啊!

焊工师傅嘴角叼着烟说:"别舍不得花钱,钱要用在刀刃上哩!一劳永逸,矿井下都是用钢材撑顶子的,结实!"

秉昆说:"可我家不是矿井!"

木工师傅说:"你家眼下比矿井下还危险。"

秉昆又说:"我们也没打算在这儿常住!"

瓦工师傅说:"谁家又会打算在这种地方常住呢?可你们不打算常住又能搬哪儿去住呢?市里有年头没盖新居民楼了啊。"

绵里藏针的一句噎人话,让秉昆直眨巴眼睛。

姐夫蔡晓光打圆场,息事宁人地说:"怎么修咱得听师傅们的,咱们是外行,人家是内行。"

接着，他又小声对秉昆说："知道你这阵子手头紧，姐夫掏钱了。"

这时，于虹匆匆而来，说国庆的父亲失踪了。

秉昆问："一夜未归？"

于虹说："是啊，国庆快急疯了。"

秉昆连说："完了，完了。"

他的意思是——凶多吉少，即使老人找到，肯定也没命了。

姐夫蔡晓光是离不开的，没人监工不行。郑娟也离不开，得为师傅们做饭。秉昆只得自己随于虹而去。

路上，于虹问："你家怎么还用上钢材了？"

秉昆说："师傅们认为必须那样。"

于虹说："又多了一家上当受骗的！他们与钢材厂勾着呢，厂家卖出了钢材他们有提成。"

秉昆无心与她谈自己家的事，问朋友们都怎么个找法。

于虹说首先报了案，各派出所都表示一接到有关线索将第一时间通知家属，他们也只能做到那样。德宝提醒大家，以前发现的几个冻死的人，都是趴在结霜的下水道铁条盖那儿死去的。铁条盖结霜，证明那儿有热气外排，吸引人趴那儿。他们死后，几乎每一个脸都与铁条盖冻在一起，所以，朋友们满市寻找有下水道铁条盖的地方。

秉昆听得揪心，半天没再说话，只管一声不响地跟于虹走着。

于虹说："全市那么多有下水道铁条盖的地方，才发动二十几个人哪儿找得过来呀。"

秉昆忍不住又问："那咱俩哪儿去呢？"

于虹说："我先陪你去国庆家吧。他腿都软了，人快傻了，自己找不成了。我见朋友们都与他们两口子照过面，就你没出现，估计是因为你家有事，不想让你知道。我认为不好，你家的事再大，那也比不上国庆家的事大，对不对？"

秉昆说："对。"

于虹说："我瞒着赶超来给你报个信儿。不管结果如何，总之你出现了，日后你自己不内疚。何况呢，你出现没出现，国庆更在乎，是吧？"

秉昆说："是。"

国庆一见到秉昆，抱住他哇的一声号啕大哭。

秉昆拍着他的背说："别哭别哭，不是还没有最坏的消息哩。"

其实，他心里想的是都快到中午了，除了最坏的消息，断不会有什么好消息了。最后最确切的消息，肯定是最坏的消息。

男性朋友们先后回到了国庆家——除了常进步，他不知到哪儿找去了，没骑自行车，德宝估计也不会走远。每个人一进门先摇头，之后默默挤出地方站着。屋子太小，炕沿已坐满了人，国庆坐在唯一的破椅子上，有人进来便抬一次头。与其说他是坐在椅子上，还不如说他已不能从椅子上站起来一下了。老朋友都看着他，朋友的朋友们则大抵背对着他。因为他们只不过是冲自己的朋友的面子来帮忙的，与他以前没什么交往，不像他的朋友那么感同身受，所以都不愿让他看到自己脸上已尽到帮忙者那份义务的轻松表情。有几个人在吸烟，门半开着，好让烟散出去，否则屋里的烟味儿会呛得人流泪的。

赶超也进屋了。

国庆又一次抬起了头，他已哭红了眼。

赶超也像别人一样摇头。

国庆的头立刻又耷拉下去了。

女性朋友们有的在陪国庆他姐，有的还在那一片寻找。赶超骑着自行车往来于两边。在那个没有手机、普通百姓家也装不起电话的年代，只能由赶超来传递两边的消息。

赶超挤到秉昆跟前小声说："国庆知道你家房顶塌了的事，不让告诉你。"

秉昆找不到该说的话，叹了口气。

赶超对他耳语："国庆他姐有自杀念头，我叮嘱于虹寸步不离地陪着。"

秉昆还是不知说什么好，又叹了口气。

国庆忽然抬头叫道："吴倩！"

吴倩蜷腿坐在炕上。坐在炕沿的人都站了起来，闪向两边，好让国庆能看到她。

她木然地望着他。

国庆冷冷地问："你为什么坐在炕上？"

她说："我上炕不一会儿。刚才在外边找了半天，冻脚了，上炕暖暖脚。"

国庆又问："你真去找了吗？"

吴倩生气地反问："你什么意思啊？"

国庆语调更冷地问："我的意思是，你难过吗？"

吴倩也更生气地反问："你的意思就是我不难过啦？"

"你难过为什么一滴眼泪都不流？"国庆的脸在抽搐不止。

"非得像你那样才算难过？"吴倩的眼睛瞪了起来，她要发作了。

"如果你父亲失踪了，你就不是现在这样子。吴倩，我今天算把你看透了！"

"肖国庆，你居然说出这种话，证明你真不是个东西！"

"我扇你！"国庆朝吴倩扑了过去，炕沿两边的人立刻合围起来把他挡住。

秉昆对赶超说："把他弄外边去！"

于是，赶超帮着秉昆一个推一个拽地把肖国庆扯到了屋外。

第十一章

　　国庆开始问吴倩时，赶超对秉昆耳语："他两个多小时没说一句话了，说什么都别拦他，让他宣泄宣泄好。"

　　秉昆便一直未加阻止。

　　秉昆和赶超未及时阻止，别人不明其中原因，也都沉默，致使结果成了那样。

　　"爸呀，你到底在哪儿啊！我对不起你呀！"国庆一屁股坐在雪上，孩子般踢蹬着双脚，呼天抢地喊叫起来，完全失去了理智。

　　屋里也传出了吴倩的哭声。

　　"别干看着，让他冷静冷静！"秉昆拽不起他，对赶超说。

　　赶超便一把接一把抓起雪搓国庆的脸。

　　秉昆训道："你那样子就不对！让朋友难堪，让大家笑话！"

　　正闹得不可开交，一个不大不小的声音说："找到了。"

　　国庆顿时平静下来。

　　三人抬头一看，见是常进步。

　　医院住院部的院子里，在锅炉房后边炉灰堆的角落，国庆的父亲蜷作一团，像黑人母亲子宫里的黑皮肤胎儿似的，偎缩在背风的凹窝间。

　　在寒冷的昨夜，这里因为有新推出的炉灰，肯定散发着从远处就可见到的雾气，当然是一处有热度的地方，起码新炉灰刚推出时是那样。

　　炉灰堆三四米高，一面有跳板，锅炉工用小手推车把炉灰推上跳板倾倒下去，而国庆的父亲偎缩在另一面，渐渐被滑下的炉灰埋住，像被山体滑坡的沙土埋住一样。

　　常进步在这里发现了他。

　　不知道常进步怎么会找到这里来，他起初发现的是露在炉灰外的棉帽的半截帽耳朵，用手一扒现出了头，最后扒出了全身。

　　在三四米高的炉灰堆下，这位老退休工人蜷作一团的身体显得很小。

国庆抱住父亲的遗体放声大哭。

没人能看到那位老父亲的脸,国庆也不能。

他的脖子向胸前弯到了不可能再弯下去的程度,脸紧压在拱起的膝盖上,双手搂住脚踝,像高台跳水运动员的空中姿态。

那老退休工人似乎没脸见人,或似乎不愿让任何人再见他最后一面——包括他的儿女。

他达到目的了。

他的身体根本无法抻开。

国庆他姐昏过去了。

吴倩哭着跑开了。

后来,他就被那样子火化了;没法为他擦脸更没法为他净身,连套衣服也没法替他换。

秉昆他们帮国庆处理完丧事,已是一九八八年正月初一晚上了。

朋友们全都同意秉昆的主张——国庆的情绪那么糟糕,最好把他与吴倩分开一段时间。于是,赶超和朋友们强迫国庆暂去秉昆家住,郑娟去陪国庆他姐,于虹的任务是陪吴倩住些日子。

秉昆家经过抢修,看上去安全多了。一排五根茶杯口粗的钢管支撑着一根新木房梁,把顶棚托了起来。但顶棚只隔了一半,另一半因缺少木板就那样与房盖通着了。姐夫蔡晓光在任何情况之下都追求完美,要求把钢管刷成了红色。

秉昆问总共花了多少钱?

蔡晓光轻描淡写地说,没花多少钱,三四个月的工资而已。

秉昆心疼得身子一抖,尽管他明知姐夫绝不会向他要钱的。

第十一章

蔡晓光遗憾地说，另一半顶棚只得开春再隔了。

秉昆说不隔也行，可以往上放东西。

蔡晓光说那不行，北方不同于南方，没二层顶棚冬天屋里太冷了。他还问了一句："红色喜庆，也没征求你的意见就自作主张刷成了红色，能接受吧？"

秉昆说："红色是国色，家国一色，挺好。"

当天，赶超和进步陪着国庆在秉昆家住了一夜。

大年初一的晚上，秉昆撵他俩去陪父母，他俩不走。

国庆已不计较吴倩是真难过还是假难过，他竟怀疑起他姐的心肠来，觉得可能他姐认为反正房产证已经拿到手了，他这个弟弟写下了绝不相争的保证书，便开始嫌弃病病恹恹的父亲了。再加上父亲领不到退休金也报销不了医药费，唯恐成为她的生活累赘，于是狠下心来，明明听到父亲敲门就是不给开门……

"你们说有没有这种可能？有没有？我分析得对吧？"他一个劲儿地问三个朋友。

赶超说："哎呀国庆呀……哎呀……你分析得太可怕了吧？"

秉昆呵斥道："你浑蛋！你那么对待吴倩很浑蛋，现在又这么猜疑你姐就更浑蛋。你不该因为父亲的死就真成了一个浑蛋了！"

国庆又想起了另一件事，惴惴不安地问赶超："你还记得吗？就是德宝他父亲死后，我对你和秉昆说过不孝的话，当时我怎么说的来着？"

赶超回忆道："那事我记得，秉昆当时还训了你一句。让我想想……你说如果你父亲也死了，你家的住房问题就得到缓解了。"

秉昆便冲赶超发火："你胡说！你显什么好记性啊你？我怎么不记得他说过那种话？国庆你别听他胡说，你没那么说过。"

"他没胡说。我也想起来了，我是那么说过……会不会，因为我咒了我父亲，他有心灵感应，所以房子偏留给我姐，还要以一种不好的死法死给我看，为的是死后也要惩罚我……"国庆又流泪了。

秉昆与赶超互相看着，都有点儿束手无策，也都有点儿劝累了。

这时，进步大姑娘般慢声细语地说："如果老人家是自己不想再活了呢？"

三人的目光同时瞪向他——国庆将一双不大的眼睛瞪得圆圆的，一眨不眨。

进步说："脚印，你们谁也没注意脚印，我注意到了。我问过国庆的姐，老人家穿的是双什么鞋，问得很细。她说穿的是双大头鞋，两只鞋的后跟都钉了月牙钉。我从国庆他姐家往商场慢慢走，弯下腰看雪地上的脚印。那是条小路，雪没清除过。走那条小路的人不多，脚印少，我还真看出了有两行脚印肯定是老人家留下的。我从商场往回走时，发现老人家的脚印到了住院部那儿并没继续向前，而是朝住院部的后院拐过去了。后院门上着大锁，有一处的板障子缺了两块，人可以侧着身子钻过去。钻过去就是炉灰堆了，估计是偷煤的人弄掉了两块板障子。老人家的脚印是径直那么走过去的，这说明了什么呢？"

秉昆与赶超对视一眼，都不说话。

国庆急切地问："说明什么？说明什么呀？"

进步用平静的语调接着说："说明老人家早上出门时，也许根本就没打算晚上再回去，好父亲最不愿意的就是变成儿女的拖累。在这个天寒地冻的季节，大爷以那种方式，我的意思是，发生了那样的事，很可能是大爷左思右想之后的决定……"

"决定？你说是我父亲的决定？"

"仅是我的一种猜测，供你参考。"

"你他妈的怎么敢这么猜测！你怎么还敢当着我的面说供我参

第十一章

考？！"国庆大怒，揪住了进步的衣领。

秉昆和赶超连吼带掰，才让国庆松开手。

进步红着脸嘟哝："是你一个劲儿问我，我才说的哩。"

赶超说："进步的分析有些道理。"

秉昆说："同意，国庆你不应该再怀疑你姐如何如何了。"

他又问进步："谁教你那一套的？"

进步反问："哪一套？"

秉昆说："观察脚印那一套。"

进步不肯回答。

赶超也跟着追问。

"说！你小子必须说！不交代我根本不信你的话！"国庆逼他说。

进步不情愿地说："从小跟我父亲学的呗。我父亲总是这么教我——急事当前，人心纷乱，要留心见人所未见，听人所未听，才能先于别人发现真相。"

赶超叫道："然也，然也！咱们都忘了，他有一个解放前当侦察排长、解放后当军工厂保卫处长的父亲！"

国庆不再怀疑他姐心肠如何了，却又万分后悔起来，认为要是没把房产证过到他姐名下，让他父亲还有一桩心事未了，也许悲剧就不会发生。

于是，三个朋友便又接着耐心地劝他。

国庆离开秉昆家时，已是初三晚上了。他口头向三个朋友保证，绝不再怀疑他姐，也不会再对吴倩发火，要向她认错。

赶超不依，非要他写下书面保证不可。

秉昆和进步则表示相信，这才让国庆保住了一点儿自尊心。

秉昆送国庆三人出门后，扯了进步一下，在小院里站住了。

秉昆低声问:"还记得上次朋友们在我家聚时,你说了句什么话让大家愣了半天吗?"

进步想了想,反问:"不祥的感觉?"

秉昆说:"对!就是那句话。"

进步说:"为什么问?"

秉昆说:"想知道你现在还有没有那种感觉。"

"有。"停顿一下,进步脱口而出,"更不祥了。"

赶超喊:"你俩嘀咕什么呢?"

秉昆叮嘱:"别告诉他我问了什么,你说了什么。"

进步说:"明白。"

郑娟回到自己家时快十点了。从贫民区到贫民区,没有柏油路,也无车可乘。雪连冰,冰接雪,处处滑,距离不算远,她却走了一个多小时。

铺油毡所用的沥青剩下了些,秉昆从桶里刮出来搅拌在煤球间。炉火熊熊,炉盖子都快烧红了,屋里挺暖和。

夫妻二人皆无困意,坐在炉前烤火说话。

秉昆说:"咱爸一名工人,其实还是有福气的。死在家里的热炕上,死时自己的两个儿子都在近前。死得没遭罪,睡长觉似的就睡过去了。如果像国庆他爸那么一种死法,我肯定比国庆还心疼,还受不了。"

郑娟说:"你刚才没说全。咱爸死时不止你和你哥在近前,还有我也在。当时我正为他剪指甲,比你和你哥离他更近,咱爸确实死得有福气啊!"

秉昆苦笑道:"什么事都忘不了强调你的重要性。"

郑娟认真起来,她说:"不强调不行啊,人都容易忘恩。咱爸在时,他一再强调我是周家的有功之臣,确立了我在你们周家的那么一种地位。如今他不在了,谁为我维护地位呢?"

秉昆做出郑重的样子说:"那当然得我负起神圣的使命啰!"

郑娟说:"吴倩初二去看过国庆他姐,于虹陪着去的,我们三个给国庆他姐包了好多饺子。听于虹说了国庆当着那么多人的面冲吴倩又吼又叫的事,我心里好怕。怕你有一天也会因为什么事对我那样,那我可受不了。你要知道,一个人被当成功臣敬得久了,对别人的态度就有要求了。"

秉昆问:"那你对我的要求是什么呢?"

郑娟说:"不仅要爱我,这是起码的。仅爱不够,你要永远地敬重我。敬重你明白是怎么个敬法吧?"

秉昆说:"明白是明白的,要我永远爱你没问题,可要求我敬爱谁那是不太容易的。"

郑娟说:"做到那样也不难。你要经常对自己说,我的命真好呀,我怎么有这么好的一个老婆呢?如果我老婆不是她,而是别的女人,我们周家有可能就乱了套了,日子绝不会像现在这么好。"

反正既无困意,也无事可做,秉昆便继续逗她:"如果我还是做不到呢?"

郑娟板脸道:"你最好能做到。咱妈疑心我是狐狸精不是瞎疑心,只不过她没疑对。我不是狐狸精,但也不是人。"

说到此处,她故意装出冷笑,一双丹凤眼乜斜着秉昆问:"怕了吧?"

秉昆顺水推舟说:"怕……那你到底是什么呢?"

她说:"实话告诉你吧,我是修行了两千年的老虎精,因为修行中吃了不少人,被上天变成了小猫。上天念我比白素贞还多修行了一千年,没忍心结束我的性命。我妈也不是凡人,是万年的龟婆变的。她同情我,自愿保护我。现在我的道行又恢复了些,如果你敢欺负我,我就还原形,呱嗒一口……"

"把我吃了?"

"先不吃你,先吃楠楠。吃了楠楠,又呱嗒一口……"

"不许再说了!"

秉昆捂住了她的嘴。

她一动不动。

片刻,他把手放下,皱眉道:"跟谁学的?不好好说会儿话,编那些乱七八糟的干什么?小孩子呀?多不吉利!你别忘了今天还是初三!"

她说:"为了吓你!"

"吓我?大年初三的吓我干什么?"他真生气了。

她说:"在国庆他姐家包饺子时,于虹说德宝亲口告诉赶超的,他在酱油厂有个红颜知己,说他和春燕其实没什么共同语言。吴倩说你也亲口告诉过国庆,你们编辑部有个女大学生追求过你。于虹说男人只要有了一点儿小权力,十个中有九个就不再爱老婆了,都想离了再找个更年轻漂亮的。吴倩说这是男人的通病,剩下的一个也不是根本没想法,是有那贼心没那贼胆……"

秉昆歪头看着她那终于开了心窍似的模样,听她说着那些别人传授给她的至理名言,又好气又好笑,觉得另有一种可爱,忍不住要爱抚她。

"别那么认真行不?过完春节我非找国庆和赶超不可,命令他俩要对自己的老婆严加管教,万一把我的大宝贝儿带坏了那还了得!"

他想把她搂入怀里,她却一次次推开了他。

她起身去刷牙,洗脸——他希望享受一番的炉前私语,让他颇觉尴尬地结束了。

她刷牙的时间比每次都长,洗脸也格外仔细——脱了棉衣、毛衣,反

第十一章

折花衬衣的领子,挽起袖子,洗啊洗的,洗了半天。

洗后又梳头。

秉昆便认为那是她将要对他进行完全奉献的暗示,不待吩咐,为她兑好了洗脚水。

当她坐在脚盆前脱鞋袜时,他柔情蜜意地说:"我帮你洗?"

她淡淡地说:"不用。"

他就站在她旁边刷牙,欣赏她那双好看的脚浸在水中的情形。

自从当上了"和顺楼"副经理,每天下班都很晚,回家后也觉很累,枕席之欢已是久违的事了。他曾像孩子般盼着春节的到来,为的是能够从容地弥补损失。可是却出了屋顶被雪压塌的事,出了国庆他父亲那档子令人震惊的事。天一亮就是初四,初六就该上班了!

一九八八年正月初三的夜晚,他想要她的想法强烈无比。

家中温暖,母亲和两个儿子都不在家,他渴望把她当成美味佳肴饱餐一顿。

他洗脸时,她已洗完了脚,在为他兑洗脚水。

他洗脚时,她已躺在被窝里了。

他说:"何必铺两个被窝?"

她说:"在国庆他姐家睡不实,总怕我睡得太死,他姐生出不好的事来,我得补觉。"

他上了炕,关了灯,只当她没说过补觉不补觉的话,一如既往要同盖一床被子。

她把他推出了被窝。

他硬要钻入。

她用身子把被子边压住。

他说："你这是干什么！"

她说："跟你说过了，今晚我要一个人好好睡一觉。"

他说："以前我搂着你睡，你也睡得很香！"

她说："那是假装的，为了你高兴，也为了让你睡得好。"

"你胡说！"他光火起来，硬是把她盖的被子掀到一边去。

她居然穿着衬衣和衬裤，那是他们成为夫妻后从没有过的事。

她仰望着他，抗议说："我是你老婆，但不是你的玩具。你高兴了，为了更高兴要我；伤心了，为了要得到安慰要我；烦恼了，为了去除烦恼要我；生气了，为了消气要我。总之，不管我的心情怎么样，你想要，我就得给，还得百依百顺，温温柔柔地给。我不是说我不愿意那样，每次我也愿意的。如果反过来行吗？多少次我想要的时候，你不是都装作没看出来的样子吗？"

他更加光火了，任她说她的，粗暴地脱她的衬衣。她不配合，衬衣扣子一颗颗掉下。她停止反抗，头在枕上一歪，侧脸说："随你便吧。"

他终于兴味索然，翻到一旁去了。

他不明白她究竟怎么了，认为是吴倩和于虹把她教唆坏了。

天亮时，他听到了她的哭声，还想趁机钻入她被窝，她却又用身子压住被边。

他也抗议说："你哭个什么劲儿啊，我也没欺负过你哩！"

她说："和你无关，我想咱爸了。要不是咱爸勤快，做了那么多煤球，这个冬天咱们就受冻吧！"

说罢，她以被蒙头，哭得更伤心了。

他懒得哄她，也想起父亲来。

他想自己的父亲真是太有福气了，一辈子受用足了工人阶级的光

第十一章

荣，也可以说是带着那份光荣离开这个世界的——他那些活着的工人弟兄们却没那么幸运了。德宝他爸的死险些造成了德宝和春燕的离婚。国庆他爸死得那么惨，也造成了国庆对姐姐和妻子的猜疑。赶超说，他父亲同样保存着不少单位没钱可报的医药费报销单呢！春燕、吴倩、于虹她们父亲的单位也岌岌可危朝不保夕。无论朋友们的小家还是大家，似乎总有不愉快的事，欢乐就更别指望了。推而广之，他想到了民间常用的一个字——坎。

对于工人们来说，这个坎才分明刚刚现出雏形——它到底有多大？到底是怎样的一种状况？到底会持续多久？三年五年，还是十年二十年？这些问题一直纠缠着秉昆，不知道去问谁。知道问了也白问，没人回答得了。

接着，他想到了进步的两句话：

"不祥的感觉……"

"更不祥了……"

除了向阳和吕川，现有的朋友们都是做了丈夫成了父亲的工人，他们的妻子也是。朋友们的命运接下来会有多糟呢？

世上有这样的人吗？朋友们都陷入了空前的困境，处在水深火热之中，而他自己居然能活得幸福自在。

世上曾有这样的人吗？

纵然有，那也绝不会是他周秉昆啊！

他做不到！

何况，他认为如果工人们的人生节节败退溃不成军，自己的境况也不会好到哪儿去。

依他想来，到了那一天，"和顺楼"倘若照样聚集着一些靠打白条胡吃海喝的工厂头头脑脑，工人们不把"和顺楼"砸了才怪呢！

对于"和顺楼"和杂志社来说，白条只不过是一些白纸条，没有任何意义了，而他这个副经理也就当到头了。

他又将何去何从呢？

他不由得侧身看着以被蒙头的妻子。她已经不哭了，背对他侧着身。

他想向她承认，以前他要她乃是对肉体和精神的单纯欢乐的需要——不论他高兴或伤心时，烦恼或生气时，他对她的身体的渴求都仅仅是对单纯欢乐的渴求。那种欢乐能够成倍增加他生活的喜乐，提升他生活的品质，也能够像"敌杀死"灭蟑螂、臭虫一样彻底消除他的不良情绪。是的，她的身体对他具有那种灵丹妙药般的奇效。

现在，确切地说是自一九八七年下半年以来，他活得越来越没有安全感。工人下岗和物价上涨两件事让大家人心惶惶，也让他越来越精神紧张。第一件事目前对他只是间接的负面影响，但他觉得迟早有一天也会轮到自己头上。物价上涨已影响到每一个城里人——儿子的学费书本费，还有蔬菜和肉的价格都已经翻了一倍，可他这个副经理的工资仍然是每月七十多元，参照的是老编辑们的平均工资。这七十多元，扣除每月的水电费、两个儿子的学费以及买粮买菜的钱，所剩无几。全家五口人中，除了他自己可以报销医药费，另外四口人一旦生了病，打针吃药每分钱都需要自掏腰包。父亲在时，他还没怎么有过经济危机感，那时父亲每月的退休金挺管用的。父亲带走的不仅是他的光荣，还有他的退休金。在城市里，每一位退休了的老父亲对家庭都十分重要，即使像国庆那样一位病病恹恹的父亲。一旦没有了他们的退休金，每个家庭的物质生活水平都将降低。

他有这种切身感受，德宝也有同感——他母亲身体不好，他父亲在时，一半退休金全用在为他母亲买药方面。德宝父亲抱怨药价贵了时，德

第十一章

宝没什么感觉，左耳听右耳出，基本上不过心，因为不花他的钱。他父亲死后，他不得不花自己的钱了，花了还不敢对春燕说，怕她不高兴。德宝的小金库越来越入不敷出，还向秉昆借过钱。

国庆肯定也将面临更严重的经济压力，以前他父亲为他负担着一半房租，以后他再也指望不上那种经济援助了。

郑娟不当家，不当家不知柴米贵。近一两年这个家的经济支出情况是这样的——秉昆每月领到工资后，先把该买的都买了，水电费都交了，连两个儿子和母亲的零花钱也都给了；剩下的钱，除了自己身上平日需带几元，分三次往带小锁的抽屉里放，隔十日放一次。钱不多，小锁几乎从没锁过。郑娟想为家里买什么的话，拉开抽屉里边总是有钱的。郑娟所要买的无非就是蔬菜，她也抱怨过菜价涨得太离谱，却没什么危机感，仅仅是抱怨而已。抱怨过了就不去想了，下次再买菜后再抱怨一次而已。

也许因为她以前的生活毫无亮点吧，除了对物价有所抱怨，在她看来目前的生活简直处处是亮点：两个儿子健康成长，学习都挺省心；楠楠与秉昆的关系日渐亲密；婆婆更加黏着她……

每次拉开抽屉，见里边还有钱，哪怕仅仅几元钱，有时甚至会欢喜地说："还有好几元钱啊！"

掐指算算，假如已是第一个十天的最后一天，便仿佛是在过富裕日子似的。

她甚至会郑重且愉快地告诉秉昆："上一个十天，咱家好几元钱没花完！"

听来好像是在说："咱家好有钱啊，怎么花不完呢！"

这时，秉昆便苦笑道："是你会过呗，下一个十天我少往里放几元？"

她居然会特有成就感地说："行！存你那儿。"

就连家里出现了支撑危房的五根红色钢管，在她看来也无疑是亮点。

她曾欣赏地看着，围着一根根钢管转，情不自禁地说："真漂亮啊！"

秉昆想起春燕告诉过他，一些男女街坊背后说她"有点儿二"。

他甚至觉得，对婚后生活的知足常乐，让妻子比结婚前更"二"了——不，也不是这样，实际上秉昆认为她结婚前一点儿也不"二"。

郑娟一直保持妩媚之美，体态丰润且不失窈窕。她生了第二个儿子之后像吹了气似的胖过两年多，如今又奇迹般地恢复了好身段。这样一个女人居然成了他的老婆，整天高高兴兴地和他生活在一起。在太平胡同那个小土窝里她心安意定，搬入一幢小苏联房她欢天喜地，从那儿搬到地下室她仿佛也没什么，总之是忙前忙后特来劲儿。他损失了一千六百元也没埋怨过，只说了一句极想得开的话："就当成花钱做了一场美梦吧，做过那么一场美梦挺好的。"从地下室搬到了光字片，她照样搬得乐呵呵，房顶被积雪压塌了，她却说："老天爷真瞧得起咱们，整个光字片只压塌了咱家的房顶！"屋里多了五根红色钢管，她还挺喜欢，也不问问花了多少钱……是的，这女人只要还是他老婆，只要还和他生活在一起，她就会高高兴兴地热爱着生活，高高兴兴地以她的标准做他的好老婆、周家的好儿媳、两个儿子的好母亲。

秉昆经常因为有她这样一个老婆而感激命运之神的恩赐，甚至也有几分感激"棉猴"和瘸子，对涂志强也产生过不无敬畏的迷信心理——好像他们都是按冥冥之中神明的指示做他们该做的事，促使郑娟有些故事色彩地成为他老婆。至于那故事的某些部分她不情愿接受，他也极其排斥，都不重要了。

上天让一个人的命运有怎样的安排，人自然无可奈何，只能顺从。重要的是结果，结果是郑娟成了他老婆。就冲这结果，他必须感激上天，也

第十一章

该感激"棉猴"、瘸子和涂志强……

周秉昆的确这么想过，他知道迷信的想法不可取，却又希望自己那迷信的想法并不荒诞，而是不可向外人道出的一种真相。

有时，他也会很困惑：为什么自己的老婆这么"二"呢？朋友们的老婆非但不"二"，还各有各的精明。春燕的精明体现在善于走上层路线方面，体现在对政治好处含而不露热度不减的向往，还体现在对单位的经营管理。于虹的精明体现在当家做主过日子方面，不论交水电费还是买东西，谁想占她一分钱便宜门儿都没有！赶超想有自己的小金库，他多次周密计划煞费苦心，都被她的精明给彻底摧毁了。她不温不火，持之以恒、稳操胜券地与赶超进行着两口子之间的经济阵地拉锯战，始终让阵地牢牢固守在自己手中。吴倩的精明体现在良好的亲戚关系与民间社交方面，凡与她家或国庆家沾点儿亲戚关系的人，只要以后也许会求到的人，哪怕父母们早已与对方断绝了来往，她也能想方设法重新联络上，并让关系一天天亲近起来。贩夫走卒，各色人等，没有她想要认识而认识不上的。国庆能调到军工厂去，那也是由她出面找常进步，多次找进步的爸爸，最终没花一分钱办成的。

自己的老婆郑娟有什么精明之处吗？

多少次他在被窝里侧身看着她熟睡的脸自问，每次自己给出的回答都是同一个字——无。

没有也罢，不"二"就行，但连他自己也不得不承认，她确实挺"二"的。

如果她不"二"，自己会更爱她吗？他们的小日子会比现在强吗？

他每次都难以做出肯定性回答的。

昨晚，她匪夷所思地使起小性子来，这是少有的事。他虽大为光火，今天早晨却原谅了她。

他也不打算哄她高兴,他自己还没高兴起来呢!他相信,她经过反省之后是会主动投怀送抱的。

一九八八年正月初四早上,在亲历了好友肖国庆父亲之死全过程后,明摆着当不长的"和顺楼"副经理周秉昆,对他的爱妻产生了异常强烈的新要求——也许说是需求更恰当。

他希望能从她身上获得到的不再仅仅是肉体和精神的欢乐,更希望从她的身体里边获得安全感,获得抵挡某种恐慌的生命能量。

他如同电影《侏罗纪公园》中的孩子,被困在汽车残骸里,耳边听到了剑齿恐龙庞大的蹄足一步步踏过来所发出的地面颤抖的声响。

他恐惧那种威胁的迫近。

从本质上讲,他比德宝、国庆和赶超三人更善良,也更富有正义感和同情心,却不如他们三人坚韧。这或许是因为,他们没有他那样的哥哥和姐姐,也没有他那样一直享受着工人阶级的光荣感的父亲。他们在精神上毫无依靠,自己怎样他们的人生便会怎样。他在精神上却曾经是个襁褓儿,先是以父亲为精神支柱,后是以哥哥姐姐为精神支柱。很长一个时期,他曾靠这样的一种想法来生活——无论我生活得怎样,但我有一位光荣的父亲,还有特有出息的哥哥姐姐!

如今,父亲不在了。

如今,有大学文凭的人多起来了。有些人的兄弟姐妹在读博士,自己哥哥姐姐头顶的光环已不再那么耀眼。哥哥姐姐除了在他经济拮据时能给点儿帮助,其实对他的人生帮不上什么太大的忙了。

那绝对不仅是想象中的,比他的想象庞大百千万倍的"恐龙"已在城市到处出现,畅行无阻。它们似乎可隐形,也似乎可分身,不但让所

第十一章

谓工人们闻风丧胆,也让绝大多数城里人惶惶不可终日。

不仅他恐惧,德宝、国庆、赶超和他们的老婆也恐惧。连进步对自己以后的人生都表示过忧虑,只不过大家相聚时尽量不说罢了。

在他所熟识的人当中,只有夜夜与他同床共枕的老婆这个奇特女人似乎并未心存恐惧,依旧整日乐呵呵的。

他不愿对她说自己的恐惧。有时,他真想整个人都进入她的身体里,蜷缩在一个温暖的极其安全的母体中,哪怕像睡上一长觉似的,仅仅与世隔绝一个时期也好。

下午,周蓉把母亲送回来了。她一再向弟弟和弟妹解释,不是自己不想留母亲在她那里多住些日子,而是母亲一听晓光说这边房顶修好了,非回来不可。

婆媳二人一见,亲得让秉昆和周蓉吃惊。

周蓉不无惭愧地说:"如果这时候来了查户口的,我说我是咱妈的女儿,估计人家还不一定信呢。"

秉昆苦笑道:"大概还会以为我是咱家的女婿,真是邪了门儿了。"

郑娟牵着婆婆的手,在五根红柱子之间穿来穿去,详细地向婆婆讲述施工过程。

母亲说:"好看,好看,我儿媳妇设计得真好!"

秉昆说:"不是她设计的。"

郑娟说:"那也是经过我批准的。"

母亲说:"娟儿你批准得对,谁最后批准的功劳当然归谁!"

郑娟说:"我听别人讲天安门前边也有几根石柱,叫华表。妈,你觉得咱家这五根红钢管照华表那样再装饰点什么,好不好?要不看着太光秃了。"

母亲就说："对，对，我儿媳妇就是有好想法！"她转身命令儿女，"想法好那也得落实好，你俩记着把娟儿的好想法尽早落实了！"

她说完，不再理儿子和女儿，与郑娟手牵手走到了炕边。

婆媳俩脱鞋上炕，面对面盘腿而坐，促膝交谈。

秉昆把姐姐送出门时，听到屋里笑得嘻嘻哈哈。

周蓉说："真羡慕她俩的幸福感。"

秉昆问："明后年，你估计失业的事会结束不？"

周蓉叹道："才刚刚开始啊。"

第十二章

正月初六，秉昆刚到"和顺楼"，还没来得及换西服，国庆他姐便向他报告，有位顾客要求见他一面。

对方是邵敬文。

邵敬文说门口的告示他看到了，中午他要带几位客人来吃饭，而且只能打白条。他说起先不想来"和顺楼"，是客人们提出要来这里，因为这里离文化馆近，而且是曲艺家开的，人家是冲着"曲艺"二字来的。

"人家提出要来这里，我作为主人没理由不满足。我可是通过好几位朋友的介绍认识人家的。南方做羽绒服的父子俩，原先是养鸭的农民，后来不养鸭了，办起了羽绒服厂，逐渐有经济实力了，想在咱们北方拓展市场，有意租下我们文化馆的一层楼。如果谈成了，我这个馆长今后几年就好当了。"

秉昆一听"南方"和"拓展市场"之类的话，就气不打一处来，但一见邵敬文那英雄气短的样子，顿时又心软了。

邵敬文接着说："文化馆账上已经没钱了，市里的拨款还不够开半年工资，我当馆长的不想办法不行啊！要是到别处去打白条，那也没谁肯给我面子啊！秉昆你看这事……"

秉昆只有痛快地说："门口那告示对你例外，只管带客人来吧，酒水除外，想点什么菜点什么菜，算杂志社宴请老主编了，这事我做主。"

白笑川闻讯出现，说会通知几位曲艺家，中午前来助兴。

那顿饭邵敬文的客人们吃得很开心，双方在饭桌上把合同签了。

送走他们后，白笑川说："自从'和顺楼'开业以来，就这么一次我陪得高兴。"

秉昆说："老邵瘦多了。"

周秉义岳母金月姬的姓名像是朝鲜族的，其实她是汉族，金月姬是她的化名。抗战时期，她作为东三省老资历的地下工作者，主要在延边地区组织、发动武装抗日活动，担任过几支抗日队伍的政委，化名是当年的工作需要。实际上，她不止"金月姬"一个化名，但这个化名用的时间最长，从抗战时期一直用到新中国成立初。担任了省妇联领导后，她曾想改回到真名实姓，可那么一改，许多熟悉她的战友和同志将不知道她是谁了。组织上说服她不妨继续用"金月姬"这一化名，她一向事事服从组织，便答应了。她长期担任省妇联领导，除了组织部门管干部档案的人，很少有人知道她的真名实姓。

组织部门把她归入抗日干部，但同属抗日时期的干部，她的革命资历却要老得多。许多抗日干部的革命时间从一九三八年算起，通称"三八式"。她却在一九三一年"九一八"事变后就参加革命，次年入党，当时才十九岁。二十多岁时，赵尚志、杨靖宇、李兆麟、赵一曼等亲昵地称她"小金同志"。她主要代表中共满洲省委在抗联部队之间互通情报，传达指示。

老太太革命历史清白，既无污点，也无疑点。因为解放前打过仗、负过伤，身体被折腾垮了，落下了病根，组织上完全出于照顾她，才安排她担任了一个闲职，还是副的。就资历而言，那是相当委屈她了。

组织部门的同志当年对她说："鉴于您的身体情况，我们考虑来考虑去，觉得这样安排您比较合适。省妇联主席现在是副省级，如果您担任副职,那就只能是厅级。您考虑考虑,不必勉强,有什么想法再沟通商量。"

她当即表态:"不必考虑,请组织决定吧。革命不是交易,共产党人不应该向组织摆资格,和组织讨价还价。感谢组织对我的关怀,也多谢同志们为我的工作费心。"

她说的不是冠冕堂皇的假话,而是发自肺腑的真话。依她想来,丈夫已经是副省长,自己何必再争一个副部级待遇呢?担任正职,那是要兢兢业业、勤勤恳恳、任劳任怨地主持工作,而自己的身体确实再难承担重任了。何况,革命是一回事,凭一腔热血就行;领导人民大众建设新中国是另外一回事,领导哪一行业都得尽快从外行变成内行,对于自己能否做到这一点她信心不足,起码没有丈夫那么有信心。担任省妇联的副主任,她自认为是可以胜任的。

除了以上很实际的考虑,她头脑中保留着那种功成身退的想法。她这位省妇联副主任一当就是三届多,直到一九六六年。其间换了几届妇联主任,她这位资深的副主任却从没换过。没人与她争,争不过的。一把手资历比她浅,她也并不觉得有什么不适,对一把手都很尊重,从不摆老资格。她对机关的同志包括普通工作人员也特别和气,与人为善,绝不给人小鞋穿,这让她获得了极高威望和普遍敬意。

十六七年中,她的工作无非就是在开大会或举办大型活动时坐在主席台上,主持、照稿讲话、颁奖或只不过端坐着。她还参与有关妇女问题的调研,节假日到妇女密集的行业慰问,仅此而已。一年有一半时间,她待在家里不上班。

"文革"伊始,这成了她的一大罪状。"享受的是高干待遇,干的工作却比机关服务员还少!""红色寄生虫!""不走路的走资派!""僵尸型妇联领导!"——矛头指向她的大字报还不少。

最令人费解的是,从尊敬到攻击、践踏,竟不需要转弯子。

那些批判并未让她惊慌失措。几乎所有的领导都受批判，如果自己例外才会让她惊慌失措。相反，她认为革命群众以大字报的方式对她的棒喝是鞭辟入里的，她心悦诚服地表示接受，表示坚决改正。

她把自己十六七年间的存款悉数捐给了造反派们，供他们买纸张、胶水、墨水、刷子，制作战旗、彩旗、袖标。

她到造反派们的各级指挥部、联络处去，逆来顺受地当他们的老勤务员。

她那么做也是真心诚意的，为的是刷洗"红色寄生虫"这一耻辱。对于她，那种比喻如同烙在她身上的无形"红字"，是所有批判词汇中最让她深感不齿的。

万万没有料到的是，后来她的丈夫猝不及防地卷入了所谓共和国第一大案。她和丈夫先后锒铛入狱，分头关押，十年间互相不知死活。

她和女儿郝冬梅一样，也是在"文革"结束、自己重获自由之后，才知道自己丈夫已被迫害致死……

一九八七年，当了几年挂名的省委顾问以后，她彻底退休了。唯有母亲和岳母两个身份，对她来说才有实际意义。

她以正厅级的干部级别享受副部级待遇，这是组织部门特批的——再也没有人质疑了。

"老太太从建国初就该享受那点儿待遇的，人家亏了好多年，早该给人家补上的！"

"人家是豁出命来抗日过的，这是如今的厅级干部没法比的，是该由国家好好供养起来。"

"据说陈赓大将有资格授元帅衔的，谦让了。人家老太太当年也一样，高风亮节哩！"

传到她耳中的，多是以上这类话。正所谓"三十年河东，三十年河

第十二章

西"，天道既变，人道也变。

有时她难免也想，自己当年的不计较，是否意味着是一种迂腐？如果当年稍微表示一下对级别的重视，组织上是会考虑的。现在的副部级待遇就不必特批了，好像如今某些副职干部名片上印着正职级别似的，名不正言不顺，有点儿闹心。

这种想法她只对女儿一个人说过，连对女婿周秉义都没说过，怕女婿内心里看低自己。女儿倒是很开通，劝她想想自己那些为革命牺牲了的战友。即使这种话是由女儿口中说出，还是让她脸红了好一阵子。

她那一批干部与如今干部有一点不同，他们因待遇问题心理不平衡时，有牺牲了的战友们比着。只要肯比，一比就没情绪了。

对秉义这个女婿，金月姬没见到时心理上是抵触的。

"你也太没底线了吧？妈知道你当年受爸妈牵连吃了不少苦，但是再苦，咬咬牙不就挺过来了吗？妈不是在监狱里都挺过来了吗？不就是由高干女儿变成'黑五类'女儿了吗？不就是当了几年知青吗？比你爸妈当年干革命还苦？说到底是你不够坚强。如果够坚强，能守住择偶的起码底线，挺到现在选择的标准不就又可以高起来了吗？找个什么样家庭的不行？偏往边边角角的地方找！光字片那种地方妈是听说过的，那种地方的普通人家里能出多么优秀的青年吗？不见面，妈也能估计到你嫁了个什么样的丈夫！"她对女儿择偶的失望没法掩饰。

冬梅则不解释，不分辩，更不争论，静静听着，默默一笑而已。

见了秉义，她的态度转变了。见面地点在她家客厅，谈话方式基本是岳母问，女婿答，过程没超过一小时。

秉义走后，她对冬梅说："形象还不错，个子挺高，国字脸高鼻梁的，算得上仪表堂堂吧。你爸像他那个年龄时就那样,你俩挺般配。有书卷气,书卷气是男人的好气质,举止也斯文。我奇了怪了,光字片的人家怎么会有他那样的儿子?"

冬梅笑道:"我以为你会要求我跟他离婚呢。"

她认真地说:"如果你真给我带回一个平庸的女婿来,你当妈不会吗?反正你们又没孩子!"

冬梅问:"那,下一步妈什么意见呢?"

她郑重地说:"妈收回先前关于你丈夫的话。不知者不为罪,归根到底是你的错,你也没跟妈多讲讲他呀,只说他是光字片的,我可不就会那么猜呗。别急着听妈的意见,先回答妈一个问题——你爱他吗?"

冬梅肯定地回答:"当然啦!"

她又问:"很爱吗?"

冬梅有些奇怪:"是啊。"

"现在还很爱吗?"

冬梅不高兴了:"妈,你问得莫名其妙!"

她说:"有些夫妻,谈恋爱时互相很爱,谈的就是恋爱哩。一日不见,如隔三秋。可婚后没几年,热乎劲儿一过去,彼此感情就寡淡了,所以妈才那么问。"

冬梅自豪地说:"我们跟那样的夫妻不一样,并且将永远不一样。"

她也满意地说:"妈要的就是你这句话。有了你这句话作为前提,妈可以正式发表意见了。你们一块儿回家来住吧,免得妈整天只能在家里看到小阿姨一个人,日子过得挺冷清的。"

于是,秉义就成了变相的倒插门女婿。

如果说秉义给岳母留下的第一印象只不过是良好,那么,共同生活了不久之后,他在岳母心目之中便是一个优秀的女婿——不,不仅是优

第十二章

秀的女婿，以一位老共产党员的眼光看来，还是一名优秀的年轻党员干部。每天晚饭后，秉义怕她寂寞，总是会在她睡前陪她聊一阵子。

她有言在先，不喜欢聊政治，说自己是一辈子的政治人，耳中听"政治"二字已听出老茧了。她说："我这一辈子对别人说的话，十之七八与政治有关，别人对我说的话也如此。好像与政治无关的话成了我们这样的人可说可不说、说几句意思意思的话似的。如今我想反过来，多与人聊些与政治无关的话，老百姓日常生活中的喜怒哀乐，大小知识分子特立独行的逸闻趣事，你们当年的知青经历，哪些书对你的影响，还有柴米油盐、萝卜白菜、棋琴书画、风花雪月等，范围越广越好，随你的便。"

她了解人间百态的欲望特别强烈。

秉义说："妈，只怕聊某些人某些事的时候，起先似乎和政治无关，但聊着聊着，不知怎么一来又和政治有关了。"

"那也没什么。中国的事，与政治根本无关的本来就少。柴米油盐、萝卜白菜尤其是政治，棋琴书画、风花雪月以前不是直接被批成'封资修'了吗？与政治有关了，咱就把那部分跳过去，或者换一个话题。在自己家闲聊哩，我不扣帽子，也不打棍子，给你充分的言论自由。"她对女婿讲什么很宽容。

倒是冬梅很潇洒，她从不认为自己有陪母亲聊天的义务。吃罢晚饭，她起身便走，或到楼上读书、听广播、学英语，做在学校没做完的工作。有时也下楼旁听一会儿，对话题感兴趣就掺和几句，不感兴趣起身又走。她还抱怨说，丈夫陪她的时间少了，陪她妈的时间多了，自己的幸福指数降低了。

"秉义，你听听，哪像女儿跟妈说的话？你们小两口在一起那么多年了，你陪妈聊会儿天就冒犯她了？都是你把她惯的！"

然而，世上只有母亲反感儿子惯媳妇的事，很少有丈母娘反感女婿惯自己女儿的例子。老太太乐得合不拢嘴，从此对秉义更加青睐。

有一天晚上，岳母指着挂在墙上的一幅书法，问秉义有何评价。

秉义问："妈指的是书法，还是字意呢？"

那幅书法写的是北宋大儒张载的名言："为天地立心，为生民安命，为往圣继绝学，为万世开太平。"

她说："两方面你都谈谈。"

秉义看着书法作品说："能看出不是一般书法爱好者写的。肯定自幼临帖，童子功扎实。虽然是以楷体写的，但此人行书草书比楷书更高一筹。行书草书写惯了，写起楷书来未免有些拘谨。"

她拍膝说道："对极了。"

她解释说，省内一位著名书法家"文革"前曾写了一幅同样的字赠给冬梅爸爸，"文革"中被抄家的造反派烧了。去年，冬梅爸爸忌日前，人家又写了这一幅字，请最好的裱匠裱了，派孙子送来的。

她说："人家不是写不好楷书，八十四五岁了，手发抖了。当然你说得也对，普遍认为他的行书草书比楷书更好。冬梅爸爸愿意家里挂楷书，看着眼不乱，所以人家才写的楷书。再送一幅来，是表达怀念的意思。冬梅她爸当年给人家解决了住房问题，人家心里一直不忘。他孙子说，老人家写完这幅字后，再谁求也不动笔了。我还想听你谈谈字义。"

秉义乖巧地说："我没想好。妈问我，肯定已经想成熟了。妈的看法对我会是一种启发。"

秉义叫丈母娘"妈"时，比叫亲妈还亲，老太太听得很受用。她接着说："好，你让妈先谈，那妈就抛砖引玉。老实讲，妈不是很喜欢那一类话，觉得矫情。即使发自内心，也还是会让妈觉得意思太大了，大得不着边际。话一大到那种程度，再由衷，意思也空了。什么叫'为天地

第十二章

立心'呢？我文化水平低，左思右想还是不明白。万世是多少年呢？谁能在当代主宰得了一万年以后的世事呢？而且也不必非有人这样啊。别说一万年，一二百年以后的世界怎样，由后人去主宰就是了哩！'为生民立命'，那就得勇做社会的改革派。如果改革不成，就非革命不可。改革也罢，革命也罢，都是很不容易的事，有时要豁出命去。即使把命都豁出去了，那也不见得就能成功。即使成功了，也许还费力不讨好。又难又有风险的事，要求人必须破釜沉舟义无反顾，哪还有精力有心思'为往圣继绝学'呢？又是往圣，又是绝学，那就是要当大学问家呗！分散精力三心二意的，我看两件事都做不成。发自内心的大话和空话，那也还是大话和空话哩！妈是过来人，听大话空话听够了，所以不是太喜欢。当年冬梅她爸却很喜欢，我俩常因为这幅字抬杠。"

听了一席话，秉义顿时对丈母娘刮目相看，暗自钦佩。条幅上的四句话他当然特崇拜，曾如获至宝地往日记本上抄过。前边抄的是顾炎武的"天下兴亡，匹夫有责"，后边写的便是张载的名言。那四句话也是他喜与人谈的，倘对方没听说过便颇为自得，觉得自己在人生境界上高人一等。丈母娘的话令他如酷暑中寒气，有种思想上被通体刮痧了一遍又痛又散火的感觉。他暗想，幸亏自己机灵了一下。如果先谈了，便有些尴尬了。

对于丈母娘的评论，秉义认为不无道理。他字斟句酌，沉思着说："妈的见解很精辟，我受益匪浅。我认为，张载那四句话表达的是古代文人对人生价值的一种理想。理想嘛，免不了有浪漫色彩。他说的不是一名知识分子应该怎样，而是中国全体知识分子应该起到的社会作用。如果将'为天地立心'理解为让世界上确立起平等、人道、正义的原则，那全世界古往今来的优秀知识分子们做得肯定不比政治家差，作用也大得多，影响长久得多。他也不是讲一名知识分子要把那四句话全做到了，正如妈指出的，那是根本不可能的。他讲的是每一类型的知识分子起码要从四个方面选择一个方面来做，并且要竭力做好。不论把哪一方面做好了，便不枉为知识分子了。不过，妈的话启发我想到了另一个问题，那就是中国曾是一个诗的国度，中国古代的知识分子大多数同时是诗人，或特别喜欢诗的人，所以表达什么理想时就特别诗化。诗化就有浪漫色彩，太浪漫了容易成为大话空话。影响到近现代，就让中国成了一个口号大国。往细处分析一下，我们的许多口号有既大又空的特点。"

老太太频频点头道："你的分析也让妈受益匪浅嘛。不是什么特点不特点，直接就是缺点、毛病，比如……"

秉义笑道："妈，咱就不举例了，越过去行不？"

老太太也笑了，和颜悦色地说："行，听我女婿的。秉义啊，妈跟你讨论这个问题是另有深意的。"

秉义说："我看出来了，请妈指教。"

他就向丈母娘俯过身去。老太太把一只手轻轻拍在他肩上，极其严肃地说："你已经是副巡视员了，名牌大学毕业，年富力强，'文革'中表现又好，以后还会进步的。现在我们党组织上一个突出问题是干部严重老化，青黄不接，文化偏低。我从文件中看到，十一届中央委员和候补委员三百六十六人中，有大学学历的才五十三人，省部级领导班子成员中有大学学历的才占百分之十八，初中学历以下的占百分之四十六。十二届中央委员的平均年龄比十一届还大，因为一些靠'文革'捞取政治资本起家的人被清除，恢复工作的老干部又进来，所以平均年龄反而大了。"

秉义说："我还没看到过这样的文件。"

老太太终于把手从秉义肩上收回，饮口茶，继续说："你当时还在北大读书，当然看不到。那样一些文件副部级以上干部才看得到，你现在的级别还没资格看。妈告诉你，从各方面讲，你今后进步的空间都很大。我

第十二章

也没什么当干部的经验,只嘱咐你两条注意事项,你一定要往心里记。第一是说话问题。回想起来,我这一生说了许多言不由衷的话,假大空的话,连自己都说服不了。以后中国会不同,还那么说话太令人讨厌,这也会影响年轻干部进步。形势还是要紧跟,'左'不好,'右'更不好。要尽量以自己的语言来呼应形势。说得好,听起来就不怎么假了。即使还有点儿假,也能听得顺耳点儿。身为年轻干部,你如果连这种话都说不好,岂不白上北大了?第二是和知识分子的关系问题。与人民大众要处得很亲,走得很近,越亲越近越好。与老干部的关系也要亲近,包括离退休老干部,见着了要格外热情、尊敬,逢年过节要探望,以个人名义探望最能给他们留下深刻印象。别以为他们退了就没能量了,能量不小的。成事也许不足,败事太简单了。比如我,要是对哪位年轻干部不顺眼,一封短短的信就够他喝一壶的,进步的机会也许就错过了。当然我不会做那种事,我不会不等于所有老同志都不会。你千万要注意与知识分子保持距离。越是那种在社会上有名气的知识分子,越要敬而远之,不可与他们太亲近,更不可引以为友。他们政治上太没常性了,今天顺心就拥护什么,明天一不高兴又带头反对,总体上他们太难驾驭太难把握了。他们中许多人太危险,又难以预测,说不定什么时候自我引爆,引为朋友的干部就倒霉了,撇清关系不那么容易。你以为你划清界限了,可在组织看来仍是个事,你的前途不就断送了吗?所以,你当年那些是知青好友后来成了知识分子的人,包括大学同学、老师,都要尽量与他们减少往来,不往来了最好。你要保证自己的社会关系清清白白,绝无杂质。跟知识分子保持不当社会关系,致使不少干部吃了亏,这种历史教训值得记取。明白吗?"

秉义连忙点头说:"明白。可有一个人与我的关系太例外,我没法中断和她的亲密关系。"

老太太愣了一下，低声问："什么人？"

秉义说："我妹妹。"

老太太想了想，理解地说："那当然得例外。冬梅说你妹夫还是北京的一位诗人，小有名气。已经是妹夫了，那也没法子。我听冬梅好几次谈到你妹妹，她俩关系挺亲近。对冬梅那没什么，她不是块当干部的料。你妹妹的女儿叫玥玥，与你父母生活在一起是吧？"

秉义说："是。"

老太太说："我有个想法，让玥玥住过来吧。楼上还闲着一间屋，闲着也是闲着。玥玥住过来了，能就近上好中学。听冬梅说她挺活泼，这里多了个活泼女孩，气氛也会生动些。她来了，我也有小友了，解放你，免得冬梅总发怨言，好不好？"

秉义说："好。"当时，他还不知道妹妹与蔡晓光的事。

老太太又说："那样，周蓉来看女儿时，我也能多影响影响她。有一个始终自觉与党保持一致的知识分子妹妹，坏事不就变成好事了吗？"

秉义说："但愿如此。"

老太太说："你要对我有信心，我影响知识分子还是有一套经验的。你下次回父母那边替我解释一下，我行动不便，司机也不太愿意把车往光字片那边开，怕卡在那边的小街里，进不了退不出。我没法去看他们，他们年纪也都不小了，同样不必来看我。亲家关系，彼此装在心里就行了。冬梅经常和你一块儿回去，就等于代表我了。这个意思，你一定要替我转达到了。"

秉义说："妈，我记住了。"

晚饭桌上，老太太不无遗憾地对女婿说："秉义，你如果是我儿子该

第十二章

多好！"

冬梅立刻跟了一句："那可不好。"

老太太板起脸批评道："别总跟你妈杠着说话行不？在这一点上，你要向秉义学习。怎么就不好了？"

冬梅也板起脸说道："如果秉义成了你儿子，我不就没他这么一个丈夫了吗？"

老太太说："他成了你哥不一样吗？"

冬梅说："那会一样吗？"

老太太愣了愣，将目光转向女婿，那意思是——你站在哪一边？

秉义一本正经地说："搬过来住以前，我要做一个好女婿，不给您丢脸的意识很强。搬过来住以后，做一个好女婿的意识一天比一天淡薄了……"

"嗯？"老太太的表情有点儿不好看了。

秉义又说："现在，另一种意识不但滋生，而且越来越强，那就是做一个好儿子的意识。新意识是不知不觉、完全自发的，快压倒旧意识了。我头脑中的新意识经常提醒我，要自觉地将好女婿的角色转变为好儿子的角色，就像从前是以普通党员的标准要求自己，后来是以更高的党的干部的标准要求自己那样。角色意识一转变，我对冬梅的爱也加深了。以前我对冬梅的爱是单纯的丈夫对妻子的爱，现在又加上了一种哥哥对妹妹的爱。"

秉义像是在向组织汇报思想变化似的，老太太听到后来，双眼几乎笑成了一条缝。

冬梅正喝汤，差点儿将那口汤喷在桌上。虽然还是咽下去了，却呛岔气儿了，转身一个劲儿咳嗽。

秉义佯装奇怪地看她。

老太太说:"你那是怎么了?"

冬梅终于止住咳嗽,抚着胸口说:"麻的!"

老太太也奇怪了:"汤里又没放胡椒,怎么就会把你麻成那样了?"

冬梅一本正经地说:"喝那口汤之前,吃菜时嚼着了一粒胡椒。"

秉义说:"妈,她对胡椒反应过敏。"

老太太说:"我还以为你对秉义的话反应过敏呢!你如今也是知识分子,一些知识分子有坏毛病,听到谁对党说带刺的话就开心,听到谁对党说懂事的话就产生不良反应,你可千万不要学他们。你确实要虚心向秉义学习,我认为秉义说的是真心话。谁说的是真话还是假话,你妈看得出来听得出来。"

冬梅又顶了一句:"妈,你不代表党。"

"嗯?"老太太表情不好看了。

秉义赶紧说:"在这个家里,妈有资格代表一下党的。"

冬梅便不拿好眼色瞪他。

他坚持着:"这一点毋庸置疑。"

夫妻俩到了楼上后,冬梅一脸严肃地问:"你屡屡对我妈说那些肉麻的话,究竟什么意思?"

秉义做出无可奈何的样子,他说:"能有什么不好的意思吗?我一个女婿,跟随妻子住在岳母家。人在屋檐下,怎敢不低头?何况我不是在自己家的屋檐下。如果我闷葫芦似的,长期下去你妈必然对我不满。那么一来,我别扭了,不开心,必然影响咱俩的感情。识时务者为俊杰,审时度势,我只能尽量哄她顺心,争取让她感到由于我这个女婿的存在很开心。我在厅里不顺心的事不少,也需要给自己找点儿乐子,放松一下心情。好比哄一个老小孩,她开心我也开心,那么你也开心了。八小时以外,在家里,咱们都开开心心的,有什么错吗?"

第十二章

冬梅听他说完，一言不发就要下楼。

秉义问："刚上来，你又下去干什么呀？"

冬梅说："我要把你的话原原本本告诉我妈，免得她蒙在鼓里。"

秉义急忙扯住她，小声说："太过了吧？那你不等于出卖我吗？是违背夫妻道德的。"

冬梅生气地说："我妈好歹也是位高干，你拿我妈当你的开心果就对了吗？就道德了吗？"

秉义委屈地说："那你要我怎么样？我听你的行不？"

"逗你玩呢！"冬梅扑哧笑了。

秉义把她拦腰抱起，轻放于床，伏在她身上。

冬梅说："你对我妈就只有虚情假意的溜须拍马，没有点儿起码的孝敬吗？"

秉义说："错，一半对一半吧。你妈是你妈，这是首先值得我敬重的。你妈曾是出生入死的抗日女战士，这尤其值得我敬重。你妈受迫害时绝不出卖良心做伪证，这也很值得我敬重。你妈离休了仍关心着国事民生，这还值得我敬重。最后一条，我作为她的女婿，是既得利益者。搬到这里来以前，我从没睡过这么舒服的床，从没在家里洗上这么舒服的热水澡，从没想到有一天自己的衣服可以让别人来洗。冲着这些，我必须有感恩之心，否则岂不是忘恩负义吗？至于你妈看问题有时太偏激，认为世上的事非对即错、非黑即白，那也怪不得她。她文化低，读书少，思维定式如此。我认为，你这个女儿同样是既得利益者，也要有感恩之心。她这一生，解放前有过艰苦卓绝的经历，解放后蒙冤受屈，十年牢狱后又失去了丈夫，国家给予她的待遇都是她应得的。倒是你我，于国于民有何贡献呢？我们与她同享如此高级的生活，应该感到惭愧的是我们，而不是她。所以咱俩都应该……"

"别说了……"冬梅不禁环住他脖子,用深吻堵住他的嘴。

"爸,我妈嘱咐我捎回来几句话……"秉义对应诺之事一向认真,回到光字片后,对当时还健在的父亲一句句复述了岳母的话。

周志刚听着听着,皱起了眉。等儿子说完,他冷冷地问:"你说的是哪个妈?"

秉义一怔,笑道:"我岳母。"

周志刚说:"那就是冬梅她妈呗。你以后说妈时,要分清楚了你在说谁的妈。岳母她就是丈母娘,在她家你当然应该叫她妈,正如冬梅在咱家她得叫我爸。但你跟我说到你丈母娘,要不说岳母,要不说冬梅她妈,别一口一个'我妈''我妈'的。我数着呢,你一共说了五个'我妈',而生你养你的亲妈她在炕上躺着呢,你别把自己的妈和丈母娘搞混了!"

听了父亲不高兴的话,秉义后背上渗出冷汗,暗自庆幸冬梅有事没一块儿回来。如果回来了,难堪的可就不止他自己了。

秉义红着脸说:"爸,我记住了。"

沉吟片刻,他又小心地问:"您对冬梅有意见了?"

父亲说:"挺好的一个儿媳妇,我对人家有什么意见?我是对你有意见!"

秉义说:"爸对我还有什么意见,请接着批评。"

父亲说:"你如今是知识分子干部,批评我不敢当,但我要提醒你别忘了,你只不过是暂时住在丈母娘家,这与倒插门不同。如果你是倒插门女婿,那你当然就是丈母娘的半个儿子了。可我同意你去当倒插门女婿了吗?从来没有吧?那么,你周秉义完完整整的就是我们周家的儿子!所以你也就只能有一个妈!你回来了就是我们周家一个完整的儿子

第十二章

回来了。在这个家里,妈就是妈,丈母娘就是丈母娘,混着说它就不对。这是原则问题,明白吗?"

"明白。"秉义的脸更红了。

"你丈母娘没来过,我挑理了吗?没有!我才不挑那个理。我并不希望你丈母娘坐的小车开到咱们周家这破房子前,何况那也不是容易的事。她若真来了,待会儿就走我没面子,待时间长了我没那么多话跟她聊。我也从没想过去看她。你都住到她那边儿去了,我去不去看她有什么呢?我这辈子没往大干部家去过一次,我不愿为你这个儿子破了我的例。所以,两边不见也罢。你这么代话给她——我对这个儿媳妇很满意,冬梅一点儿没有高干女儿的毛病,证明她教育得好,我对她表达敬意。我们周家很有出息的长子做了她女婿,我认为也是她们母女俩的光荣!"周志刚的脸也红起来,说得有些激动。

秉义说:"爸,最后那句,可以免了吧?"

"为什么?不能免!我周志刚是工人阶级中的先进模范,论革命资历我比不上她,但要是比奖状,我得的肯定比她得的多!你也很优秀嘛!冬梅嫁给了你也是她的福气嘛!你自己不要在高干两个字面前矮半截!那不就成下贱了吗?就照我的话说!"周志刚说得掷地有声。

后来,秉义听周蓉说,按民间规则,从亲家礼节上讲,女方的父母应首先到男方家拜访一次。只有这么一来,亲家之间才有了以后走动的前提。他们的父亲,其实内心里特别希望冬梅母亲能屈尊光临一次。高干亲家母从没礼节性地拜访一次他这位亲家公,这让他觉得在街坊四邻跟前很没面子。如果让他没有前提主动去看望冬梅她妈,他会大为光火的。

周志刚对玥玥住到亲家母那边去不但不反对,反而特支持。秉义以为,肯定是由于周蓉做了大量的思想工作,周蓉说并没有。她说,生活在一个良好的环境中有益于下一代的身心成长,这个道理不必别人指点，父亲也是懂得的。在周蓉看来，父亲希望玥玥的性格以后不像她，而是像冬梅，所以他希望外孙女住过去后能多受到儿媳妇好性格的影响。

离开姥姥姥爷家成了大舅妈家中的一分子，玥玥有了属于自己的房间，不再睡火炕而睡单人床，有属于自己的书架、衣橱和箱子，每天早上可以喝到一杯牛奶吃到一个鸡蛋。如果她喜欢的话，每天晚上也可以泡一次热水澡。她对泡澡格外享受，因为自幼生活在贵州，她对火炕一直不适应，总流鼻血。睡在漂亮的俄式小床上，不上火，也不流鼻血了。那是大舅母少女时期的小床，她躺在小床上想象大舅母曾在那幢小楼里度过的青春，甚觉惬意。

正如金老太太期望的那样，一老一少迅速地也是自然而然地建立起了亲密关系。玥玥称她"金婆婆"，她一听到就满脸笑意。她这一辈子总是听到说"月姬同志"，对于"金婆婆"这种称呼相当喜欢。

她曾问玥玥："为什么不直接叫我婆婆，非要叫我金婆婆呢？"

玥玥说："对于我，你是金不换的一位婆婆呀。咱俩名字中的一个字同音，我的玥字是美玉的意思。你是我的金婆婆，我好比你的一块美玉，咱俩是金镶玉一般的老少组合，绝佳关系。"

"金婆婆"听了，满脸的笑意。

玥玥那话冬梅也听到了，说给秉义听，并问："我以前没发现玥玥的小嘴那么甜过呀，怎么一住过来了就变得会哄人了呢？"

秉义不假思索地说："动物本能。"

冬梅不解地问："和动物本能有什么关系？"

秉义说："小猫小狗的生活一旦得到改善，也会本能地讨好主人的。"

冬梅想了想，又问："那你跟我妈说话时嘴也那么甜，又是怎么回事呢？"

秉义说："也是动物本能，趋利避害嘛！得罪了你妈对我一点儿好处

第十二章

没有,博得你妈的好感对我的好处却大大的。"

秉义当时正靠着床头读蔡元培的《中国人的修养》,冬梅夺过书,背手拿在身后,讽刺地说:"你等于承认自己也是动物,那读这种书还有什么意义呢?"

秉义说:"我从自己身上也发现了动物性,所以才需要读这种书嘛。你过来,我跟你说句悄悄话。"

冬梅就疑惑地走到了床边。

秉义抓住她的手,把她拽到跟前,抱着她说:"知道我为什么极力促成玥玥住过来吗?就是为了从你妈身边获得解脱,每天晚上能有更多时间和你在一起。恋偶性,这也是动物本能,动物这方面的本能比人类表现得更明显。我很像那类动物,你也像。"

冬梅红了脸说:"你坏死了。"

在楼下,玥玥正全神贯注地听金婆婆讲那过去的故事。

玥玥的入住,让方方面面都感觉很好。和堂姐玥玥同住在爷爷奶奶家,楠楠这个少年觉得处处不便,现在他终于可以无所顾忌了。周蓉也更加省心,不再忧虑女儿的教育问题,因为知道哥嫂会替她教育出一个好女儿的。

周志刚这位老建筑工人至死没与亲家母见过一面。

对于他的死,亲家母表达了一番说得过去的人之常情——她嘱咐女儿代自己献了一个花圈。

二十世纪八十年代的追悼会还只是干部办理后事的一种仪式,一般百姓人家只不过举行亲人间的遗体告别仪式而已。周志刚的单位不在本省,并无单位人送他,送他的只不过是老伴、儿女和儿女们的几个好友,还有几个街坊邻居家的代表而已。如果说在场人士中谁的身份比较特殊,那便是派出所所长龚维则了。告别仪式极短,二三十分钟就结束了。

亲家母金月姬说好的花圈,并没有送到场。

第十三章

周秉义出任军工厂党委书记这件事，岳母金月姬施加了一定影响。

当时，各级政府机关都在落实干部年轻化知识化专业化的政策。

一九八七年九月的一天，乘着冬梅不在家，冬梅她妈支开玥玥，与女婿进行了一次简短谈话。对周秉义而言，这是具有历史意义的谈话。

老太太说："秉义呀，你对自己今后进步的方向，有过什么考虑没有啊？"

秉义习惯地说："没什么考虑，听组织安排吧。"

老太太说："你这是对组织说的话，我不是组织。自家人谈话，我要听到你内心的回答。没什么考虑是不对的，有所考虑并不就是有私心杂念，组织也是尽可能尊重干部个人愿望的嘛！完全没什么考虑这种话不可信，跟妈说说你内心里的真实想法。我需要有所了解，也应该有所了解。"

秉义意识到，这次谈话非同以往的严肃性。

老太太说："我只有冬梅一个女儿，我确实是把你当儿子看待的。如果有冬梅她爸在，你今后的前途根本不必我过问。冬梅她爸不在了，你的事我不得不操心。"

秉义便郑重地说："妈，我当年报考北大哲学系，是希望能在大学教哲学。北大将我调配到了历史系，我的想法并未改变。回到省里成了文化厅干部，是当时情况决定的。现在，如果让我个人考虑，那么我的愿望有两条，首选还是希望到大学去，不是去当干部，而是去上课教书。如果不能，我就希望能做经济管理工作。当前，国家的当务之急是把经济搞上去。工厂倒闭，工人失业现象如此普遍，谁都没法装作没看见。我宁肯去当一个濒临倒闭的小厂厂长，让它起死回生，让一些工人捧住饭碗，而不愿再当什么文化厅的副巡视员了。尽管我不是混着当，可有时扪心自问，还是会有种混的感觉。"

老太太说："你能把内心里的想法说出来很好。你不说，我就无法知道。到大学教书的念头从此断了吧，你妹已经是副教授，冬梅也在大学里做行政工作。咱们两家三个受过高等教育的儿女，没必要往大学扎堆儿。你是干部家庭的女婿，既然已经是干部，就替我们这边把干部家庭的门面撑下去吧。秉义，你对我们这边的家是有义务的。如果你也成了教育工作者，那我住在这个院子里就找不到感觉。你的后一种想法我支持，不能一直待在文化圈里当干部。好了，我明白你内心的真实想法了，就说到这儿吧。"

晚上，秉义向冬梅做了枕边汇报。他讨教道："你妈什么用意呢？"

冬梅说："估计也没什么用意吧，她可不就是把你当儿子一样看待哩！无非对你的事表示一番关心，挺正常的。如果从来不问，反而不正常了。"

听冬梅那么一说，秉义也不寻思了。

"十一"前一天上午，省委组织部一位副部长和一位处长照例前来慰问。寒暄过后，老太太郑重地问："我女婿周秉义这个文化厅的副巡视员，表现到底怎么样啊？"

两位客人都说表现良好，善于做思想工作，考虑问题全面周到，解

第十三章

决问题能力强，从没听到过任何关于他的负面议论。

老太太又问："要是真像你们夸的那样，他都顶着副巡视员的头衔晃荡几年了，为什么就一点儿没进步啊？"

处长看一眼副部长，明智地缄默了。

副部长吞吞吐吐地说："这……具体情况我不是太清楚。工作有分工，像秉义同志那个级别的干部任免、调动，得上省委会讨论。如果您有什么意见，我一定替您带回去。"

老太太说："千万别用'意见'两个字，那我可担待不起。现在中央特别重视干部队伍的年轻化知识化，从中央到地方，组织系统的工作开展得有声有色，省里也是如此，作为一名老党员完全拥护，我替党高兴。我家没儿子，只有一个女儿，不是当干部的料，没有培养前途。周秉义却不同，才四十出头，年富力强，而且文化程度高。女婿虽然有别于儿子，我却是拿他当亲生儿子看待的。何况，他与我生活在一起，我对党的忠诚时时处处影响着他。目前处于改革转型阵痛期，积重难返，百业待兴，我有心把女婿像当年的革命家庭送子参军一样往前线上推。在党和国家急需年轻干部勇挑重担的今天，他没有什么理由继续在副巡视员岗位上逍遥自在，那会让我备觉惭愧和内疚。你们二位能理解我的意思和心情吗？"

老太太毕竟是做过大大小小许多场报告的人，她有所准备，自己的话该怎么说打过腹稿，单等有人来慰问时能说得发乎情合乎理、滴水不漏。

两位客人一次又一次对视，一次又一次点头。

"十一"后不久，组织部的一位副部长打电话到家中，告诉她组织上很重视她的意见，很重视她的女婿周秉义的工作安排问题。何况周秉义方方面面都很优秀，当然是后备干部梯队成员，请她只管放心……

后来，就有了组织部与周秉义的谈话。组织部领导告诉他，准备任命他为军工厂党委书记。

事发突然，周秉义备感意外。

组织部领导问："你岳母没对你说什么吗？"

周秉义摇头说，自己事先没从岳母口中听到过任何信息。

组织部领导看出他说的是诚实话，对老干部遵守组织原则的好传统感慨了一番之后，又问："想要到企业做厂长不正是你自己的愿望吗？"

秉义说，自己想要当的是小厂厂长，七八百人不超过千人的那类厂的厂长。军工厂三千多人呢，又处在转型艰困期，他怕自己担不起那么重的担子。

组织部领导解释说，七八百人的工厂厂长多是处级干部，他已经是副巡视员了，任命他担任处级厂的厂长不合适。军工厂是干部高配企业，是由中央和省里双重领导的正厅级单位。中央下达生产指令，与省里共同任命干部。中央有关部门已经调阅过他的档案，对他很满意，特别赞赏他档案中"善于做群众思想工作"一条，并对省里为军工厂选拔到一位称职的党委书记给予肯定。

"秉义同志，请理解我们组织部门的难处。如果我们事先征求了你的意见，你高兴地接受了组织安排，中央有关部门的领导却提出异议，那就很被动。如果中央有关部门和省里两方面都认可你，你个人打退堂鼓，我们组织部门也不好安排，是不是？"组织部领导见他还是有些发蒙，又说，"军工厂的老书记一年前就该退休了，因为没物色到双方都满意的干部，老书记身体不好，他还一直在岗位上撑着。你去上任了，你的正厅级也就解决了，这正好是个机会，你岳母对这件事很重视的。"

周秉义听了最后一句话，脸唰地红了。

也完全是为了早点儿结束他毫无心理准备的谈话，周秉义立刻做出了"服从组织安排"的表态。

周秉义刚一进家门,岳母的轮椅便出现在了他的眼前。

老太太说:"猜到是你回来了。"她笑得有几分勉强。

周秉义一边换拖鞋一边说:"今天厅里没多少事,我早离开了半小时。"他笑得也很勉强,绕过岳母的轮椅,准备上楼去。

"你等一下。"老太太说。

他背对岳母在楼梯口站住了。

"你的事,组织部门的同志在电话里告诉我了……对你那么一种安排我没想到。这时候去当那么一个厂的党委书记,不是我希望看到的结果……一定是上次来的人没把我的意思说明白……如果你特别不情愿,我是可以再替你……"老太太有些迟疑地说。

"妈!我希望你以后不要再那么操心我,那绝不是让我高兴的事,恰恰相反!"周秉义说罢,像只小豹似的从岳母眼前消失了。

坐在轮椅上的老太太有些吃惊。

冬梅回到家里片刻,便感觉到了气氛异常。再三追问之下,秉义才不得不说出心中的不满。冬梅也认为母亲的做法不妥,想下楼批评。秉义阻止了她,说事情已经发生了,老人家也不无悔意,就不要再责备了,自己会以充分的心理准备去面对,并要求她千万别在晚饭桌上提起这件事。

周秉义觉得自己的话伤害了岳母的自尊,想想岳母也是为他好,吃晚饭时就做出轻松愉悦的样子,替岳母又夹菜又盛汤。

周秉义与老书记进行工作交接时,老书记问:"咱们这个厂的工人成分特殊,这一点你了解吗?"

周秉义说:"多少了解一些,百分之九十是部队转业的团以下官兵,有不少人还经历过解放战争、抗美援朝的枪林弹雨。"

老书记又问："他们在'文革'时期的事你听说过吗？"

周秉义说："有所耳闻，武斗时都把坦克开到市里去了。有些人还因为被断了工资，怒不可遏，抢了几家粮店和商店，留下盖有造反派组织印章的纸条，上面写着：待到全国山河一片红之日，将加倍偿还。"

老书记继续问："那你还敢来接我的班？"

周秉义说："既然组织已经任命我了，不敢也得敢。"

老书记接着问："关于对你的任命，你听到过什么闲话没有？"

周秉义说："听到了。一种说法是有人等着看我的笑话，所以成心将我往火炕里推。完全是毫无根据的胡扯，我不往心里去。"

老书记说："起初连我都信了。后来一想你是可敬可爱的金大姐的女婿，谁敢害你，又为什么要害你呢？这么一想就不信了。咱们厂也不能说是火坑，事实上，厂里大多数工人的素质很好，比一般工人更爱厂，更识大体顾大局。他们继承了部队的优良传统，但也有经常让干部头疼的问题。一是'文革'让他们分裂成了两大派，当年水火不相容，至今裂痕还在，难以愈合。二是无论这派那派，不少人身上都有股子骄傲之气，觉得自己是工人队伍中的王牌军，是由北京部里直接管辖，不把省里任命的干部放在眼中，尤其不把没和他们一样穿过军装有过战争经历的人放在眼里。"

周秉义苦笑道："多谢老书记告诉我这些，我尽力以实际行动争取他们的信任吧。"

二人一时相对沉默。

片刻，周秉义问："老书记认为，我来以后的工作重点是什么？"

老书记说："工厂下一步工作就是'军转民'，这个工作你一个人也解决不了，要由部里和省里双管齐下牵头引入外资。目前的引资方向是香港地区、韩国和日本。中央财政吃紧，心有余而力不足，连点儿救济款都拨不下来，省里更是如此。没有外资注入，转产谁也玩不转。你的工作重点就是七个字——维持局面别出事。"

周秉义又问："我听说也有可能连带地皮给卖了？"

老书记说："不排除那一方案。"

周秉义问："这么一来，工人们会怎样？"

老书记说："发一笔买断工龄的钱，以后自谋生路。"

周秉义欲言又止。

老书记问："你想问你自己何去何从？"

周秉义点头。

老书记说："那你得问组织部门的同志了，我回答不了啊。"

与老书记恳谈后的第二天，周秉义出现在"和顺楼"。他没找弟弟周秉昆，找的是白笑川。

"请我到你们那个厂去做报告？"白笑川大为惊讶。

"我听秉昆谈到过你对改革以及工厂转型的一些思考，特别是你的说法挺好，所以得劳你大驾。你讲，肯定比我讲受欢迎。"

"我那也是听广播看报才有的一点儿认识嘛，根本算不上什么思考，不行不行！我没那水平！"

"还是去吧！给个面子，就算帮我大忙。"周秉义恳请。

秉昆也出现在他俩身旁了，他从没见哥哥那么磨人地求过谁，顿生同情，帮着相劝。

徒弟一劝，师父白笑川反而生气了。

白笑川说："没你什么事，一边去！秉义，不是我难求，不给你面子！咱们的关系挺近的，帮得上的忙我能不帮吗？要是我不为难的事，你要一个小面子，我会上赶着给你个全乎脸儿。但这事不行！如果人家工人们都领不到工资，天皇老子去讲也没人爱听。我不但为难，还怕！实话告诉你秉义，有一个欠工人工资的厂请一个什么人物去讲，结果把工人们讲火了，冲上去把那人物按倒在台上揍得鼻青脸肿。如果我去了，也挨揍了，先别管我的感受，你不后悔内疚吗？你面子上好看吗？我还真得反过来劝你一句，别没求动我又去请别人。谁如果挨揍了，你都会后悔内疚的。你是新上任的党委书记，要对你厂里的工人讲什么，最好你自己登台讲。是条汉子打掉了牙那得往自己肚里咽。如果别人替你被打掉了牙那算什么事？"

秉昆第一次见到有人如此直言快语地训斥哥哥，而且训哥哥的还是自己的师父！

哥哥的脸一阵比一阵红。秉昆不忍看下去，默默走开了。

秉义倒表现得很绅士。他说："白老师，谢谢你说了那么多坦率实在的话，我明白了。"

他临走时鞠了一躬。

周秉义忧心忡忡地回到家中，没见到岳母，只有玥玥在家。

秉义问她："你金婆婆哪儿去了？你小菊姐呢？"

他这一问，玥玥哭了。她说金婆婆忽然头晕，小菊姐给省办公厅打电话，办公厅派车送金婆婆去医院了。

"都怪你！因为你的事她才急病了！以后别在家说你厂里那些破事行不行？"正在市重点中学读书的玥玥冲大舅嚷嚷起来。她已把大舅妈冬梅的家视为自己的家，而不大愿意去光字片姥爷和姥姥的家了。她也不怎么想她那位在北京的诗人爸爸，他曾极大地满足过她的虚荣心。爸妈离婚的事也不再是她心口的痛，她甚至对母亲的感情也有些淡了。

金婆婆是她最敬爱的人,而大舅妈是她经常取悦的人——因为大舅妈是金婆婆最亲爱的人。至于大舅,她认为他和自己一样是一个沾光的人。当大舅可能危害到自己的利益时,她内心产生了一种将会受到连累般的不安和恐惧,并因此光火,就好比搭顺风车的人对另一个同样搭顺风车的人惹恼车主而光火。

"出去!"秉义厉声喊道。

客厅里只有他一个人时,秉义把门关上,独坐一隅寻思起来。

"天都黑成这样了,你怎么还不开灯呢?"冬梅从学校得到通知赶到医院去了,她是和小菊一块儿回到家里的。冬梅如果不开客厅的灯,秉义似乎会在黑暗中一直独自坐下去。

秉义说:"小菊怎么也回来了呢?妈妈在医院里得有人照顾啊!"

冬梅说:"放心,没什么大事,不过就是血压又升高了。她住的是高干病房,护士们照顾得比我俩专业,我俩待那儿多余。"

秉义七上八下的心这才平静下来。

冬梅坐在他身边,交给他一个存折,说上边有三万多元钱,是她妈的小金库。她妈交代,他可以动用存折上的钱为厂里工人买些好煤。

"东三省最好的煤二百多元一吨,买几十吨足够了。我妈说你别花光了,她一点儿存款没有也会活得不踏实。"冬梅说。

"可优质煤变得像军火,也不是有钱就能买到的啊!"秉义说。

"不完全像你说的那样。一些煤矿的工人数量严重超编,有的甚至翻了一倍。不替社会缓解就业压力不行,那社会就不稳定了。不提高产量也不行,有生产任务压着,超编是必然的。超编那部分工人不给人家开工资不行吧?所以政策就得放宽,允许煤矿有一定的自销权。只要有钱,还是可以买到好煤的。有的矿只认现金,其他六亲不认,更不认白条。妈动用了跨省的老战友关系,说只要你带着现金去,保证能买到好煤，让我督促你要急事快办，动作慢了怕夜长梦多。"

"可我用了妈的钱，以后怎么算呢？"

"先别考虑以后的事了，怎么也得帮你渡过眼前的难关啊！妈说你厂里的钱那都是专款专用的，如果你一上任就挪用专款，别人一告，你这位书记可就当不稳了。我妈的钱经常这儿捐那儿捐的，捐给你们厂了她也会愿意。"

秉义低头看着存折，良久无语，似乎在想什么，又似乎什么都没想。

"我的话你听进去没有啊？"冬梅推他一下。

他顺势抓住她的手。

冬梅叫起来："你握疼我手了！有劲儿没地方使啊？"

他这才又说："唉，妈妈呀……"

现金为王。军工厂的加上向兄弟厂借的总共六七辆卡车，相当顺利地从外省运回了几十吨优质煤，由厂工会分给有老人小孩的工人家庭。全厂一百几十户最需要温暖的人家，平均每户分到了几百斤。

那真是好煤啊，几乎全是块儿，大的如盆，小的如碗，亮晶晶的乌金一般。

几百斤优质煤看上去没多少，也就一小堆。

分煤时厂里挺热闹，就像每年秋季分大白菜和土豆萝卜。

热闹只不过是指人多，排起了长队，却是在无声地分。人们相互之间也不说话，似乎都很陌生，也似乎都在领救济粮，有份儿也没什么值得开心的。

厂里各显眼处贴出了大红标语，漂亮的美术体黑字写的是——

"大人挨冻没什么，老人挨冻是罪过，小孩挨冻是造孽！"

第十三章

"工资乃民生之本,挨冻非社会主义!"

"试问马克思同志,我们创造的剩余价值哪里去了?"

……

因为搞来了煤,周秉义这位新任党委书记有勇气在全厂工人面前亮相了。

老厂长和副厂长、政治部主任一干人等,陪同周书记高坐台上。"文革"时期,一些大厂也像部队一样设有政治部,"文革"一结束全撤销了。这个厂建厂以来就设有政治部,"文革"后并没有撤销,始终保持着军工厂的特殊性。

那一天,是周秉义正式到任的第十三天。

十三天里他没闲着,开了多次小规模的座谈会,慰问了一户户生活困难的职工家庭,小本上记下了他们生活困难的实际原因。总之,该做到的,大面上都做到了,全厂都知道有他这么一位新上任的党委书记了。

关于他的两种负面议论也在厂里流传开了,有人说他是靠老丈母娘的帮助才当上党委书记的,有人说他极善于收买人心,上任伊始就搞来几十吨煤便是手腕,不可被他这个官迷的假象所欺骗。

保卫处长常宇怀把以上两种议论如实汇报给了周秉义。因为常进步和秉昆是好友,常宇怀愿在本厂艰难时期充当周秉义的左膀右臂,秉义也对他极为倚重。事实上,领导班子里的成员全都比周秉义年长,他们都对他的能力心存疑问。

另一个事实是,分配几十吨优质煤并未让多少人对他的到来持欢迎态度——能坐一千人的礼堂,稀稀拉拉只坐了四百多人。前一天贴出通知,要求各班组工人也可以在车间里听广播,但每个车间里的人寥寥无几。

周秉义看了一眼手表说:"时间过了,开会吧?"

老厂长不好意思地点一下头，政治部主任宣布开会。

于是，周秉义开始娓娓而谈。

他并不怯场。在兵团担任师教育处副处长时，他对几百人做报告习以为常。只不过当年他面对的多是知青，而且他们都有几分崇拜他。如今他面对的是曾经特别有优越感的工人，他们都不怎么把他当成一碟菜。

他首先讲了这么一件事。当年小平同志东山再起，率领中国代表团参加联合国代表大会前，负责日常事务的同志忽然想到必须带些美元备用，于是赶紧通过外汇管理局调拨。泱泱大国，凑来凑去，只不过凑足了两万多美元！不是说中国当年只有那么点儿少得可怜的美元，而是能调拨的美元现金确实那么少，这也间接说明了中国外汇储备的匮乏。

这件往事并没有引起多大反应。周秉义从台上看得很清楚，台下的人们表情漠然，有人后脑枕椅背，仰着脸，闭着眼，似睡非睡。

政治部主任小声对他说："他们对美元没概念，对国家外汇储备也缺乏了解，最好讲点儿别的。"

他沉思了一下，讲起了第二件事。一九八四年，在本市一条小胡同没有院门的破院，一间十几平方米的破屋子里，一个是丈夫又是父亲的男人去世了。他出狱没多久，刚刚过了二十年铁窗生活，那桩"现行反革命案"是冤案。他保外就医，妻子儿子也没多少钱能为他治病。妻子在街道小厂上班，工资很低，儿子刚考上大学。他是在期待平反通知的日子里去世的。悲痛过后，妻子和儿子计算了一下，他们曾是五级车工的丈夫和父亲当年的工资五十多元，平反后应获得一万两三千元补偿金。平反通知果然到了，但法院的同志对那妻子和儿子说，国家太困难，必须平反并给予补偿的人太多，国家一时拿不出那么多钱，只能先欠着。考虑到他们家的实际困难，领导特批给他们五百多元钱和一千四百余斤全国粮票作为补偿。

第十三章

送达平反通知书的一位女法官说:"冤案不是我们造成的,但我们是怀着很真诚的内疚前来宣布彻底平反的。对不起,请原谅吧,我们也只有这点能力!"

第二件事让台下不少人动容,有些人眼中闪现泪光了。此事是秉昆讲给秉义听的,秉昆是听师父白笑川讲的。白笑川所讲的不是别人的事,而是有恩于秉昆的另一位红色老太太曲秀贞的事。她不是送达平反通知书的法官,而是一九五七年根据上级指示造成了那桩冤假错案的执行法官。一九八四年,她已提前离休了,却还想亲自登门赔罪,省高法的领导们担心节外生枝,阻止了。白笑川因为她和秉昆的特殊关系也没向秉昆点明真相。

周秉义接着讲到了肖国庆父亲的死。国庆是他弟弟的好友,讲那件事时他自己也很动情,几度哽咽,想喝口水,结果弄翻了水杯。

"同志们,那是不对的!我要说出我的真实看法,我认为一位老父亲不应该做出那样的选择!死是容易的,再难也要活下去方显工人阶级本色!难能难过当年革命者所经历的艰苦……"他哽咽着说不下去。

同病相怜,在场的一些人哭了。却有一个声音喊道:"别唱高调!此一时彼一时。你他妈的有没有点儿同情心?"

"难事没摊在你家里!"

"让他回答,如果死的是他父亲呢!"

"回答!必须回答!"

"谁敢卖厂谁就是我们的公敌!"

随即愤慨之声此起彼伏。

"大家冷静!听他往下还说什么!"

"别乱嚷嚷!让他继续!"

情况骚乱起来,似乎要失控。

老厂长把话筒移了过去,他说:"放肆!当今天还是'文革'那阵子啊?刚才谁骂书记了?给我站起来!"

姜还是老的辣,字字铿锵,声色俱厉,台下于是一片肃静。

就在此时,保卫处长常宇怀进了礼堂,直奔台上而来,在他身后跟着数名保卫处的人,站到了礼堂各个门旁边。

常宇怀对周秉义他们耳语几句,他们都站了起来。

政治部主任大声宣布:"报告会暂时结束,请大家坐在原地先不要离开!"

常宇怀却领着周秉义他们从主席台边门匆匆离开。

有人叫起来:"礼堂不安全了,大家快走!"

于是许多人拥向各个门,门却都被从外边锁上了。

保卫处的一个小伙子高喊:"大家不要慌!礼堂很安全!厂里发生了意外事件,危险在外边!"

然而,已经有人冲上主席台,拖下椅子,抡将起来砸窗子。也有些人拥向主席台的边门,那边门显然也被保卫处的人从外顶着,一方由里往外推,一方由外往里顶,边门就一会儿开道缝,眨眼又合上了。咒骂声中,乱作一团。

军工厂地处近郊,有半个足球场那么大的坦克试驾场。每辆坦克组装完毕,都要在那场地上绕几圈,即算是完成了最后一关的检验,也是一种出厂仪式。那种坦克太老旧,在未来战争中已无用武之地,有关方面果断做出了停产决定。

场地上半年多没见过坦克的影子了,风将草籽吹到场地上,雪下东一处西一处戳出野草的枯枝和蒿丛带刺的干枝条。

第十三章

"就是他。"

不用常宇怀指,周秉义已看到了。场地中央端坐着一个男人,头戴羊剪绒的皮面坦克帽,身穿黄色的轧条棉工作服。他的工作服前襟捆绑着一筒筒炸药。

赶过来的路上,周秉义从常宇怀口中了解到,那人叫杜德海,抗美援朝战场上的狙击手,获得过多种奖章,对枪械改造很有研究。他是一位军工厂工人出身的枪械专家,五十四岁。参加世界军事射击比赛的国家队运动员使用的枪支,就出自他的手。他前年查出了胃癌,做了手术,胃切除了大半。去年又发现转移到肝上,肝也不得不切除了一部分,今年发现又转移到肺上了……

杜德海高喊:"别人都站住,只许周书记过来!"

老厂长恼怒地训斥常宇怀:"你们保卫处吃干饭的啊?怎么就让他搞到了炸药?"

一位副厂长替常宇怀辩解道:"是咱们厂领导特批他可以自由进出仓库领取东西的,也不能全怪他们保卫处失职。"

确实,由于杜德海专家型工人的研究需要,他在厂里享受着某些特权。

这时,许多人从礼堂跑来了,也有些人闻讯从四面八方赶过来。

常宇怀指挥保卫处的人阻止人们向场地中央接近。

杜德海又在喊:"除了周书记谁也不许过来!别人敢往我这儿走,我立刻就引爆炸药!"

老厂长也喊:"德海,我过去行不行?"

"不行,你又不是书记!"杜德海态度强硬。

政治部主任也喊:"我呢?"

"闭上你那鸟嘴,我最讨厌你们政治部的人了!"

听了杜德海这话，政治部主任束手无策地耸肩。两位副厂长明知自己在杜德海心目中没有老厂长和政治部主任面子大，只有干着急。

围在场地边上的工人们也都一片肃静。

秉义对政治部主任说："快把他家人找来。"

常宇怀替政治部主任回答："厂里就他自己，他家属全在山东老家。"

杜德海再次喊："周书记，我有些心里话要对你说！你再不过来，我可就懒得说了，那我就只说几句遗言啦！"

"杜德海，我要听你的心里话！"

常宇怀一把没拽住，周秉义已迈开大步向杜德海走去。

所有人的目光都集中在了周秉义身上，围在场地边上的工人们更安静了。

周秉义很快走到了杜德海跟前，杜德海站了起来。他这才发现杜德海坐的是一摞砖，而站起后的杜德海比坐着的杜德海没高出多少。

周秉义抱歉地说："对不起，让你久等了。"

杜德海打量着他说："等会儿倒没什么，就是太冷了。"

周秉义故作轻松地说："是啊，今年气候太反常，往年这时候该转暖了。"

杜德海说："多谢你过来了，咱们长话短说。"

周秉义说："好，杜师傅你还可以坐下。"

"我正是这么想的，咱俩站一块儿，显得我更矮了。"杜德海坐下了。

周秉义问："我这个书记也可以坐下吗？"

杜德海笑道："随你便啦。"

周秉义盘腿坐在杜德海对面后问："小个子狙击手是不是更占优势？"

杜德海说："那是，目标小难发现嘛！好汉不提当年勇，咱们聊正题——这个厂会卖给港商、韩国人或日本人吗？"

周秉义说："都那么传，有可能吧。结果怎样，我也难估计。"

杜德海表现得很理智，周秉义也渐渐镇定下来。

杜德海说："作为一名有三十多年党龄的老党员，我要对你说的心里话就是，转产我没意见，合资我也没意见，但我强烈反对卖厂。厂里像我这样的反对派很多，我是最坚决的人之一。"

周秉义说："我理解大家的心情，我和你们的意见是一致的，一定如实向上级反映。"

杜德海说："我相信你。现在我要对你说第二句心里话。对粉碎'四人帮'我坚决拥护，对改革开放我也坚决拥护。我对党没什么不满，对厂领导也没什么不满，我是爱党爱国爱厂的。为了治我的病，厂里已花了不少钱。北京的医院去过，上海的医院也去过，请专家为我会诊好几次，为厂头儿们治病也不过就这样，一万几千元已经打水漂了！现在厂里的党员工人、班组长、车间主任和厂领导们已经带头只领半个月工资了，我还有脸再花厂里一分钱吗？明明是绝症，那不是浪费钱吗？"

周秉义打断他的话说道："你这话我强烈反对，绝不能认为那一万几千元是……"

杜德海也打断他的话说道："周书记，你先听我把话说完，我早就有一死了之的念头了。今天决心已定，雷打不变了。我讨厌上吊、喝农药、卧轨、从高处往下跳那些死法，死得不像样。我是参过军打过仗的人，我选择了这种死法。我对组织的最后要求是，可以不为我开追悼会，我的死也不配开追悼会，但请不要在我死后将我定为自绝于党和人民的反面典型，因为那太冤枉我了，对我的家人也很不利。我的话都说完了，周书记，你可以离开了……"

周秉义说："我不离开，如果你非死不可，我陪你死。"

杜德海一手攥着一尺多长的一截导火索，一手握着打火机说："那你的死太没意义了。"

周秉义说："你逼的嘛！"

杜德海怒道："我怎么逼你了？走！快走！"

周秉义说："绝不，要死一块儿死。"

杜德海暴怒："你以为我吓唬你吗？"

他摁着打火机，点燃了导火索。

周秉义的身子本能地往后一仰，随即又坐正了。

他干脆闭上了眼睛。

他听到杜德海在叫骂："你他妈的快跑！！"

周秉义清楚地听着导火索发出的嗤嗤声，面白如纸，气息惙然地说："内行应该知道怎么弄灭它……"

他开始在心中默默数一、二、三，他决定数到"十"的时候就地躺倒，滚向一旁。知青时，他多次充当过爆破手。经验告诉他，那截导火索起码能燃至十五秒。

周秉义又听到了杜德海的骂声："你他妈的就装模作样吧！别怪我，是你自找的……"

导火索在嗤嗤响，燃速分明加快了。

五、六、七……

周秉义刚数到八，被人突然扑倒——扑倒他的人当然只能是杜德海。他在杜德海身下仍默数说："九、十……"

猛烈的爆炸声响过几秒钟后，杜德海骑在他身上，挥拳狠揍他。

杜德海用的是军用导火索，比他知青时用过的快多了。

周秉义仍然闭着眼，他听到杜德海叫骂不止："王八蛋书记！你以为很好玩吗？没见过这么玩命的书记！叫你坏我的事！叫你坏我的事！"

第十三章

周秉义听到了许多人奔跑过来,有人把杜德海从他身上拖走,有人把他扶了起来……

领导班子成员立即开会研究怎么处置杜德海,保卫处长常宇怀列席。

政治部主任坚决主张由保卫处的人把杜德海押送到公安局去依法严判。

常宇怀替老厂长点烟、续茶,缓缓地说:"也得听听老厂长的态度哩。"

周秉义明知老厂长对杜德海一向倍加关爱。

政治部主任愤愤地说:"我看你是想包庇你的老哥们儿,这种事,谁包庇我也不同意!"

常宇怀嘟哝道:"我在这儿算老几?包庇得了吗?"

老厂长按灭烟,不动声色地说:"谁也别跟谁叨叨,这件事上周书记最有发言权,先听听周书记的意见。"

周秉义便也吸着了老厂长的一支烟,别人都看着,安静地等着他开口。

吸了半支烟后,周秉义谁也不看,注视着烟头说:"杜德海同志是一名好工人、好党员。全厂工人如果都像他,咱们这些领导反而好当了。"

除了老厂长和常宇怀,政治部主任及两位副厂长皆一脸不解。

周秉义就慢言慢语地将杜德海的表白转述了一遍。

"杜德海同志的话,体现了咱们军工厂一名优秀老工人的两个'坚决',两个'没什么'和'三热爱',这是我们讨论的大前提。当然是不好的事情,也可以说是一桩影响很坏的事件,但我们不能曲解了他的本意,我认为他情有可原。我的意见是,第一绝不能把他押送公安局;第二请他入住厂招待所,招待所暖和些,他久病体弱,气血两亏,是像孩子和老人一样经不起冻的人；第三请宇怀同志再找几位他的老哥们儿，每人几天陪他住，劝他放弃不好的念头……"

又一阵沉默后，老厂长说："就照书记的指示办吧，散会。"

周秉义的专车开到岳母家那个院子门口时，见弟弟周秉昆站在门口，袖着手，跺着脚。

周秉义下车后，让车开回厂去了。按级别他有专车，他与老厂长的专车都是辆半新的"上海"。当年，大多数省市领导的专车也只不过是"上海"。

秉义奇怪地问弟弟，为什么不到家里去，要站在这里挨冻。

传达室师傅赶紧撇清说："是啊。上次见过后我已经记住他了，我让他进去，他要在这儿等你。"

秉昆说，自己没任何事，下午在"和顺楼"听到吃饭的人议论纷纷，放心不下，他就来看一眼哥哥受伤了没有。

虽然是没有手机的年代，但口口相传的速度也很快。

秉义苦笑道："这下我可暴得大名了。"

他将上午发生的事简单说了一遍，要拽着弟弟到家里坐一会儿，仿佛那楼里真是自己的家似的。

"你没受伤就好，我放心了。我忙着呢，吃晚饭的客人该到了，我不能离开太久。"秉昆挣脱手转身就跑。

秉义正在洗澡，水帘布唰地被拉开了，冬梅出现在眼前。

他慌忙说："你这是干什么？"

第十三章

　　冬梅从他手中夺去喷头，把他前身的肥皂沫冲尽，上下细看一遍，命令道："转过身去！"

　　秉义明白她为什么了，皱眉道："你别信那些道听途说，我毫发未伤！"

　　"左眼眶都肿了还说毫发未伤？叫你转过身去你就乖乖给我转过身去！"

　　她接着认真察看了一番他的后身，将喷头往他手里一塞，怫然而去。

　　秉义又接着洗，他听到冬梅在楼下对她母亲嚷："今天他冒了多大的危险！同事都说我差点儿成了寡妇！尽管是开玩笑的话，那也够我心惊肉跳一阵的。秉义他就不是个官迷，不当那个正厅级书记我们的日子也过得挺好，从没觉得少了点儿什么。都是你这个当岳母的不安生，非把女婿往火坑里推！"

　　"郝冬梅同志，我提醒你，在家里跟你妈说话你也要注意！你不是在一般人家里，你妈也不是一般的妈！你别忘了这家里还有小菊这么一个老区农民的代表，还有玥玥这么一个下一代。明明是新中国的一个军工大厂，是做出过重要贡献的厂，怎么在你看来就成了火坑？不过是转型期遇到了难迈的坎，它就成火坑了吗？他冒了多大的危险？他不是没缺胳膊没掉腿囫囵着回家了吗？对方又不是凶恶的敌人，只不过是一时想不开的老工人。如果他那都成了冒险了，我们这些人当年闯龙潭入虎穴的事又该怎么说？一些革命小说电影你是白看了。那可并不都是瞎编的！"从声调听得出来，她老人家也大动肝火。

　　秉义赶紧擦了擦身，穿上浴衣趿上拖鞋奔下楼。浴衣拖鞋这两样东西，是他住过来后才享受到的奢侈之物。

　　客厅里，冬梅已在冲突中败下阵，被母亲一阵火力压制住了，闷声闷气地坐在沙发上一声不吭。母亲占据了制高点，易守难攻，可谓"一夫当关，万夫莫开"，绝非冬梅那种个人小道理的有限弹药所能对抗。

小菊和玥玥隐在客厅门左右，都在屏息敛气地偷听。

秉义刚进入客厅，岳母便朝他招手道："冬梅说你挂彩了，让我看看。"

"算不上挂彩，小事一桩。"秉义弯下腰，让她看自己的左眼眶。

老太太看后说："同意你自己的结论，算不上挂彩。挂彩是指有伤口流血了，你这又没伤口又没流血的。"

冬梅嘟哝："我没用挂彩这个词。"

老太太顶了一句："你没说的一个词，我说是你说的了，那又怎么样啊？这是在法庭上吗？你跟你妈矫情一个词到底说没说有必要吗？"

秉义赶紧打圆场："没必要没必要，妈，你别跟冬梅一般见识，她不是没你那么高的境界嘛！她替我担惊受怕，这你也应该理解她。"

老太太问："她说你根本不想当官，是这样吗？"

冬梅忍不住声明道："我说他不是官迷，和他想不想当官意思完全不同。"

老太太对她的话根本不理睬，连目光都未瞥过去一下，注视着秉义期待他的回答。

秉义说："是啊是啊……其实也不完全是那样……以前是那样，自从到了那个厂，现在我很愿意当好这么一个历史光荣的军工厂的党委书记……"

老太太说："这话我爱听！否则你对得起党多年的培养吗？专车是白坐的吗？'养兵千日，用兵一时'，这话说的是兵。'水不激不跃，人不激不奋'，这话是小说里写的，党对干部往往就如此，不激都疲沓了。别以为只有你们读书，解放后我也是看过几本的，并没有看过就忘！周秉义同志，我要以一名老干部的身份跟你说，优哉游哉地当清闲干部确实也可以，解放后我就是那么一路当过来的。我身体不好，不得不那样，而

第十三章

且我也有资格那样。可你没我那种资格。你年轻，文化水平高。如果你也拈轻怕重，那是占组织的便宜！给你那个书记当是组织在鼓励你，你应该一拼到底！"

冬梅不爱听地将身子转向另一侧。

秉义说："对，对，妈说得完全正确，我绝不会辜负组织对我的鼓励。"

正在这时，电话铃响了。

冬梅抓起电话一听，是传达室打来的，通告周蓉来了。冬梅马上叮嘱传达室，赶快请她进来。

周秉义心中不安，唯恐周蓉到后，也与岳母句句抬杠，刚平息下去的战火死灰复燃。

冬梅起身准备去迎，门铃响了。

秉义多虑了，周蓉的光临没让老太太多一个论敌，反而让气氛顿时轻松和谐起来，门外的玥玥和小菊也敢迈入客厅了。

周蓉是周家第一个也是第一次来到郝家的亲戚。此前，她连和女儿见面也是通过哥哥约在外面。

周蓉首先代表周家向老太太表示感激，感激培养了一位好媳妇好嫂子。接着，她感激冬梅母女对玥玥无微不至的关怀和教导，一再表达自己作为玥玥母亲的惭愧。她明明是听到了一些添油加醋的传言才来登门探望，却只字不问哥哥的事，甚至连目光也不怎么往哥哥身上落。

她真诚地说，自己成为不速之客的原因，那就是再也无法克制走亲戚的强烈愿望。

这种说法乍一听显然站不住脚，但她接着给出的解释却又能自圆其说。她说，因为哥哥一直向周家人强调革命的老妈妈喜欢独处享受清静，他们周家人不忍前来打扰。自己不请自来，是因为她过几天就要与博士生导师一起去法国做文化交流，为期一个月，她希望能与亲友分享自己的愉快。

"秉义，这就是你的不对了，难怪以前你们周家的人从没来过。有时我心里还挺纳闷，为什么呢？现在明白原因了，敢情你一直在有意无意地阻止着。"老太太责备起来。

秉义只有乖乖认错。

周蓉以同样真诚的语言和表情夸赞老太太气色好、气质好发式也好，让这位革命的老妈妈的自我感觉异乎寻常地好。

她送给老太太的见面礼是一册一九八〇年以来的中央文件汇编典藏本，说是请人从北京排队买到的，很有纪念意义。实际上，这是前夫冯化成寄给她的，他俩还时有书信联系。他寄给她那册文件汇编本身不是目的，只不过是用它夹寄几枚香山红叶，还有一双毡鞋垫和一枚竹发卡。周蓉说，那双鞋垫可不是一般的毡子做的，是用新疆卷毛羊的毛压制而成的，考虑到老太太长期坐轮椅，血脉不畅，足底保暖尤为重要。常见的塑料发卡容易与头发产生静电，进而引起皮肤过敏，还是用竹发卡好。

礼轻情义重，周蓉的话语和表情温暖人心。老太太深受感动，她当即就从头上取下塑料发卡戴上了竹发卡。

玥玥和小菊都拍手说，好看好看。

冬梅望着小姑子周蓉，仿佛不认识她了。

老太太弦外有音地说："问题不在于好看不好看，问题在于谁想到了做到了，而谁更应该想到做到却根本没想到做到。"

秉义便又连连检讨。

玥玥和小菊则赶紧一左一右蹲在老太太跟前，将鞋垫替她垫在鞋里。

老太太说："真暖和。"

冬梅说："才着脚一秒钟，神了。"

第十三章

老太太仍不理女儿,她问周蓉:"你没听说你哥的事?"

"听说了啊。"周蓉一边回答,一边向嫂子丢眼色。

老太太又问:"那你怎么不问你哥一句?"

周蓉说:"他不好好的嘛,证明我听到的都是谣言啊。再说我也不是冲他来的,我是冲您和我女儿来的。"

老太太说:"你哥的眼眶被一名老工人打青了呢。"

周蓉说:"现在他那个厂的工人正闹情绪,他是党委书记,挨打那也是替组织挨打了,是他的光荣。"

冬梅几乎笑出声来,强忍住笑转过身去。秉义一步跨到冬梅身前,背对着她面对着妹妹庄重地说:"我也是那么想的。"

老太太朝周蓉招了招手。

周蓉走到她跟前弯下腰去。

老太太握住她的手说:"爱听你说话。知识分子如果都像你这样,中国的进步快多了,五七年也不会有什么'反右'运动了。留下吃饭啊,没听你说够。"

周蓉笑道:"我正是空着肚子来蹭饭的呀。"

晚饭桌上,老太太问起了秉义今天遭遇那件事的始末——她是在电话里听其他老同志讲的。她与几位资历相当的老同志经常煲电话粥,他们的电话费由政府承担。

"我对与我女婿有关的事有知情权,我要了解真相。只有了解真相的人,才更有资格表达态度,亮出观点。"老太太的话正确到放之四海而皆准,让女儿和女婿经常有耳熟之感,陷入接不上话的尴尬。

周蓉却颇为适应,她能做到你有来言,我有去语。

她附和着说:"只有希望了解真相的人,才比较能够了解到真相,正如热爱真理的人想要了解真理那么自然。"

老太太便对玥玥教诲道:"你妈的话说得多么有思想啊,要善于从你妈的话中吸收思想营养,啊?"

冬梅催促道:"那我更有知情权了,否则总说错话,快讲讲吧。"

秉义明白岳母对知情权的诉求,实际上是发自对他这个女婿的爱心,虽不情愿,但也只得从头细说。

周蓉不时地充当一下解说员。

秉义讲到杜德海一再喊他过去他才过去时,妹妹评论道:"一个有判断力的人不难从那一名工人的话中得出结论,对方确实并无歹意。那时当书记的人如果不敢走过去,必定让工人们耻笑。"

秉义不得不承认:"对,我当时正是这么想的。"

当他讲到导火索嗤嗤作响,而他闭上了眼睛时,妹妹又评论道:"哥你肯定有经验判断那截导火索能燃烧多少秒。"

他也不得不承认:"确实如此。"

当讲到他对杜德海的处理态度时,周蓉对老太太说:"您是老干部,我这个晚辈很想听听您的看法。"

老太太沉吟半晌,垂下目光坦荡地说:"要是在从前,我会坚决主张严惩,非打他个'现行反革命'不可,以儆效尤。现在嘛,时代不同了,动不动就把人打成反革命太不得人心。秉义,我支持你的做法。"

冬梅情不自禁地说:"妈,你这话我也爱听。"

冬梅与小菊换了座位,坐到老太太身边去,搂着她的脖子说:"妈,别生我的气啊,我不是满耳朵听了些夸大其词的传言,不了解真相嘛!现在我清楚了,秉义他不是在逞匹夫之勇啊!"

秉义说:"组织培养了我多年,刚委以重任,我还没有做出点儿什么贡献,怎么能无谓地牺牲呢!"

老太太说:"其实,我刚听别人告诉我时,也是一下午心慌意乱的。"她竟说得眼泪汪汪的。

周蓉讲起了哥哥嫂子当知青时两相牵挂的一些趣事,让气氛又轻松愉快了起来。

冬梅送周蓉走时,朝她背上擂了一拳,数落道:"今晚你贫死了,还装出一本正经的样子,以前从没发现你善于逢场作戏,我妈居然说知识分子都像你这样中国的进步就快多了!"

"我一进你家门就觉得气氛紧张,看出了你妈一肚子气哩!我哥沾的是你妈的光,我女儿爱上了在你家的生活,我一提让她和我住在一起她就不高兴,说多了她更烦,'等你分到两间屋再议吧'一句话顶得我哑口无言。你说我不在你家一本正经地逢场作戏还能如何呢?"

周蓉的话与其说是自辩,还不如说是自供。冬梅目送她走了几步,见她忽又转身往回走。

周蓉走到嫂子跟前,郑重地说:"门当户对是有道理的,不过我还是挺喜欢老人家的。工人的儿女与父母有代沟,高干的儿女与父母必然也有。我们周家的儿女与你母亲之间得处理好双重的鸿沟,我哥住在你家肯定有他的不容易,嫂子你多体谅他啊!"

在军工厂的招待所里,杜德海身体的剧烈疼痛让他牙关紧咬。他冷汗淋漓,躺也不是,坐也不是。

癌细胞已经扩散到他的骨头里去了。

他以顽强的毅力忍受着生不如死的折磨。

常宇怀刚替他擦干了脸,他又满脸冷汗了。

他说:"宇怀,让老哥咬住点什么吧!快忍不住了,叫出声不好。"

束手无策的常宇怀只得把毛巾卷成条状让他咬在嘴里。

另一名工人对常宇怀说："咱们也不能眼看着杜师傅这么受罪啊！"

常宇怀推着他走到外边，心疼地小声说："我也不愿意啊！"

那名工人说："得上杜冷丁了。"

常宇怀说："那你早说啊！快去卫生所把值班医生找来，带上杜冷丁。"

不一会儿那名工人跑回来了，说卫生所根本没有杜冷丁，市立医院才有。

杜德海从口中取下毛巾，哀求道："宇怀啊，你俩别看着我行不行？你俩走吧，我有法子来个自我了断……"

常宇怀对那名工人说："那咱们就去市立医院，你守着杜师傅，我先去车库把值班的车开过来。"

市立医院的值班医生是个照章办事的死板人，不肯为杜德海注射杜冷丁，说那是严格控制使用的药品，医院规定只为住院患者使用。在常宇怀的恳求下，才询问起杜德海的病史来。他听常宇怀代讲了之后，又不愿注射了。

医生说："是癌症晚期了，杜冷丁不治病，只不过起麻醉神经的作用，止痛而已，用上了又有什么实际意义呢？"

同去的那名工人说："北京、上海大医院的医生都不认为已到了晚期，没救了。专家会诊的结论是中期，认为只要治疗得当，不让病情迅速恶化，再活十来年是完全可能的。"

医生听后不高兴了，冷冷地说："都两次扩散了还不是晚期吗？那你们直接送他去北京、上海请专家治啊，半夜三更的到这儿来干什么呢？"

同去的那名工人说了几句多余的话："不是扩散，是转移了，两码事。再说现在还不到九点，不能说是半夜三更。"

医生更不高兴了，将笔一放，不再往处方笺上写什么，反驳道："转移就是扩散，扩散必然转移，怎么就成两码事了？听起来你比我还懂是不是？那我更不知道如何是好了！"

常宇怀立即批评了那名工人几句，替他赔礼道歉，继续恳求："大夫麻烦您了，您就先给打一针吧，能止止痛也好啊！"

医生起身踱到走廊里的一张长椅那儿，看一眼仰躺着的杜德海，转身对常宇怀二人说："他也不像你俩说的那么疼痛难忍啊！"

实际上，杜德海已痛得处于昏迷状态了。

常宇怀俯身轻唤："老杜，老杜……"

杜德海没反应。

医生说："都睡着了嘛，不必注射了啊。"

常宇怀说："那您给我们多开些杜冷丁，我们带回去，以后需要时让我们厂卫生所的医生为他注射。"

医生说："多开些？你们想什么呢？杜冷丁不是可以随便多开的。"

常宇怀说："您别多说了！我们明白了，就开一支让我们带回去行不行？"

医生说："那也不行。我为他注射可以，但他现在的情况不必注射杜冷丁。我让你们带回去一支可不行，出了问题我担不起责任。"

"这也不行，那也不行，我们岂不是白来了吗？你他妈到底开不开药？你敢说一个不字？你他妈的别一番番撮我的火！"他揪住了医生的衣领。

秉义夫妻二人上床后，一时都睡不着，脸对脸躺着卧谈。

冬梅说："你们周家的三个儿女中，只有一人是不会做戏的。"

秉义说："那就是我呗。"

冬梅说:"错,是秉昆。第一会做戏的是你妹,第二会做戏的是你。你这个女婿比我这个女儿还会哄我妈,你妹今晚讨我妈喜欢的技巧更胜一筹。秉昆就不会你俩这一套,他待人笃实,从不来虚的。"

秉义一下子翻过身去。

冬梅说:"不爱听了?"

秉义说:"当然不爱听。心情刚好点儿,又被你搞坏了。"

冬梅说:"你不爱听很正常,大多数人都不愿正视自己的本色缺陷。"

秉义猛地一翻身,抗议说:"你这话我就更不爱听了。秉昆两次到过咱们这个院的门口,第二次我拽他进来,他都不进来。我爸至死没与你妈见过面,为什么?因为在我爸和我弟看来,住在这条街上这种院子里的是权贵人家,属于另一个阶层。从前鼓吹阶级斗争,让底层中国人习惯了以对立的甚至憎恨的心理看本阶层以外的人家。你刚才说到本色二字,我爸和我弟就都是这么一种本色的人。他们拿你当亲人,不等于也喜欢你妈。即使他们也拿你妈当亲人了,不等于就会消除对住在这条街上这种院子里的人家的偏见。工人下岗失业,干部有失业的吗?工人报销不了医药费,干部有报销不了的吗?这个冬天有许许多多的工人全家挨冻,有这样的干部人家吗?科长家都不会!秉昆他朋友肖国庆的父亲如果是个小小的科长,他也不会走那条路!我了解过了,杜德海如果是干部,他的病也不至于耽误那么久。工人不能长期靠'领导阶级'四个字体会幸福,谁也挡不住他们进行比较!而我不同,我能跳出阶级意识来看人对事,我是本着'老吾老以及人之老'的古训来敬重你母亲的。只要我做戏能让她高兴,那我就做戏给她看。这算什么本色缺陷?如果今晚来的是秉昆,你妈说一句他蔫头巴脑地顶一句,那会是种什么局面?搞得大家都不高兴了反而好吗?在我看来,周蓉今晚的表现实在不错!她一谈到官僚阶层的特权比秉昆还愤世嫉俗,可她今晚的表现出

第十三章

乎我的意料,简直可以说刮目相看,她考虑到了多边关系……"

秉义的一大番话尽管是压低着声音说的,但因为面对面,仍让冬梅有种遭到义正词严训斥的感觉。

秉义忽然收住了话,再次背对她。

冬梅在他肩上亲了一下,笑道:"你激动个什么劲儿啊?跟你开几句玩笑都看不出来了?"

客厅里的电话就在那时响了。

冬梅说:"可能打错了,别理。"

电话铃响个不停,夜深人静,听来声音甚大。

"可能是找我的!"秉义跃下床去。

等冬梅臂搭着他的睡衣跟入客厅时,秉义已在接电话了。

电话是与常宇怀同去医院那名工人打来的。他报告说,常宇怀由于不能为杜德海从医院带走几支杜冷丁,在医院里大发雷霆。院方请来了派出所民警,常宇怀更加愤怒,双方眼看要动手了。

秉义头脑中一片空白。

冬梅问他谁打来的,因为什么事,他捂住话筒,简单说明后接着发呆。

冬梅说:"给我话筒。"

秉义犹豫了。

冬梅从他手中夺去话筒,大声说:"听明白了,我是你们周书记的爱人,杜冷丁的事他解决不了,但是我能解决。我要求你们保卫处长立刻冷静下来,绝不许再有什么冲动的言行!我保证,你们会从医院带走杜冷丁。是市立医院对不对?你告诉院方的人,请他们等着接院长的电话……"

冬梅放下听筒,转身已不见秉义。

她回到卧室,见秉义已在匆匆忙忙穿衣服。

秉义说:"把你自行车钥匙给我,我得去。"

冬梅说:"你以为你是谁啊?医院有医院的规章制度,会听你军工厂党委书记的?你去了人家就听你的指示了?"

"别啰唆!总之我不是得去吗?快把钥匙给我!"

秉义吼了起来。

小菊不知何时也上楼了,在卧室门外揉着眼睛说:"奶奶醒了,问又是什么不好的事?"

冬梅说:"让她马上到客厅去!"

"别听她的!"秉义冲冬梅吼:"你瞎掺和什么啊?你们母女俩怎么都爱掺和我的事呢?没有你们,我什么问题也解决不了啦?"

冬梅也厉害起来,以训斥的语气说:"周秉义你别不识好歹!我们母女俩不掺和,你去了照样一支杜冷丁也得不到!你以为你是个人物了?能量差得远!"

秉义一想,她说得也没错,只得暂且跟着妻子到客厅去,等她母女俩拿出个什么主意。

"杜冷丁呀,我知道那药,止痛的。什么痛都能止,我熟悉的两位老同志在自己家常让儿女给打一针,那并不是多么宝贵的药哩,怎么也搞成了个事?"老太太听了事情原委之后,有些困惑。

冬梅催促道:"既然在你看来不是个事,那你就快帮着摆平吧,该给谁打电话倒是打啊!"

老太太为难地说:"可我也不直接认识市医院的院长啊,他们都是些正副处级的小不拉子干部,我平时不认识,也认识不过来啊。我们都是在省医院看病,而且是专门区域专家门诊,不必为看病再多认识些人。"

秉义听了,起身又往外走。

冬梅厉声呵止道:"坐那儿!"她又对母亲说:"我不听这些。反正

第十三章

如果你袖手旁观,那就都别睡,一块儿坐到天亮吧!"

玥玥也出现在客厅门外了。

秉义没好气地朝她说:"回你屋去睡觉!"

老太太批评道:"我说不管了吗?多大点儿事啊,值得你们两口子都叽叽歪歪的吗?容我想想不行啊?"

秉义不愿老太太一再掺和,可事到临头,自己其实并无办法,只有压下焦躁,静待岳母给出个主张。

几分钟后,老太太吩咐小菊:"去把办公厅发的通讯录取来。"

小菊问:"哪个呀?办公厅先后发了几个呢。"

老太太说:"最后派人送来那个,红皮儿大字的,封面印着顾问委员会的那个。"

不一会儿,小菊取来了。

"就是这个。"老太太看一眼女儿,再看一眼女婿,淡淡地说:"我想好怎么办了。你俩都上楼去,安心睡吧。"

冬梅就站了起来。

秉义犹豫地坐着未动。

冬梅说:"走啊!"

秉义只得也站了起来,随妻子往外走时,内心充满羞耻感。

岳母在他背后说:"这不是杀鸡用起了屠牛刀嘛。小菊,守在楼梯口,防止他俩下来偷听。把客厅门关上,你也不许偷听。"

小红本是她和几位省顾问委员会委员集体卸任后,省委省政府作为礼物赠送的,上面印有省市两级厅局以上干部的姓名、办公室电话、秘书电话乃至家里电话。那一直属于保密内容。

老太太拨通了主管科教文卫的副市长家的电话。她并不认识对方。

因为不认识,歉意的话是免不了要说上几句的。她不愿让女儿和女婿听到她对人说那样一些话。

秉义两口子上了楼,一个坐在床这侧,一个坐在床那侧,背对背,都没好情绪理对方。

十来分钟后,小菊上楼对他俩说:"解决了,奶奶躺下了。"

市立医院那边,派出所的人撤了,双方握手言和。

院长在电话里指示要尽量满足军工厂干部和工人兄弟的要求,要以工人兄弟们高兴不高兴来给自己的落实情况打分。

没谁再敢推三阻四敷衍塞责了。

常宇怀喜出望外地获得了整整一盒三十支杜冷丁,够用三十次。

见他高兴了,急诊室的值班医生小声向他透漏——医院还有一种进口的好药,止痛效果更好,副作用也小,只不过十三级以上的干部才有资格用。如果有哪位大领导特批的条子,那也是完全可以例外。他们医院为某大领导并非干部的老父亲用过,还由公费百分百报销了……

常宇怀说:"谢了。这我们就很知足了,不敢有那种想法。人得见好就收,不能厚颜无耻。"

常宇怀驾车回厂时,已在医院注射了一针杜冷丁的杜德海确实在后座安安静静地睡着了。

一九八八年,杜冷丁是解除普通病人终末期剧痛的唯一神药。除了让人神经麻醉再无任何别的医治作用,但并非一般享受公费医疗福利的人容易买到。

陪他同去的那名工人替杜德海抱怨,说杜师傅的病起初只不过是胃痛,吃不下饭,而厂卫生所给他开的却往往是苏打粉、酵母片、胃舒平之类的药。杜师傅后来要求厂里批准他做一次钡餐造影,卫生所却为了缩减医疗支出,一直不给他开许可证明,说他那是老毛病,没必要。没有

第十三章

厂卫生所的证明,一名工人在正规医院是做不成公费钡餐造影的。等老厂长过问都一年后了,晚了。

常宇怀训斥道:"你不说那些事我就不知道了?不许再对别人说!不说那些不痛快?"

那名工人说:"那当然,不说说心里就是不痛快哩!"

常宇怀突然来了个急刹车,车头险些撞着人。

他推开车门探出身,见是个头裹长围巾的女人。

尽管是个女人,由于心情郁闷,他还是骂了一句:"眼睛长脚底板上了?找死的臭老娘们儿!"

那女人默默朝后退开了。

她是周蓉。

造成险情并不怪她。那是十字街口,她在过马路,而常宇怀开的车转弯未减速。

车刚一开过去,她省过味儿来,追着车跑。她想看清车牌号,不为别的,只为明天了解一下,是什么霸气的司机自己错了却怪别人,而且开口骂人。了解清楚了也不是想怎么样,她不能忍受男人用粗话脏话骂女人。而在男人骂女人的话中,最让她撮火的就是"臭老娘们儿"。这是北方男人骂女人的惯常话。

她追着车跑完全是一种本能反应,如同蜜蜂想要蜇到侵犯了蜂巢的熊——"女人"二字是她性别意识中的蜂巢。

她自然追不上,追了十几步也就站住了。倒没喘,她年轻时热爱体育,经常长跑,从事体力劳动。她站在人行道边,望着远去的"上海"牌小汽车觉得自己的冲动行为好生可笑。

偏偏那辆车没能一直往前开，被几个人拦住了，从身姿上看，像交警。"上海"没辙，费力地掉头开回来了。

她真的笑了。

当"上海"快开近时，她迈下人行道拦住了它。

车一停，她上前拉开了车门。

"刚才哪位先生骂我臭老娘们儿来着？"

常宇怀明知错在自己，双手握住方向盘，目视前方，不接话，也不动。

"后边还躺一个喝醉了的，肯定是你们领导啰，那我可得记下车牌号，否则白挨骂了。"她把车门关上，一手扶着车灯那儿，弯下腰看车牌。

车门嘭的一响，那名工人下车了。

他说："对不起，我们认错行不？送一名工友去医院来着，看病不顺，心里烦。"

用小车送一名工人去看病？这事她不信。

"我不难为你们，告诉我你们是哪个厂的，是哪位领导的车，之后你们走你们的，我走我的。"她靠住了车头，以为自己遇到的事与某些干部的酗酒成瘾寻欢作乐有关。企业如此艰难，那些现象令她深恶痛绝。有时，她想象如果在古代，自己可能就是铲除贪官腐吏的侠女。

车门又嘭的一响，常宇怀也跳了下来。他左右看看，见人行道上有个树墩，跨到周蓉跟前，双手往她腋下一插，像叉车叉起物件似的，伸直两臂，把她平移轻放在树墩上了。

这么一来，他和她就一般高了。

周蓉一点儿都没怕。她自幼就是个胆大心细的人，看出对方并非凶徒，何况前方不远那几名交警的身影还在路上走动——她一时反倒好奇起来了，想明白对方到底要干什么。

"我们是军工厂的，这是我们党委书记的车，不像你想的那样车上躺的是一个醉鬼。"

常宇怀一分钟就把自己情绪恶劣的原因说清楚了,保卫工作者当到处长那一级普遍都有这种陈述水平。

人高马大的他从头上抓下帽子,最后说:"不管你是何方神圣,不管你是多么的惹不起,我希望你能多少发点儿慈悲心。我们工人阶级眼下认栽了,任何人都是我们惹不起的人了。偏巧惹着你这位不好惹的算我们有眼无珠——你扇我吧!扇够了请忘记今晚的事,千万不要给我们的书记再制造麻烦。他刚上任,面临的麻烦已经不少,全厂三千几百号人还指望他哩!"

周蓉看到,眼泪分分明明地从面前这个大老爷们儿的眼中溢出,缓缓在他脸上淌。

"车上躺着的是杜德海?"

"对,你怎么知道他名字?"

"我……你们快上车吧!……"

周蓉还想说什么,嗓子发干,不能再说出话来。她下了树墩往前走。

两个男人中的一个在她背后喊:"前边戒严了!"

那几个人不是交警,而是公安人员。

她以为只是不许车辆通过,没想到连行人也不许通过。

她取出了工作证,说天这么冷,这条路是自己回学校最近的路。

公安们聚拢了头,其中一个按亮手电照她的工作证。

"哇,还是副教授!"

"没看出来,让她过去吧。"

"一位女同志,别让人家绕远了!"

他们就放她通行了。年轻的公安们表现出了对一位面容清秀的女副教授的敬意,其中一个还向她敬了礼。

她加快脚步又往前走。忽然从一条横街的街口拥出一群人，大约三十多个，都穿工作服，无疑是工人。

一名工人问她："过这条马路进对面胡同，能通到车站里不？"

她说能，详细地告诉他们怎么拐又怎么拐，再由哪条街到哪条街，便能通过一道便门进入车站里边。

"有时有人把门，有时没有。"她说完这句话继续走自己的路，以为他们是某厂前往车站卸货的工人。车站装卸队的人数有限常常忙不过来，一些工厂就派出工人卸本厂从外地运达的货物，这是常有的事。

她刚往前走了数步，听到背后有情况，转身看时，大吃一惊。从那条小街口对着的胡同内拥出另一群人来，是公安人员，比工人们的人数还多。他们手中都握着警棍，却并没向工人们挥打，只不过举着，举得也不算高，手高至肩，警棍刚刚过头而已。

公安们将工人们又逼回了那条小街。

工人们再次拥出小街，反将公安们逼退。

然而，公安们的退是有策略的退，是呈扇形的退。即使一部分人退进了胡同，大部分人还是在以扇形包围着工人，防止工人们斜刺里从马路的两边跑散。

双方就那样你进我退、我进你退地冲撞着，却仅是肩与肩、胸膛与胸膛的冲撞而已，一种都不发声的沉默的冲撞。

周蓉看呆了。一名公安走到她跟前，低声问："干什么的？"

她也低声说："回家。"

公安又说："没问你去哪儿，问你的身份。"

她又一次掏出工作证给对方看。

"这么晚了怎么不在家待着？"

"串亲戚了。"

第十三章

"快走，这没什么可看的。"

她接过工作证没走几步，被对方叫住了。

对方说："跟我来。"

她问："我怎么了？"

对方说："没怎么了，前边还有戒严的地方，怕你一个女同志回家不方便。"

于是，她跟他走到一辆带斗的摩托旁。

"坐上吧。"

她略一犹豫，坐了上去。回头看时，见双方已不再是肩与肩、胸膛与胸膛的冲撞了，开始交手了，却都沉默着，仿佛约法三章，不愿惊扰市民人家。他们仍还不算打起来，确切的说法应该是"撕巴"，类似太极弟子们的过招。

摩托开走后她问："怎么回事？"

对方装作没听到。

一路果然还有几处警戒线。

又见到了一场工人与公安的冲突，规模还更大一些。

摩托一直把她送到了大学后门前——门外也有警车和公安人员，铁门密闭，门内聚集着一百多名学生，情绪都挺激动。

开摩托的公安人员扶着周蓉下了拖斗。

他向她敬礼后，恳切地说："老师，希望你能做做同学们的思想工作，冲动的行为往往会事与愿违的。"

她说："可你并没告诉我发生了什么事。"

他说："问学生吧。"

那是一名严格遵守纪律的公安人员，显然不是普通一员。她谢过后，望着他驾驶摩托远去。

她从学生们口中了解的情况是——几个工厂的工人组成了联合上访团,要于今晚拦截列车前往北京,反映本省以及东北工业特别是重工业企业面临的困境。公安机关奉命阻止,而学生们企图声援工人。

她问:"你们怎么知道的呢?"

学生们皆顾左右而言他。

有几位老师在耐心地劝导学生们不能固执己见。

她也帮着劝了几句。

党办的一位女同志悄悄对她说:"有那坏学生的父亲就是上访团的,肯定是他们鼓动的,注意识别出他们来。"

她说:"那样的学生也不见得就是坏学生,你千万别顺口说出来。"

对方说:"鼓动闹事当然就是坏学生哩,我才不会顺口说出来。"

忽然有一名学生指着周蓉大声说:"她是坐公安的摩托回来的,形迹可疑,谁也别轻信她的话!"

离她近的学生一下子散开了,像看到奸细似的瞪着她。

她对党办的女同志苦笑道:"幸亏我并没说几句话。"

对方问:"还不够坏吗?"

既然引起了怀疑,她也只有干脆一走了之。

天快亮时郝冬梅醒了,见丈夫不在身边,被子也少了一床。

她满腹狐疑地下了楼,见秉义穿着睡衣裹着被子坐在沙发上吸烟。烟灰缸里的烟头证明他已吸了五六支了。为了不让客厅里充满烟味儿,他开了通风的小窗。那时候暖气已不太热了,再加上通风窗开着,客厅里凉飕飕的,冬梅一进入客厅接连打了几个喷嚏。

秉义立刻由单人沙发上起身坐到双人沙发去了。

第十三章

冬梅则把小通风窗关上了。

秉义双臂横伸展开被子,冬梅坐下后,他用被子裹住她。

她说:"别因为昨天晚上我对你厉害了几句就生我的气!"

他说:"没有。"

她说:"知道你压力大。如果你实在不愿再当下去,那就离开吧。不过解铃还须系铃人,最好由我跟我妈说。"

秉义没吱声。

冬梅又说:"身体上的理由虽然是比较老套的理由,我替你想来想去,似乎也只有这么一种理由了。究竟哪种病摆得到桌面上,我还没想好。"

秉义终于开口说:"不,我想当,非常想当下去。"

冬梅转脸看着他,困惑得不吱声了。

"我只不过在想,目前这种情况之下,我这个书记该怎么当。"

冬梅更不知该说什么好了。

"我得出国,到苏联去看看,今天就打出国报告。"秉义决心已下,说得很坚定。

冬梅听得目瞪口呆。

第十四章

第二天早上，周蓉在走廊烧水时，听到人们对昨晚的事件议论纷纷。有对学生们的行动表示理解和赞成的，认为大学生关心工人的命运是好事，其行动无可厚非，可以劝他们冷静，但不可以乱扣帽子。也有态度相反的，认为中国工业一直在计划经济的框架内发展，表面看起来有条不紊，实际上劳动力密集，生产水平很低，不动大手术难以为继。动手术是复杂之事，牵一发动全身，学生们不了解其复杂性，在强烈的自我表现欲支配下冲动参与，肯定会让工业改革更趋复杂。

"怎么能说他们的行动是强烈的自我表现欲呢？这种说法太羞辱他们了吧？"

"按心理学来分析，人类的大部分行为与生存本能、安全意识、自我表现欲有关，对于青年尤其如此。连你替他们说话都是一种成年人的自我表现欲作祟，太不成熟了吧？"

大学教师都觉得自己看问题很有水平，自尊心都特强，几句话不和，争论进而争吵起来；这一个摔抹布，那一个用铁勺敲锅，公共走廊里战云密布。

一九八八年，"文革"已经结束十多年，许多人还是难以容忍与自己相左的观点。如果当面听到了，如同有洁癖的人眼见地板缝中塞入什么脏东西一定要挑出倒入垃圾桶一样，劝他们不必太当回事很难。

在大学里，辩论之风仍很盛行。只有哪一种观点更新，没有哪一种观点更正确。所谓权威人士的观点，往往被视为"恐龙化石"，并不一定得到大家认同。文科大学如此，理工科大学的情况也相似。医学院牙科专业的学生都在一所文科大学的课堂上出现了，他们是逃课结伴而来，为的是听到某位明星教师的新观点。

周蓉一句也没参与走廊里的辩论。她认为，类似辩论其实根本没有必要。如果双方都肯说为了让自己的看法更全面，我愿意认真思考对方的观点，那才是有益的讨论。

自从评上副教授以后，她更喜欢与人讨论而不是辩论了。甚至也可以说，她更喜欢倾听别人的观点而不是急于表达自己的观点。

但是，耐心深入讨论什么问题什么现象的人，在这所大学里也寥寥无几。不少人心里都有一个容不得别人的观点存在的魔障，只要不同观点一出现，内心就发出指令："让他们闭上鸟嘴！让他们听你说！你说你说！他们都在胡扯！你说出的观点才是唯一正确的！"

初到北大读书时，周蓉内心里也曾有过那么一个魔障，只不过她本是不愿张扬的女子，经常以理性打压自己内心里那个魔障。成为这所大学为数不多的年轻女副教授以后，她变得更沉静了。成为汪尔淼的博士生以后，那个魔障又出现了，不过又像智慧天使似的，经常对她说："先别说，先别说，认真听，耐心听。"

她变成这样，与导师汪尔淼的影响有关。

导师与她讨论问题时习惯说："周蓉，你说，你说。先别急着听我说什么，我的观点无非就是一种观点而已，也让我分享分享你的观点哩！"

她第一次从导师口中听到这句话时，内心怦然一动。世界上还有人把听到别人的观点视为一种享受，这是她以前从没想到过的。导师让她联想到了几位曾出现在她讲座上的农大学生,他们听她讲中国古典诗词中的四季及二十四节气时也显得特享受。

但面对面坐着的可是自己的博士生导师啊!那时的汪尔淼指间夹着烟,隔会儿吸一口,确实一副享受的样子。

"再说说,你刚才那句话——宋词总体上的阴柔美也是宋人危国偷安的心理反映,展开来说说。"汪尔淼说。

她继续讲时,他则不断地点头。

她说完后,试探地问:"您同意我的观点吗?"

他沉吟着说:"现在我还不能表态,我得多想想。"

讨论的全过程倒像她是导师,而他是学生。

周蓉上课前听学生们说,昨晚学校后门那儿并没发生什么事态。公安人员一撤走,大多数学生也就散了,少数学生到食堂开的夜餐馆吃夜宵去了。天冷是一方面原因,没有了对峙群体,觉得没意思了是另一方面原因。

错开午休时段,两点左右,周蓉来到了汪尔淼家。

汪尔淼的女儿精神又不好了,仰躺在吊铺上叽叽咕咕。汪尔淼习以为常,周蓉也见怪不怪了。

导师向自己的女博士生说到了两件事。

第一件事是,上午在他讲课时,有位女生提出一个问题——既然中国优秀传统文化是提升人心性的共同的民族精神营养,为什么两千多年过去了,真正谈得上有点儿君子修养的国人也就历史上的几位,绝大多数国人的国民劣根性非但没改变,反而似乎还在互相传染?

汪尔淼说:"周蓉啊,这个问题很尖锐吧,也有现实针对性,我们应该当成一个好问题来看待。由中国人自己提出来,比由研究中国传统文化的外国人提出来好。我们是传承优秀传统文化的人,必须给出具有说服力的回答。学问二字一定要能促进自己帮助他人解释现实困惑。如果不能，就成了'客里空'、掉书袋，就仅仅成了饭碗，我们也就会沦为捧着饭碗的职业夸夸其谈者。我当时没回答。不是不想回答，而是明知几句话回答不清楚。不能以己之昏昏使人昏昏，老师绝不能那样当，让咱们都来好好想想这个问题。"

他要求周蓉读三部书：戴尔·卡耐基的《人性的弱点》，明恩溥的《中国人的气质》，蔡元培的《中国人的修养》。

他说第一部书国内还没有很好的译本，校内外图书馆也未必有英文原版书，他在省社科院哲学所的老友家见过原版。他把一封预先写好的信交给周蓉，嘱咐她务必借回来读一读。他建议她对比着读后两部书，认为那样读更容易激发灵感。

汪尔淼说："那位美国传教士一百一十年前断断续续写下了《中国人的气质》，他从我们中国人身上看到了某些毛病。半个世纪后，蔡元培先生也从我们中国人身上看到了那些毛病，或可证明不是外国人的偏见，比如面子问题、从众习惯、缺乏公共精神、缺乏同情心、冷漠待人，等等。为什么让你读《人性的弱点》呢，是希望你分清楚，哪些是人性共同的毛病，以防自己成为手持放大镜的偏执者。我认为，以上问题肯定是我们中国人身上较普遍存在的问题，以后可能更加突出，所以我们先问自己一个为什么。"

周蓉一边听，一边把他的某些话记在小本上。其间，他女儿几次要从吊铺上下来，都被汪尔淼劝止了。

"好女儿，不下啊，爸在和学生谈话呢，乖，听话，再在上边待会儿啊……"

听着导师汪尔淼哄小孩子似的哄自己三十多岁的女儿，看着他女儿朝自己做的鬼脸，寻思着正在进行的内容严肃的谈话，周蓉感觉很荒诞,心里也很为导师同情忧伤。

师母从外边回来了,她为自己买止咳糖浆去了。她爬上吊铺,把女儿搂在怀里哼儿歌,他们的疯女儿才没再闹着要下来。

汪尔淼忽然问:"昨晚的事你知道不?"

周蓉说知道。

"你怎么看?"

周蓉愣了愣,诚实地说:"不太好。"

师生二人沉默片刻,周蓉反问:"老师,您的看法呢?"

汪尔淼忧心忡忡地说:"也不太好。你对'拼缝'二字有所耳闻吗?"

周蓉说:"经常听到,就是在买方和卖方之间充当牵线搭桥的人,像媒婆介绍对象那样,从中获得经济提成。"

汪尔淼叹道:"眼下东北地区工业生产形势严峻,大批工人面临失业,又出现了什么官倒,还大有蔓延之势,似乎为官不'倒'就是傻了。人们现在满脑子想的不是'拼缝',就是'扎条子'。'扎条子'你知道什么意思吗?"

周蓉说:"就是施展各种手段诱使掌握实权的人批条子搞到稀缺物资或商品,倒买倒卖,从中渔利。如果图省事,批条子本身也可以倒卖。"

"一些大学教师也在教研室里守着电话一通接一通地打,一心想要捞到点什么……这样下去要出事啊……"汪尔淼说。

周蓉说:"我也有这种担心。"

师母在吊铺上轻轻嘘了一声,朝下轻语:"女儿睡啦,你俩小声点儿。"

周蓉说:"老师,我陪您出去吸支烟。"

于是,她一手托烟灰缸,一手挽着导师出了门。

在走廊里,周蓉向老师要了支烟,也吞云吐雾起来。

汪尔淼说:"不谈那些了。谈谈第二件事,咱俩出国的事。我决定不

第十四章

去了,你自己去吧。"

周蓉听罢急了,从接到法方的邀请函到将签证办下来,已经大费周章,基本上都是她一个人跑下来的,付出了不少时间和精力。好在省外事办有专人代办公费出国人员的护照,否则她和导师还必须亲自去一次北京呢。为了及时拿到护照,周蓉背着导师向省外事办的同志送了礼。法国是她特别向往的国家,能与导师以学者身份去一次更令她高兴。

她再三询问,汪尔淼才说出了他的想法——目前东三省的财政尤其吃紧,许多企业发工资都困难,知识分子不能只在乎自己,为国家省点钱吧。

汪尔淼这么说是有原因的,法方的邀请并非国家行为,而是几所大学文化社团的民间行为。他们资金并不充足,邀请函上写得明白——只负责报销去程的机票以及会议期间的食宿和参观费用,回程机票由与会者自理。

周蓉说:"咱俩买回程机票的钱都申请好了呀,领导们也都认为对学校是一件好事啊!"

汪尔淼说:"是啊,他们确实一直都那么认为,但我自己心理上有障碍。"

"您心理上的障碍完全没有必要哩!好比在饥饿的年代领导人不吃红烧肉了,对挨饿的老百姓有什么实际意义呢?"周蓉快急哭了。

汪尔淼说:"是没什么实际意义。可人是很奇怪的动物啊,对某事心理上一起障碍,就会产生排斥感。周蓉啊,我决心已下,不变了。我绝对支持你去,你们年轻同志应该多出国交流。中午我通知学校了,可能批准你前去参加研讨会的传真已发往法国了。"

周蓉二话不说,拔腿就往楼下跑。她知道,外国人办事一向很认真,如果最后的传真上写的是张三结果去的却是李四,人家也许会拒不接待的。

她一口气跑到学校外事办。还好，传真并没有发出。

她要过传真稿，也没细看，掏出笔就把自己的名字改成了汪尔淼的名字。

外事办的同志说："得，你这一改，又得重打一份。"

她说："那就麻烦你们重打一份。"

外事办的同志问："改成你导师去，他同意了吗？"

周蓉说："我从他家来的，已经说服他了。"

外事办的同志说："其实没人对你们师生俩都去有什么意见，完全是他自己想得太多了。"

周蓉说："是啊，他就是那么一个人。"

一九八八年初，在这一所省重点大学里，还没有多少台电脑。绝大多数师生对电脑还没有概念，打印之事仍由打字室完成。周蓉怕外事办的同志阴差阳错办砸了，亲自跑去请打字员重打了一份传真稿。

她拿着重打出的传真稿再回到外事办时，汪尔淼已坐在那里了。

他说："周蓉啊，你怎么不听老师的话了呢？"

周蓉说："该听的听，不该听的不听。这件事上，您不能只顾及个人感受，根本不考虑我的感受。"

外事办的同志倒很理解她的心情，帮她劝汪尔淼，说如果你们师生只去一个人，当然还是教授去好，学校更有面子哩！

汪尔淼看着周蓉说："听，又成了面子问题。"

周蓉说："有的面子，该讲还是得讲。"

因为外事办的同志站在自己一边，周蓉觉得理直气壮，也不管得体不得体，拉开抽屉，找出公章，啪地盖在了传真稿上。

外事办的同志看着她笑，还向汪尔淼夸她："你弟子对你多好，你当导师的偷着乐吧！"

外事办的同志又问周蓉："就这么发？"

周蓉说："发！他们那边二十四小时接收。"

汪尔淼起身欲阻止，被周蓉推到了门外，她把门从里边锁上了。

传真纸走着时，外事办的同志又夸道："周蓉你太可爱了！为了到底最后谁出国，不少人争得闹翻了脸。"

周蓉说："人家法方是冲着发表在外刊上的文章邀请的，那文章虽然署着我和导师两个人的名字，但主要是导师的学术研究成果，我只不过是整理者和法文译者，只去一个人当然应该由导师去！"

两人谈得高兴，在周蓉请求下，外事办的同志竟同意她将买往返机票的钱也代领了。

周蓉挽着汪尔淼回家时，他脸上闪着泪光。

周蓉笑道："您还至于被我气哭了呀？"

汪尔淼说："如果我没有那样的一个女儿，就真想认你做干女儿。"

周蓉说："有也可以。"

汪尔淼说："我们现在已是师生关系，不可以。"

周蓉说："那也可以。"

汪尔淼说："不可以……两种情况，都让我有心理障碍。"

周蓉贴心地说："那您就得克服某些自设的心理障碍，别做套中人才好。"

第二天，周蓉替导师买到了出国机票。

三天后的上午，师生二人坐在机场的候机大厅里。汪尔淼换了登机牌，周蓉此时才把装在信封里的美元交给了他。若给早了，她怕他放在哪里想不起来。

汪尔淼穿的呢大衣和一套西装是周蓉让蔡晓光从话剧团借来的演出服，他居然穿着很合身，看上去也很提神，像民国时期的知识分子似的。对那套行头汪尔淼丝毫没有心理障碍，因为实际好处是他可以将学校按规定发给他的制装费留作他用。

汪尔淼问："确实不可笑吗？"

周蓉说："当然不可笑，像胡适的朋友们。"

汪尔淼说："那就适得其反了。胡适是鼓吹西学的，而我是去参加中国传统文化研讨会的。"

周蓉说："总不能让您像辜鸿铭似的穿一袭长衫出国吧？章士钊倒是维护传统文化的，他不是一向西装革履的吗？"她起身站在导师对面，打量着他又说，"嗯，乍一看像胡适的朋友们，细一端详，气质上更接近钱穆等人，真的。"

汪尔淼苦笑道："我女儿要是也能像你这么逗我开心，那我可就幸福无比了。"

时间充裕，师生二人正那么轻松地聊着，忽听广播里寻人，播出的名字正是汪尔淼，请他立刻到总值班柜台去，学校的人等在那儿。

师生二人匆匆赶去，见是外事办的那位女同志和财会室的一位姑娘。

外事办的女同志问汪尔淼："买回程票的美金带在身上了吧？"

汪尔淼说："是啊。"

外事办的女同志说："快给我看一下。"

汪尔淼就从西服内兜掏出信封递给了她。

她立刻取出美金点数。

周蓉问："多了还是少了？"

外事办的女同志连点两遍，这才说："不多不少。"将美金又放入信封。

汪尔淼就伸手来接，她却把信封交给了财会室的姑娘，万事大吉地

第十四章

说:"没你的事了。咱俩就算正式交接了,你先到校车上等着吧。"

汪尔淼一脸困惑地看周蓉。

周蓉奇怪地问:"这是演的哪一出?"

外事办的女同志的解释是——对于公费出国之事,上级有新的指示精神,领导干部出国考察实属工作需要,一切规定照常,但是鉴于目前的特殊情况,应对各类非考察性质的出国活动予以必要限制。汪尔淼的出国属于后者,学校怕被抓成典型通报批评,只能收回买回程机票的美金。

"汪老师,您想啊,上级的指示精神明摆着,在这节骨眼上要是真被通报批评了,对学校不好,对您本人也不好,是吧?您是在乎声誉的人,那多不值得呀?所以,咱还是不花学校一分钱的好。我来时领导要求我一定要向您解释清楚,学校不是出不起这一笔钱,主要是为了维护您的声誉……"外事办的女同志说得似乎合情合理。

汪尔淼说:"可……那我怎么回来呢?"

外事办的女同志说:"领导让我向您建议,跟法国主办方多说点儿好话,请求他们连返程机票也承担了!法国是欧洲第一个和咱们建交的国家,始终比较友好,他们对您肯定会例外的。事在人为!再者说了,他们是资本主义富国,富国主办中国传统文化国际研讨会,邀请的还是咱们中国的教授,哪有不承担返程机票的做法呢?这种做法实际上丢的不是咱们中国的面子,而是他们法国的面子哩!如果他们真不怕丢他们的面子,真不给您面子,那也不要紧,您去找华侨联谊会。法国有不少华侨联谊会呢,华侨们都比着爱国,肯定都愿意为您买张回国的机票。如果您舍不出您的面子,那就干脆找中国大使馆,咱们的大使馆也肯定会为您买张回国的票……"

周蓉几次想发火,一次次克制住了。其实她也不知道问题出在哪里，让她有充分的理由发一通火。是法国主办方吗？人家在邀请函上早已声明——民间行为，经费不足，敬请原谅。可以去，也可以不去哩！是校方吗？学校起初是支持的呀，他们师生俩一块儿出去学校都痛痛快快批了啊！是上级指示吗？更不能对人家外事办的女同志发火啊，人家一直在真心实意地替自己的导师出主意想办法啊！冲人家具体办事人员发不着火呀！

如同"文革"时期的老革命面对"造反有理"的红卫兵，一向善于随机应变的周蓉也一筹莫展了。

汪尔森更是乱了方寸，他像孩子看着母亲般看着自己的女弟子，期期艾艾地说："周蓉，这我就怕了……你还是替我把票退了吧！"

不待周蓉开口，外事办的女同志也急了，她说："汪教授，退票可不行！都换了登机牌了，您怎么可以有这种想法呢？不要说能不能退成，就是退，那肯定也得收几成手续费！尽管是一张打折票，那也七千多元，收百分之五的手续费也几百元啊！财务方面也不好走账啊！"

汪尔森苦着脸说："我真的怕了哩，我到了法国，人生地不熟，语言又不通……我也不能在国外丢人啊！"

周蓉深吸一口气，尽量镇定地说："都别急。急也无济于事。我想……我认为，究竟该怎么办，那还是要听我老师的。现在起咱们都别说话了，老师给您半分钟，您干脆闭上眼睛，别看我俩，好好想想究竟去还是不去……半分钟后，再睁开眼睛将您的决定告诉我。"

汪尔森果然乖小孩听妈的话似的闭上了双眼。

外事办的女同志对周蓉耳语说："你还是应该将他哄上飞机去，教授，改革开放了哩，别那么'面'，得学着闯荡点儿！"

周蓉说："别影响他，让他好好想。"

还没到半分钟呢，机场里响起了广播找人。

第十四章

"汪尔淼同志，汪尔淼同志，您乘坐的飞往法国巴黎的飞机就要起飞，请您准备好登机牌及相关证件，立刻去往三号安检通道，那里有机场服务人员在等您。"

汪尔淼睁开了眼睛，六神无主地看着周蓉。

外事办的女同志说："听到了吧？您都快耽误一架飞机的起飞了！别看着她啦！都派人在安检那儿等您了，快去吧，再不去就不像话了！"

她显得比周蓉有主意，目的明确——那就是要将汪尔淼哄到飞机上去。

见她挽住汪尔淼像劫持了一名人质似的朝安检区快步而去，周蓉犹豫一下，只得拎起导师的旅行箱紧随而去。

三号安检通道口外果然有位空姐在焦急等待，望见他们，迎上前来，一手从周蓉手中夺过旅行箱，一手拽着汪尔淼便走。她嘴里也不闲着，冷着脸批评："没你们这样的！头一次坐飞机呀？都什么时候了还不安检？这边这边！特殊通道，您倒是迈开步子快点儿走哇！"

汪尔淼通过了安检，转身望着周蓉又叫了一声："周蓉！……"

听来确实有点儿像小孩子叫"妈"，看上去如同被卖了，样子可怜巴巴。他不但是头一次乘飞机，此前连卧铺也没坐过。"文革"前没坐卧铺的资格，"文革"十年中一直在干校接受改造，"文革"后从未跨省出差。此番一出差就飞到法国去了，身上连买返程机票的钱都没有，他难免悚惶。

望着导师一步三回头地被空姐拖走，周蓉心里挺不是滋味儿。

外事办的女同志开周蓉的玩笑："哎哟，你还真把他看成孩子了？早料到了他这么'面'的话，那还不如出国的是你了！"

周蓉没好气地说："这算什么破事呀，你还有情绪开玩笑！"

忽听有人喊她的名字，转身一看，竟是哥哥周秉义。

她吃惊地问："哥，你去哪儿？"

秉义说："先别管我去哪儿，我有几句话要单独问你。"

外事办的女同志告诉周蓉校车停的地方，识趣地先走了。

秉义看一眼手表，严肃地说："我出国去苏联该过安检了，就站这儿聊几句吧。我要求你诚实地回答我，刚过安检口的那位老先生是谁？"

周蓉如实回答。

秉义表情更加严肃地问："既然是你导师，你只不过是来送他的，你俩恋恋不舍的是怎么回事？出国开会，最多一个星期就回来，他为什么那样子叫你？"

周蓉反问："他什么样子了？"

秉义说："他一叫你的名字，我不由得就站住了。我看见他眼泪汪汪的……你自己眼边的眼泪也还在呢，这太不寻常了吧？"

周蓉说："哥，你是想说太不正常了吧？"

秉义说："我不反对你那么理解我的话。周蓉，男女感情之事，可千万别当成儿戏，咱们周家没那种基因。如果说你第一次离婚全怪冯化成不好的话，那么我要说，蔡晓光这人是不错的，他对你的爱情是经过长时间考验的！"

周蓉红了脸，又好气又好笑，嗔道："哥，你想哪儿去了！你这不是当面羞辱我哩！省省你那份心吧。"她随即将话题往哥身上一转，"你们厂怎么也不派个人陪你，让你当书记的一个人出国，还是到苏联去！"

秉义说："苏联怎么了？"

周蓉说："那边社会治安动荡，你不知道？"

秉义说："没那么不好。多出去一个人，不是多花厂里一份钱吗！我既不需要翻译，也不需要秘书，能省就省吧。"

周蓉想起了几天前的晚上与军工厂那辆车发生的冲突，想跟哥说说，又怕耽误时间，便只好说："那你就自己照顾好自己吧！快去安检。我

第十四章

也得走了,别让校车等得不耐烦。"

她转身要走,却被秉义拽住了,他不罢休地说:"你还没正面回答我的问题。"

"我都说明白了呀!还怎么正面回答呢?是你自己太可笑了哩!"周蓉挣脱哥哥的手跑了。

"周蓉!"

她只得站住了。

"你可要让哥在那边省点儿心啊!"

哥的话听来不无相求的意味。

她头也不回地大声说:"照顾好自己,也让我省点儿心!"

望着妹妹跑出机场的身影,周秉义真的又多了一份心事。

让许多人羡慕嫉妒的军工大厂的正厅级党委书记,那时忽然觉得自己人生中最愉快的岁月反而是知青年代,而不是返城当了官以后……

第十五章

春天来了。

春天,到底还是来了。

某一个季节会姗姗来迟,却从没有哪一个季节能蓄意不至。细想想,海誓山盟不大靠谱——沧海桑田往往也是瞬间之事,地老天荒可谓永恒,但物是人非、斗转星移,变化真是不可阻遏。

春天是地球上所有生命期盼的季节。夏季烂漫热烈,牵着的可是春姐姐的手。踏春也是觅夏的另一种说法。

A市的春天比历年都来得迟,三月下旬居然降了一场大雪,有几天气温又冷到了零下二十四五度。那几天一过去,天气一下子变暖了。

如同一列晚点的列车突然提速想要正点抵达终点站似的,人们还没从多雪寒冷的冬季缓过神来,春季便以猝然到眼前的方式无言地宣布——我来了!

从三月下旬到四月中旬,天气一日比一日暖和。A市冰雪融化的积水到处都是,对人们出行造成了极大妨碍。不论是上班族还是上学的学生,都不得不穿上了夏季大雨后才穿的防水靴。

光字片的情形比往年更糟。光字片的泥泞程度,甚至超过了"二战"纪录片中德军曾在苏联大地上经历的泥泞。光字片人家的大人和孩子,这二十多天里生活得也很狼狈。小孩子还好说,吃喝拉撒全在家里,不出门就是了。中小学生也好说,几所学校临时放假。大人们却不能不上班,一

第十五章

回到家里就不出门也太失家长的尊严。即使出去上厕所,几处东倒西歪的公厕经过冰雪水灌,都满得忽悠忽悠的,上公厕对大人们来说也成了一件危险事。许多光字片的大人穿的防水靴那些日子里根本就没弄干净过,一出门全是泥靴。

市政府调给共乐区几辆卡车,特批了一批砖。有些区干部跟着满载新砖的卡车到处转,见着哪些地方泥泞得不成样子,便命车停住,指挥跟车的环卫工人往泥泞中垫砖。往光字片的泥泞中垫的砖最多,因为光字片的街道坑凹多,有的地方需要垫两层砖。

共乐区的群众很感激。

春天来了。严寒终于过去,天气逐渐暖和,人们的情绪也变好了。

至于泥泞,与刚刚度过的严寒相比,那又算得了什么呢?何况党和政府并没有坐视不管,而是在积极主动地想办法。

一天,秉昆回到家里,郑娟背着两个儿子悄悄问他:"别人家一到了晚上就偷外边那些砖,咱家也把就近的砖往回搬几块行不?"

秉昆说:"不许。别人家怎么样咱们不管,咱家人不可以那样。都那样,不是白垫了吗?不是又不好走了吗?"

郑娟说:"可别人家不这么想啊!反正泥泞一干,那些砖也不会再有人拉回去了。下手晚了,都成别人家的了。"

秉昆说:"现在泥泞还没干。"

郑娟说:"都是新砖。"

秉昆听得起疑了,沉下脸问:"你是不是已经往家搬了呀?"

郑娟只得承认,她和两个儿子弄回家了二三十块。

秉昆问放哪儿了。

郑娟就指——有的摞在桌子底下，有的垫在箱子底下，都用布帘遮挡着，还有的埋在煤堆里了。

秉昆说："难怪咱家有了一股不好闻的味儿。"

郑娟说："别人家那味道也好闻不了多少。"

秉昆生气了，训道："我再说一遍——别人家是别人家，咱们家是咱们家，咱们没必要跟别人家照样学样。"

秉昆生气另有原因。共乐区光字片的街道如此泥泞不堪，他无法再骑自行车上班，每天得提前一个小时出家门。从"和顺楼"回到家里也便晚了一个小时。区里派人往泥泞中垫砖，作为家住光字片的人，他也心存感激。毕竟，未等光字片的人们集合起来到区政府市政府门前静坐，区里起码把该做的事做在前边了。当下，也只能做到那个份上。有人把垫在泥泞中的砖往家里搬，他是知道的，甚至看见过，而且看见的不是别人，是春燕她二姐和二姐夫。他们被他见到了一点儿都不害臊，还厚着脸皮跟他打招呼呢。他当时说："那样的砖弄回去多脏啊！"春燕她二姐夫却说："脏也是好东西，夏天用水冲冲就见新了。"他快到家时，一脚踩向白天明明垫着砖的地方，不料踩了个空，扑哧踩到泥泞中，险些跌倒。当时不由得对那些贪小便宜的人内心骂出了脏话，及至明白了是自己妻子带着两个儿子干的事后，他自然生气。

他本是高兴而归的，因为从"和顺楼"拎回了些饭菜。都是名厨做的，妻子和两个儿子一年到头吃不到几次。同样是鸡鸭鱼肉，自己家在年节也做不出那种好口味来。何况还有两只大对虾和几条海参，那可是妻子儿子从没吃到过的东西。"和顺楼"的生意依然红火，天一转暖更红火了。韩社长的经营思路是走高端路线，菜谱越上档次越好。为此，他派人专门去大连采购海鲜，去省内外山区买山珍野味。狍子肉和野鸡、野猪肉在"和顺楼"的菜谱上已不算稀罕，最新增加的菜品是"飞龙戏猴"。猴非指猴子，而是大个的猴头蘑，绝对野生的。"飞龙"是一种少见的鸟，也就半斤来重，估计一只"飞龙"仅能剔下二两多肉，但据说极其鲜美。秉昆自己一口没吃过，只是听客人们赞不绝口。还听他们说，世上关于美食的那句"天上龙肉，地上驴肉"的"龙"，其实正是指的"飞龙"。那么珍稀的东西，一般是不会炸炒了来吃的，基本是炖汤。秉昆喝过一小碗汤，确实鲜美，却并没感觉比炖得好的鸡汤好喝多少。"飞龙戏猴"一上了菜谱，"雁肉炖猪蹄"就显得不怎么上档次了。

周秉昆胖了，腰粗有肚腩了，体重增加十几斤，脸盘大了，红光满面。师父白笑川也胖了，"和顺楼"的每个人都胖了。胖得最明显的是国庆他姐，不再是从前那个脸色灰黄面容憔悴的女人了。身子圆了一号，扎不了小围裙，得扎大围裙了。

这要感谢"和顺楼"的顾客们。他们的成分变了，以前的厂长副厂长们少了，经常有些身份不明的人士光临。虽说身份不明，但看上去都非等闲之辈。他们的年龄大抵与周秉义差不多，偶尔也有女性出现在他们中间，年龄则与周蓉不相上下。他们口中常常不经意似的说出一句语焉不详的话——"你家老头子"或"我家老头子"，说时有种意味深长的否定口吻，如同在说过时落伍了的前朝遗老，却也不乏那么一份得意和自满，仿佛在谈什么古董，虽然并不直接就是黄金或钻石、珠宝，但其文物价值还是举世公认的。如果说的是"我们老头子"或"你们老头子"，那么老头子的概念就截然不同。白笑川告诉秉昆，后一种老头子已不是指父亲们，而是指大官们了。那么说的人可能是秘书，也可能是下属。

"和顺楼"新客们的京腔语调明显，偶有操南方口音或说不清东南西北的异地口音者。他们中有人出现两三次，以后就不再来了，也有的接连一个星期乃至更长的日子每天都在"和顺楼"吃午饭和晚饭。

秉昆认为，从他们的种种表现来看，应该都是入住北方宾馆的客人。

白笑川说:"那是肯定的,本市最好的宾馆哩。"

秉昆奇怪地问:"宾馆的伙食也很好啊,为什么非到咱们这儿来吃呢?"

白笑川说:"当然是不愿受到关注啰!北方宾馆那是省市领导经常设宴招待客人的地方,外宾会出现在那儿,中央领导也会出现在那儿,而他们的事要尽量避人耳目进行。再说,咱们'和顺楼'的菜比北方宾馆有特色,咱们是后来者居上啊!"

"他们来咱们东北干什么呢?"

"别问我,你自己有耳朵,留意听听就明白了。"

秉昆觉得师父如同福尔摩斯,只要是引起他注意的客人,不必亲自接待,望着对方上得楼来选包间、看菜谱、点菜的过程,就能从他们的举止和简短的话语中将他们属于哪一类人判断个八九不离十。与师父的能耐相比,他自己注定了永远都是"华生"。

新一茬客人大抵是斯斯文文、彬彬有礼之人,对服务员的态度都很绅士,言行得体而低调。他们称呼服务员"您",即使接过热手巾后也会习惯地说句"谢谢"。他们亲昵地叫服务员"小妹",这让年轻的服务员们受宠若惊。与他们相比,本省本市某些工厂里的头头脑脑简直就是"大老粗"了。后者几乎都是大嗓门,动辄对服务员呼来喝去的,稍不顺心,往往还拿服务员撒气。后者的吃法那真是胡吃海喝,经常吼吼叫叫地划拳行令。最被服务员们瞧不起的是他们当着客人的面打包。打包当然是应该提倡的,但也不能当着客人的面呀!"那菜给我装上,我先说的!"某些随从往往还当着客人的面这么争。连服务员有时都看出来客人们是瞧不起的。那样一来,谁还愿投资合作呢?

其实服务员们是不欢迎打包的客人的。如果每一拨客人走后餐桌上只剩下了空盘子空碗空酒瓶,那服务员们不也就只能两手空空地下班了

第十五章

吗？或者说，起码"和顺楼"的服务员内心是不怎么欢迎走后餐桌上什么都不剩的客人们的。

而对服务员以"您"相称，有时还亲昵地叫她们"小妹"的新一茬客人们，则从不打包。他们每顿点的菜不少，但显然不是为了胡吃海喝，而是为了摆满一桌子好看。并且，他们习惯于每次从最贵的点起，象征性地点几样便宜的家常菜是为了荤素搭配。酒也是每次都必上的，当然是"和顺楼"所能提供的最好的酒。

他们点得多，吃得少，浅尝辄止，都像美食家。

他们饮酒适量，从不死乞白赖地相劝，彼此敬酒也就是举一下杯意思到了而已，更不划拳。

他们走后经常剩一桌子菜，并且会歉意地说："不好意思，可不是嫌菜做得不好啊！"

服务员却会眉开眼笑，内心欢喜。

秉昆们突飞猛进地胖起来，正是归功于他们的频频光临。

秉昆起先不参与瓜分他们的剩菜。他是副总经理，也那样颇觉难为情。

有一次，白笑川问他："你嫌弃呀？放心，他们都是比你讲卫生的人。何况人家都用公筷夹菜，有的菜根本就没怎么动过。"

秉昆承认他们都是些特绅士的客人。

他说："我不是身份在这儿哩。"

白笑川说："论身份我可是正的！忘掉咱俩的鸟身份。我还往家带呢！这些日子我尽喝好酒了，你师母吃我带回去的东西都快营养过剩了。为郑娟和你两个儿子着想，你得把那点儿不好意思变成好意思。"

秉昆也参与瓜分了。怀着对新客人们的敬意和感激，有时他很愿意亲自充当他们的服务员。

从他们的交谈中,秉昆听出他们到 A 市来究竟想要办成什么事了。原油、煤、木材、大豆……本省的好东西都是他们经常在饭桌上说到的,对于本省曾经驰名全国的工业产品如轴承、各类发动机、车床上用的各种型号的刀具以及亚麻布匹,他们也极感兴趣。相应的,自然便谈到列车车皮、条子管用不管用、省市哪一级领导做得了主这样一些话题。

一想到自己和许多百姓人家烧不上好煤挨冻也许与他们有关,秉昆对他们又不免嫌恶起来。

他问白笑川:"那他们就是人们常说的'官倒'了?"

白笑川说:"你还真悟出点儿门道了。"

秉昆又问:"可他们都不像官呀!"

白笑川说:"你要是以为'官倒'就是官们亲自'倒',那又幼稚了。"

秉昆想了想,接着问:"既然他们会'倒',咱们当地也需要把一些资源、产品销售出去,搞活本省的经济,那他们的作用不也挺好的吗?"

白笑川说:"要看怎么来论这种事了。稀缺物资一向是由国家垄断的,也是由国家这里调拨一批那里调拨一批来卖的,所以叫统购统销嘛!不是说这对发展经济有多么好,如今稍有思想的人都看出来了并不好,把经济该有的市场活力给统死了。但是,人们也都会在头脑中问一个为什么,为什么有些人现在可以倒卖那些稀缺物资?还有化肥、棉纱、矿藏,国内还不够用呢,他们一倒能倒到国外去。还有紧俏商品呢,比如好卖的烟酒什么的,允许谁倒不就是允许谁发财吗?在古代,这种行为叫'私贩禁货',那是要杀头的。普通人是绝对倒不成的,没批条啊。为师也不算很普通的人,那也搞不到批条。你哥你嫂子、你姐你姐夫够不普通的了,他们也肯定搞不到。"

"那怎么有些东西压在有些厂的仓库里,一压二三年卖不出去,他们一'倒'就出去了,厂里还得千恩万谢的?"

"是啊。可不得千恩万谢哩,积货变成现钱了,可以给工人发点儿工资了!那些工厂的头头脑脑就要问自己个为什么,怎么国家一说让自己找市场,那些头头脑脑就蒙了,那些搞推销的二大爷就变成厂里白养的人似的了?"

"我听我朋友国庆和赶超说,有些自称神通广大的人,其实把出厂价压得很低,还能转手卖高价……"

"还能给厂里的头头脑脑一些回扣,对不对?"

"对,所以有人说这是一举四得——买方买到了自己不容易买到的东西,倒卖的人塞鼓了自己的腰包,厂里的头头脑脑的收入变相提高了,工人们工资有了。师父你怎么看呢?"

"我的看法很明确啊,腐败就会蔓延啊!"

"可也有人说腐败没什么可怕的,腐败是搞活市场经济必不可少的润滑剂——师父你又怎么看呢?"

"我看……我的看法哩……那都是些浑蛋王八蛋啊!……"

白笑川忽然从嘴上取下烟斗,高喊一声:"我操他们八辈祖宗!"

当时不在饭点上,没客人听到。楼上楼下的服务员们,都从上下左右呆望着他。

白笑川又小声对秉昆说:"这就是为师的立场。"

接着,他朝受惊的服务员们连连挥动握着烟斗的手说:"没事没事,突然想开开嗓子。干你们的活!"

在与师父白笑川管理"和顺楼"的日子里,秉昆觉得自己受益匪浅。以前师徒俩聊的话题仅限于曲艺和曲艺界,所谓人情世故而已。师徒二人成了"和顺楼"的经理、副经理后,常常就聊到国计民生,别看师父平常一副对任何事都很看得开的样子,其实骨子里也是忧国忧民,忧得深,看得也深。

然而，秉昆也就更多了些忧郁，这些忧郁源于对自己的、亲人的、朋友们的以及下一代人命运的担忧。

那天晚上，服务员们全都下班后已经十点多了，他仍要求师父留下来。

秉昆说，如果不与师父再聊聊，他会憋闷出病的。

谈话基本上还是他发问师父回答的方式。

"为什么你头脑里明明有那么多看法想法，我哥请你到军工厂做一场报告，你却不给他面子呢？工人们听听你那些看法想法没什么不好啊。"

"你又幼稚了不是！我那些看法想法，可以跟你讲，可以跟一些人在私下里讲，如果在台上做报告，特别是面对目前日子不好过的工人们讲，往小了说是个事，往大了说就是个事件。我将吃不了兜着走，你哥也将受牵连。你哥是仅从你口中听到了我讲的只言片语，如果他也像你一样听到了我讲更多的话，他肯定也不会让我去讲了。"

"师父，我怎么觉得，咱们'和顺楼'越来越像是一处腐败发源地了？"

"发源地肯定不在咱们这儿，咱们这儿想成为腐败发源地那也成为不了。咱们'和顺楼'只不过就是第三或第四策源地罢了，连第二都算不上，第二才不会选咱们这种地方。人家到咱们这儿来了，那基本上是该办的事已办得差不多了，在咱们这儿放松放松，从容地吃着、喝着、聊着，再往周到处议议而已。怎么，你有什么不快？"

"师父，我心里是不快。我不想干了，真的。我为什么要为'官倒'、腐败分子服务呢？咱俩一块儿回编辑部吧！我想我在编辑部那张办公桌了……"秉昆心里不是滋味儿，差点儿掉下泪来。

白笑川用烟斗刮了他鼻梁一下，安慰道："别这样，你搞得我心里难受了。"

第十五章

秉昆追问："那你答应了？"

白笑川犹豫地说："秉昆，你如果没把话问到这儿，我还真不想告诉你，怕影响你在这边干着的情绪。咱们那份刊物，怕是注定要不行了。你别瞪着我好不好？你也别不信。不能怪韩社长不重视，也不能怪目前编辑部的人不像咱们三个当初那么有责任感。实际上他们也着急，也努力了。咱们那刊物的好时期过去了，即使再由咱俩和老邵接手干，那也不会梅开二度了。"

"为什么？"秉昆巴不得师父立刻说出原因，一把从师父手中夺过烟斗，不许他再吸了。

白笑川却从兜里掏出了半包烟，不紧不慢地吸起一支后，将烟盒朝秉昆一递："我看你也得来一支了。"

秉昆急着听原因，干脆吸起师父的烟斗来。刚吸两口，呛咳嗽了。

白笑川嘴角叼烟，一手轻拍他后背，才说："是啊，为什么呢？我也总在想这个问题，最近才有点儿想明白了。咱们曲艺吧，它主要是娱乐大众的。娱乐这件事呢，得有好心情。大家心事太重的时候，很难真的娱乐起来。好比动物们，冬天又冷又找不到食物，它们就孤僻，有的还干脆玩冬眠。即使合群的，那群也不怎么活跃了。春天一来，水草充足了，你看吧，食草的撒欢，掠食的精神，胃里一饱，大的小的都喜欢找点儿乐子。为什么地上的动物啊、天上的鸟啊、昆虫啊大多数在春天交配呢？心情好哩！人也是动物哩，尤其如此。那几年咱们那曲艺刊物为什么办得火？也不是咱们三个有多大能耐，是赶上了多数中国人心情特好的一个时代，不是说那是第二次解放、人民的胜利吗？咱们那刊物是应运而生。今天情况不同，当年的开心劲儿过去，许多老百姓面临新的实际问题——物价上涨，工资虽然也涨了，却涨得跟不上趟。许多工厂生产过剩，工人发不出工资，报销不了医药费。儿女老大不小要结婚了没房子住，想自己盖个小偏屋吧，能盖的地方都盖满了。咱们那刊物叫《大众说唱》，恰恰是面向老百姓的，娱乐他们的。他们都心事重重，完全没有情绪娱乐，就连上帝也办不好咱们那份刊物了！"

秉昆的嗓子已经能适应烟斗的刺激了。他深吸了一口，眉头紧锁，"那咱俩可该怎么办？"

白笑川把烟头拧灭在烟灰缸里，夺回烟斗，淡淡地说："别无他法。为了编辑部那些人能开出工资，为了咱们那些服务员不失业，'和顺楼'还得经营好啊！"

秉昆接着发问："腐败就发生在咱们眼皮子底下，咱们经常看在眼里，听在耳中，心知肚明，却还要待以上宾，周到服务，笑脸迎送，且不论咱们自己的感受如何，后人又将怎么评论咱们呢？"

白笑川呆呆地看了秉昆几秒钟，语重心长地说："秉昆啊，你怎么会有这种想法？我就奇怪了，你这种想法是从哪儿来的呢？"

秉昆不待师父说完，就说道："你影响的。你和邵敬文一块儿影响的。当年，你俩不是都说过要让后人瞧得起咱们的话吗？"

"我们那种话你记住它干吗？"白笑川用烟斗敲了一下秉昆的头，"此一时彼一时。咱们算老几？咱们怎么样了，后人根本不会记得。除非咱们这样的庸常之辈做出了惊天地泣鬼神的事，否则根本不会的！就说咱们三个当年都被关起来了的那件事吧，'文革'后头一二年还有人记得，到如今有人记得吗？可一些大人物、名人，即使当年只不过说了一句半句不满'四人帮'的话，你看被记得那个长久、传得那个广泛！你要明白，同样一件正义的事，他们会被记住，咱们会被忘记。对于他们，又成了资本；对于咱们，只不过是一种个人经历而已。反过来也一样，后人才不会拿咱们'和顺楼'说事，更不会说到咱俩。还是我刚才那句话，咱们这样的人算老几？根本不值得后人说道！所以你一点儿都不要觉得别扭。'摆

第十五章

开八仙桌,招待十六方。来的都是客,过后不思量。'这就是你师父的心态,希望也是你的心态。有人在这儿进行'官倒'、搞腐败、商议权钱交易,咱们又没参与,问心无愧。把他们的钱赚了,一部分发给肖国庆他姐那样的员工,咱们应该感到欣慰。咱们中国不兴给小费,若兴,我带头接。你要是不接我还不依你!"

师徒俩聊到了很晚,临走时秉昆也没搞明白师父那些话究竟是他的真实想法,还是只不过是些气话。

这天晚上,由于妻子和两个儿子的行为,周秉昆觉得仿佛被一只无形的手扇了一耳光,连日来他的不良情绪再也掩饰不住了。

他让正在写作业的楠楠放下笔,让正在给猫梳理毛的聪聪停下来,立刻把那些藏匿起来的砖再搬出去,原先垫哪儿还垫哪儿。

两个儿子不情愿地看着母亲。

郑娟不以为然地说:"爸如果活着,那些砖就都是他眼里的宝。"

秉昆没好气地说:"但我爸绝不会赞成你带着他的两个孙子干这种事!"

如果他只这么顶了郑娟一句,也许郑娟会与两个儿子一块儿往外搬砖,尽管他并没命令她。

但他说了一句实在不该说的话:"估计你妈才会赞成!"

此话让郑娟惊呆了。

楠楠对姥姥是有印象的,也有相当深的感情,他替母亲抗议道:"这件事和我姥姥有什么关系?"

秉昆话一出口,立刻意识到说得很不应该,正懊悔着,听了楠楠的话顿时冒火,冲楠楠吼道:"你住嘴!"

楠楠将笔啪地往桌上一拍，生气道："你贬低我姥姥，我就有权抗议！"

秉昆也被顶得呆住了。

聪聪这时大声说："为往家搬那些砖，我妈的手都弄破了。"

气头上，秉昆又说了一句实在不着调的话："活该！"

郑娟本是坐在楠楠旁边丈夫对面的，此时猛地起身离开大屋走进了小屋。

秉昆为了平息一下情绪，大口大口吸起烟来。

两个儿子从没见过父亲对母亲这种态度，不安压倒了不情愿，都默默去做父亲命令他们做的事了。

哥儿俩忙了半个多小时，弄得衣服上尽是泥，秉昆也不帮，只管坐在那儿吸烟，发呆。

楠楠大声问："妈，我明天上学还有换的衣服吗？"

郑娟也不出小屋，回答："自己找。"

楠楠便开始翻箱子，为自己找，也为弟弟找。换上了干净衣服后，谁也不叫爸爸一块儿吃饭，干脆自己先吃上了。

秉昆将带回来的东西放在桌上说："可以吃这些。"

哥儿俩连看都没看一眼。

秉昆在桌旁坐下，谆谆教诲说："你们长在小市民成堆的地方，所以你们要从小对自己有要求，防止小市民习气沾染到你们身上。"

楠楠又顶了他一句："防不胜防呢？长在小市民成堆的地方怨我们自己吗？"

秉昆心里又腾地冒起火来，他竭力克制住。

"咱家要是住玥玥姐姐住的那样的小楼，我俩就不往家里搬那些脏兮兮的砖了。"聪聪说。

第十五章

聪聪的话比楠楠的话更让秉昆冒火,他无语了半天后问:"你怎么知道玥玥住在哪样式的房子里?"

聪聪就看楠楠。

楠楠说:"别看我,别那么多话,好好吃饭。"

聪聪吃了两口饭后忽然问:"爸,你知道什么是沙发吗?"

郑娟没吃晚饭。

秉昆睡下后,郑娟问:"原来你内心里那么瞧不起我妈啊?"

秉昆说:"我气头上的话,你别在意行不行?"

郑娟说:"酒后吐真言,气头上往往也是的。"

秉昆说:"往往不等于都是,那根本就不是我内心里对你妈的看法。"

郑娟说:"是不是,只有你自己心里最清楚。"

秉昆诈尸似的坐起来,扭身低头看着她,冷言冷语地问:"我已经请你别在意了,你非在意不可?"

郑娟反问:"我就不明白了,不过几块砖的事,怎么就会惹你脸不是脸鼻子不是鼻子地训我们娘儿仨?我们那么做不也是为你吗?怕天暖和了你修房子找不到砖,又得四处求人,这值得你发那么大火吗?"

秉昆无言以答,倒尸似的躺下了。

郑娟一翻身以背相对,不再理他。

他也一翻身,懒得解释。

春天毕竟是好季节。

春天的到来让城市恢复了生机。与刚刚过去的漫长而寒冷的死气沉沉相比,简直可以说处处生机盎然。多雪虽让城市的大街小巷肮脏了一些日子,却也让城市里高高矮矮粗粗细细的每棵树都因地水充足而枝繁叶茂。除了柳树，它们的每一片叶子都长得翠绿翠绿的，叶尖一律争强好胜似的向上。不少人惊讶地发现，扎根在什么地方的一棵老树，本以为彻底死了，却又奇迹般地发出新枝长出新叶来。就连某些遗留在人行道边上没被挖走的大大小小的树墩，居然也挺直地长出一尺左右的嫩枝嫩叶！那一种新绿真是养眼啊。

人的心情分明也变好了些。寒冷、缺煤、挨冻、生病、医药费难以报销的问题，工厂前途未卜以及工人们对自身命运的担忧，似乎都因春天的到来淡化了。

城市的压力随着寒冬的过去而消除了一大部分，剩下的种种疑虑依然像冻疮似的存在于人们心中，然而，确实淡化了。

一种未被官方承认的说法在Ａ市流传：省市领导达成了相当一致的看法，环卫系统不裁员，优先保障不拖欠他们的工资。领导们认为，处在转型发展的困难时期，市容应该尽量干净整洁。否则，脏乱差现象更容易在人民和政府之间产生离心力。

对于官方为什么不公开坐实这个传言，民间给出的解释是怕引起其他行业心理失衡。然而，省报确实发表了一篇社论——《城市要干干净净地经受困难时期的考验》。这篇社论似乎间接回应了民间传言，也似乎证明了传言并非空穴来风。

看来一个困难时期肯定要来了……

物价上涨，工资不够花并且被拖欠，医药费不能及时报销；有的退休老工人保存着将近一年退休金那么多的医药费报销单据，人却已经死了。考不上大学的子女们很难找到工作，想结婚的儿女们离开了父母家就没地方去……

这一切已经让普通百姓人家的日子够艰难的了，还仅仅是刚开始吗？到底将会艰难到什么程度呢？这些疑问成了普通上班族们经常的话题。

第十五章

春天来了，人们交谈时火气不那么大了。

有人说，新中国成立以后除了没怎么发生过拖欠工资的事，其他事老百姓不是早都经历过了吗！年年说难，再难不也一年又一年地熬着过来了啊！

有人说，大冬天在家中挨冷受冻的滋味儿固然让人恼火，但活活冻死人总是个别现象吧？挨饿的年代饿死了多少人啊！

有人说饿死的主要是农村人口，又有人说农村人就不是人了吗？十年河东，十年河西，再艰难也得挺住啊！

还有人说，天塌下来有众人的头顶着呢！工人阶级是国家的主人，政府绝不会不管的。想那么多没用，那是政府该操心的事……

一九八八年春季，A市普通上班族中的大多数在寒冬之后表现出了难能可贵的淡定，城市紧绷的神经稍微松弛了一下，但很快又绷得更紧了。

比忧心忡忡更让城市不安的另一种潜在紧张开始蔓延，那就是愤懑。

伴随着此种愤懑，经常从人们口中说出的一些敏感词是特权、腐败、官倒、损公肥私、出卖工人阶级利益等。

愤懑的发泄当然就是憎恨和诅咒。

A市已经多年没搞过卫生运动了。

一九八八年春季，A市搞了一次比以往规模都大的卫生运动，不再叫"爱国卫生运动"，而是叫"春季卫生运动"。报上相应发了一篇文章，主旨是批判过往口号为王、宣传不着边际、假大空的陋习。

没过多久，一些环卫工人出现在光字片，受到居民的热情欢迎。泥泞在风吹日晒后已变得干硬，在地面上留下了沟沟坎坎、深浅不一的足迹。环卫工人们的工具仅仅是铲子、板锹和柳条篮子。他们把沟沟坎坎铲平，用板锹扬上一层沙子再拍实，并把公厕和下水道口周围铲下的脏土装入篮子，倒进停在远处皮卡车上。违章房盖得太多，卡车不能开进光字片，只得停在远处。铲下的脏土如不清走，夏天无疑将是蚊虫苍蝇的滋生地。

居民们向环卫工人们提供开水、脸盆和洗手水，还积极参与环卫工人们的劳动。

郑娟自然也参与了，楠楠和聪聪哥儿俩在完成母亲交代的任务擦窗子。初建时打下的地基四十几年后仍起着有目共睹的作用，周家老土坯房的下窗框虽然离地面很近，但毕竟还较方正地呈现在地面之上。每年天暖以后，周家仍是第一家把窗子擦干净的。

聪聪扭头望着街上说："哥，全没了。"

"啥？"

"砖呗。"

"你怎么还想着砖？不许再想。"

"哥，你说是偷了砖的人家多，还是没偷的人家多？"

楠楠被弟弟锲而不舍绕进去了，不假思索地说："那么多砖全没了，当然是偷了的人家多啦。"

"没听什么人查问那些砖哪儿去了呀，环卫工人也都不提。"

"当时那些砖往这儿垫时，根本没人想着日后再拉走。"

"将那些砖弄回自己家去，就不能算偷呗。"

楠楠愣了愣，训道："不许你再想了，你怎么还想！"

聪聪说："我当然要想啦！那些帮着干活的人，有不少就是往自己家弄砖的人。你看他们谁也没不好意思呀，倒是一个个都显出好居民的样子呢！可咱爸那种人，为了砖的事不但吼咱俩，还吼咱妈，让咱妈到现在心里还有疙瘩。哥，你说咱爸是不是缺心眼呀？"

楠楠朝弟弟后脑勺上拍了一巴掌，"不许背后对咱爸说三道四！咱爸是市里大饭店的副经理！缺心眼的人能当副经理吗？"

第十五章

"哥,副经理是不是官?"

"当然也是。"

"那咱爸当了官以后,怎么反倒开心的时候少了呢?"

"操心呗,累的吧!"

"那,咱爸和咱大伯,他俩谁的官大呢?"

"你问这个干吗?知道也不告诉你!"

聪聪幽幽如大人似的叹口气,忧伤地说:"我也好想像玥玥姐姐那样,有一天能住到大伯大娘那样的家里去。哥,我不愿意再和那些咱爸说的小市民住在光字片了,你也早就不愿意了,是不?"

他此话刚一说完,屁股上挨了重重一巴掌——郑娟打的。

郑娟戳着聪聪脑门呵斥:"胡说什么呢!你刚才的话要是让你爸听到,不罚你站墙角才怪!有些事不该小孩子想的,想了也不该说出来!你为什么要那么想,还说出来?"

聪聪并不明白,但母亲严厉的表情,分明在间接宣告那些想法十分可耻。既然已被大人认定,他也只有稀里糊涂地认罪了。

他低着头替自己辩护:"我只是跟我哥说说哩!"

楠楠说:"妈,别训我弟了,是我不好。我弟那话是因为我的话头引起来的。"

郑娟转而声色俱厉地训楠楠,责备他不该跟弟弟说不安分的话,把弟弟的心思都给搞乱了。

聪聪保证道:"妈,我再不说第二次行了吧?"

郑娟不依不饶地说:"也不许跟街坊四邻家的孩子说!传到大人们耳朵里,了得的事吗?一个孩子,生活在光字片,小市民长小市民短的,咱家还不被当成公敌呀?"

于是,聪聪保证永不再说"小市民"三个字。如同不明白自己希望住进好房子里的想法为什么可耻一样,他也不明白"小市民"三个字为什么对别人具有侮辱性。这一点郑娟其实也说不清。

已经上初中三年级的楠楠同样说不清楚。他含混地回答:"总之是不好的话呗!妈,你自己已经说得很清楚,我弟也保证,你就别没完没了。"

郑娟还是很给大儿子面子,不再说什么了。义务劳动尚未结束,她告诉楠楠,玥玥在小街口等他,她有两张苏联电影票,要和他一起去看。

楠楠顿时高兴起来,又是刷牙又是洗脸,郑娟找出他春季所穿的最好的一套衣服。

聪聪说:"我也去!"

郑娟说:"没你的票,你去干什么?"

聪聪不高兴,表现出对哥哥的嫉妒,失宠了似的嘟哝:"看场电影还要再刷一遍牙洗一遍脸啊?弄得满地都是水!"

楠楠说:"下个星期我带你去动物园,听说大象生小象了。"

聪聪说:"不去!"

楠楠说:"咱俩约上玥玥姐一起去。"

聪聪这才高兴起来,转而用刷子替哥把鞋刷干净。

郑娟替楠楠梳头,暗中塞给他零花钱。

楠楠小声问:"妈,我怎么样?"

郑娟欣赏地说:"帅着呢!"

当妈的倒也不是在虚夸自己的儿子,楠楠长得很有几分像后来被千千万万少女迷恋的一个偶像。

站在小街街口的玥玥穿了一件红色的薄呢短大衣,下摆刚及膝部,束腰的，显得亭亭玉立。她脚上的平底扣绊皮鞋是新的，擦过一次油，却没往亮擦。玥玥喜欢穿皮鞋，但不喜欢穿擦得发亮的皮鞋。呢大衣和皮鞋都是金婆婆给她买的。

她站在那里像美人蕉，不少参加义务劳动的女人忍不住看。

望着楠楠跑向玥玥，他俩拉着手一起跑远，郑娟发自内心地笑了。

有女人问："那小公主似的半大姑娘是谁呀？"

她很光彩地说："我们楠楠他小表姐，他俩看电影去。"

那人说："没见过表姐弟俩手拉手的，都不是小孩子了，那可不好。"

她说："从小在炕上一块儿玩着长大的，亲呗。有什么不好的？挺好。我喜欢看到他俩这么亲。"

第十六章

"五一"节前几天,军工厂招待所住进了一位老干部,穿灰色的四兜中山装,有秘书伴随,估计是不小的干部。老厂长们陪同他到处参观,他还约一些工人干部谈话。他听说了杜德海的事后,很希望与杜德海见上一面。老厂长告诉他,按杜德海本人的要求,厂里已经派人把他送回山东老家了。

"怎么可以送回老家呢?那怎么可以呢?送回农村去,等于让他早死吗?"他发火了。

老厂长解释说,确实是按杜德海的一再要求才那么做的。每月工资确保按时汇去,另外还给重病补助,定期派人探望,带去所需药品。

老厂长说:"是按处级干部的待遇对待的。很例外的,厂里目前只能做到这样了。"

老干部沉默了半晌后才说:"该例外那就例外,我支持。不为别的,图个问心无愧吧!"

"五一"节当天,厂里又开了全厂职工大会。人们都已经知道了,从北京来的是一位中将。工人也罢干部也罢,多是曾经的军人,对从北京来的一位白发苍苍的老中将的视察,还是分外重视。大礼堂的过道都站满了人,挤不进礼堂的人分散在各车间听有线广播。

将军出现在台上时已是一身军服了。

不待下口令,台下每一个人都站起来了。

第十六章

　　将军在台上以标准的军人动作立正,转着身子向大家敬礼。

　　于是,台下的人也都齐刷刷地立正,还礼。

　　这些曾经是军人的工人、干部多年没在厂里见到过正规军人了,何况是从北京来的一位中将,大家心情格外激动,如同《智取威虎山》里的一句台词说的,"想娘家的人,孩子他舅就来了"。

　　将军请大家落座后,有人扯着线把话筒递向他。他声音洪亮地说:"你省点儿事,我不用那玩意儿。"

　　将军说:"刚才咱们互敬的是军礼,可你们现在已不是军人。军工厂的工人,首先是工人。互相敬的军礼不能算我这一方向大家表示的敬意,现在大家都别动,我按咱们民间的老规矩给大家鞠上一躬,感谢大家多年来为中国军工事业做出的贡献!军队不会忘记你们!"

　　老将军鞠九十度大躬时,台下许多人流泪了。

　　将军挺直身板,话题陡转:"今天大家很给我面子,来了这么多人听我讲话。据我了解,你们新上任的党委书记有话对你们讲时,你们很不给他面子,台下只坐了很少的人,是不是啊?"

　　台下就响起了笑声。

　　将军此时才坐下,开始对着话筒说话:"我希望大家支持他的工作。我们任用一名干部是很认真的,不是省里推荐谁我们就用谁。过不了我们的考察关,省里的推荐是白推荐,这一点不必我说,你们也知道的。我负责任地告诉大家,各方面都反映他人不错,可以说是个好人。好干部得首先是个好人。你压根儿就不是个好人,鬼才相信你会成为好干部!大家说对不对?"

　　台下许多嗓子齐声喊:"对!"

　　将军接着说:"至于能力嘛,谁的能力也不是天生的,都有个磨炼的过程。据我们考察,他是有能力的。我们希望他带领大家迈过目前这道坎……"

台下忽有人喊："都不知他上哪儿干什么去了，没法支持他工作！"

将军笑道："你们不知道，我可知道，你们老厂长当然也知道。大家别胡乱猜疑，明白他是为大家做事去了就行。成不成没把握，不愿意先张扬，证明他是个稳当的人嘛……"

会场逐渐由最初感情浓厚的拉家常，转向了庄重严肃的关于国计民生的形势报告。工人们从将军口中听到了一般难得听得到的国家宏观经济情况、财政收支等数据，如同每年"两会"代表听了一次政府工作报告。将军讲到经历了十年"浩劫"，国家教育、科技、军事装备、工业基础设备落后等实际情况，讲到了物价上涨的原因，讲到了贫困农村的生活现状。

将军说："农副产品价格不提高，农民的生活水平就难以提高。农副产品价格一提高，工人的钱就不够花了，全靠国家财政来补贴，国家又拿不出那么多钱。一个国家的教育、科技、工农业生产水平要进步，不往里多投钱它就不行！以前为什么问题不突出？因为只与咱们的过去相比。世界上最多的劳动力每年都在辛辛苦苦地创造财富，与过去比当然看到的永远是成绩。改革开放以后，咱们才开始要求自己横着比，走出国门一看一比傻眼了。不是比人家落后一星半点儿，在体现一个国家实力的主要方面，起码比发达国家差半个世纪！要赶上去那就不得不改变国家全局性的企业结构。一改变，必然意味着工人阶级的日子很不好过。军工厂的工人是具有军队光荣传统的工人。我的同志们，要求大家要像军人在战场上那样，受伤了得咬紧牙关，再疼也不轻易叫唤出声来。总而言之，军工厂的工人尤其要成为工人阶级的榜样！"

会场气氛逐渐凝重，每个人都听得屏息敛气。

老厂长最后讲话时强调，将军是为大家做了一场内部报告，内外有

第十六章

别,内容不得外传。谁外传了,追究起来,由谁个人负责。他同时宣布,将军也给大家带来了一笔"转型支持款",不是太多,却也不少,等于雪中送炭。拖欠的工资基本可以补发齐,拖欠的医药费也有一部分能报销了——原则上是工人优先于干部,工人中按家庭困难程度来决定报销额度。决定权完全交给群众,实行大民主,以群众充分讨论的结果为报销依据。

台下终于响起了姗姗来迟的掌声。

老厂长再次强调:"关于'转型支持款',大家尤其不要外传,这是纪律!"

工人们往礼堂外走时,每个人内心里都有种难以言说的感受。一方面,他们听到了一场被称之为"内部报告"的讲话,而且是由北京的一位老中将讲的,这让他们觉得自己毕竟还是比一般工人特殊,每个人都得到了极大的心理满足,有的工人往外走时甚至说"今天好像当了一回高干"。并且,体现为金钱的实际关怀,也让他们不再有理由满腹牢骚。另一方面,要求他们做榜样,"受伤了得咬紧牙关,再疼也不轻易叫唤出声来"。这一"光荣的历史任务"让他们备感压力,有工人自我调侃说:"榜样的力量是无穷的,可是要做榜样的人那也得有无穷的力量啊。咱们这种上养老下养小靠工资吃饭的人真有那么大的力量吗?"

然而,连那些铁了心要赴京上访的工人,竟也收敛了,不再暗中串联。

五月中旬,树更绿了,天更暖和了。

一九八八年,A市每一棵丁香树的花都明显地比往年多许多,有些树上的花多得几乎遮蔽了叶子,给人以只见花不见叶的感觉,香气也比往年浓。

这让多愁善感的人们聚在一起时不由得大发感慨："多好的夏天啊，要是一边没有转产、物价上涨、拖欠工资和医药费这些愁人的事，另一边没有'官倒'、权钱交易、腐败这样一些气人的事，真是就没有什么理由不热爱生活呢！"

正如常言所道，世态惯逆人愿，愁人之事假以颜色步步向百姓逼近，气人之事仿佛在验证"气死人不偿命"的真理，层出不穷。民间流言此起彼伏，非属愁人消息，便是气人传说。

然而，军工厂的工人们却如同吃了什么定心丸，很少躁戾表现。

他们上任不久的党委书记周秉义终于回来了，一出车站就被厂里接他的车直接送到了医院急诊室。鉴于他胃溃疡复发严重，医生给出了两种治疗方案。一是保守之法，不需住院，在家服药休养，但稍有不慎，将会导致胃出血。若抢救不及时，必危及生命。二是采取非常措施，当日住院，尽快手术，切除三分之二的胃。术前术后，起码住院一个月。

他选择了保守疗法，却并没带着药回家，而是又直接去厂里向领导班子通报。

三个多月里，他的个人经历颇具传奇色彩。在他与多方面的艰苦斡旋之下，一艘苏联的退役巡洋舰循着曲折的航线驶入了离Ａ市最近的邻省港口。巡洋舰抛锚时，他胃痛得直不起腰了。

他带回了一包合同。按照那些合同，巡洋舰已由苏方卖给了中国南方一家大钢铁厂。买方付了订金，他们对将从舰上拆下的优质钢的质量特别满意。他们准备把那些钢材回炉后重新轧成钢板，不但过程简单，同等优质的钢材国内还生产不出来，大有赚头。卖方也非常满意，他们把巡洋舰变卖的心情特别急切，愿意让利。周秉义为军工厂争取到了一单拆舰业务，完成后将有近百万的收入进账。买方不懂怎样拆舰，相信交由军工厂来拆能完成得尽善尽美。对于有三千多名工人的军工厂来说，近

第十六章

百万元虽不是多大数目,却也能暂解燃眉之急。

全厂干部工人不得不对新任的党委书记刮目相看。没有人具体知道他是怎么成功的,周书记向领导班子的汇报轻描淡写,听来似乎是撞上了好运。

领导班子要求他必须在家休养一个时期,剩下的事就不用他再操心了。

在冬梅的逼问之下,秉义承认是由于在国内外豁出性命来喝酒才把胃喝出问题来的。他深有感触地说:"真不愧曾是一对社会主义兄弟国家,老大老二不属于同一人种,但国家性质分明也能造成人类的基因雷同。那边和这边一样,经济也不景气,却一样公款吃喝之风盛行。客人只要在喝酒方面被认为很真诚,不好办的事也比较好办了。"

秉义除了给玥玥带了几套印有苏联各地风景的明信片,给小阿姨小菊带了一个俄罗斯套娃,再什么也没往回带。

老太太对女婿尤其刮目相看,居然以"秉义同志"来称呼女婿了。

她对女婿的成功之举给出的评价是:"证明了两点——组织是有眼光的,我也是有眼光的。"

在军工厂,关于周书记大获成功的原因开始被以非组织方式总结和宣讲。

有人认为得益于他俄语好,对俄罗斯和苏联时期的文化以及人情世故相当了解,与"老大哥"们有较多的共同语言,能和对方们谈到一块儿去。

有人认为他得到了沈阳军区老首长的帮助。一艘外国巡洋舰驶入中国港口,尽管是一艘老掉牙的根本没有了任何军事用途的古董,那也不是闹着玩的。手续别提多复杂了,没军方疏通想都别想。生产建设兵团当年归属沈阳军区,他是兵团知青,如今成了军工厂的正厅级党委书记，军区的老首长觉得脸上有光，乐于相助。

有人认为他当年北大那些同学帮助也肯定不小。那些同学中有高干子弟，他当年又是系学生会主席，想必与他们关系不错。如今他是厅级干部，当年是高干子弟的同学必然视他为自己人，而帮自己人差不多等于帮自己。都是走在同一条道上的人，谁都有用得着别人的时候啊！

以上总结互相之间没多少歧义，都承认对方给出的解答是成功原因之一。

他们只在一点上分成了两派，即周书记丈母娘起过作用没有？

一派说肯定起到过作用啊！自己唯一的女婿当了军工厂的党委书记，新官上任三把火，就算大忙帮不上，拉拉风箱这种忙还是帮得上的吧！

一派说别把金老太太的剩余能量估计高了。资格再老，级别毕竟在那儿摆着。党内暗比资格，明论级别。你资格老，人家可以对你表示尊敬，但听不听你的就两码事了。毕竟只不过是位正厅级享受副部级待遇的离休老太太，官场上有时还将她的话当成话来听，纯粹是中国人尊老敬老优良传统的体现，是为了哄她个高兴而已。

一日冬梅下班回到家里，情绪看上去不大对劲儿。虽然还是亲自服侍秉义喝了晚上那一剂汤药，脸上却少了享受幸福时刻的和颜悦色。

两口子躺在床上后，冬梅睥睨着丈夫说："亲爱的秉义同志，可以向你打听个事吗？"

秉义说："你别跟妈学。她是老干部，有那种赏识我的资格。咱俩可是夫妻，你也称呼我秉义同志为哪般啊？"

冬梅说："谁赏识谁还得有资格啊？又长知识了。以后可不敢再乱

第十六章

叫你秉义同志了，但'亲爱的'还是可以一直叫的吧？"

秉义笑道："当然！夫妻间的特权啊。"

冬梅却仍然一脸严肃地说："那好，我就利用一次特权。有权不用，过期作废嘛。说不定哪天也许真的作废了呢。亲爱的，冒昧地问问你啊，认识一位叫奥丽娅的苏联女郎吗？"

秉义一愣，随即红了脸，窘态难掩地反问："你听谁胡说了些什么？"

冬梅从枕下抽出卷成一卷的报纸，像用短棍似的打了秉义的头一下，愠怒道："自己看，第六版。"

一九八八年，国内许多报纸的版面增加，栏目自然也丰富了，几乎所有的报纸都打副刊牌以吸引眼球，有的叫"文艺万象"，有的叫"世间百态"，花边八卦充斥，大有泛滥之势。

原来，秉义这边在大功告成后休养着，与他同舰来到中国的"老大哥"们可没闲着。中苏关系已缓慢解冻，睦邻关系的新一页已翻开。戈尔巴乔夫总统即将访问中国，两国的人见面都不由自主地互相示好。那几位"老大哥"在邻省的海港城市一出现就成了香饽饽，身影所到之处不但被市民的笑脸包围，也引起了记者们注意。记者仍是相当体面的职业，被采访仍是件得意的事。若被别国的记者采访，回国后便可成为经久不衰的谈资。偏偏那几位"老大哥"都有点儿不甘寂寞，喜欢自己的名字出现在中国的报上，一被采访便知无不言、言无不尽，极尽伶牙俐齿。

邻省那座城市的那份小报记者，对国内一家军工厂怎么玩"空手道"成功倒卖一艘老巡洋舰半点儿兴趣都没有，却对一位厅级干部在苏联的"艳遇"如获至宝。于是，这样的大标题就出现在了报上：跨国生意促成异国恋，公私双赢开出浪漫花。

周秉义一见标题，立马光着膀子坐了起来，怒道："太无聊了，这件事我得问责，我要去找省委宣传部！"

冬梅冷着脸说："我还没发火呢，你先发什么火呀？看清楚了，那是咱们省的报纸吗？"

她是听同事们说起来，才颇费周章弄到那么一份报纸带回家的。她心里也很光火，却不是对那份小报，而是对丈夫的不忠。

秉义见不是本省报纸，不免英雄气短，恨恨地嘟哝道："根本就不是那么回事，无聊透顶！"

冬梅说："不是那么回事呀，亲爱的？你还没看内容呢，消消气，看看再给我个交代吧。"

秉义大略看了看，心中暗暗叫苦。就真实性而言，那篇报道无中生有胡编乱造的成分倒也并不太多，只不过行文暧昧，不是色情，也是情色。

待秉义放下报纸沉默不语，冬梅开始了质问："不想给我一种解释吗？"

秉义说："确实不是那么一回事！"

冬梅说："那就照你的版本讲给我听听吧。到底是怎么一回事，我相信以自己的智商，听了之后会得出结论。"

按秉义的说法，在苏联，买卖巡洋舰的事也并非一帆风顺，也要有方方面面的批文，少了哪位大官员的签字或公章，买卖都做不成。老古董巡洋舰虽说早已批给了地区文联，却毕竟一直停泊在军港内。真要把它开出军港，开往中国，仅凭那么一份批文远远不够，过程一点儿也不比在中国简单。几经努力不懈地争取，还是在海军方面卡了壳。一位舰队司令员大不以为然，扬言要向苏共中央上书，认为低价卖掉退役军舰很荒唐。

秉义在那边急出病来，不得不住院。他的胃溃疡复发，固然与在两边穿梭喝酒时舍命陪君子有关，但心里着急几乎是压倒骆驼的最后一根稻草。好在他是客人，是唯一又可信赖的生意伙伴，住院无须他自掏腰包，受到的也是与他的干部级别对等的优待。

　　住院期间，周秉义与一位叫奥丽娅的内科医生成了朋友。一个迫切地希望了解中国改革开放的情况，一个谈起俄罗斯及苏联文学来头头是道，甚至比对方的知识还多些，自然越谈越投缘。奥丽娅邀请周秉义到她家做客，还郑重地介绍他认识了她父亲。

　　"不过就是这么一回事嘛！"秉义显出一副清白无辜的样子。

　　"她年龄比我小十来岁，你怎么有意忽略了？"冬梅则似乎打定主意一定要让丈夫颜面扫地。

　　"不是有意忽略，没有特别强调的必要啊！"

　　"她还是离了婚的，这一点更没强调的必要啰？"

　　"我问你强调这一点有意思吗？"

　　"倒也是，亲爱的你反问得好。由你来强调是没意思，避而不谈倒挺有意思的。"

　　"你看你这种态度就不好吧？这不是成心怄气吗？"

　　"你俩都相见恨晚了，我还该怎么样才算态度好呢？"

　　"俄语中有相见恨晚一词吗？没有吧？咱们的小报记者偏那么写，我有什么办法呢？看来你看得比我认真多了，那你为什么对她父亲恰恰是那位舰队司令员这忽略不问呢？"

　　他这一反诘，冬梅也不由得一愣，一时语塞。

　　秉义解释说，奥丽娅邀请他到父亲家做客，纯粹出于想要帮助他的良好动机，实际上也帮到了。她父亲不但改变了态度，而且开始积极促成了。

　　"你要知道，他们和咱们这边许多方面太像了。如果一件事有人赞成，有人反对，反对者还不是一般人物的话，那么即使某一位大领导批准的事，也完全有可能变成一纸空文。何况那事是主管文艺的政治局委员批的，军界人物不买账，就别打算办成。《茹尔宾一家》你也看过的，书中那位老茹尔宾是以她外祖父为原型创作的。她祖父曾与朱可夫一块儿指挥过莫斯科保卫战，她父亲在海军中的威望也颇高，你倒是替我想一想，如果办不成事，我还有脸回军工厂吗？如果我要办成那件事，我能拒绝她的热心帮助吗？我知道你心里是怎么想的，你希望由我口中说出她对我是剃头挑子一头热，我一点儿真感情都没动，仅仅是在利用她对不对？可这不是事实，事实是我好比走投无路之人，她的帮助让整件事起死回生。所以亲爱的，我得承认我由于感激是动了真感情的。我如果不承认这一点，反而说帮了我大忙的人是剃头挑子一头热，你内心痛快，可我也太卑劣了吧？"

周秉义的辩论技巧、经验很有一套，见冬梅逼问得紧，态度又是那么严肃，便也不得不认真对待。一番话倒也振振有词，理直气壮。

郝冬梅本来就不是个厉害人，即使装出厉害的样子，通常也装不了几分钟。何况她一向得理让三分，听丈夫陈述得颇有些道理，内心的别扭也就舒缓了许多。

冬梅瞪了丈夫片刻，又收敛了锋芒，幽幽地问："拥抱过了？"

秉义坦诚地回答："那当然啊。还不止一次呢，入乡随俗嘛！那是人家那边的礼节，必须的呀。"

"这么说，也互相吻过啦？"

"还用问吗？你也知道的，见面分手的，人家那边都是那样式，男士得主动。人家对我那么友好，我可不就更应该主动了嘛！"

"你少拿那边的礼节搪塞我，我问的是深吻！"

"那没有。绝对没有！我怎么会那样呢？那成什么事了！"

"一次没有？"

"若有一次，天打五雷轰！"

冬梅就拿起了报纸，看了会儿，又问："刚才没看到这一小段吧？"

第十六章

秉义夺过报看了看，脸又红了，挠头辩解道："刚才还真没注意这一小段。我发誓，就那么一次深的，当时我喝高了。"

"她呢？"

"她也喝了不少。"

那一小段写的是——周秉义回国的前一天晚上，在奥丽娅为他举行的饯行家宴上，他二人当着其他客人的面深吻良久，她流泪了。

"亲爱的，你有所不知，奥丽娅这个人跟咱俩一样，也是一颗浪漫种子。我必须得承认，她挺崇拜我这位军工厂的党委书记……所以呢……"秉义搜肠刮肚寻找能让自己再次变被动为主动的词汇，却终究理屈词穷。

冬梅平静地说："所以什么啊？我洗耳恭听呢。"

"哎哟……我胃又开始痛了……"秉义耍起赖来，干脆躺了下去，背对妻子，身躯弓成了虾形。

冬梅看出他是装的，不愿再与他计较下去，她说："周秉义，要不是看在你病着的份儿上，我一脚把你踹下床去！你别装，给我好好反省啊！这事到此为止，你要是再搞出什么花花事来，那可休怪我翻脸无情！"

她抱起枕头，再从立柜里扯出条线毯，下楼睡到客厅的长沙发上。

第二天上午冬梅上班去以后，老太太命小菊把秉义请到客厅里，女婿和丈母娘之间又进行了一次严肃谈话。

老太太说："你那件花花事的细节我不想听，当岳母的只说两点。第一，像冬梅说的那样，到此为止。若还有下文，别说她跟你翻脸，连我也不答应。"

秉义诺诺连声，并说事已办成，没必要再去那边，自然就不会再有什么下文。

老太太又说:"第二,如果那个奥丽娅给你写信,你可以瞒着冬梅,却不许瞒着我,每一封都必须给我看。你要回信,我也不反对,甚至还支持。人家帮忙费心促成了那么大一件事,让你在关键时刻为厂里揽到了那么大一单工程,人家如果主动来信你都不回信,岂不显得中国男人太无情无义。这不仅是你个人的事,还关系到咱们中国人的形象问题,所以我支持你回信。前提是,你的回信我要过目,这是为你好。要是冬梅知道了,向你问起罪来,我说我都过目了,不是也可以替你开脱吗?"

秉义感激地说:"谢谢妈妈,妈妈总是这么护着我。真不好意思,太给您添麻烦啦!"

老太太说:"谁叫我没儿子呢?我不是拿你当儿子看待嘛。再说,我也了解你是个规矩男人,而且特别爱冬梅,不至于做太对不起她的事。你是为了工作,情有可原嘛。我呢,不仅仅是护着你,更是爱护你。当年,因为家里有个苏联女佣,还是我找的,结果让冬梅她爸后来多吃了不少苦头。现在两边关系虽然又开始朝好的方向发展了,但该有的警惕还是得有。如果你是普通百姓另当别论,可你不是普通百姓,你属于党的高级干部,所以得处处小心谨慎,要更加懂政治。这件事在你看来也许没什么,无所谓,可如果官场上有人想利用此事整你,照样整得你灰头土脸,再没了进步的空间。我过目了就不同,我比你懂政治,内容上可以替你把把关。如果有小人当成件事来攻击的话,我老太婆可以替你挡挡明枪暗箭。"

秉义起初只不过是在貌似虔诚地应付着与岳母交谈,听到后来,则是真心的了,也真的因岳母的高瞻远瞩而肃然起敬。

周秉义上班第一天,在办公室接待的第一个下属是保卫处长常宇怀。

第十六章

常宇怀向他汇报,杜德海死了,是服安眠药自杀的。

秉义死死盯着常宇怀看了半天。

常宇怀说:"我个人充分理解他的选择。如果是我,也会那样。我作为他的老友,希望厂里能以尊重的态度对待他的选择。既然他不愿厂里为他开追悼会,那就别开了。"

秉义问:"他哪儿来的安眠药?"

常宇怀说:"我为他想办法开的。一次随信寄去几片,他攒了几十片。对于他,那不失为一种好的死法。"

秉义问:"你没想到他会攒下吗?"

常宇怀说:"已经成为事实了,无论他自己还是厂里,都解脱了。你这么问,没意义了吧?"

周秉义缓缓站了起来,双手撑在桌上,向常宇怀前倾身子,目不转睛地瞪着他,一脸怒气,却不说话。

常宇怀则一副君子坦荡荡的样子,迎视着他的目光,很沉得住气。

过了好一会儿,周秉义压低声音说:"你好大的胆子,这可是犯罪。"

常宇怀也缓缓站了起来,他平静地说:"周书记,我不明白你的意思。该汇报的我汇报完了。你如果没什么指示,那我就走了。"

周秉义瞪着他不说话了。

常宇怀就像军人那样,后退一步,立正,向后转,走了。

按照周秉义的提议,厂里还是为杜德海开了一次会——不叫追悼会,叫追思会。周秉义主持,老厂长代表领导班子做了定调式发言,充分肯定了他为厂里做出的贡献。之后,生前友好一一回忆,常宇怀的发言最为动情,几度哽咽,不少人哭出了声。

追思会后三天,周秉义亲率三十名工人拆舰去了。三十名工人均是各工种的技术尖子,根据拆船需要挑选出来。常宇怀也在其中,担任焊切小组组长。他当保卫处长以前,曾在全省的焊切比赛中得过第三名。中国的刀具品质不高,拆一艘苏联的巡洋舰靠电锯玩不转,主要得靠焊枪来切割。把常宇怀带上,周秉义心里有谱。

郝冬梅一开始坚决不同意丈夫亲自率队去拆舰。

老太太说:"轻伤不下火线嘛,正是该他有所表现的时候,让他去吧。"

冬梅恼道:"妈,你这叫什么话?时代不同,和平年代有那必要吗?如果他有个三长两短,你对我负得起责任吗?"她气呼呼地找厂里去了。

老厂长也说:"冬梅同志,支持秉义去吧!一百万元不是小数目,能解厂里的燃眉之急啊。他了解情况,跟合作方也熟悉,建立了良好感情,别人取代不了啊。我们班子研究了,让卫生所一位退休所长跟去,专门负责照顾他的饮食、服药、休息,确保万无一失。"

郝冬梅仍不松口。

老厂长又说:"当然了,家属不同意,这也合情合理,厂里不能勉强,但换任何人带队我都不放心。秉义多不容易为厂里办成这么一件大好事,如果别人一接手给搞砸了,既对不起他,更对不起全厂。我的心脏病挺重。我倒不是拿自己的身体当回事,主要还是担心,我去接手只怕处处晕头转向搞不明白啊!"

郝冬梅只得勉强同意。

周秉义率队走了以后,军工厂的工人们由干部率领着陆续到外地创收去了。南下的居多,南下者中去深圳的居多。昔日机床前操作车钳铣刨得心应手的技术工人,开始自谋生路,甚至不得不放下身段在建筑工地上当起了挑抬搬运的苦力工,或给瓦工水泥工们当徒弟,仅拿比小工们多一点儿的工钱。家中有实际困难或年纪大了身体不好的工人,要么摆摊做起了小贩,要么站马路牙子揽零活,总之八仙过海,各显其能。干什么已经完全不重要,能挣到钱继续养家糊口才是好样的。他们都很顾面子，不愿被看出是军工厂的工人，用墨水把工作服上的厂标涂黑，但工作服的样式还是能让人认出他们的身份。日子一久，也就无所谓了。

他们的身影也出现在了农贸市场上。农民卖农副产品，他们卖属于他们自己的工具，全套的电工工具、水暖工工具、瓦工工具等，或卖以往省下的劳保手套、鞋、工作服，获奖所得的毛巾、肥皂、笔记本什么的。如同古代武士或侠客卖自己心爱的刀剑，卖工具的尤其令人同情，让人不禁联想到杨志卖刀或秦琼当锏，联想到"一文钱难倒英雄汉"的京剧唱词。相对于手套、鞋、工作服、毛巾、肥皂等大众用品，最不易卖出的恰恰是他们自己特别珍惜的工具。那些工具不是普通人家的生活必需品，价格足以买两只鸡。对于他们，实在是卖得太便宜了，对于普通人却明摆着贵得近乎奢侈品。一些人分明也是喜欢的，一样样拿起来看啊看的，赞不绝口，却就是不掏钱包，最终还是怅然地放下走了，更怅然的当然是那些东西的主人。倒是印有大红奖字的笔记本极受青睐，一出现就立刻被买走。喜欢收藏的比学生买走的还多，一切迹象似乎都表明，军工厂即将完成历史使命，那些笔记本被认为有极大的收藏价值。

情况常常是这样，成套工具的主人们终于丧失了期待识珠者出现的耐心，于是在某一天农贸市场清场之前，搭讪着希望用工人老大哥珍视如宝的工具换些农民兄弟地摊上的东西。有些农民兄弟若喜欢，表现得特豪爽慷慨，允许工人老大哥想从摊上拿什么就拿什么，只要拿得自己心理平衡就行。工人老大哥那时也会表现得很绅士，绝不至于显得太贪婪。到底是军工厂的工人，普遍素质可嘉。也有的农民趁机占工人老大哥便宜，且有几分心理优越——啊哈，你们月月挣工资旱涝保收的也有今天啊！就给你这些，最多加上这些，爱换就换，不换拉倒！我们的东西可是带回家去大人孩子都能吃的，你们的东西再好对我们也没什么用处，在家中放一年也不见得会用上一两次！

那时，工人老大哥的交换姿态就难免卑下，甚至有几分屈辱，但若能带回家些吃的，总比多日来天天空手而归要好啊！

他们拎着交换到手的东西离去时，有人眼圈红了。

记者们注意到了这些现象，但是关于军工厂工人生活现状的报道非同小可，各报社都接到了内部指示，重点文章须由宣传部门审阅方可见报。于是，有几篇大块文章呈送到了省委市委宣传部。宣传部门的同志也很慎重，邀请各方面人士研讨，大家一致认为文章是好文章，所反映的也是真实情况，出发点无疑是好的。希望其他工厂的工人们都向军工厂的工人们学习，不给国家添麻烦，不要一味"等靠要"，而应变被动为主动，自力更生谋求发展。

研讨进行了一个上午，最终达成的共识是暂时不发为好，怕适得其反，引起更大的心理恐慌，让更多工人误以为出路就是告别工厂，抛弃本行，走向社会自谋职业，从此不再是工人了。

在一些注定要转产、要改变体制，却尚未确定究竟该向何处转，以及在控股合资或干脆卖厂两条路之间举棋不定的工厂附近，出现了自然形成的买卖一条"街"。基本上是厂里生产什么，街上卖什么。有的通过关系以出厂价从厂里买出来再卖，有的是工人下班时用饭盒、布包"带"出来的。别看饭盒、布包小，每次"带"点儿什么都能转手卖几元钱。

一天下班时，肖国庆正在门卫的岗上。他离开了军工厂，在进步他爸的关照下转到了另一个厂。那个厂对门卫下达了指示，若见工人出厂时形迹可疑有权盘问搜包。他见一工人走来时布包显得很沉，就把人家拦下了。对方倒也配合，镇静地从布包中取出饭盒，只把布包给了他。布包里只有毛巾手套和一卷手纸，他接着让人家把饭盒打开。这一下对方

第十六章

火了,骂了他一句脏话。他一挨骂,更认真了。另一名老门卫劝他算了,何必闹僵呢。他不听劝,要从人家手中夺过饭盒。那一夺,饭盒掉地上了,盒盖摔开,满饭盒滚珠撒得遍地都是。

对方扇了国庆一个大嘴巴子。

他要还手,被老门卫拖进了门卫室。

几名驻足观看的工人蹲下去,快速把滚珠捧起再装入饭盒,盖好盖子,推着那名骂骂咧咧的工人一块儿出了厂。

老门卫对国庆说:"看到了吧?没人给你撑腰吧?都一个鼻孔出气吧?若在以前,我肯定站你一边儿。可现在不是以前了啊!哪天头头们一宣布把厂子卖了,厂里现有的一切东西就说不定是谁的了。你还那么认真值得吗?快坐下,吸支好烟消消气!"

国庆接在手中的居然是一支长过滤嘴的"凤凰"。在 A 市,这种上海名烟等同北京人追捧的"中华"香烟,他只在小时候收藏过一张如获至宝的烟纸。

国庆问:"哪儿来的?"

老门卫说:"你别太认真,以后也会有人给你嘛。"

国庆想了想,又问:"那家伙带出去一饭盒滚珠干什么呢?"

老门卫说:"张三往外带滚珠,李四往外带轴承瓦,组装起来就是不同规格的轴承。在轴承一条街上,最便宜的轴承也能卖十几元。"

国庆又问:"都那么干,这个厂不就被家贼盗垮了?"

老门卫说:"目前还只是个别人的行为嘛!这个厂有一天不存在了,也肯定另有原因。"

国庆接着问:"不管是什么原因,我调来的时候,可没想到它会不存在。真那样,工人们能哪儿去?咱俩又能哪儿去?"

老门卫笑着说:"嘿,就别想那么多了,能干一天算一天呗。咱们小老百姓的命运由不得咱们自己做主啊！"

听了老门卫的话，国庆懒得再说什么，心情一时沉重起来。对于自己刚才的认真，竟有几分后悔了。

下了班走到离厂没多远的地方，他被三个陌生汉子拦住了。其中一个人说要教训教训他，让他以后长点儿记性，别总拿着鸡毛当令箭。

国庆立刻就明白他们所为何来了。他是有准备的，左手一撩衣襟，唰地从腰间抽出三尺多长的铁链来。一抡，铁链绕在手臂上一小截。与周秉昆不同，肖国庆可不是个好惹的爷。参加工作之前，打起架来那股子拼命三郎的劲儿在三街四衢是出了名的。老门卫的话让他的心情特别糟糕，也可以说，自从父亲去世以后他的心情就没怎么好过。怒从心头起，恶向胆边生，他也不还嘴，将铁链舞得呼呼生风，只管向对方抽将过去。但听"哎呀"一声惨叫，其中一人的单帽被抽飞了。另两个见他不好对付，一边一个，拉着头上受伤那个就跑。国庆不肯罢休，挥舞着铁链猛追。那三人手拉手跑不快，他追上来，朝他们后背又是狠狠几铁链。一左一右的那两人也连声惨叫，松了手，各自逃之夭夭。而那个头上受了伤的跑不动，转身双膝跪下了。

国庆见对方已是血流满面。

在北方，三十五岁以上年龄身板壮实的男人都可被叫作汉子。对方的年龄看上去比肖国庆小，也不如肖国庆的身板壮实。相比这下，倒是肖国庆显得更是一条汉子。

对方说："大哥，如果你打算要我的命，那我认了，今天这条命给你了。"

国庆顿时心软，但胸中怒火尚未完全出尽。他蹲下身，抓住对方头发，恶狠狠地说："谁指使你的告诉谁，我肖国庆可不是怕事的主，我也是一爷们儿！今后，我不在门卫的岗上罢了，只要我在岗，见着他一回

第十六章

查他一回！他欠我一大嘴巴子，我忘不了的。"

对方连说："一定，一定。"

"滚！"

见对方起身撒丫子跑了，周边也没人看着，国庆又抡起铁链狠抽路边的一棵树，直到被人制止才罢手。

"我说你这位工人同志，这树它招惹你了吗？"

他转身看时，见是位推着自行车的老者。

他无话可说，拔腿便走。

第二天下班时，老门卫往他兜里揣烟。他掏出一看，是盒"凤凰"。

老门卫说："昨天那浑小子让我给你的，让我替他向你赔礼道歉。"

他说："那你也转告他，少跟我来这一套！"硬将烟塞回老门卫手里。

他往厂门旁挺胸一站，目光注视着下班的工人们走近，发现了昨日那小子后，从厂门旁跨到了厂门正中央，双手往腰间一叉。

认识他的工人开玩笑道："国庆，弄啥景呢？堵仇人呀？"

他虎着脸一言不发，待那小子走到跟前，横伸一臂喝道："站住！查你，自己把饭盒取出来。"

对方乖乖地从布包里取出了饭盒，一手托着，另一只手拍拍布包，以证明布包里再没什么。

"打开。"

对方乖乖把饭盒打开了，空空如也。

待对方把饭盒装入布包，他又说："看着我！"

对方刚一抬头看他，脸上已挨了一记耳光。

"你他妈的如果不服，就再指使人在昨天那地方等我。我要是怕你们不走那条道，我当众承认是你孙子！"

在他的瞪视之下，对方畏惧地快步走出了厂。

"国庆，你这是干什么嘛！"老门卫又往门卫室拽他。

"你他妈的住口！"他也朝老门卫瞪起了眼睛。

已经出厂的工人都不走开，站在厂门外等着看还会发生什么事。

正要跨出厂门的工人，纷纷主动从书包里取出饭盒，向他拍布包，摇晃饭盒。他们的饭盒里大概都有勺子，结果厂门口就响起了一阵"饭盒交响乐"。

厂里厂外都有工人笑了。

有的还朝他跷大拇指。

老门卫则里外抱拳，连说："得罪得罪，他这也是对咱们大家的厂负责任啊！"

还有那就要走到厂门口的，见状干脆转身往回走了——都是身上不干净的主。

那日下班后，并没人在路上堵他。

国庆进家门前，先把铁链从腰间抽出藏在门口装杂物的筐里，他怕吴倩见了担惊受怕。自那日后，铁链成了他每天上下班务必缠在腰间的东西。若没有随身带铁链，他自己也觉得没有人身安全感。

家中已有三位老友等着他了。

吴倩听到门外响动，在屋里大声说："还不快进来！在门口磨蹭什么呢？"

国庆进了屋，见是秉昆、德宝和赶超。那三位老友也有些日子没见面了，炕上有些糖，三个老友口中都含着糖。

吴倩对秉昆他们说："我都快变成狗了，十米以内听脚步声就知道他回来了。"

赶超说："你比狗那还是差点儿，好狗百米以内就能听出主人的脚步声。"

第十六章

吴倩踢了他的腿一下，骂道："你家于虹才有那种本事！"

德宝和秉昆两个听着看着，都不说什么，也未与国庆多么亲热地打招呼，默默笑着而已。

国庆也没跟他们三个套近乎，他问吴倩哪来的糖？

吴倩说她们糖厂发的，顶所欠的工资。有人分到了二十斤，她分到了十斤。

国庆不悦地说："亏你们厂想得出来，糖能顶钱用吗？"

秉昆说："能发些糖，总比一直拖欠工资强啊。"

德宝说："就是。我和赶超已经交钱了，各买一斤。秉昆俩儿子，他买两斤，这不四斤糖一下子变成现钱了？"

吴倩说："再卖给我家亲戚三斤，剩下三斤我还不卖了呢，捣碎了包糖包，五香味的，肯定好吃。"

国庆把破椅子摆在三个老友对面，坐下后说："要我看，他们那个小糖厂还不如干脆黄了算了！三十多年了，包装从没换过，味道也从没变过。再看人家从南方批发过来的糖，冲那五颜六色的包装就让人忍不住想买。"

吴倩不爱听了，打断道："南方南方！你以后少当我的面说什么南方南方的！如今一些北方人动不动就南方南方的，好像南方的什么都比北方的好！糖不就是糖吗？谁买糖还连糖纸也吃了呀？再好看的糖纸不也甩手一扔吗？糖嘛，甜就行了！刚过上几年消停日子，忽然连吃糖都吃出毛病来了！"

国庆也不爱听了，反驳道："以后什么都市场化了，糖当然得变。不信你们厂就只生产从前那种杂拌糖，连糖纸都省了，不出三个月你们厂就肯定倒闭！"

吴倩真生气了，指着国庆斥问："哎，你个肖国庆今天怎么了？抽什么风呀你？你干吗一进家门就咒我们厂？我们厂真倒闭了，我失业了，对你有什么好处吗？"

见他们两口子抬起杠来，三位老友脸上都挂不住笑模样了。

秉昆赶紧相劝。

德宝开始说他们的来意，老太太曲秀贞的丈夫老马同志病故了，她毕竟在酱油厂挂过职，所以酱油厂也接到通知，贴出了讣告——愿意前去参加告别仪式的可自行前往，不组织，只给假。

国庆问："老太太今年多大岁数了？"

德宝说："当年五十三四岁，这都十四五年过去了，快七十岁了吧。"

国庆说："那就真是老太太了。"

秉昆说："是啊，咱们不都也往四十奔了嘛。"

国庆奇怪地又问："秉昆、德宝，你俩肯定是应该去的。人家老太太当年有恩于你们，而且你们也见过她老伴。如果吕川在，那也应该去。向阳和进步按说都应该去。龚宾疯了，不提他了。可我和那老太太没什么来往，找我说这事干什么？"

秉昆说："有年春节，你和赶超俩不也跟我们一块儿去过她家一次嘛。"

国庆想了想说："可咱们那次连门也没进啊！赶超咱俩都没跟那老太太说过一句话，以后也没见过她。"

赶超说："那倒是。"

秉昆说："后来我和德宝也没见过她。"

德宝说："情况是这样的，因为我一直还在酱油厂，这十四五年里，有些人一听我说认识老太太，忍不住当我面骂她。她早年间肯定伤害过不少人，挺招人恨的。而酱油厂老人不多了，新人不知道她。我了解了一下，想去悼念她老伴的没几个。那几个说要去的，估计也是找个借口干别的事去。如果在追悼会上酱油厂的人没出现几个，老太太一定会挺伤心的。"

在白笑川家，夫妇二人也在讨论同一件事。省市文联都收到了讣告，老马同志生前乐于与文艺界人士交往，自然是要告知的。

向桂芳说："我不去，要去你自己去吧。"

白笑川说："我自己去不好吧？"

向桂芳说："有什么不好的？不错，那个曲老太太是向咱们道过歉，咱们也确实表示原谅，可这并不意味着咱们就非得去参加她丈夫的追悼会，有必要吗？"

白笑川说："咱们要去追悼的是她丈夫，不是她。丈夫是丈夫，妻子是妻子，他们并非一个系统的干部。她当年的所作所为她丈夫既没参与，也不见得都清楚，应该把他们夫妇二人分开来看待才对。她丈夫一生从没整过人，在历次运动中人品没污点，这是有口皆碑的。而且，人家生前保护帮助过不少文艺界人士。咱们就去追悼一位好人、一位文艺界的共同朋友，难道不好吗？"

向桂芳说："多我不多，少我不少，谁爱去谁去，反正我不去。我去了，倒显得太虚伪了。"

白笑川说："你看你，怎么又和虚伪二字扯一块儿了呢？如果你原谅她是真心实意，那么你和我一块儿去，恰恰证明你不是一个虚伪的人。可如果你对她只不过嘴上原谅，内心里并不原谅，那等于承认自己不是一个真实的人了吗？"

向桂芳被他的话气哭了。

"我就是一个不真实的人，不行吗？她把我的一生给毁了，她丈夫死了，还要我去参加追悼会，白笑川你太强我所难了吧？她亲自上门来道歉，你也在场，你表示原谅，我能连你的面子都不给吗？你一句又一句地替她辩护，怎么就不考虑考虑我的心情？正好，她丈夫死了，她成老寡妇了，那你干脆和我这个虚伪的女人离了，与那个真实的老太太结婚得啦！"向桂芳哭哭啼啼说完，起身到卧室里去了。

白笑川愣了愣，随即跟进卧室搂着她的肩，温柔地哄道："你胡说些什么呀，有些话是不能图一时痛快张口就说的，会伤了夫妇感情。别哭了，我现在完全理解你的心情了，咱俩都不去行了吧？来来来，我给夫人擦擦眼泪……"

第二天早上，白笑川还没醒呢，夫人把他轻轻推醒了。

他问："我打呼噜了？"

她说："我想通了，还是和你一块儿去吧。"

他问："怎么就想通了？"

她说："如果我能连她丈夫的追悼会都参加，我就再也不恨她了。心里没了恨，咱俩后半生就会更幸福。"

"想通了好，想通了就多睡会儿。"白笑川温柔地把夫人搂在怀中。

老马同志的追悼会庄严肃穆，很隆重。他的遗体覆盖着党旗，在省里，那是最高规格的追悼会，可谓极尽哀荣。

老马同志的儿子儿媳和孙子孙女从香港赶回来了。

老马同志的儿子在香港的公开身份是"大陆商人"，一家住在富人区，家里有菲佣有家庭厨师，过的是地道的资产阶级生活。老太太看不惯过不惯，也找不到在内地的好感觉，所以只去过香港一次，在儿子家住了不到一个月就回来，再也不愿去了。

第十六章

老太太对追悼会的规格极满意,但内心里却不无顾虑。

她去得早,看了一遍花圈。该送的单位都送了,主要都是冲着她丈夫送的。冲着她送的只有一个花圈,是法院系统送的。

酱油厂没送花圈。

法院系统只来了三位领导,一位高层,两位中层。他们在贵宾室向她表示了一番慰问就走了,说工作忙,不参加追悼仪式。她感觉他们说的是真话,却也认为未必全是真话。她当年判过的案件中,如今平反的比例很大。特别是近十年中一些从大学分配到法院的年轻同志,似乎把她视为当年滥权的反面典型。这让她的自尊心极受损害,每年一次法院系统的离退休老同志春节茶话会也是能不去就不去了。

遗体告别仪式是按单位或系统进行的,法院系统没有人参加,如果酱油厂再没有人来,那就没有人是冲着与她的感情来了。

老太太很担心这一点。那会让她太没面子。别人怎么看,她倒不很在乎。她在乎的是儿媳妇也许会把她的人缘看低了,也怕儿媳妇以后在儿子面前更加趾高气扬。儿媳妇也是高干家女儿,眼里揉不进沙子。在这种特殊场合中,她会像观察员一样对公公婆婆的声望得出结论。

周秉昆他们被保安拦住了。

不少领导要前来悼念,所以有较严格的保安措施。几乎都是集体来的,年龄也都在中年以上,每一位都气质不凡,不是干部也是知识分子或文艺界人士。秉昆他们太与众不同了,一看就是老百姓,不可能不引起保安们的怀疑。

保安问他们谁是带队的?

他们只得公推秉昆。

保安问他们是哪个单位的?

秉昆只得说是酱油厂的。

保安手中有几页打印纸，看了看说酱油厂不在上面。

秉昆只得求保安去向老太太转告一下，他说只要老太太知道他们来了，肯定会允许他们参加悼念的。

毕竟是追悼会，不是与领导们看同一场演出，保安们特殊情况特殊对待，很人性化，居然真去通知老太太了。

老太太听说他们来了，脸上的悲容竟为之一褪，要见他们。于是，他们被引到了贵宾室。老太太正与什么领导在低声说话，见到他们，中断了交谈，从沙发上站起来，向坐在贵宾室的人物郑重介绍了他们。除了国庆和赶超，她竟能说出他们所有人的名字。

她把秉昆他们介绍为"我和老马共同的青年朋友"。

秉昆说："我们都不是青年了呀。"

她说："在我眼里你们永远是孩子啊。"

她夸奖他们当年都是好青年，感谢他们对她在酱油厂工作期间的支持和多年来给予她的珍贵友谊。

那时，与其说秉昆他们受到了高规格的对待，不如说由于他们的出现，老太太在众人心目中形象陡然高大了起来。

老太太派人叮嘱主持，遗体告别仪式一定要报出酱油厂这个单位。

她将他们送到贵宾室外，拽住秉昆小声说："告诉他们几个，有什么需要帮助的事找我。"

那天不但国庆、赶超、德宝和进步去了，连唐向阳也从单位请了事假赶到了。

由于参加追悼会的人太多，老太太又近七十岁，她被安排坐在椅子上，与大家握手。

当白笑川夫妇双双出现在她面前时，她不由得站了起来。也许因为久坐腿麻，也许因为激动起身急了，她摇晃了一下。

第十六章

　　白笑川和向桂芳一左一右扶住了她。

　　她双手紧握向桂芳的一只手，接连说了两句："谢谢你们也来了，谢谢你们也来了……"

　　白笑川说："保重。"

　　向桂芳说："节哀。"

　　夫妇俩扶她坐下时，她流泪了。

　　改革时代的艰难，首先体现在草根阶层。

　　转眼到了八月，孙赶超摊上了一件烦心事。他们那个鞋厂生产的"解放"牌胶鞋虽然是名牌，但是生产过剩。库里压着一万多双鞋销不出去，只得暂时停产。厂里动员职工群策群力推销，清理库存，谁都可以参与，还有提成。厂里想开了，给的提成还挺高，百分之十。一双鞋市场价三元五角，百分之十就是三角五分。这是极诱惑人的提成，于是全厂职工争先恐后行动起来。大家的一种共识是，"解放"胶鞋虽然在城市不好卖，但在南方还是很受农民欢迎的。南方雨多，一年四季都可以穿胶鞋，而"解放"牌胶鞋不怕湿，干得快。

　　孙赶超便想到了妹妹。他妹妹来信说在深圳那边混得还可以，当上了一家私人中医诊所的护士。他给妹妹发了封电报，问妹妹有无门路帮他挣一笔提成？妹妹将长途电话打到了春燕办公室，让春燕转告嫂子没问题。一位在深圳办公司的东北老板经常在中医诊所接受按摩，对她的服务心怀感激，他那公司什么生意都做，捎带着帮助销售几千双"解放"胶鞋是玩似的事。赶超向厂里汇报，厂里大喜，及时按地址发去两千双"解放"。一个月后没了音讯，他催问了几次，再催问时妹妹失联了。接长途电话的人说，他妹妹已离开那家中医诊所，去向不明。赶超急得连上吊的心都有了，厂里已向他发出警告，说再不给个交代就以欺诈罪报案了。

老友们紧急碰头商量，大家不约而同想到了曲老太太在火葬场贵宾室门外说的话。

秉昆说："人家也就是随口一说的亲热话，咱们不能太当真。"

春燕说："那不管！谁叫她那么说了？既然她说了，咱们就一点儿都别惭愧！"

于虹流着泪说："秉昆啊，又给你添麻烦了。可如果连你都不管，我和赶超可怎么办呢？"

赶超也快哭了，恨恨地说："想不到我这哥哥会让妹妹给坑了一把！"

国庆见秉昆为难，折中说："要不咱们一块儿去找她吧，就说是看望。她刚失去老伴，咱们这么也说得通，让秉昆见机行事。"

德宝说："这主意可行，人多了气氛好。到时候秉昆不好意思开口，我脸皮厚，我就说。"

进步说："把孩子也带上，那样她更会觉得咱们真拿她当亲人了。"

向阳说："同意，我找车。预先教教孩子们见了她说什么，都嘴甜点儿，尽量哄她高兴。"

大家却不知道她住哪儿去了。

德宝承诺由他来打听清楚。

星期日，一辆卡车把大小十几人拉到一个地方——那条街别人都没去过，秉昆却不陌生，另一个老太太就住在那条街上啊！他没敢说，怕大家对他有看法："哎，你这个人，是你亲戚的那个老太太也不一般嘛，大家都忘了，难道你自己也忘了吗？"

大小十几人下了车，顿时成了那条路上的一道风景，他们仿佛是一

第十六章

组参观团。春燕、吴倩、于虹和郑娟各自都把最好的一身夏装穿上，楠楠、聪聪、德宝的儿子、国庆的女儿、赶超的儿子五个下一代都被妈妈捯饬得小绅士小淑女似的。秉昆等六个男人也都穿得干干净净整整齐齐，像是出席什么招待会的样子。有的孩子捧着花，有的女人拎着见面礼。

老太太曲秀贞家住的院子与金月姬老太太家住的院子隔两个院子。

传达室门卫将他们好一顿盘问。

"你们都是她什么人啊？"

"预先说好了吗？"

"没你们这样的啊，预先人家也不知道，一大早上，呼呼啦啦来了这么多人，以为你们是返乡啊？以为这里是农村的老家啊？"

听着如上问话，面对传达室门卫极不好看的表情，秉昆嗓子发干。

倒是德宝应付自如，毫不发怵。他大大方方地说："别管我们是她什么人，她拿我们当亲人就是了。"

众大人七嘴八舌——

"关系不一般，没有预先打招呼的必要。"

"这都九点多了，不算一大早了。大人孩子，每一个都是她想见的人，所以都非来不可。"

"您说对了，我们差不多就是来看妈，孩子们差不多等于是来看奶奶。"

尽管德宝应付自如，儿女们还是从爸妈和叔叔婶婶的脸上看到了集体的尴尬。

他们也都不可能不尴尬，个个脸上显出窘态。毕竟都不是小小孩了，那种尴尬窘况一下子让他们早熟了好几岁。

然而，德宝的大言不惭起到了作用，传达室门卫最终抓起了电话。

老太太亲自出楼迎接，见到大人孩子男男女女来了半个排，吃惊不小，随即她就笑了，显出无比高兴的样子。

德宝朝传达室门卫挤眉弄眼，对方也显得有些尴尬。

春燕对孩子们小声说："都快叫奶奶呀。"

孩子们这才从窘况中缓过神来，于是纷纷叫奶奶，献花的献花，鞠躬的鞠躬。

老太太一时乐得合不拢嘴。

客厅虽然不小，那也坐不下半个排的人啊！好在是刷了油的厚木地板，男人孩子干脆坐地上。

果如德宝所言，人多了气氛好。光搞清楚哪个孩子是哪家的，就引起了几阵笑声，秉昆他们跟着笑，孩子们懂事地笑。

老太太问到了龚斌和吕川，叹惜一番又欣慰一番。

忽然，老太太看定秉昆问："你们搞这么大阵容，不会仅仅为了来看我吧？是不是有什么事啊？"

气氛一下子凝重了。

秉昆鼓起勇气说："是的，要给您添麻烦了。"

肃静之中，老太太垂着目光站了起来，谁也不看，往客厅外走。

秉昆他们互相望着，一个个面露窘态。

老太太在客厅外头也不回地说："秉昆，跟我来。"

秉昆腾地站了起来。

大人们个个舒一口气。

书房里，二人先后落座，老太太问什么事。

秉昆就将赶超摊上那件事说了一遍。

老太太问："要我怎么做？"

第十六章

秉昆说："大家认为，如果公安方面能出面帮着追讨，也许厂里的损失不会太大，孙赶超也不至于会坐牢。"

老太太默然坐了会儿，忽然问："你嫂子她母亲不是就住在前边的二号院吗？你为什么不找她啊？她给公安方面的头儿们打个电话，不是更有把握吗？你应该带你们一队人马从我这儿转移一下，去找亲戚啊！"

秉昆从容不迫地说："阿姨，我还真不知道她家也住这条街上。我从没去过她家。除了我姐去过她家一次，我家再没人去过。我姐去那一次也是为了看我哥，我爸至死没见过我嫂子她妈的面。"

老太太有些奇怪地问："为什么？"

秉昆说："门不当户不对的两家亲戚，我家人都不愿往我嫂子家走动。可对于我，您比我嫂子她妈亲。我们家都知道，我有您这么一个像亲人一样亲的老阿姨。一说要到您这儿来，我爱人和俩儿子可高兴了，他们都想见见您。他们几家的老婆孩子也是这样。阿姨，您千万别误会，我们主要是来看望您的。您不问我们有没有事，我们是不会提孙赶超那件事的。"

老太太沉吟了一下，有些困惑地问："那他不就只有干等着被厂里问罪了吗？"

秉昆说："是啊，肯定是那样。我们小老百姓，摊上事了只能认命，别无他法。"

老太太又问："如果他被判刑了，他老婆孩子怎么过呢？"

秉昆说："有我们呢。我们商量好了，共同替他照顾老婆孩子。"

老太太沉吟片刻，提高了声音说："秉昆，行啊你，撒谎不脸红了。在曲艺界混了十几年，出息了，嘴也比以前甜多了。我五十几岁时，你们叫我老太太。现在我快七十了，你倒叫起我阿姨来了，你自己就不觉得可笑啊？"

秉昆仍不脸红，虔诚之至地说："当年我们不懂事，现在我们懂事了。懂事没什么可笑的。我也没撒谎，所以不脸红。阿姨，我们确实不是只为了孙赶超的事来的。"

老太太用手指朝他一点，"还嘴硬！我也没说你的话全是谎话。四六开，核心内容是谎话，你最后的话就是核心内容。我是一般的老太太吗？你们的小伎俩骗得了我吗？"

秉昆终于脸红了。

老太太却笑道："伎俩被我当面戳穿，到底还是脸红了吧！该脸红不脸红那也不对，而且不好，那样一个人就太不可爱了。"

秉昆不仅脸红，额上都臊出汗了。

老太太最后说："我怎么和你们这些孩子扯上关系了呢！秉昆你给我听明白了，也要委婉地告诉他们几个，实际情况是当年我并没欠下你们什么债，而是你们欠我的。看在你们一大队人马出行不易的份儿上，那个孙赶超的事，我管了，让他别着急上火的。"

二人回到客厅，秉昆暗中向德宝做了个大功告成的手势。德宝讲了几个笑话逗老太太开心后，当机立断宣布看望活动结束，于是大家迅速撤退。

老太太也不远送，只站在楼外台阶上向大家摆手。

秉昆一家四口刚进家门，楠楠就冲他大声嚷嚷："爸，我是你儿子，你可以在你认为必要时利用我一下，但我希望你再利用我时，起码预先向我讲明一下情况，让我有点儿心理准备！"

郑娟吃惊道："楠楠，你胡说什么呢？你爸他怎么就利用了你了？"

聪聪也抗议道："爸，你们大人就是利用我们，别人家小哥哥小姐姐也看出来了！我们才没你们大人以为的那么傻，我们只不过都装傻，怕你们更没面子！"

第十六章

秉昆愣愣地看看大儿子，再看看小儿子，什么也没说，闷声不响地坐下了。

当天晚上，曲老太太来到了金老太太家。老马同志逝世后，两位革命老太太经常互相看望。

曲老太太说了孙赶超的事后，金老太太大为惊讶地问："半个排的人？你倒真好性格！要是来我这儿，几分钟后我肯定就受不了啦。'文革'那十年我一直被单独关着，落下了后遗症，人一多血压就高。"

曲老太太说："我是体恤你老大姐啊！明知你怕来的人多，我忍心把他们那么一大队人马往你这儿支吗？那事，咱俩管不管呢？"

金老太太说："你都答应了，那个秉昆，又是我家冬梅的小叔子，不管也不成了啊！"

于是二人商量好，由金老太太写封信，曲老太太去找市公安局的一位头头。曲老太太说她倒也乐得去一次公安局，就当散心了。

金老太太说："你坐我的车去。"

曲老太太说："我家老马同志的专车还没取消，我还可以沾他两年光。"

金老太太说："那以后你用车就直接给我司机打电话，一会儿我把电话抄给你。"

曲老太太说："不用。以后我用车也有保障，不过就是提前一天告知罢了。"

金老太太说："那也麻烦。我腿脚不便，出门的时候少。一辆车一名司机总闲着，我心里还过意不去，你就当替我用车吧！"

接着，俩老太太自然又聊到了儿女。

金老太太说：“现在有个词可时兴了，叫'反思'。近来我也常反思一个问题，当年我们两口子，你们两口子，都是底层人家儿女。我们闹革命依靠的是老百姓，为的是老百姓，那是真心实意的，不怕坐牢，不怕牺牲。革命胜利了，我们成干部了，还是愿意用'全心全意为人民服务'这句话勉励自己。可是呢，我们的儿女搞对象，我们却特别反对他们与老百姓人家的儿女结成夫妻。说到底，是我们自己怕和普通百姓结成了亲家。我说到根儿上没有？"

曲老太太说：“是啊是啊，往根儿上说是那么回事。儿女的婚姻，不只是两个人的关系，也是两户人家的关系嘛！不管什么时代，门当户对总是要讲的。我儿子起初就爱上了一个百姓人家的女儿，我硬是把他们拆散了。不可以就是不可以，哪来那么多为什么！"

"我家冬梅起初一说丈夫是百姓人家的儿子，而且还是光字片的，我的头嗡一下就大了，当时眼泪都快下来了。"

"你女婿周秉义挺出色的呀，形象又好，现在不也进梯队了嘛！"

"可万一形象一般般，烂塘泥抹不上墙，那不糟心死了？"

"是啊是啊，那可不就坏事了嘛！"

"万一所谓亲家今天一件事明天一件事地找上门来添烦……"

"你女婿家人不那样吧？"

"他家人是另一类。除了他妹妹来过一次，别人连我家的门都没登过。也好，我省心。我是说我反思的问题，不是单指谁家。"

"老姐姐，我怎么越听越糊涂了，你到底反思的是什么呀？"

"就是，我们怎么变成了这样？"

"我还是不明白，我们变成哪样了呀？"

"我们原本是来自老百姓的人，我们是为了老百姓才豁出性命干革命的人，是口口声声'全心全意为人民服务'的人。按逻辑来讲，我们

第十六章

这样的人,应该觉得老百姓最亲啊,可我们怎么成了最怕与百姓人家结成亲家的人呢?好像哪家老百姓和我们这样的人家结成了亲家,就变成了我们的敌人似的,你能给我解释清楚这是为什么吗?"

"这……这个问题嘛,这个问题也不难解释啊!老姐姐,不是有这么一句话嘛——到哪时说哪时,在什么山上唱什么歌。古今中外都这样啊!"

曲老太太表现出强烈的引导意识,特别想要解释清楚金老太太的问题,可是金老太太对于她所给出的每一种解释都不满意。她自己也常常被曲老太太的问题绕进去,结果自己也生出了新的困惑。那次见面,两位革命资历都令人肃然起敬的老太太,从她们所具有的思想境界、所积累的理论水平,讨论到了马克思主义的根本宗旨、共产党人的崇高信仰等问题,分手时仍然感到莫衷一是,原有的困惑甚至更困惑了。

曲老太太说:"老姐姐,我都被你反思的问题搞得脑仁疼了!听我的,别再反思了,有些问题根本就没有想的必要嘛。过几天咱俩到江那边钓鱼去吧,我陪老姐姐换换脑子!"

金老太太说:"好啊。总听男人们说钓鱼有趣,咱老姐妹俩也体验体验究竟怎么个有趣法。再不去天该冷了,坐我的车去。"

曲老太太说:"我坐不惯别人的车。我一上车就打瞌睡,下了车就来精神,还是各坐各的车吧。"

金老太太笑道:"毛病还不少,那随你的便啦。反正到时候我跟在你的车后边,别把我带沟里去就行。"

曲老太太出了院门,见米黄色的墙边站着一对少男少女——少女双手搂着少男的脖子,少男的双手放在少女的腰窝那儿,想互相亲嘴又不好意思亲的样子,见院里出来人了,他俩迅速分开。

曲老太太觉得少女眼熟,试探地问:"是玥玥吧?"

她在金老太太家见过一次玥玥。

那少女确实是玥玥，少男是楠楠。

玥玥本打算面朝墙转过身去，但曲老太太已经在问了，只得故作大方地答道："曲奶奶，是我。这是我表哥，刚才我告诉他悄悄话儿来着。"

她的脸已像苹果那么红了。

"你们继续聊吧，奶奶不打扰你们。"曲老太太边说边匆匆走过去了。

十几日后，孙赶超摊上的那件坏事，简直可以说变成了好事。市公安局的头头见了金老太太的亲笔信，他对曲老太太笑了，不好意思地说："两位老大姐这不是折杀我嘛！区区小事，何必一位写亲笔信，一位亲自出场呢？你们只要给我打个电话，我都会照办的啊！"

金老太太的信写得热情洋溢又扣人心弦，她首先称赞市公安局广大干警多年来为人民办案所立下的功绩，接着笔锋一转，"汇报"自己听别人议论到的一件事——也就是孙赶超那件事，却根本没提孙赶超的名字。最后，她希望"公安部门应主动予以协助，帮助本市陷入困境的国有企业追回一批下落不明的产品，避免工人阶级的劳动成果遭受损失"。她接着写道："亲爱的同志们，在工人阶级面临困境的当下，这也应该是你们神圣使命的一方面啊！"

一九八八年，全省干部进行考核评比。公安局领导对两位老太太提到的事情极为重视。他叫来几位下属，让他们看看那封信，当着曲老太太的面说："什么是高风亮节？两位老大姐用实际行动证明了啊！都是退休多年的老领导老党员，可都依然心系普通劳动者，多么值得我们学习啊！"

于是，市局派出两名优秀的侦察员先到厂里，向孙赶超了解情况

第十六章

后，在两名厂里人员的陪同下火速赶往深圳。深圳警方积极配合，事情很快水落石出。原来那小老板因为设庄聚赌被当地公安机关收押，正准备移交司法部门呢，而两千双"解放"牌胶鞋一双不少完好无损地存放在他公司的库房里。那小老板为了争取宽大处理，一再强烈表示自己要"急工人阶级之所急"，一定要付现钱把那两千双胶鞋先买下不可。

他们就把现金带回来了。临行前，他们找到孙赶超的妹妹，把她送回中医疗所，给予了必要的安抚劝慰。

两名公安同志一分钱不收，差旅费也完全由公安局实报实销。

厂里派人敲锣打鼓向市局送了一面锦旗——市局领导们备感光荣，派人及时到两位老大姐家汇报了办案结果。

曲老太太在电话里向金老太太开玩笑道："我的老姐姐，看来咱俩一出马，余温还挺高啊！"

金老太太也笑道："估计那几个老百姓家的孩子，今后可有了向别人吹牛的话题啦！"

孙赶超在这件事上的表现特别低调，不论厂里的什么人问，都以"贵人暗中相助"或"无可奉告"两句话搪塞过去。他越是这样，人们越觉得他背景深藏颇有来头，他一时间成了厂里最有神秘色彩的人物。

既然赶超把两千双鞋卖出去了，而且是个有背景有来头的人，他该得的百分之十的提成就准备给他了。

有的领导有意见，"起码得把厂里派去那两位同志的出差费扣除吧？"

主管领导拍板道："别了！谁知道他什么来头什么背景啊？给他个全乎脸吧！他高兴，关照他的人也高兴。他不高兴，咱们都不知道把他背后的什么人给得罪了。"

拿到了提成的孙赶超两口子转忧为喜，乐不可支，坚决要求对哥们姐们表示表示。

秉昆认为完全没有必要。

德宝向秉昆通报了一个信息，说他在酱油厂忽然接到吕川从北京打来的长途电话，他要回本市调研，特别想哥们儿几个，到时候无论如何要聚一下。

秉昆问："他要回来调研什么？"

德宝说："没讲。"

秉昆问："那他在北京什么机关工作呢？"

德宝说："没顾上问。"

秉昆责怪道："你怎么能什么都不问呢？"

德宝说："哥们儿，别忘了我长这么大第一次接长途电话，还是咱们吕川从北京打来的！咱们酱油厂那破电话线路有问题，一会儿声音清楚一会儿声音不清楚。他说'我想死你们了'，这一句我倒是听得清清楚楚，当时眼泪都快下来了，什么都忘了问。"

秉昆听得心里也热乎乎的。

二人便抽空去找了一次赶超，告诉他吕川要回来的事。三人商定，干脆等吕川回来一块儿聚——地点定在"和顺楼"，赶超出三十元，其余餐饮费由秉昆他们均摊。

第十七章

白笑川告诉秉昆,"和顺楼"这条街的拐角开了一家私人书店——不是报刊亭捎带着卖什么畅销书,而是以卖书为主,兼卖报刊,名曰"崇文书店"。书店很有些新书好书,他自己就买了一本冯友兰的《中国哲学简史》。

那个街口与秉昆上下班的方向相反。他已经很久没摸书了,为了看看到底有些什么好书,有一天他下班后去了一次。

书店的门面装修得还可以,简单,古朴。门两边的墙上镶着一块块规格不等的木板,上面以各种字体烫出古今中外名人读书的语录,外国名人的语录下还配有英文,这是既省钱又有想法的一种装修。店内面积一百二三十平方米,高矮书架井然有序,窗子擦得干干净净,窗台摆着几盆花。已经晚上八点多了,店里除了秉昆再无他人。秉昆正走动着,观看着,听到背后有人轻声问:"先生要选哪方面的书?"

秉昆一转身,顿时惊呆了,站在他面前的居然是当年的瘸子,看来他正是店主。

瘸子穿一身中式裤褂,黑色布鞋,平头,头发全白了。他蓄着三缕须,半尺多长——那么长的胡须都得蓄上四五年。十几年过去了,他还坐过牢,看上去却没怎么显老,面容仍那么白皙,这让他的胡须看起来像是假的,而头发像成心染白的,给人一种不真实的错位印象。

瘸子的样子没怎么变,秉昆一眼就认出了他。

瘸子却并没有立刻认出秉昆，或者，在他的记忆中秉昆这个人早已不存在了。

瘸子看秉昆有些疑惑，轻声问道："这位朋友，我们曾经认识不成？"

秉昆吞吞吐吐地问："你……什么时候出来的？还记得当年酱油厂那个……"

"哎呀……是你吗？"他终于认出秉昆是何许人了。

秉昆说："对，是我，周……"

他抢着说："周秉昆！你当年却不知道我姓甚名谁，现在你可以知道了……"

他把扇子放在书架上，从兜里掏出名片盒，取出一张名片双手奉上。

秉昆犹豫一下，接过去，见上面印着"水自流"三字。

秉昆问："真名真姓？"

他说："绝对真的。"

"有姓水的？"

"不多，绝对有。"

二人聊了几句，一时再无话可说，却分明都有不少话想问、想说。

水自流试探道："愿意坐下聊聊吗？"

秉昆点了一下头。

书店一角摆了两只高脚凳和一个小茶几，水自流把秉昆引到那里坐下了。茶几后是一大株龟背竹，几片阔叶罩着茶几。

这时，秉昆特别想吸烟，觉得若不及时吸支烟，心脏就快停止跳动了似的。他掏出烟来，首先礼貌地递向水自流。

水自流说："我戒了，彻底戒了。从入狱那天起，再没吸过一支。"

秉昆又一愣。

水自流劝道："能戒你也戒了吧，对身体确实有害无益。我这里都是书，吸烟不安全。也怕不吸烟的人来了，闻到烟味儿转身就走。不过今天对你例外，想吸就吸吧。"

"就吸一支。"

秉昆忍不住还是吸着了一支烟。

水自流说，书店是几个朋友一块儿投资帮他开起来的。他们都是从前尊他为大哥的人，如今都合法经商，做得挺顺，风生水起。他们不指望这个书店挣钱，挣了全是他的，亏了由他们往里贴。只要他想开下去，他们就保证贴得起。

"怎么偏偏要开书店？"

"从前的梦想呗。一种情结啊，当年不是不许嘛。"

"情况呢？"

"还行吧。刚三个多月，已经赚了点儿，来的人一天比一天多了，估计一年后能把装修的钱挣回来。将来怎样，那就难说了。我也不是为了钱。我单身一人，无儿无女，无牵无挂，只不过活着总得干点儿事，这事对社会有帮助。"

"你那些朋友真好。"秉昆听了大为羡慕。

"也谈不上好。不瞒你说，还个个都是污点不少的人，只不过对我比较义气罢了，我当年拿义气换来的。"水自流的话说得淡定坦率。

"有《大众说唱》吗？"

"对不起，没进。我这书店的定位比较高，是为大学生和读书人开的。我进书有选择，翻一翻随手就扔的书我不进，何况你们那份刊物现在也不好卖。"

听一位曾经危害社会的人说那么高蹈的话，秉昆的心里挺受刺激，也很替自己曾付出过大量热忱和心血的刊物感到悲哀。

他嗫嚅地问："你怎么知道我和那份刊物的关系？"

水自流微微一笑，低声说："我知道你的一切，所以今天你不必谈你自己。你只听我说，要完全相信我的话，还要牢记住我的某些叮嘱，行吗？"

秉昆点了点头。烟已短得烫手，他舍不得地插在了花盆里。水自流从兜里掏出手纸把烟头左包右包地包严后，竟揣进了兜里。

"我入狱前，除了你，没接触过一个好人。你是个例外，不仅对我是例外，对我们那伙人都是例外。我也要洗心革面做好人了，所以我才要告诉你一些事，叮嘱你一些话，理解吗？"

秉昆又默默点了一下头。

"你和郑娟，你们做了夫妻，这可以说是上天的安排，你永远不要后悔。"

"这话不必你说。"

"涂志强死得冤枉。当年先逮捕的是他，他只有两种选择——要么扛着，要么供出另外几个哥们儿，那就会越供越多，最后连我也得栽进去。那也还是得审出个人偿命，结果必然互相撕咬，也许还会多毙一两个。他那人义气，估计想到了这一点，干脆把死罪一个人扛下了。当时他们都喝高了，或者他以为就是自己捅死了人吧。"

"你怎么能肯定他死得冤枉？"

"他确实死冤枉了，因为后来有人承认用刀捅了人。"

"谁？"

"你也多次见过。"

"'棉猴'？"

"你叫他'棉猴'？他的真名叫骆士宾。别这么瞪着我，我也是刑满释放后才知道的。他比我早出来一年。我出来后他为我接风，酒桌上没谁逼，他自己承认的。"

第十七章

"那……涂志强就白冤枉了？"

"不白冤枉了又能怎么样？人都死了十五六年，世上也没亲人。能再追判骆士宾的罪吗？就算有人替涂志强鸣冤喊屈，骆士宾也可以不承认，酒后的话能作为证据吗？"

"他……他这种人仍是你的朋友，对吗？"

"朋友肯定谈不上了，但从前是那么一种特殊关系，如今谁对谁大面上总得过得去。如果我有什么困难，他不会袖手旁观的，这是他对我的态度。他胆大，在当年的几个人中，也数他生意做得顺，有人说他抱住了一位港商的大腿，有人说他靠上了高干子弟。我没问过，问也白问，他不会跟我说实话的。但我开这书店，没用他投一分钱。上赶着给也不要，这是我对他的态度。我和他划清界限了。"

"为什么对我说这些？"

"因为在你和他之间，我得站在你这个好人一边。"

"我不明白你这话的意思。"

"难道你忘了？你如今的大儿子楠楠……他才是楠楠的生父啊！他如今尽管自鸣得意，却再也生不出儿子来了，他那东西在狱中被人废了。为了他自己，他会和你争儿子的。为了对得起当年替他顶了死罪的涂志强，我也会替你争儿子的。他如今是一家公司老板，坐进口车，有几处房子，他肯定认为自己比你更有资格做楠楠的父亲。也许，为了争儿子，他会连郑娟一起争。我太了解他这个人了，周秉昆，你得有心理准备。"

"他敢那样，我杀了他！"周秉昆觉得全身血液开始凝固，眼中顿时投射出凶光来。

"别说气话，说气话解决不了任何问题。更不该有那样的想法。如果他真那样，我给你的建议是通过法律途径解决。你肯定很爱郑娟，也很爱楠楠，何况你和郑娟又有了自己的儿子，爱他们就不能做不计后果的事。今天是偶然见到了你，否则我也会找你，提醒你。我知道你在'和顺楼'上班，你放心，我再了解到了什么情况一定及时告诉你。在你和他之间，我站在你这一边，我说到做到。"水自流的诚意看似无可置疑。

周秉昆完全不记得自己是怎么离开书店的。

他信马由缰地走了很远，才发觉自己走在和回家相反的路上，便乘公交往回返，结果乘过了两站。到了家里时，妻子和两个儿子已睡熟了。

他站在里屋炕前低头看着两个儿子熟睡中的脸，心中忽然产生了一种强烈的冲动，想要像猛兽般叼起两个儿子将他们转移到自认为绝对安全的地方——骆士宾根本见不到的地方。他太清楚他们这个四口之家缺一不可的关系了。别说在他和郑娟之间楠楠这个儿子有多重要，就是聪聪一日见不到哥哥也会魂不守舍的。

他关了灯脚步轻轻地走到外屋。外屋没开灯，他尽量悄无声息地上了炕，克制着想要抱住妻子的欲望，一动不动地仰躺着寻思水自流对他说的那番话，越想对骆士宾的憎恨越难以平息。那时骆士宾若在近前，他肯定会和他拼命的。身边这个女人给予他的幸福太多了，不是任何别人所能理解的。无论谁企图从他的人生中夺走她，都将成为他不共戴天的仇敌，他也将与那个人拼到死为止。

他困得不行睡着了一会儿，却梦到了涂志强。

梦中的涂志强自然是一副鬼样子，一张嘴口里就变成了一个黑洞，从那黑洞里冒出的话是："俺弟，还是让我的女人和骆士宾的儿子跟他去过吧！人生苦短，让她们娘儿俩离开光字片享几年福吧。你这辈子给予他们娘儿俩的最好的生活，估计也就是现在这么一个样子了……"

第十七章

他惊醒后，再也睡不着，又悄无声息地下了炕，轻开家门到小院里去连吸了几支烟。吸第二支烟时，发现街对面有一个戴着头盔骑在摩托上的身影，浑身一激灵。定睛再看并不是，是一户人家白天晒在绳上的一串串黄瓜丝茄子丝什么的，没收回家。

十月底，天要冷了。骆士宾倒也没出现在周秉昆的生活里，给他制造什么麻烦，他也没再去过崇文书店。楠楠的一切表现都正常，在新学期当上了数学科代表。

只有一次，郑娟忧郁地背着楠楠对丈夫说："楠楠这孩子也不知从哪儿听到什么闲话了，今天问我他是不是你亲儿子。"

秉昆问："你怎么回答？"

郑娟说："我打了他一巴掌，让他自己照镜子。"

"他照了镜子后说什么？"

"说自己挺像你。"

"你觉得咱们光字片还会有人说闲话吗？"

"不会吧？儿子都这么大了，谁还会那样呢？咱们光字片也没有多么阴损的人啊。我奇怪，所以才问你。"

"你别太多心，他跟你开玩笑。"

秉昆嘴上虽这么说，心里也起疑。后来的事，转移了他对妻子的话的重视。哥们儿几个一直盼着吕川回来，吕川却失联了。倒是周秉义回来了一次，但没顾上与自己的母亲以及弟弟妹妹见面。他只在家里住了三个晚上便匆匆走了，还从厂里带走了一批精兵强将。苏联方面出于对他的信任，委托他作为中间人再次向中国卖出了两艘运输船。一艘还能用，通过秉义的联系卖给了南方某航运公司。另一艘将要报废，卖给了国内同一家钢厂，仍由军工厂负责解体。

周秉义带回来些虾皮之类的干海货，嫂子冬梅亲自分送给小姑子和小叔子两家。

冬梅走时说："秉昆，不送送我啊？"

秉昆明白了她的暗示，便出门送她。

那是个星期日的上午，天色阴沉，要下第一场雪了。

二人走到大马路的人行道上时，冬梅站住问："怎么没看到楠楠和聪聪？"

秉昆说："楠楠和聪聪到我姐家玩去了，他俩想奶奶了。"

不知怎么一来，秉昆妈住在女儿家乐不思蜀了——大学校园里环境好，到处是花是草是树。冬季供暖有保障，一来暖气，待在屋里对于老人那就是享福。而且走廊里有公共厕所，干干净净，也有暖气，还有专人打扫。秉昆妈不但爱上了女儿的家，也爱上了大学教师公寓楼的公厕，偶尔才想起光字片还有一处老屋。想起来了也不愿回去，希望秉昆两口子带着两个孙子去看她而已。好生活可以轻而易举地俘虏百分之百的老百姓，包括他们中的老年痴呆症患者。周蓉乐于尽孝，她在与时而清楚时而糊涂的母亲共同生活中磨合出了宝贵经验，甚至把母亲训练得可以到小卖部买东西也可以到食堂去打饭了。秉昆和郑娟差不多每月都带两个儿子去看妈，见妈被姐照顾得白白胖胖，他与姐姐的关系也亲密了。

离公交车站还远的人行道上，在一棵片叶不剩的老杨树旁，郝冬梅严肃地对秉昆说："楠楠骗你了。"

秉昆不解地问："他为什么要骗我呢？"

郝冬梅说："他肯定是和玥玥到什么地方去了。"

"楠楠带着聪聪，天又挺冷的，没去我姐那儿会去哪儿呢？"

"这我就不知道了，玥玥也骗了我。情况肯定是这样，他们三个先

第十七章

一块儿到你姐那儿去了,然后楠楠和玥玥找什么借口把聪聪留在你姐那儿,他俩离开了。"

"那怎么了?嫂子你到底想说明什么呢?"

郝冬梅看起来特别为难,但责任使然却又不得不说。为了消弭谈话的严肃性,她弯腰捡起了一片硕大的金黄叶子,欣赏似的看着反问:"你从没觉得楠楠有什么异常表现吗?"

秉昆困惑地摇摇头。

冬梅说:"要不是有人提醒,我也从没发现玥玥有什么异常。"

她不得不如实说出了她母亲以及她自己的忧虑,曲老太太把她所见的情形在电话里告诉了冬梅的母亲,冬梅的母亲第一时间告诉了冬梅。冬梅本想先告诉周蓉,可上个星期去周蓉那里时,晓光在,周蓉的几名学生也在,她忍住了没说。

"秉昆,玥玥住在我那儿,我和你哥都对她的成长负有一定的教育责任。现在你哥不在,我的责任更大了。所以,我不能装成没事人似的。"冬梅长出了一口气,将手一松,金黄的大叶片从她手上滑落下去了。

"嫂子你是说……楠楠和玥玥……他俩,早恋了?"秉昆的话问得很艰难。

冬梅回答:"可以这么认为。"

"那……那我们大人……该怎么办?"

"我也没什么更好的主张。秉昆你得明白,此事主要是你们周家内部的事。我虽然是你嫂子,但毕竟是外姓人。我想,你得及时告诉你姐吧?当然,我也可以从旁规劝玥玥,但你和你姐作为家长首先得统一立场,是不是?"

公交车驶来,秉昆让嫂子上了车。望着公交车驶远,他满腔怒火,腾腾迈着大步往回走。进了小院,也不进家门与郑娟打声招呼,推出自行车，一跨上去便朝周蓉家猛蹬。

正如嫂子所料，聪聪在他姐家写作业，秉昆妈在包饺子。老太太的精神状态恢复得越来越好，只要女儿预先拌好馅，她居然能把饺子包得大小一律，并且摆得整整齐齐。

秉昆问聪聪："你哥和你玥玥姐哪儿去了？"

聪聪说不知道。

"你傻呀？怎么不问？"

"他俩有他俩的事，我问个什么劲儿？不问就是傻吗？"

"你以为你聪明吗？"他对小儿子吼了起来。

"如果你认为我天生就傻，那又何必给我起名叫聪聪呢？"聪聪反唇相讥。

"你姑呢？"

"给研究生上辅导课去了。"

母亲不高兴了，看着秉昆训道："你一进门就大吼大叫发的什么邪火？聪聪正好好写作业呢，怎么就惹着你了？洗洗手帮我包饺子！"

秉昆哪有心情帮母亲包饺子呢，也没处找姐姐，更没耐心等姐姐回来，便郁闷地离开了姐姐家。

他回到家里时，郑娟已做好了午饭。

她奇怪地问："你送嫂子送哪儿去了？怎么一个多小时再没进家门？也没戴棉帽子，耳朵都冻红了，快到炉子那儿暖和暖和！"

秉昆在炉旁坐下，瞪着郑娟说："你给我过来，也坐下！"

郑娟说："你暖和暖和咱俩就吃饭吧，我陪你坐那儿干吗呀？"

秉昆火了："叫你过来，你就过来！"

郑娟一愣，忍气吞声地坐了过去。

"你可真生了一个好儿子！"秉昆没头没脑地来了一句。

第十七章

"聪聪一早就跟楠楠出去了,什么时候又做错事了?"

聪聪正处在男孩子招猫逗狗的年龄,常常鼓捣出些事来,比如晚上与几个孩子把一块并不算大的石头搬到谁家门口,还用粉笔写上"王屋山"三个字;或把一块糖砸碎了摆在谁家外窗台上,吸引蚂蚁爬遍人家的窗台。所以,如果丈夫由于儿子生气,郑娟首先想到的责任人自然是小儿子。相比之下,大儿子楠楠可要懂事多了,不但在学校里是优秀生,在街坊四邻的眼中也是好少年。

不料丈夫冲她吼:"我说的是楠楠!"

"楠楠?楠楠怎么惹你生这么大气了?"郑娟吃惊了。

于是,秉昆把嫂子冬梅告知他的事以及他到姐姐家实地查看的经过讲了一遍。

"你是说……他俩好?"郑娟还是没怎么意识到事情的严重性。

"那不叫好!他俩表姐表弟的关系,好是我们应该高兴的事。"

"是啊,我也这么想的呀!"

"你二百五哇?他俩那是不正常的好!他俩早恋了!"

"是吗?我可从没看出来!"郑娟笑了。

"你怎么还笑?"

"以他俩的年龄来说是太早了,但从根本上来说也是好事呀……"

"怎么在你这儿倒成了好事了?"秉昆的脸气红了。

"你想啊,他俩没什么血缘关系,只不过就是名分上的表姐弟,将来要是真做了夫妻,那不是亲上加亲吗?有什么不好呢?"郑娟居然显出很憧憬的样子。

"郑娟我今天把话明明白白地告诉你,你别忘了他是谁的种!他将来怎么可以成为我姐姐的女婿?别说我姐反对不反对,我周秉昆也绝不允许你的白日梦成为事实!"由于生气,周秉昆的话说得特别伤人。

郑娟顿时被训得满眼眶泪水，自尊心仿佛被一锤砸碎了。

秉昆又大声说："他这是恩将仇报！"

郑娟两眼含泪默默起身走进了小屋。

而秉昆烦恼地吸起了闷烟。

两口子谁也没吃午饭。

在周蓉任教的那所大学的游泳馆里，穿着泳裤、泳衣的楠楠和玥玥并排坐在泳池边，腿浸在水中，亲密地小声说话。

年长两岁的表姐玥玥先学会游泳的，她一再坚持要做表弟楠楠的教练。游泳馆供暖早，温度宜人，正是中午时分，只剩下他俩。

"你怎么敢去见他呢？万一他是坏人那多危险啊！"玥玥说的是骆士宾，而楠楠已经与他有过接触。周秉昆如果知道了这一点，肯定会寒心透顶。

楠楠说："他先派人守在学校门口，送了一封信给我。我看了信，决定要见见这个自称是我生父的人。"

"愿意让我看看那封信吗？"

"不敢留，撕了，扔了。"

"那个人是干什么的呢？"

"开公司的，公司租了一层楼。他的办公室挺大，挺气派。人就是个一般男人，形象和我爸爸没法比。"

"我小舅是多有样的男人啊！那个男人他对你亲吗？"

"亲不亲我没法说，总之见了我特激动，哭得一塌糊涂，抱住我不想放开。"

"你相信他是你生父？"

第十七章

"不愿相信,但也不由得有几分信。"

"如果确实是你生父,那你将会怎么办呢?"

"我还是认为,我首先是周家的人,并且应该永远这么认为。但他如果资助我出国留学,我会考虑的。"

"那你愿意去哪个国家呢?"

"日本我是不去的,我最想去法国。"

"我也有你那种想法,我妈和我两个爸爸都表示支持。咱俩说定了吧,不管谁先到了法国,都要等着欢迎对方,行不?"

"行,可眼前的关系我该怎么处理呢?"

"听我的,顺其自然。一切都不是你个人解决得了的,到头来还是得大人们协商。不过,一个妈两个爸爸也没什么不好。像我,三个大人都爱我,蛮幸福的。"

"真想不到,我有一天也会多出个爸爸来。"

"别愁眉苦脸的,对于咱俩反而是福音,看着我……"

楠楠便扭头看着表姐。

"以前我想吻你却不敢。从今往后,我没有心理负担了。"玥玥捧住表弟的脸,情不自禁地吻了起来。

一阵长吻终于结束,楠楠迷醉地问:"姐,如果骆士宾是个骗子呢?"

玥玥肯定地说:"我认为,他可能还真就是你的生父。否则,一个当上了老板的人,干吗非认一个光字片的孩子是自己的亲儿子呢?"

"那我也没有心理负担了。"

于是,楠楠也捧住玥玥的脸不管不顾地长吻起来……

当天下午四点多钟,楠楠和聪聪回到家里,周秉昆立刻对楠楠严厉盘问。

"说！究竟到哪儿去了？"

"和弟弟去姑姑家了啊！"

"撒谎！"秉昆扇了楠楠一耳光。

郑娟坐在小屋炕沿没出屋。她听到了那一记脆响，眼中立刻充满了泪水。她大声说："楠楠，跟你爸说实话，啊？"

聪聪替哥哥说："我们就是去姑姑家了嘛！"

秉昆冲小儿子吼："没你说话的份儿！"

楠楠平静地说："爸，我知道你去过姑姑家了。你去那会儿，我和表姐游泳去了。"

"在哪儿游泳？"

"我姑学校的游泳馆。"

秉昆愣了愣，冲到小屋门口，大声嚷嚷："你当妈的听到了吧？他居然和玥玥一块儿游泳！"

郑娟不知该说什么，只是满脸屈辱，眼泪汪汪地看着丈夫。

楠楠平静地说："爸，你如果反对，我以后不了。"

"我当然反对！"周秉昆大吼起来。

毕竟自己没有抓住现行，早恋的罪状也不能当面宣布，那会让事情难以收场。而且，对于楠楠的自尊心，他这位父亲必须予以考虑。

周秉昆保持住了起码的理智，他向楠楠约法三章：一是不许主动去找玥玥玩；二是如果玥玥回来了，他俩只能在家里玩，不许一块儿外出；三是不许互相写信，更不许到公共电话亭打电话找玥玥。

楠楠平静地表示绝对遵守，之后被罚面壁反省。

聪聪大声说出自己的义愤："爸，你变成一个粗暴的爸爸了！"

秉昆气得想扇小儿子一耳光。

第十七章

而郑娟默默从小屋里抱出被褥枕头，放在大屋的炕上了。

从那一天起，秉昆郑娟这对曾经如胶似漆的两口子，形同住在同一个大车店里的赶路人了。

周一下午，玥玥出现在"和顺楼"，出现在小舅面前。

她质问秉昆："小舅，你为什么要打楠楠？"

她这一问让秉昆更是心头冒火。

他训道："为什么？你还不清楚吗？你是当表姐的，你自己首先应该有个表姐的样子。以后你不要再找楠楠了，最好把心思全用在学习方面。"

玥玥显然早有心理准备，她理直气壮地说："小舅，请不要把姥爷教育你们的那套方法，用在我们这一代身上。那绝不是什么好方法。我从小见过我妈妈给我姥爷下跪的场面，给我留下了很深的阴影，影响了我对姥爷的亲情……"

秉昆不听则罢，一听更是勃然大怒。不待玥玥说完，他一巴掌扇在了她脸上。

玥玥捂着脸又说："你们家长如果肯和我们平等对话，批评得对，我们会心悦诚服地改正，但是小舅，看来我的话说了也等于白说。"

秉昆举起了手掌，国庆他姐及时跑过来将他推开。

又一个星期日，"和顺楼"刚开门，姐姐周蓉出现在了秉昆面前。

周蓉面有怒色。

秉昆小声说："给我留点儿面子。"说罢把头一摆，径自朝外走去。

周蓉倒也照顾弟弟面子，一言未发跟了出去。

天更冷了，并且刮风。"和顺楼"右侧有间卖豆浆油条的早点亭子，姐弟俩站在亭子犄角的背风处说话。

周蓉问:"为什么当着你的员工打我女儿?"

秉昆把楠楠与玥玥之间的不正常关系说了一番。

周蓉说:"那你也应该先教育你家楠楠。"

秉昆说:"我教育过了,还对他约法三章。是你女儿无理取闹,居然跑到这儿来跟我瞎掰扯。"

周蓉说:"总之,你不该打她。你应该首先告诉我,由我这个母亲来管她。"

秉昆说:"只怕你听了她的一面之词,会以为是我家楠楠勾引她。她是表姐,主要责任在她那边。"

周蓉说:"你别把话说得那么难听,两个半大孩子之间,说什么勾引不勾引!"

秉昆说:"我觉得玥玥变了,不像小时候那么可爱了,越来越像你。自从住到哥哥嫂子那边,还添了臭毛病,以为她真成了上等人家的小公主,一种凡人不理的劲儿,讨厌!"

周蓉说:"你别扯远了,她越来越像我,怎么就不可爱了?"

秉昆说:"姐,你以为自己是盏省油的灯吗?我实话实说,你小时候还比较可爱,可你长大后让父母和哥哥弟弟操了多少心?我担忧玥玥身上遗传了你那种让人不省心的基因。估计冯化成遗传给她的基因也不怎么样。一个风流诗人,能将什么好基因遗传给女儿?你是我姐,当年我为你的事流过多少泪我认了,命嘛,没法。可你的女儿搅得我家庭不和,这不行!我心烦的事已经够多的了。今天我把丑话搁这儿,如果她再跟我这小舅犯矫情,我还会大嘴巴子扇她!"

他这番话刚一说完,自己脸上先挨了姐姐一记耳光。

"越说越放肆!真是想给你留面子,你都让你姐留不成!今天我也把话搁这儿,俩孩子那点儿事不许你再过问,由我处理!"周蓉怒气冲

第十七章

冲地转身走了。

没人知道周蓉是怎么教育女儿的。或许秉昆的糙话还真说对了几分,玥玥身上确实遗传了几分父母那种任性基因。或许身为副教授的周蓉教育学生还有两把刷子,教育自己的女儿却根本不得其法。

她让事态更加严峻也更加复杂了。

玥玥给大舅妈冬梅和金婆婆留下一封信,委托同学向老师交了请假条,谎称自己的诗人爸爸重病住院,之后登上列车去了北京。

周蓉又急又气,决定亲自去北京将女儿找回来。

蔡晓光不放心,怕周蓉与冯化成发生不必要的冲突,节外生枝,便陪着她去。

周母只得回到小儿子家。

郑娟怕秉昆迁怒于楠楠,在蔡晓光行前向他要了钥匙,让楠楠暂住蔡晓光家。

蔡晓光在本市没有亲人,一直把周家每个人包括小字辈全都视为自己的家人,周家的什么事都忙前跑后,毫无怨言。

周母虽然住回来了,却并未让秉昆两口子的关系有所缓和。秉昆有意缓和,但郑娟佯装迟钝,不为所动。秉昆这次确实将她伤狠了。所幸周母是真迟钝,丝毫看不出儿子儿媳之间的那种僵局。她一回来,郑娟立刻把聪聪的被褥抱到小屋去了,两口子各睡一屋的情况继续了下去。

四五天后,周蓉与蔡晓光把玥玥带回了A市。

玥玥无颜再住回大舅妈冬梅那儿,只好回到母亲家去了。

玥玥的老师和同学们本不知道她母亲与诗人爸爸离婚,经她闹了那么一出,差不多都知道了。这让她在学校里也不像以前那么自我感觉良好了。

冬梅和母亲的情绪也受到影响——当初知道了不说吧，是不负责任；一说呢，闹成这样。

楠楠住回来后，对秉昆变得毕恭毕敬。那种毕恭毕敬让秉昆想挑理都挑不成，别提有多伤心了。父子三人在小屋睡，楠楠嘱咐弟弟要睡中间。这么一来，秉昆与楠楠每晚躺在炕上便不言不语了。

第十八章

一九八八年的冬季是多年以来少有的暖冬。民间流传一种说法：兔年冷，龙年寒，忽来暖冬逢蛇年，不是好兆头。好兆头是这样的——兔年秋去迟，龙年冬来晚，不暖不寒迎蛇年。因为蛇是冬眠的"圣虫"，冬天不冷，它就醒得早，还不到惊蛰节气，百虫也会跟着纷纷醒来，此乃乱象。

然而，暖冬对于老百姓毕竟是幸事。

蔡晓光替秉昆家想办法买到了一吨优质煤，秉昆通知国庆和赶超两个哥们儿各拉走一推车，自己家留下了半吨左右。

由于有那半吨好煤，他家三代五口没挨冻。

周秉义继续率领精兵强将奋战在邻省的码头，居然春节也没回来。他们拆完了第一艘巡洋舰，所挣的一百万元已支付到厂里账上。厂里有了那笔钱，腰杆硬了许多，选择转型合作伙伴时底气足了些：能合作就合作，不合作就拉倒，不必求着谁了。

冬梅理解丈夫，三十儿前两天动身去了丈夫身边。

春节期间秉昆一家四口人没去他姐周蓉家。周蓉和蔡晓光初一到秉昆家来吃了顿饭。初四又来了一次，没吃饭，坐会儿就走了。秉昆觉得，如果母亲没回到他家，姐姐春节肯定不会来。

两次玥玥都没跟着来。

母亲在饭桌上问："玥玥呢？怎么春节了也不来看看我？"

蔡晓光说:"玥玥感冒了。"

楠楠放下筷子,起身往外便走。

秉昆问:"哪儿去?"

楠楠说:"吃饱了,出去走走,几分钟就回来。"

大家都有些讪然。

一九八九年三月,周秉义终于回来了。

他是坐卡车回来的,车上拉着常宇怀的遗体。

常宇怀不是因为劳动事故而亡。

周秉义对生产安全抓得很细,很严。他率领的人没有一个在复杂危险的劳动中受过重伤。

常宇怀是见义勇为牺牲了。一天傍晚,他那一班工人在船上的工作马上就要结束。大家下船时,有人看到江面上出现了危险。一辆载满砖块的双挂斗卡车压碎了江面的厚冰,后边的挂斗倾斜到了江水之中。三月的江面虽然冰封依旧,但冰层已从下边开始明显变薄了。

常宇怀和工友们跑过去,后边的挂斗已完全坠入江中,第一个挂斗的两只后轮悬空,卡车的驾驶室高高翘了起来,前轮腾空,像跃起前蹄的马。曾是军人的军工厂工人,面对紧急情况哪能袖手旁观?他们个个摩拳擦掌,跃跃欲试。

当时周边的江面在咔咔作响不断开裂,实在是太危险了。大家看得明白,想要不让卡车沉入江中根本办不到,救人要紧!

常宇怀是带班班长,为了防止不必要的牺牲,他严禁大家轻举妄动,自己却冒险接近,爬上了卡车驾驶室。驾驶室里有一男一女,女的还抱着个孩子。车门倒是能打开,但驾驶员不敢往下跳,怕自己那一跳

第十八章

让冰面碎开直接掉到江里。常宇怀拽出他就往下推。他也果然直接掉江里了，被其他工人手拉手救上了冰面。常宇怀再从女人怀中拽出去孩子，举过头顶，篮球运动员投篮似的一抛，孩子也准确地被多双手接住了。那时第一个挂斗倾斜到江水中了，驾驶室几乎笔直竖立，常宇怀和那女人站在车头的保险杠上，如同站在海中的礁石上。女人紧紧抱住他，哭爹喊娘。常宇怀也在犹豫，不知如何是好。他之所以没和那女人一齐往下跳，大概是想等驾驶室的高度降低了，迅速搂住那女人滚向冰面反而更安全些。

岂料情况突变，笔直竖立的驾驶室猝然朝后翻扣！转瞬之间——谁也没看清常宇怀是怎么做到的——他被驾驶室砸到了江里，而那女人从冰面上滑开了。事后，她只记得常宇怀在半空中猛推了她一把……

在几秒钟左右的时间里，那几乎是只有电影中的人物可以做到的事。

周秉义求助海军，海军派了两名潜水员从冰层底下找到常宇怀的遗体。

被救的是跑长途运输的私车司机一家三口。

常宇怀是军工厂工人心目中义字当头的人，他一贯助人为乐、敢于挺身而出仗义执言。作为保卫处长，他并不总是军工厂领导班子眼里的好干部，但他是厂里党员群众心目中的好党员、好哥儿们。

全厂哭声一片。

作为他儿子常进步的朋友，周秉昆他们都参加了追悼会。

追悼会后，周秉义召集周秉昆他们到自己的办公室开了一次小会。他把一个信封交给曹德宝，说："厂里已经给过宇怀烈士妻子一笔抚恤金，这三千元出自我的招待费，你替我交给他妻子。不要说是我个人的钱，实际上也不是，就说是拆船工程队大家的心意。"

德宝说："秉昆是你弟弟，这事还是由你弟弟来完成好。"

秉义说："让你办，你就办。我现在以党委书记的名义，聘请你为军工厂常宇怀烈士关心互助小组的组长。目前我们厂的人心还有些浮动，只怕有些工作不到位，对不起烈士。你和常进步在一个厂，多从侧面替我们了解烈士家还有哪些困难。你们能从友情出发关心到的事，希望你们尽量去做。你们解决不了的，可以直接找我们老厂长。我已经跟他打过招呼了，他会随时接待你们。"

德宝他们如同被委以重任，个个严肃地点点头。

秉义和他们握手道别时，郑重地说："拜托了！"

他又对弟弟说："你送我去车站。"

追悼会后他没回家，直接去赶火车。

秉昆终于沾了哥哥一次光，坐进了周秉义那辆"上海"牌轿车里。

秉昆说："你们厂就不能给你配辆好点儿的车？现在连私企小厂的老板们都坐'桑塔纳'了。"

秉义说："这辆车我以后也不坐了，已经通知厂里，把它卖了。"

五十来岁的司机说："别呀书记！您把车卖了，我干什么去呢？"

秉义说："正要问你，你除了开车之外还有什么技能啊？"

司机说："我是焊工。您来当书记了，司机不够，我在部队给首长开过车，所以刚把我调到车队。"

秉义说："也没人告诉过我。我那儿缺的就是焊切工，给你三天准备时间，三天后到我们那儿去，向我报到。"

司机说："我是焊工，不是焊切工。"

秉义说："别蒙我，焊切同工种，能焊就能切。"

司机嘟哝："瞧我这倒霉劲儿！"

秉义说："有什么倒霉的？你这也算是我钦点的人嘛！老将出马，一个顶俩，是你的荣幸。"

第十八章

秉昆见哥哥在车上一直用拳顶着胃部,担忧地问:"你胃没事吧?"

秉义说:"大事不会有,也就是偶尔痛一阵。秉昆,楠楠和玥玥的问题,你嫂子告诉我了。我要批评你,你搞复杂了。那件事根本不是什么大事,你的处理太不得当了!社会上复杂的事很多,有些事注定会反映在家庭里。社会各阶层之间的矛盾,今后一个时期肯定会加大。咱们周家的三个儿女之间,既是手足,也有不同阶层之间的关系特征。我和你嫂子是调和主义者,周蓉有自由知识分子倾向,希望你那种草根阶层的脾气收敛收敛,不要把阶级斗争那一套言行带进亲人关系中。"

秉昆心中怏怏不乐,但他看到哥哥正胃痛,不忍争辩,默默听着而已。

周秉义站在列车车厢门口,仍不断叮嘱:"必须把你和楠楠、玥玥的关系恢复好,也必须向你姐主动认错。如果你不好意思,让你嫂子传话给她们。有那么一个好嫂子是你的福气,干吗不利用她的调和能力?"

站台上已经响起了哨声。

"行行行,我听你的!"秉昆边说边把哥哥推上了列车。

秉昆走出车站,见哥哥的司机在等他。

司机说:"去哪儿?我送你。"

他说:"谢了,不用。"

司机说:"坐吧。没听你哥说啊,你也就能沾他这么一次光了。"

他说:"我更愿意走走。"

他是真想走走。

回"和顺楼"的路上,他内心里一直在顶撞哥哥:周秉义啊周秉义,你别以为,爸不在了你就是个爸了!你跟我扯那些不着边际的大道理,对我一点儿实际帮助都没有!你要真是个关心我的好哥哥,为什么不主动帮我找份稳定的工作呢?我自己没那出息当官,当一名普通的公安人员还当不好吗?阿猫阿狗都穿上警服了,我哪点儿比他们差呢?如果我也穿上警服，纵使那骆士宾吃了熊心豹子胆，谅他也不敢和我争儿子啊！

秉昆这么想是有原因的。去年，公安系统一下子扩招二百多人，多少有点儿后门的父母都想趁机把工作不称心不稳定的儿女往公安部门塞。当时如果谁说自己有那种门路——还不必自己说，只要谁被认为有那种门路，认识的不认识的相求者都会像苍蝇闻到肉腥味儿似的，嗡嗡嗡地围着他转。连龚维则都上赶着找到了他，替他着急："秉昆，你怎么还按兵不动啊？快让你哥为你使把劲儿呀！一下子扩招那么多人，这种事以后难有了啊！无论你哥还是他岳母，谁把你往后门口推一下你都会穿上警服呀！龚宾如果是正常人，我都不会错过这次机会。你是龚宾的好朋友，所以我才替你着急。快跟你哥说，只要他在上边找对了人，表个态，我这所长也会托住你！"

他也不是没跟他哥说过，说过多次的。只不过没把话说明，但意思他哥肯定是听明白了的。

有一次，他还是当着嫂子冬梅的面说的。嫂子都说："秉昆，我明白你的想法，我替你求求我妈，啊？"

不料，哥哥秉义却说："坚决反对！你那么做岂不是助长了不正之风！秉昆，你觉得你嫂子利用母亲的声望让你达到个人目的，对老人家是道德的吗？"

秉昆心里当时气得呀简直难以自持，他猛起身往外便走。

"我和你嫂子都想做清流，希望你这个弟弟体谅我们！"秉义还追加了一句不满的话。

秉昆出了家门，就不愿再回去见到哥哥。他在外边瞎溜达，后来侧身坐在家门对面别人家的山墙那儿，看到哥哥嫂子离开他家了才回去。他心里愤愤地想：你自己就没利用你老丈母娘？如果不是靠你老丈母娘的影响力，凭你一名文化厅的副巡视员，官场会对你客客气气仿佛谁都对你特友好似的？他还伤心地想，你这个哥哥对我这个弟弟比我对你差远了！

秉昆这么想是有原因的，哥哥嫂子没有儿女这件事始终是他的心病。他当然知道哥哥嫂子挺喜欢玥玥，但也清楚姐姐就那么一个女儿，才不会心甘情愿地把玥玥拱手相送。他这个弟弟事实上有两个儿子。他的打算是，等自己将聪聪调教成一个好孩子了，再大几岁时，便主动把他过继给哥哥。亲生子过继给哥哥，却宁肯与养子共度此生，他认为自己为哥哥的无私考虑，近乎崇高。

但是，如果楠楠被骆士宾夺了去，哪怕仅仅是把楠楠的心夺了去，那么他的打算岂不就只能烂于腹中了吗？

正因为他有此打算，楠楠与玥玥的事才让他暴跳如雷、心神不安。他怎么能让实际上是骆士宾这个王八蛋的儿子，将来成了姐姐独生女的丈夫呢？

绝对不行！

这是自己所要面对的复杂问题啊！哥哥却说："那件事它根本就不是什么大事！"

周秉义呀周秉义，你怎么一向站着说话不嫌腰痛啊！真是什么阶层说什么话，一奶同胞的亲兄弟也不可能不受阶层意识的影响！

秉昆与哥哥的隔空"心战"打了一路。回到"和顺楼"后，国庆他姐让他快到办公室去，说董事长和一位客人等他很久了。

秉昆一进办公室，韩文琪立刻从椅子上站起来，向他介绍坐在另一把椅子上的客人，说对方已是和顺楼的第一大股东了，占股百分之六十。

"这下好了，我再也不操心咱们'和顺楼'的事了，董事长也由他来当了。我得集中精力抢救咱们的刊物，否则刊物要玩完了！"韩文琪一边说一边把秉昆往客人跟前推。

"快，你们二位握一下手，我的历史使命就算完成了！"

秉昆对客人说:"您不必站起来。"

当他的手与客人的手握在一起后,双方都看着对方惊呆了。

大股东竟是骆士宾!

尽管十几年没见过了,秉昆还是一眼就认出了他,他也一眼就认出了周秉昆。

韩文琪又说了些什么,秉昆的耳朵是再也听不到了。他像甩开一只兽爪似的猛地甩开骆士宾的手,说得去方便一下,逃也似的离开了。

骆士宾拉开他那辆桑塔纳的车门时,见周秉昆坐在后座上。

骆士宾冷下脸问司机:"他怎么在车里?"

司机说:"他说他是'和顺楼'的副经理。"

秉昆说:"咱俩得谈谈。"

骆士宾问:"你刚才在办公室怎么不谈?"

秉昆说:"当着韩社长的面,有些话不便谈。"

骆士宾犹豫片刻,也坐入了车里。

他在秉昆腿上拍了一下,笑道:"老朋友了,是该好好聊聊,去哪儿?"

秉昆说:"随便,清静地方就行。"

骆士宾说:"那去江边吧。"

于是,司机将车向江边开去。

江边果然清静,人影稀少。江面尚未解冻,雪已化了,远远近近,一片一片的冰上雪水在正午的阳光下反射着镜子般的亮光。

骆士宾靠着栏杆,看着在吸烟的周秉昆说:"从今天起我就是你老板了,你要摆正位置。"

秉昆说:"那事以后再谈,我要先跟你谈楠楠的事。"

第十八章

骆士宾愣了愣，笑道："要先谈我儿子的事？好啊，我也早想和你谈了。"

秉昆冷冷地说："他是我儿子！"

骆士宾笑出了声，戏谑地说："你这老弟呀，瞪着眼睛瞎掰！他怎么会成了你儿子呢？当年你第一次见到郑娟时，她不是已经怀孕了嘛！苍天做证，他真是我儿子。当着君子不说假话，我和我儿子已经接触过几次了。你抚养他教育他是有功的，这一点我不否认，也会补偿你。他把他和玥玥的事都告诉我了，这足以证明点儿什么了吧？我认为你有三个选择——都是挺好的选择。第一是将儿子归还于我，从此与他断绝关系，而你会得到一笔保你满意的补偿费。第二是连郑娟一并转让给我，你会获得更多的补偿费，再找个年轻的老婆，对你不算是损失。第三种选择那就更好了，因为更好我才最后说，好戏要压轴嘛！那就是——我只要楠楠，但你要促成楠楠和玥玥的事，起码不反对。想想看，如果楠楠与玥玥将来成了夫妻，那是多么完美的事。那我和你姐就是亲家了，和你哥你嫂子就是很亲的亲戚了。我和你和郑娟呢，那种关系想不亲都做不到了呀！想想看，那咱们是多好的组合？论权力，咱有当官的；论知识，咱有教授；论艺术，咱有导演；论财力，有我呢！'和顺楼'迟早得完全归了我。论背景，你嫂子他妈那老太太估计咱们还能靠上些年。如果变成亲戚了，你这副经理就可以当成正的了，你就是在为咱们自己管了。我闲着三套房子呢，那还不是你相中了哪一套就给你哪一套啊！一句话操百种，有些事，看似冤家路窄，但只要人的想法一改变，坏事它就完全可以变成锦上添花的大好事嘛。"

骆士宾喋喋不休、口若悬河，他掏出手绢擦嘴角的白沫时，周秉昆站到了他跟前冷冷地问道："说完了？"

骆士宾双肩一耸、双手一摊说："大政方针给你定出来了，细节可以商量，现在听你老弟的啰。"

秉昆说："那你得等上几秒钟。"

他续上一支烟，猛吸数口。

骆士宾耐心地看着他。

秉昆把烟头吸得正红之际，突然使劲儿摁在骆士宾脸上。

"这就是我的选择！"

骆士宾疼得捂着脸直蹦，吱哇乱叫。

秉昆把他一下子摔倒，武松打虎般骑在他身上，左右开弓，双拳轮落。

骆士宾喊："王奎！王奎救我！"

他是在喊司机。车是开不到江边的，停在两百米外，喊也白喊。却毕竟喊来了一些闲逛的人。

人们围上来制止秉昆时，骆士宾趁机连滚带爬逃脱了。

秉昆恨意未消，追将过去。司机终于发现情况不妙，离开了车。慌乱之下，不但灭了火，还把车门关死了。骆士宾跑到车前，回头见秉昆追来，干着急进不了车。

"打开后备厢，给我扳子！"

司机摊开双手，表示没有钥匙，后备厢也打不开。

这时，秉昆已追到了。

司机只得勉为其难地充当保镖，将老板护于身后。

秉昆见那司机个子瘦小，是个二十多岁的小青年，而且紧张得要命，不忍挥拳相向，便把余怒发泄在车上，将车身踹凹了几处，掰掉了倒车镜。

骆士宾和司机只有眼睁睁地看着而已。

秉昆发泄累了，指着骆士宾喝道："如果你再敢派人监视我的家人，再敢刺探我的家事，再敢打郑娟和楠楠的坏主意，我就结果了你这

第十八章

个狗东西！"

周秉昆回到"和顺楼"时，韩文琪已走了。

白笑川忧心忡忡地对他说："相由心生。那个骆士宾面带阴诈，不到五十，却一副老谋深算的样子。直觉告诉我，他是个需要提防的人。"

秉昆很想告诉师父骆士宾是谁，也很想向师父倾诉心事，可话到嘴边又咽了回去，毕竟涉及自己妻子不堪回首的伤疤啊！

当日回到家里，母亲已经睡着，楠楠在写作业，郑娟和聪聪出门找猫去了。老猫已经数日没着家了，聪聪哭着要。

秉昆说："你放下笔。"

楠楠放下了笔。

他又说："看着我。"

楠楠就扭头看他。

他语气冰冷地说："别以为你的行为多么秘密，我知道了。"

楠楠垂着目光说："我再没跟玥玥接触过。"

秉昆说："我指的不是那件事！等你成人了，究竟要继续姓周，还是要改姓骆，可以由你自己来决定。此前，你必须还是我的儿子。如果你敢再问你妈什么，惹你妈伤心，我饶不了你！"

秉昆内心里很希望楠楠听了他的话，走过来抱住他，说一些让他感动的话，比如"爸，我永远是你的儿子！""爸，你别胡思乱想，我再也不去见他了！"

楠楠说的却只有不冷不热的三个字："记住了。"

楠楠那种平静的语调让秉昆一时气恼起来，心里骂道："没良心的狼崽子！"

郑娟和聪聪回来了，还是没找到老猫，聪聪脸上挂着泪。

那老猫已像周家的一口人了，它的失踪也让秉昆内心里多了份感伤。

他没再对楠楠说什么，而楠楠也什么事都没发生似的拿起笔继续写作业。

周秉昆以为，自己狠揍了骆士宾以后，很快将有恶果降临。

很奇怪，接下来的一段时间风平浪静。什么也没发生，韩文琪也没找他谈话。

第十九章

有些人是很经得起朋友念叨的。

吕川便是那么一个人。自从德宝说他将要回到Ａ市来搞什么调研，哥们儿都盼着早日见到他。大家盼啊盼啊，却毫无音信。以至于他们偶尔在什么地方碰到了，提到吕川时，必有一方怨气十足地说："咱们想他干什么呀？何苦啊！干脆彻底把他忘了得啦！"

后来，他们中间谁碰到谁，就真的不提吕川了。

一天，曹德宝来到了"和顺楼"。他对秉昆说："趁午休时间赶来告诉你个喜讯。"

秉昆漠然地问："什么喜讯？"

德宝说："吕川真回来了，住在北方宾馆。"

"这算哪门子喜讯？"秉昆一点儿都高兴不起来。

德宝眨了几下眼睛，高兴劲儿随之一扫而光，反问道："你怎么了？"

秉昆说："没怎么，就是忽然有点儿心情不好。"

德宝说："看出来了。吕川这次回来待不了几天，他急着见到咱们，咱们总得照原计划安排吧？"

秉昆说："行啊。"

德宝说："计划改变了一下，他说绝不到你这种地方来，要求找个小饭店，哥们儿几个可以安安静静地聊一聊的那种地方。你记得酱油厂旁边的小饭店吗？还开着，我三百元就把那地方包下了一晚上，老板挺高兴。别让赶超自己埋单，咱们凑份子吧。"

秉昆说："行啊。"

哥们儿几个齐聚在那家小饭店，除了龚宾，男的女的都到了，连进步也去了。

天气已挺暖和，国庆和赶超却还穿着棉袄。就数吕川穿得少，一身西服，外边加了件风衣。按他的要求，原本不喝白酒，但那小饭店早早把炉子撤了，一点儿热乎气儿都没有。

赶超说："这地方比外边还冷，不来瓶白的哪儿行啊？"

吕川说："那就来吧。"

一轮啤酒过后，大家都喝起白酒来，而且是六十度的东北老白干，女同胞们也不例外。

或许因为多年没见，互相缺乏了解，或许因为吕川和大家不一样了，人家在北京是处长，或许因为各自有压力或心事，起初的气氛并不多么亲热，甚至可以说都有几分拘束。三轮白酒之后，气氛才开始活跃起来。

吕川说："还是白的好，如果你们仍像刚才那样，我快坐不住了。"

国庆说："是你自己端着嘛。"

吕川问女同胞们："我端着了吗？"

春燕快人快语："那可不！我们女同胞原本商量好了，都要与你拥抱一下的，一见你和他们男的都只握手不拥抱，搞得像北京来的大干部接见群众似的，我们也就拉倒了。"

吕川笑道："罪过罪过，我好比是一条丢失多年的狗，乍一见到老主人，也不知道老主人是不是还像从前那么喜欢我啊，所以心里虽然也有

第十九章

你们那种想法，却没敢。咱们把遗憾环节补上不？"

女同胞们就齐声说："补上补上！"

吕川正色道："如果感情一冲动，亲一下也在允许的范围内吧？"

于虹叫道："谁怕谁啊，你怎么来我们怎么配合！"

在一阵起哄声中，吕川站了起来，首先与春燕拥抱。不待他亲她，她已在他脸上故意亲出夸张的响声了。

德宝扭头说："没看见，什么都没看见。"

大家便都笑起来。

秉昆与吕川拥抱后，责怪道："我生你气了，说话没谱，让我们盼了你小半年！"

吕川说："我身不由己啊。参加了两个月的青年干部培训班，结束后从中央机关调到全国总工会，去那儿不久又下去调研了。"

大家重新落座，吕川感慨地说："这才是回到老朋友中间的样子！我晚回来了小半年，自罚一杯！"

说罢，他自斟自饮，之后问秉昆："你那口子怎么没来？"

秉昆说："她得在家照顾我妈。"

吕川问："大娘怎么了？"

秉昆反问："你真想了解我们大家的情况？"

吕川说："那当然！都得说来我听听！"

德宝说："挨个说得说到天亮，还是让秉昆替大家说吧。"

其他人便都点头。

秉昆也不推让，问吕川："你看看谁没来？"

吕川说："不用再看，坐下不一会儿就想问龚宾怎么没来。"

秉昆说："那我就从他讲起。"

于是，秉昆讲到龚宾怎么疯了，国庆和赶超缘何换单位了，国庆的父亲怎么死的，进步他父亲又是怎么死的，他也讲到了曲老太太的丈夫老马同志的去世，大家怎么为当年和老太太那份感情去参加了追悼会，以及后来赶超怎么摊上了大麻烦，老太太又是怎么出面帮助的……

吕川为国庆父亲的死泪流满面。他和国庆、赶超从小学到中学一直同班，常去国庆家，对国庆他爸挺有感情。

听秉昆讲到进步他父亲的死时，他掏出小本记起来。

秉昆问："你这次回来不是没有调研任务吗？"

他说："调研也不必非得是任务，可以是习惯。"

吕川对军工厂的事格外关心，听吴倩说秉昆他哥秉义已是军工厂党委书记了，便问得很详尽，记录也多。秉昆尽自己所能回答了几方面问题后，说："聊点儿别的行不？换个轻松的话题。"

春燕附和道："对，对，一开始搞得像接见似的，这会儿又搞得像汇报会似的，沉闷劲儿的！"

吴倩也说："我们的事没什么可深聊的，都一样，觉出自己的饭碗不稳了，再看别人，别人也提心吊胆地怕哪一天饭碗掉地上碎了。吕川，你应该给我们讲讲北京有什么新精神。"

大家都赞同。

这时，五十多岁秃顶了的老板搬出了一个大纸板箱，在饭桌旁拆起来。

向阳说："你干什么呀？等我们走了再弄不成吗？"

老板说："怕你们冷，给你们点儿热度。"

老板从纸板箱里取出了立式太阳灯，就是从南方销到北方在 A 市热卖过一阵的电热器。

向阳和进步都帮着组装起来。

老板说："这东西去年真是挣了咱北方人不少钱！本来应该咱们北

方生产出来往南方销的，如今却反过来了。不得不承认，北方人就是比南方人缺乏市场意识！去年我还是借钱买的这东西，你们聊的是正题，我有同感，所以装箱了也要拿出来！以前来我这儿吃过的人，几轮酒下肚，撸胳膊挽袖子，吹胡子瞪眼睛，吆五喝六，骂骂咧咧，工人不像工人，青年不像青年，男人没个男人样，女人没个女人样，都像土匪带着匪婆子下山了，看着听着让人内心里腻歪。你们不同，你们多稳重啊！只管慢慢吃，慢慢聊，聊到多晚我都不撵你们。"

大家听着，互相看着，各自笑着，一个个就更斯文了。

小饭店老板原本是电机专科技校的老师，秉昆问他认识不认识蔡晓光。

他说蔡晓光是他学生，过去关系不错，目前还有来往。

秉昆就说，蔡晓光是自己姐夫，又问他为什么不回学校继续当老师。

他说内心有创伤，知识忘光了，捡不起来，当不成老师，提前退休了。

德宝说："那我们不拿你当外人了。"

他说："好，我也不拿你们当外人。"他唤出老婆，吩咐把桌上的菜该热的都热一遍，再加几道菜。

于是大家挤出地方，也请他坐下。

接着就边吃边聊，大家发问，吕川逐一回答。虽然你问我问，其实问的是同一个老问题——工人们的命运将会怎样？

吕川说："这个问题，其实是中国工业的问题。我到全国总工会后，也经常像你们问我似的问别人。我是替你们问的，我特别牵挂你们。"

赶超打断道："牵挂不牵挂的，你就别说了！你只告诉我们——工人们的命运将会怎样？"

这时，秉昆不再说话，甚至懒得听了。秉昆已不关心这个问题了，他只关心楠楠和他的关系将会怎么样。

秉昆起身走出去在门口吸烟，听到吕川在里边说："全总的老工会们估计，全国一半以上的工厂必定要动不同程度的外科手术，阵痛将是难免的。我给你们的建议那就是——到时候，与其'相呴以湿，相濡以沫'，不如相忘于江湖。"

吕川显得特别理性。

秉昆听到赶超大声嚷嚷："你跟我们转什么呀你？"

赶超没闲着。他贪杯，实际上已经醉了。

秉昆听到唐向阳向赶超解释吕川引用的那句古语。意思秉昆是知道的，却连他也困惑，不明白吕川为什么引用。

"屁话！纯粹是屁话！如果鱼都快活不成了，不互相那样又能怎样？吕川，你小子早就和我们不是一个江湖的了！知道我刚才为什么坐着没动吗？你那份深厚的感情它就一点儿都没感动我！"赶超由嚷嚷到喊叫了。

啪！不知谁拍了一下桌子。

"孙赶超！你少跟我吹胡子瞪眼的！我非要感动你了吗？我还不了解你吗？你压根儿就是个很难被感动的人！一大批国有企业病入膏肓，早晚都得动手术！"吕川的语调也火气十足。

接着里边一阵相劝声，乱了套了。

常进步出来了，往屋里推秉昆。

秉昆被推进屋去，见春燕等几个女同胞把赶超围在墙角，你一句我一句训着，而德宝、国庆、向阳三人在劝吕川别生气。

吕川的脸都气白了，声音颤抖地说："他怎么能那样对待我？他怎么不听我把话说完了？我的意思是必要的时候得学这家饭店的老板！人家当过老师，不是都能忘了讲台开饭馆了吗？工人们必要时也得放下身段，什么都得干啊！"

饭店老板不知所措，看看这边，看看那边，不敢掺言。

秉昆走到墙角，分开春燕他们，板起脸对赶超说："是你不对，向吕川认错！"

赶超说："我今天就不！"

秉昆说："你还非认错不可！"

秉昆把赶超拽到了桌前。

孙赶超双手按桌边，俯身瞪着吕川问："北京来的、中央来的、全总来的，行行行，那咱们就他妈的彻底相忘于江湖好了！但是我倒要问了，这个国家又该拿'官倒'怎么办？又该拿腐败怎么办？谁动那些以权谋私的人的手术了！凭什么要我们忍受'阵痛'，让一小撮人趁火打劫发不义之财？"

吕川将头一扭，反感地说："那是另一个问题，我不和你讨论！"

"哈哈！都听到了吧？不在一个江湖了，立场说变就变了吧？那你还非要和我们聚个什么劲儿？去你的吧！"

孙赶超突然把桌子掀翻，汤汤菜菜扣了吕川一身。

秉昆甩手扇了赶超一记耳光。

吕川从椅背上扯下风衣，往外便走。

秉昆立即跟出。

里边的人全都瞪着孙赶超傻眼了……

秉昆陪吕川往宾馆走，一路反复说："他醉了，他肯定醉了。"

吕川一路上一言不发。

到了宾馆，进了客房，吕川仍一言不发，他打开旅行箱，拿着几件衣服进了卫生间。秉昆怕他滑倒摔伤，跟了进去。

吕川在沐浴帘后说："放心，我没醉。"

秉昆说："别生赶超的气。"

"我能不生气吗？"吕川在帘后叫嚷起来。

秉昆陪吕川住下了。

二人躺在床上后，吕川说："秉昆，我也有我憋屈的事。"

秉昆说："看出来了，能说吗？"

吕川说："不能。"

隔了会儿，他又说："对谁都不能说。"

秉昆说："那睡吧。"

便关了灯。

早上，二人眼中互见血丝。

秉昆说："我那儿事多，不能陪你吃早饭了。"

吕川说："你忙你的去吧。"

秉昆刚要迈出房间，吕川叫住了他，忧虑地说："赶超他现在就那么一种状态，让我太不放心了，你们得经常关心他，别让他出什么事。"

秉昆说："会的。"

二人都忍不住拥抱了一下。

晚上，德宝和国庆陪赶超在"和顺楼"找到秉昆，赶超磨着秉昆陪他一起去向吕川认错。

秉昆无奈，只得相陪。

然而，吕川已退房，不知是回北京，还是换地方住了。

第十九章

赶超懊悔地在大堂呆坐了很久。

五月三日那天，水自流出现在"和顺楼"。

他一见到秉昆，开口便问："知道楠楠在哪儿吗？"

秉昆说："我亲眼看到他背着书包上学去了啊。"

水自流说："肯定不是那么回事。"

按照水自流的说法，楠楠被骆士宾说动了，这一天要去日本留学。一切都是在骆士宾的安排之下进行的，骆士宾还派了一名会日语的手下陪同楠楠。

水自流说："骆士宾刚才在电话里告诉我的。他很得意，估计是忍不住想让朋友们知道，我一放下电话就来了。"

秉昆完全蒙掉了。

"这是你能找到骆士宾的地方，别的忙我帮不上，只能为你做这么多了。"水自流把一个纸条塞在秉昆手中，一瘸一拐地匆匆走了。

秉昆的自行车被国庆借走了。前几天，国庆的自行车被偷了。

纸条上的地方离"和顺楼"并不算远，乘公交车也就四站。

秉昆顾不上跟白笑川打招呼，只对国庆他姐说自己要去办件私事，一出"和顺楼"就朝公交车站跑。

市中心区情形反常，马路上半天不见一辆公交车过往，行人却比以往多，一拨一拨的，接连不断，形形色色，都朝一个方向匆匆而去。那个方向与秉昆的乘车路线相反，人们似乎要去参加什么大型集会，或是去看什么热闹。人行道上已经人满为患，马路上的人更多。

秉昆同七八个人在车站左等右等，一辆公交车的影子也没看到。

从他们眼前经过的一个人喊："还傻等！都看不明白啊？那边不会

有车开过来啦！"

等车的那七八个人先后失望地离开了。

忽然，人行道上马路上的人纷纷跑起来。

秉昆心中一急，跨下人行道，也逆人流跑起来，边跑边喊："闪开！闪开！事情紧急，撞着活该！"

于是人们纷纷避让，有那未来得及避让的，已被他接连撞倒。他也不看倒地的人一眼，继续高喊狂奔。

人们以为他是疯子，避之唯恐不及。

于是，人流密集的马路为他让开了一条逆行的跑道。

他跑跑走走，走走跑跑，呼哧呼哧地跑到了目的地。

那地方，是一幢外墙经过装修的七十年代建的二层小楼。

周秉昆进入楼内。里边还在改造，有人站在梯子上安装豪华吊灯，有人往二层过道的护栏上刷漆。

他发现了骆士宾。骆士宾站在二层过道上，这里该如何那里该怎样地指挥着。

秉昆没喊他，怕他跑掉。

骆士宾感到有人在他肩上猛拍了一下。

"谁呀，敢拍我骆某人肩啦！"

他一转身，周秉昆已在他对面了。

"我儿子呢？"周秉昆一吼，如一声炸雷，吸引了上下左右所有人的目光，连梯子上的两个人都停止了安装。

骆士宾强自镇定地说："你问的是我儿子吧？"

"楠楠在哪儿？"

周秉昆如同一头豹子在咆哮，双手抓住骆士宾的左右肩，几乎把他平地提了起来，一甩，骆士宾的身体靠在了护栏上。

第十九章

一名油漆工大叫："刚刷上漆！"

周秉昆随即用自己的身体紧紧压住了骆士宾的身体，让他动弹不得。

骆士宾轻蔑地笑道："你必须赔我一件西服了，我这可是名牌，一千多元，不是你身上穿的那种便宜货。"

"我再问一句，楠楠在哪儿？"

"怎么？还想咬我啊？我儿子在哪儿为什么要告诉你呢？"

周秉昆的愤怒达到了极点。

骆士宾的轻蔑也更加明显，他扭头对工人们说："都他妈的发什么呆啊？干活！干你们的活！我今天陪他玩到底，看他还能玩出什么花样！"

无论周秉昆还是骆士宾，在楠楠究竟该属于谁的问题上，都太自以为是了。他们都同样缺乏用理性解决矛盾的经验，都认为道理在自己一方，不可理喻的完全是对方。

骆士宾是一个以钻法律空子为能事的人。他只有在明知自己犯法却偏要诡辩的情况下才援引法律，这样的人不通过法律途径争取做父亲的权利也是必然。

周秉昆的法律意识同样薄弱，他认为与骆士宾那样的人打官司本身就是奇耻大辱。何况，楠楠确非他的亲儿子，他不相信法律会把楠楠判给他。又何况，楠楠的心明明已被骆士宾收买过去了。

他又那么的自信，以为只要把愤怒表达充分，骆士宾就会知难而退的。

骆士宾即使在那样的情况下，仍然丝毫不把周秉昆放在眼里。

周秉昆双目喷焰地问："你成心撮火是不是？"

骆士宾冷笑道："是又怎样？"

他的话刚一说完，周秉昆的双手扼住了他的脖子。

那道刚刚刷过红漆的护栏，受到他们身体的共同挤压，突然倒了，两人都从二楼掉了下去。

他们的身体撞倒了梯子,梯子上的人也摔在地上了。

吊灯坠落。

红漆溅地。

一片狼藉……